T O K Y O G H O U L

トーキョーグール

東京喰種
【JAIL.】

Tokyo Ghoul

J A I L

scenario
illustration

シナリオ／イラスト
石田スイ
Isida Sui

Game Scenario Book

JN243839

[J A I L]

目次

▶▶▶▶CONTENTS

M A E G A K I

まえがき

TOKYO GHOUL [JAIL]

いろいろな経緯があり、
自分が書かせていただいたゲームのシナリオです。

連載の傍《かたわ》ら、約5週間ほどで、
取り組んでいた作業になります。

序盤あたり(B MAIN 12あたりまで)は、
ライターさんから頂いたものを、
加筆・調整する程度の修正をさせて頂く形をとっていましたが、
いろいろありまして、
「かなり書いた」結果がこの本になっております。

……ですので、「文章を書く」という点では、
あくまで素人である人間が書いたものとして、
寛容なお気持ちで、目を通していただけると幸いでございます。

また、実際にゲームに実装された部分は、
こちらで確認がとれない部分もありますので、
これらのテキストと、ゲーム内容に齟齬《そご》があることもご了承ください。
(ゲームプレイ済みの方もある意味楽しめるかもしれない)

ゲームのシナリオ、というよりは、
極めてプライベートな文章として捉えていただければ、と思います。

石田スイ

プロローグ

メインシナリオA

MAIN 01

／タイトル：プロローグ

／一日目

？？？（キジマ）「ヒュー……ヒュー……目が醒めたかね。さあ、話してもらおうか。君の正体を」

／SE：足音　よく響く室内　一人　ゆっくり歩み寄る

……だれ？

？？？（キジマ）「……何を驚いている？　〝あのとき〟、私を殺したつもりでいたか？」

？？？（キジマ）「それとも驚いたのはこの姿にかね」

暗闇から現れた奇妙な男の外見は、あちらこちらの皮膚《ひふ》がツギハギで、まるで不恰好《ぶかっこう》な手作りの縫《ぬ》いぐるみのようだった。

……ここはどこ？　この人は……？

？？？（キジマ）「たしかに私を一目すれば、ヒト喰いの怪物……貴様ら『喰種《グール》』ですら身震《みぶる》いする者もいるほどだ」

ヒト喰いの怪物……。

そうだ、僕はヒトならざるもの……。

……『喰種』。

？？？（キジマ）「……そういう点では、『喰種捜査官』としてずいぶん仕事し易くなったがね。私は気に入っているよ」

？？？（キジマ）「君はどう思う？　――ジェイル？」

？？？（リオ）「（……ジェイル……）」

／効果：シェイク

／SE：ズキンと頭が痛む音

……痛い。脳の奥が締《し》め付けられる。

『ジェイル』。それが僕の名前――？

？？？（リオ）「（――違う…僕は……）」

リオ「……リオ――」

？？？（キジマ）「？」

リオ「僕は――リオだ」

そうだ。僕の名前はリオ……でも、一体自分は、どうしてここにいるのだろう。

//効果：シェイク
//SE：ズキンと頭が痛む音

……そうだ。

僕は棲家《すみか》にしていた廃屋《はいおく》で、〝兄さん〟を待っていた。

すると、この男が数人を引き連れて、入り込んできたんだ。

抵抗する間もなく僕は囚《とら》われて……。

そして、ここにいる。


？？？（キジマ）「……自己紹介どうも。ジェイル。喰種であれど一定の礼を尽くすのが私の主義だ。私の名前は『キジマ式《しき》』」

キジマ「そしてここは、コクリア。喰種収容所だ」

リオ「（キジマ、シキ——）」

わずかに肌が粟立《あわだ》つ。その名の響きは、鋭い恐怖の記憶を伴っていた。

聞き覚えが……あるような気がする。

？？？（キジマ）「混乱して、自分のことがよくわかっていないようだ。ずいぶん抵抗されたからね」

？？？（キジマ）「こちらも乱暴せざるを得なかった」

？？？（キジマ）「…ではゆっくりと思い出してもらおう。痛みは記憶を連れてくる」

？？？（キジマ）「楽しむとしようか。——リオくん？」

//フェードアウト

リオ「…………兄さん——」

//数日後

襤褸《ぼろ》切れのように痛めつけられ、それでも僕はキジマが望む答えを吐き出せずにいた。

幾度も繰り返される、「ジェイル」という名前。

でもいくら問いかけられようと、その名に聞き覚えはなかった。

キジマ「ふむ……ここまでしても思い出せないか」
リオ「……くッ」
キジマ「……それが演技でなければ、面倒なことになったものだ」
キジマ「いくら所有権が私にあろうと、監獄長の許可なくコクリア（喰種収容所）の喰種を処分してはならない決まりだが」
キジマ「……逃げ口上ならばくびり殺してやっても構わないのだよ？　なあに——」
キジマ「そういう『事故』は良くある。ホラ、この姿を見ればわかるだろう？　私は仕事熱心だ」
リオ「……」
キジマ「私はただ知りたいだけなんだ」
キジマ「『ジェイル』という喰種のことを」
リオ「……知ら……ない…」

キジマ「多数の捜査官がヤツに葬られた。凶悪な喰種だ。赫子《かぐね》を発現させるときに出る目元の痣《あざ》が〝牢獄〟の様に見えることから、我々は奴をジェイル（監獄）と呼んでいる」
キジマ「私も過去に、ヤツとやり合ったが、それがこのザマだ。耳と広範囲の皮膚、右足、部下も失った」
キジマ「そのときの痛みと記憶を頼りに今日まで捜査を続けてきた」
キジマ「そして今は確信し〝かけて〟いる。貴様こそがあの日、私を襤褸切れのようにした喰種、ジェイルだと」
リオ「知らない……僕は……ただの喰種だッ……！　なんで僕をジェイルって喰種だと疑ってるんだ……!!」
キジマ「なぜか？」
キジマ「それではひとつ質問しよう。君のお兄さんはジェイルかい？」
リオ「……!!」

――兄さん。

コイツ、なぜ僕に兄がいることを知っている？

リオ「兄さんを……どうしたんだ……」
キジマ「クヒヒ……怖いねえ……、ホウ、このぐらいでは〝痣〟は出ないか？」
リオ「どうしたんだって聞いてるんだ!!」
キジマ「そういきり立つな。君のお兄さんはこの施設のＶＩＰルームで待ってもらっているよ」

この施設に……？
兄さんもキジマに囚われたのか……？

キジマ「もう一度質問しよう。貴様の兄は、ジェイルと呼ばれていたか？　大量の捜査官を殺すような虐殺者だったか？」
リオ「違う……！　兄さんは……そんなことをするような人じゃない。僕らは関係ない……!!」
キジマ「その兄が自ら名乗ったのだ。……自分こそがジェイルだと」
リオ「……!!」
キジマ「だから君を解放しろ、ともね」
キジマ「リオくん。君のことをかばっているんじゃないかな？」

大きな背中と、強く優しい眼差しが瞬間、浮かんだ。
いつだって僕を守ってくれた。

キジマ「……しかし、いくら話し合いを重ねても真相を話してくれない……。弟を解放しろ、と〝聞く耳持たず〟だ」
キジマ「……だからね――」

//SE：紙袋を放り投げる音　リオがキャッチ　耳が入っている

リオ「……ッ!!」

//効果：シェイク
//SE：ズキンと頭が痛む音

この匂い。

リオ「(血……?)」
キジマ「そんな耳はいらないだろうと思ってね」
リオ「……!……!……!」

紙越しに伝わる、
ぶよぶよとした感触。
ふたつの〝塊《かたまり》〟。

リオ「……うあ……ああッ……!!」
キジマ「安心してくれ。殺してはいない。ちょっと私と〝おソロ〟にはなったがね」
リオ「なんで……なんでこんなァ……ッッ!!」
キジマ「言っただろう？　私は知りたいだけだよ。ジェイルの正体を」

兄さん……兄さん……兄さん……兄さん……――!!

キジマ「耳の次は、どこがいい？　瞼《まぶた》なんてどうかね？　きっと最高の夜を過ごせるぞ」
リオ「やめろォッ!!　やめてくれッッ……!!　頼む、お願いだから……」
キジマ「クヒヒ」
キジマ「……君がジェイルであれば、正直に言ったほうがいい。紙袋が〝お兄さんで一杯〟になる前に」
リオ「うっ……ううっ……」
喰種捜査官「キジマ准特等……そろそろ」
キジマ「おやおや、もう時間かね。楽しい時間は過ぎるのが早い」
キジマ「それでは期待しているよ、リオくん――」
//SE：足音　よく響く室内　二人　去って行く
//フェードアウト

『ジェイル』。

虐殺者。捜査官殺し。

……兄さんじゃない。兄さんはそんなことしない。

僕だってそうだ。僕は自分で戦うこともままならない、非力な喰種だ。

リオ「(僕に出来ることなんて――)」

//時間経過
//さらに数日後

僕がこの『牢獄』で目覚めて、何日経っただろうか。
僕に出来ることなんてなにもない。
兄さんは……兄さんもこの監獄のどこかにいるのだろうか。
……。
いっそ僕が『ジェイル』だと言って、兄さんを解放してもらえば
そんな考えも、キジマのあのツギハギの顔が浮かんで、かき消される。

……怖い。

……。……でも。


リオ「……兄さんは、そうしたんだ……」

僕を助ける為に。

『ジェイル』という喰種が、僕ら兄弟の運命を狂わせている。

喰種は、地球上に蔓延《はびこ》る『人間』とは似て非なる生き物だ。

見た目は人間と同じように見えるが、中身は『人間を喰う化け物』。

僕らはヒトを遥かに凌《しの》ぐ身体能力を備える。

そして、彼らを狩るための器官『赫子』を持つ。

キジマは、『ジェイル』という喰種は赫子を発現させるときに、「目元に痣が出る」と言っていた。

……でも僕はそんなものが出たことはない。

そもそも僕の赫子は弱々しくて、捜査官と戦えばあっという間に返り討ちに遭うだろう。

現にこうして今も、ここに囚われている。

リオ「(キジマは何故か僕がジェイルだと誤解している。でも……)」
リオ「(このままだと……僕も兄さんもどうなるかわからない……)」

//効果：シェイク
//SE：ズキンと頭が痛む音

???（兄）「――リオ……来るな……ッ！」

リオ「……兄、さん」

いつか見た兄さんの背中。真剣な声。

//SE：グウウ

リオ「(……お腹、減った)」

そういえば、ずっと長いこと、何も食べていない。
飢えには慣れている。

リオ「(兄さんも……お腹空かせてるのかな)」

力の弱い僕のために、二人分の〝食事〟を調達してくれていたのも、兄さんだった。
僕はなんだか泣きそうになって、そこで考えるのをやめた。
やがて、僕の意識は夢の中に落ちていった。

A MAIN 02

//タイトル：コクリア脱出

//BG：黒

キジマ「……おはよう、リオくん」

//SE：扉を開ける音(カギ＋鉄扉)

キジマ「兄弟そろってゆっくり眠れたようで良かったじゃないか」
リオ「………」
キジマ「クヒ、耳だけでは足りないというなら、別の部位も持ってこようか？」
リオ「っ!!」

//SE：足音　よく響く室内　勢いよく立ち上がる音

キジマ「オオ、怖い怖い……そういう表情《かお》も出来るのだな」
リオ「……」

//SE：足音　よく響く室内　座り込む音

キジマ「赫子は出せんぞ、独房内は微量のRc抑制ガスで満たされているからね。」
キジマ「私としては、出してもらったほうが都合が良いのだが」
リオ「………」
キジマ「……ダンマリか。ずいぶんと嫌われてしまったようだ」

キジマは傍らに置いた黒いスーツケースに手を置いた。
キジマ「仲良く捜査したかったのだが、無理やり身体に聞くというのも悪くない」
キジマ「私のクインケで君の身体を貫く。ショックで君が『隠している力』は解放されるかもしれない」

『クインケ』……。

リオ「(あの喰種捜査官が持つ武器のことか……)」

赫子をもつ喰種に対抗するために、喰種捜査官がもつ特殊な武器。
僕らとしてはもっとも怖れるべき武器だ。
戦闘経験を積んだ喰種ならともかく、僕が、そのクインケを持つ喰種捜査官に勝てる訳もない。
キジマの言う、「隠された力」なんて僕にはないのだから。
……それに、兄さんから昔聞いたことがある。
あれは……喰種の死体から作るって。
用済みになれば、僕もその「クインケ」にされるか。あるいはそのまま「処分」されるか……。

リオ「(……怖い……)」
キジマ「顔色が悪いね、リオくん。なにを考えている?」
リオ「……」
キジマ「まぁいい。次はお兄さんの方に足を運んでくるとしよう」
リオ「!」
キジマ「……何かね？　何か話したいことでも思いついたかな？」
リオ「…………」
キジマ「……また来るよ、リオくん」

//SE：足音　よく響く室内　一人　去って行く
//SE：扉を閉じる音(鉄扉＋カギ)
//SE：心臓の鼓動、早め

リオ「(……一体……)」
リオ「(一体どうすれば、兄さんを助けられるんだ……)」
リオ「(このままだと時間の問題だ)」
リオ「(僕も兄さんもジェイルじゃないと気付けば……)」
リオ「(僕ら兄弟は……)」
リオ「(兄さん……)」

//SE：ヒュッ(息を吸う音)

リオ「(……ダメだ、また無意識に兄さんを頼ろうとするなんて)」
リオ「(……兄さんだって同じ状況なんだ)」
リオ「(せめて、ここから出られることが出来れば――)」

//SE：爆発音

//効果：シェイク

リオ「！」
リオ「（……爆発音……!?）」
リオ「（何だ……!?）」

//SE：遠くから人々の怒号と悲鳴
//SE：爆発音
//効果：シェイク

???（捜査官）「襲撃だ!!」
???（捜査官）「襲撃者は……『アオギリの樹《き》』の喰種だッ!!」

//SE：足音　コンクリート　複数人　走る

リオ「（アオギリの樹……!?　喰種の集団……か？）」

//SE：戦闘音（喰種と捜査官の戦っている音）

リオ「（……誰か、戦っている……？）」

//SE：扉を蹴飛ばし壊すような音

リオ「!!」

リオ「（扉が……開いた？）」

//SE：足音　コンクリート　複数人　立ち去る

???（タタラ）「死ね」
???（捜査官）「ぐあっ!!」
リオ「（今のは、喰種――）」
リオ「（捕まっている喰種を解放しているのか……？）」
リオ「（……考えるのは後だ。とりあえず、ここから出よう！）」

//SE：足音　コンクリート　一人　走り出す

//時間経過
//BG：喰種収容所「コクリア」
//SE：爆発音
//効果：シェイク

リオ「はあっ、はあっ……」
リオ「（兄さん……どこにいるんだ……!?）」

//SE：足音　コンクリート　一人　走り出す

リオ「（兄さんも僕のことを探しているのかもしれない……けど）」
リオ「（もし、今動けない状態だったとしたら――）」

最悪の状況を想像して、背筋が凍る。

//SE：風が吹き抜けるような不気味な音

捜査官1「本局の増援は待ってられないぞ！」
捜査官2「我々で出来る限りの対処をするんだ！」

リオ「（……喰種捜査官が、こんなに……！）」
リオ「（この状況じゃ……兄さんを探すことなんて、とても……）」

この施設のどこかに兄さんがいる。
僕を助けるために、ここに囚われた兄さんが。
でも……僕には。
今の僕には、兄さんを助けられるだけの力がない。
……僕に出来ること。
それは、このチャンスを見逃さないこと。

リオ「（兄さんを置いて、逃げる。僕は……
最低の弟だ）」
リオ「（でもそれが、兄さんを助けるために
一番有効な道だと思う……）」
リオ「（……兄さん……）」

かならず……戻ってくるから。
僕が、兄さんを助けるから……。
どうかそれまで——。

捜査官1「居たぞ！　逃がすな！」
捜査官2「見つけ次第殺せ！」

リオ「……」
リオ「（とりあえず……上に……！　外へ出るんだ……‼）」

//BG：空　夜

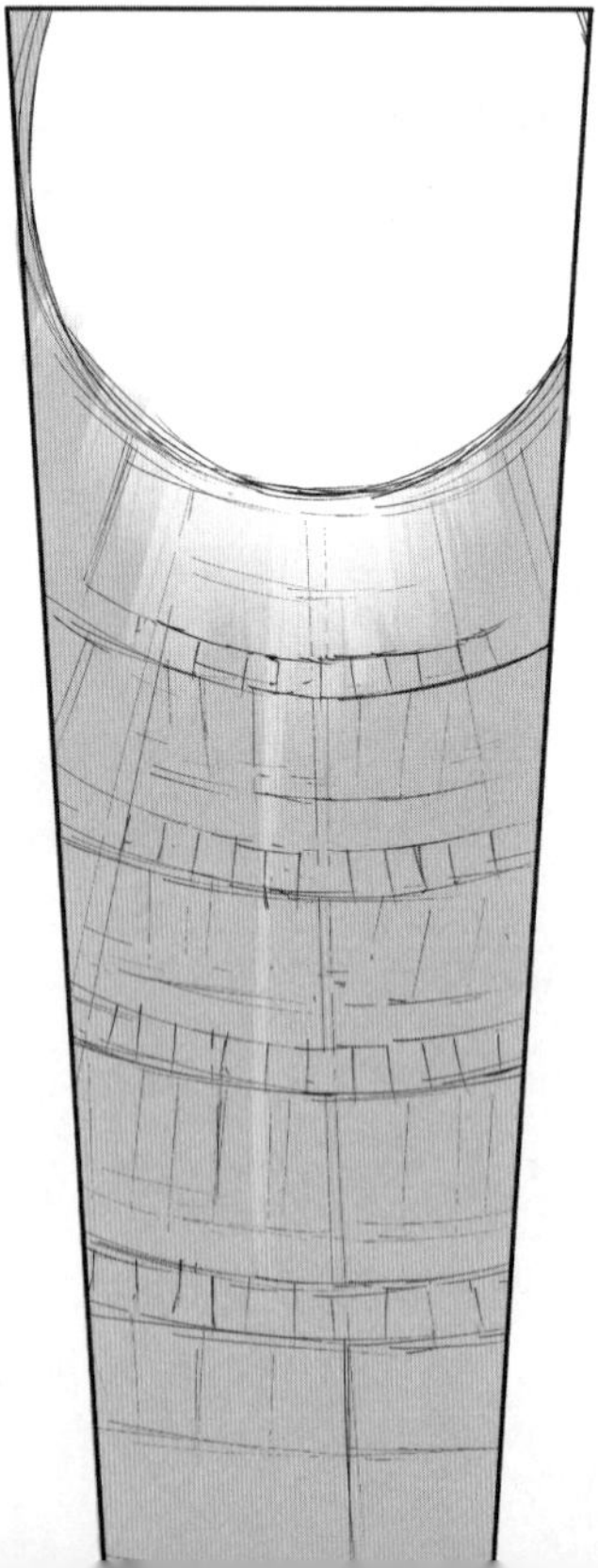

A MAIN 03

//タイトル：決別
//BG：空　夜

カネキ「（追っ手はなし、か）」

夜陰《よかげ》に紛《まぎ》れてこのまま進めば、『アオギリ』にも『ＣＣＧ《シーシージー》』にも見つかることはないだろう。
ひとまずと息を漏らすと、背後から音がした。

//BG：アオギリアジト（壊滅後）

？？？（万丈《ばんじょう》）「カネキ……！」
カネキ「万丈さん……」
万丈「用事……ってのは……済んだんだな」
カネキ「——はい」

万丈さんは僕の後ろにいる四人を軽く確かめた。ヨモさん。月山《つきやま》さん。西尾《にしお》さん。ウタさん。そして、ヨモさんに抱えられたトーカちゃん。
全員が、何はともあれ無事だった。

//SE：ヘリコプターが遠くで飛ぶ音

遠くでＣＣＧの専用ヘリが飛ぶ。特別車両は見当たらず、ＣＣＧの捜査官達は既に引き上げを開始していた。
ヨモ「……終わったようだな」
カネキ「…………」

11区の喰種が集う『アオギリの樹』の本拠地掃討作戦は、おおむねＣＣＧの勝利と言っていいだろう。
多くの喰種が狩られ『アオギリの樹』のアジトは壊滅。それと同時に、アオギリに捕らえられていた僕は逃げ出すことが出来た——。

ニシキ「こんだけ死にそうな思いして、しばらくすりゃまたフツーに大学行くとか信じらんねー……」
ウタ「いやぁ、日常の大切さが身に染みるよ、きっと」
ニシキ「『あんていく』の仕事もあるしなぁ……ダリィ」
カネキ「…………」

あんていく。
『人間』である身から『喰種』と化し、行き場をなくしていた僕を受け入れてくれた、ひとつの居場所。

//BG：アオギリアジト（壊滅後）

壊滅したアオギリのアジトを眺めながら、僕の心の中には「ある感情」が湧《わ》き上がってくる。

トーカ「ア……ンタさ……」

カネキ「……！」

ふいに、声をかけられて我に返る。

トーカ「戻ったら、髪の色どーにかしなよ？」

アオギリで受けた拷問《ごうもん》――何という言葉にも代えづらい責め苦の後に、僕の髪はすっかり色素が抜けて白くなっていた。

トーカ「そんなんで店立たれちゃ、目立ってしょうがないもん……」

カネキ「…………」

僕は視線のやり場に困っているトーカちゃんと向き合いながら、すこし笑った。これまでと同じように、と。

こんな姿になった僕を、気遣ってくれているのか。

彼女の不器用な優しさが、しかし今の僕には心苦しかった。

……告げないと。

僕は……。

カネキ「――僕は『あんていく』には戻らないよ」

トーカ「……」

すっかり表情をなくした彼女に、色々と理由をまくし立てる。

聴こえているのか、わからない。

僕自身なにを喋っているのか、よくわからなかった。

ただ、気持ちだけは固まっていた。

カネキ「『あんていく』には、帰らない――」

トーカ「なに……それ」

この子と、また会えることがあるだろうか。

たとえ会えたとしても、もう時折見せるあの無邪気な笑顔は、見られないのだろう。

喰種でありながら、とても人間らしい女の子に、

カネキ「……またね、トーカちゃん」

僕は別れを告げた。

//SE：足音　コンクリート　一人　歩き出す

//BG：空　夜

A MAIN 04

//タイトル：キジマ式
//BG：路地裏　夜
//SE：走り＋立ち止まる　コンクリート

リオ「うぅっ……」

コクリアから抜け出してから、どれほどの時間が経っただろう。丸一日以上は経過しているはずだ。
身を隠しながらの移動だったため、そんなに距離は離れていないが……。

リオ「（どうにか……逃げられた）」
リオ「はぁ、はぁ……ごほっ」

腹部に出来た傷を抑える。
逃走の際に追ってきた捜査官から一撃もらってしまった。
喰種の治癒《ちゆ》能力なら、しばらく安静にすれば、この傷も癒えるだろう。
でも……。
リオ「（この空腹じゃ――）」

喰種はヒトの肉を喰らわないと、うまく力を発揮できない。
食事の調達をするにも、僕は不慣れだし、この傷だと……。
リオ「くっ……」
リオ「（とりあえず、どこか、隠れられるようなところ……）」
//SE：足音　コンクリート　一人　よろめく
リオ「（兄さんを……）」
//SE：足音　コンクリート　一人　遠くからゆっくりと義足で歩み寄ってくる音
リオ「（助けないと……）」
//SE：足音　コンクリート　一人　遠くからゆっくりと義足で歩み寄ってくる音
？？？（キジマ）「ツフフ……」
リオ「……!?……」
コクリアで何度も目にした不気味なシルエットが、暗闇から現れた。
キジマ「……どこへ行くんだい、リ〜オ〜くぅ〜〜ん……？」
リオ「（キジマッ……!?）」
こんなところまで……どうやって……!?
キジマ「一人で逃げるとは、薄情な弟だねえ〜……リオ。悪い子だ」
キジマ「これを見ても逃げられるかね!?」
キジマがコートのポケットから何かを取り出す。
血のついた「紙袋」だ。
キジマ「わかるだろう!?　この中には兄さんが入っているぞ！」
リオ「……!!」
キジマ「こっちへ来い……リオくん！　兄を見捨てるのか!?」
キジマ「わかった、ではこうしよう」
キジマ「今すぐ君のお兄さんを解放する。その代わり、君は私の元へ来い」
リオ「……」
僕が行けば、兄さんが助けられる……？
いや……。
リオ「……嘘だ」
キジマ「……!?」

リオ「そうやって兄さんもコクリアに収監したんだろ…!?」
リオ「今わかった……。あなたは……嘘つきだ」
キジマ「私のなにが嘘つきだと?」
リオ「紙袋……なにも入ってない」
キジマ「……」
リオ「匂いでわかる。その血は……あなたのものだ」

顔がツギハギだからかはわからないが、キジマは表情を一切崩さないまま、紙袋をポケットにしまった。

キジマ「………クク……」
キジマ「馬鹿な子供かと思ったが、少しは考える頭があるみたいだ。——喰種の嗅覚《きゅうかく》をナメすぎたか」
キジマ「だが……」
キジマ「兄が私の手元にある事実は変わらない。それは真実だということは君も知っているだろう?」
リオ「……!」

たしかにあのとき受け取った紙袋の中身は……兄さんのものだった。

キジマ「君が逃げるなら、兄さんをバラバラにしてやろう」
キジマ「兄さんを見捨てることに変わりはないぞ!」

キジマの脅迫に足元がグラつく。
その瞬間——。

//効果:シェイク
//SE:ズキンと頭が痛む音

???(兄)「——リオ……来るな……ッ!」

いつかの兄さんの声を思い出す。
僕はもう、走り出していた。

キジマ「……!?」
キジマ「リッ……、ジェイルゥゥウウ!!」
キジマ「待てぇえええええええッッッ!!!」

背後からキジマの声と、義足が床を弾く音が響く。
しかし、いくら僕が負傷しているとは言え、これでも喰種だ。
それにあの足では追いつけないだろう。
声はどんどん遠ざかっていく。

駆けながら、だんだんと薄れていく意識の中、僕は思った。

リオ「(あの兄さんの声、いつ聞いたものだったのだろう……)」

//BG：路地裏　夜
//効果：フェードイン
//BG：黒

どれほど走っただろうか。
もうキジマの声は聞こえてこない。
ただ僕にはもう、これ以上走る体力も気力も残っていなかった。
空腹と傷の痛みが、僕をいよいよ追い詰め始める。

リオ「（視界が、暗くなってきた……）」
リオ「（……なにも……）」
？？？（四方《よも》）「……来い、こっちだ」
リオ「……だ……れ、だ……？」

//効果：フェードイン
//BG：路地裏　夜
//SE：足音　コンクリート　一人　遠くからゆっくりと義足で歩み寄ってくる音
キジマ「ジェイルぅぅ～～……」
キジマ「ジェ～～イルぅぅ～～……出ておいでェ～～～……」
//SE：足音　コンクリート　一人　遠くからゆっくりと義足で歩み寄ってくる音
キジマ「ジェイル～～……――」
//トロフィー解放「道標」
//SE：足音　コンクリート　一人　ゆっくりと義足で去って行く

TOKYO 東京【JAIL】喰種 GHOUL

第一章

メインシナリオB

羽 ukaku 赫

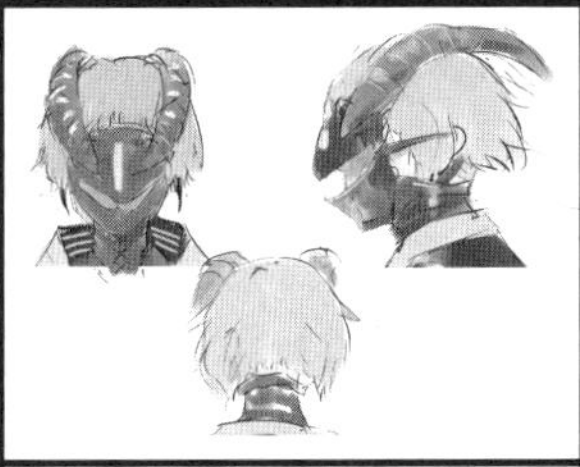

甲 koukaku 赫

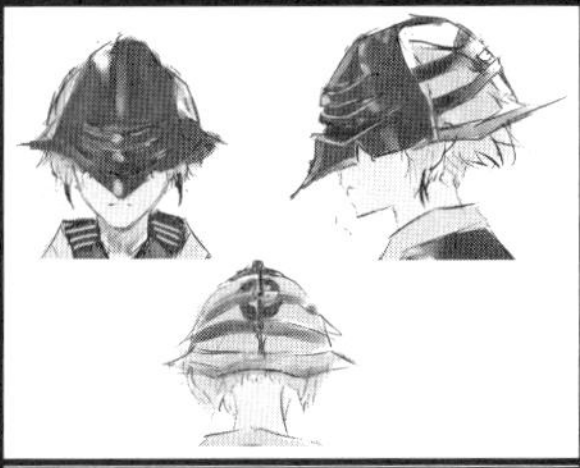

鱗 rinkaku 赫

尾 bikaku 赫

B MAIN 01

//タイトル：喰種《グール》の喫茶店

//BG：黒

リオ「（……この匂い）」

リオ「（どこか……懐かしい気がする）」

//効果：フェードイン

//BG：あんていく　4階　個室　昼

リオ「（ここは……？）」

//声のみ

？？？（芳村《よしむら》）「起こしてしまったかな」

リオ「っ！」

//SE：ベッドから起き上がる音

？？？（芳村）「無理をして起きる必要はないよ、私は君の敵ではないからね。君は……喰種だね」

リオ「……!!」

この人……一体……??

？？？（芳村）「安心しなさい」

リオ「……！」

シワの刻まれた眼窩《がんか》の奥、細く開いたその目は紅《あか》く染まっていた。

???(芳村)「……」
リオ「喰……種……」

老人は言葉なく、小さく頷《うなず》いた。


???(芳村)「まずはコーヒーでも、一杯いかがかな?」

リオ「……コーヒー……?」

???(芳村)「ああ。豆から挽《ひ》いているものだよ。あまり馴染みがないかな? ——気に入ってくれればいいが」


そんなもの、口にしたことはない。

小さい時から、兄さんとその日暮らしだった。

ヒトの肉を喰らい、身を隠す日々。

それ以外のことに目は向いていない。

そもそも、喰種はヒトの肉しか食べることは出来ないはず……。


リオ「あの——」

???(芳村)「……さあ、どうぞ」

恐る恐る、深い闇色が注がれたカップに手を伸ばす。

//SE:コーヒーカップを手に取った音

//SE:ずずっ(コーヒーをすする音)

リオ「(……!)」
リオ「……おいしい」

//SE:コーヒーカップを置く音

???(芳村)「美味しそうに飲んで貰《もら》えて嬉しいよ。いくらでもおかわりしてくれていい」

リオ「……あ、ありがとうございます……」

???(芳村)「いえいえ。それでは、お互い自己紹介していこうか」

???(芳村)「私は芳村。ここは『あんていく』という喫茶店で、私は店長をしているよ。階下に降りれば店のフロアになっているからね」


喫茶店……。喰種が、喫茶店をやっている?

芳村「昨晩、傷ついた状態で倒れていた君を、私の店の者が見つけたんだ」
芳村「何かあったのだろうと、ここに連れてきて介抱した。どうだい、調子の悪いところはあるかい?」
リオ「……いえ……」
芳村「それなら良かった。それでは君の知りたいことから答えていこう」

《選択肢》
◆1：喰種なのに喫茶店の店長を？
◆2：喰種収容所であった騒ぎを知っているか？
◆3：特に知りたいことはない。

◆1：喰種なのに喫茶店の店長を？

リオ「あの……芳村さんは、喰種なのに喫茶店の店長をしているんですか？」
芳村「ああ、よく驚かれるよ。本来喰種は身を隠して生きるものだからね。——だが私はヒトが……ヒトの世界が好きなんだよ」
芳村「この店……『あんていく』は20区の喰種が集う場所でもある」
芳村「だが、人間のお客さんも多く足を運んでくれるよ」
リオ「人間が……」
芳村「だから君も下に降りる時は気をつけて。人間のお客さんには細心の注意を払ってほしい」
芳村「我々の正体がバレては困るからね」

↓《選択肢》へ戻る

◆2：喰種収容所であった騒ぎを知っているか？

リオ「喰種収容所であった騒ぎを知っていますか？」
芳村「……ああ」
芳村「……『アオギリの樹』による襲撃騒ぎがあったと聞いたよ。そして多くの危険な喰種が脱走したとか」
リオ「！」
芳村「君はもしかして、脱走してきた喰種の一人かい？」
リオ「……」

一瞬答えるのを躊躇《ためら》った。
本当にすべてを話して良いのか？
有り得ないとは思うけど、もしキジマとつながっていたら……？
簡単に他人を信用できないのが喰種の世界だ。
でも僕は……芳村さんの穏やかな物腰に、彼なら信用できるような気がしていた。

リオ「……はい、僕もそこに囚われていて……騒ぎに紛れて逃げてきました」
芳村「なるほど、そういうことか。君がやけにボロボロだったのも納得がいったよ」
芳村「……大変だったね」
リオ「……いえ……ありがとうございます、助けて頂いて……」

↓《選択肢》へ戻る

◆3：特に知りたいことはない。

リオ「……特にありません」
芳村「そうか、ならいいんだ」

↓■合流1へ

■合流1

芳村「今度は、こちらから質問してもいいかい？」
リオ「……はい」
芳村「君はなぜコクリアに囚われていたんだい？」
リオ「……実は……」
芳村「——なるほど、君がそのジェイルという喰種と間違われて、囚われていたと」
リオ「僕を助けるために兄は、自分がジェイルだと名乗って捕らえられたそうです」
リオ「……僕は、兄さんを助けたい」
芳村「しかし喰種収容所から抜け出すなんて、とても困難なことだ。今回のような襲撃は歴史的にみても稀有《けう》な出来事だ」

その通りだ。コクリアから兄を助け出すなんて到底不可能なことだろう。
正攻法では通用しない。
しかし、キジマが見せたしつこいまでの『ジェイル』への執念。
アレを利用すれば……。

リオ「……キジマは、ジェイルさえ捕まえれば、それで良いんだと思います」
リオ「ジェイルだと思い込んでいる僕と、兄を交換してもいいとさえ言っていた……」
リオ「だから本物のジェイルを捕まえて、『取引』すればいいのかもしれません……」
芳村「『本物のジェイル』とお兄さんの身柄を、か……」
芳村「しかし話に依ると、そのジェイルというのは凶悪な喰種なんだろう？　——捕まえるのも苦労しそうだが……」
リオ「…………」
リオ「（その通りだ。キジマに勝てない僕に、キジマをあそこまで追い詰めたジェイルを捕まえられるとは思えない——）」
リオ「でも僕は……」

ぐっと両手に力を込める。
今もあのコクリアで、兄が苦しんでいる。
僕を助けるために、自らを差し出した兄が。
どうにかしないと、僕の唯一の家族の命が失われる……。

……今度は僕が兄さんを助ける番だ。

芳村「……分かった。では私も君に協力しよう」
リオ「えっ――」
芳村「君の気持ちは伝わった。見捨てるつもりであれば、最初から助けはしないよ」
リオ「……いいんですか……？」
芳村「出来る範囲、で良ければね」
リオ「……そんな……助かります……本当に……！　ありがとうございます」

まさか喰種の世界にこんな善人がいるなんて思いもしなかった。思わぬ善意に、涙が溢れそうになる。

芳村「それじゃあ――手助けする代わりとして、君には『あんていく』を少し手伝って貰おうかな」
芳村「いいかな？」
リオ「ええ、もちろん……僕で良ければ、ですけど……」
リオ「その……働いたこと、ないので……」
芳村「みんな始めはそうさ。でも君はすぐ上達しそうだ、優しい心を持っている」
芳村「ああ、そうだ。肝心なことを聞き忘れていたよ――君の名前は？」
リオ「……リオ。僕は、リオです」
芳村「では、リオくん。よろしく頼むよ」
リオ「……はいっ！　あ、あの……」
芳村「なんだい？」
リオ「……コーヒー、おかわり頂いても良いですか……？」
芳村「もちろん！」

B MAIN 02

//タイトル：あんていくの面々

//BG：あんていく　2階　店内

二階のフロアに通されると、店員と思われる人たちが並んでいる。こいつは誰だ、とばかりに視線が突き刺さる。

リオ「…………」
芳村「それじゃあ皆に挨拶してくれるかな」
リオ「えっと……リオです。苗字はありません。……よろしくお願いします」

僕がそれだけ言って頭を下げると、店員の格好をした人達はなぜだか顔を見合わせた。

？？？（トーカ）「……店長。野良猫じゃないんだから。そんな、また突然拾ってきて……」
？？？（古間《こま》）「まあまあ、芳村さんは昔からそういう所があるからね」
芳村「リオくん、こちらはトーカちゃん」

紹介された方に目を向ける。
少し吊《つ》り上がった目がキツイ印象ではあるが、整った顔立ちの女の子だ。

芳村「歳も近いだろうから、きっと色々教えてくれるよ」
リオ「よ、よろしくお願いします」
トーカ「……ん」
リオ「……」

なんともつれない反応だ。

？？？（古間）「店のことなら僕にお任せあれ。なんでも聞いてくれよ、リオくん？」
リオ「あ……よろしくお願いします……えっと……」
芳村「彼は古間くん。店の中でも一番の古株だ。彼の言うとおり、わからないことがあれば何でも聞くといい」
古間「手始めにコーヒーの淹《い》れ方、掃除のワンポイント、それに――」
？？？（カヤ）「入見《いりみ》カヤよ。よろしくね、リオくん」
古間「オホンッ……今、僕が話してたところなんだけど？」
芳村「彼女は入見カヤ。カヤちゃんも経験豊富だから、色々教えてもらってね」
芳村「そして、こちらはニシキくん」
ニシキ「……ッス」

視線の先には、眼鏡をかけたスラッとした青年が立っている。
芳村「彼は大学に通っているんだ。勉強のことで興味があれば、もしかしたら教えてくれるかもね」
ニシキ「はぁ？　だ～れがンなクソ面倒くせぇことすっかよ」
リオ「（言葉遣いの悪い人だ……）」
古間「ニシキくん、飲食店でクソは良くないよ」
トーカ「新人がマネすんだろ、クソニシキ」
古間「……トーカちゃんもね」
リオ「あ、アハハ……」
芳村「それじゃあ私は少し用事で出るから店を頼むよ。リオくん、上の部屋は好きに使っていいからね」
トーカ「店長、コイツいきなり働かせるんですか？」
芳村「今まで働いたことも、人間社会に紛れたこともないようだから、ゆっくり教えてあげてくれるかな。――店に立つのはそれからでいいよ」
トーカ「はーい、了解」
芳村「それじゃあ、よろしく頼むね」

//ＳＥ：ドアの開閉音

トーカ「じゃあ、まずは食器磨《みが》きから」
リオ「……？」
トーカ「ほら、そこにあるでしょ。コーヒーカップとソーサーを綺麗に磨いておくの」
リオ「あっ！　はい……えっとソーサー……？」
トーカ「ああもう、だから！　これがカップ、これがスプーン、これがソーサーで……」
ソーサーだけがわからなかったのだが、トーカさんは口調を荒げながらも、一つ一つ丁寧に説明してくれた。
リオ「（怖いけど……本当は優しいのかな）」
トーカ「……はい、覚えた？」
リオ「はい、これがソーサーです」
トーカ「おしっ」
古間「いいねえトーカちゃん。お姉さんみたいだね」
カヤ「感慨深いわね」
トーカ「ちょっと黙ってて下さい…」
ニシキ「……ったく、効率ワリィ教え方だな。いっぺんに言って覚えられるわけねーだろ」
トーカ「るせえなックソニシキ！　じゃあテメーがやれっ！」
ニシキ「めんどくせェからパス。精々頑張ってくださいねーセ・ン・パ・イ」
リオ「あっ……あの、頑張って覚えますから……ケンカは……」

どうもこういう雰囲気は慣れない。
兄さんとも殆《ほとん》ど喧嘩なんてしたことなかった。
普通の喰種はこうやってコミュニケーションをとるのだろうか……？

//SE：キュキュッ（食器を磨く音）

トーカ「うん。そのくらい出来れば問題ないんじゃない？」
カヤ「問題は接客かしらね。やったことないとキツイわよね」
リオ「はい……すこし……」

昔から、身を隠しながら生きてきた。
人前に出るということですら、心臓が縮み上がりそうだ。
その上、接客なんて……。
当たり前のようにそれをこなせる『あんていく』の人たちは、心底すごいと思った。

トーカ「……全部イチから教えなくちゃいけないわね」
リオ「すみません……」
古間「まあまあ、ゆっくりやっていけばいいよ。この魔猿《まえん》が君を一人前にしてあげるからね」
カヤ「そういえばあなた、荷物も持ってなかったじゃない？　着の身着のままなら生活用品を買わないとね」
リオ「買う……でもお金もないし……買い物なんて……」

したことない。
服や靴も、どこかで盗んできたものだ。
トーカ「最初は店長に立て替えてもらえばいーから。仕方ないでしょ。あとで返しなよ？」
ニシキ「生活の必需品ね——ん……？　そういやお前、マスクは？」
リオ「マスク——」
ニシキ「だってお前、ここに来る前に喰種捜査官と戦って負けたんだろ？　その時マスクはどうしてたんだ？」
リオ「えっと……」
トーカ「してなかったの？」
リオ「はい……」

喰種には二種類のタイプがいる。
ヒトの社会に「紛れる」喰種と、「避ける」喰種。
「あんていく」の人たちが前者なら、僕たちは完全に後者だった。
ヒトの社会に紛れる喰種にとって、顔がバレるというのは致命的だ。
作り上げてきた生活が、一気に瓦解《がかい》するかもしれない。
なので彼らは、食事の調達の際に、失敗するリスクを考えて、マスクをする。
万が一、喰種捜査官と対峙したときも同様だ。

しかし、ヒトの社会を避ける僕たちは、
そのリスクに対して、すこし疎《うと》い部分があった。

普段の調達の際にも、危険を冒してまで、食料を手にしようとはしなかったし、顔がバレてもどこか遠くへ行けばいい。

実際そうやって今まで生きてきた。

念のため、ボロ布で作った手製のマスクを持ち歩いていたが、着用することはなかった。

その危機感のなさから、キジマに襲われた時、咄嗟《とっさ》にマスクをすることが出来なかったのかもしれない。

顔がバレずに逃げられたら、もっと違った結果があったのかもしれない。

そう思うと悔やむに悔やみきれなかった。

リオ「今は……持ってないです」
トーカ「顔もバレてるわけ……よね?」
リオ「……はい」
ニシキ「ったく……つくづくあのジイさん、厄介ごと抱え込むよな」
古間「君もその厄介ごとの一つ、かな?」
ニシキ「あ? なんか言いました?」
カヤ「トーカ、ウタさんの店に案内してあげなさいよ。明日休みでしょう?」
トーカ「え。なんで私が……」
ニシキ「センパイ、だからな」

トーカ「……」
どうしていいかわからず、うろたえているとトーカさんがこちらをキッと睨《にら》み付けた。
トーカ「…………時間厳守だからな」
リオ「よ、よろしくお願いします……」

B MAIN 03

//タイトル:ウタのマスク作り

//BG:ウタの店

トーカ「……どーも」
???(ウタ)「……あれ? こないだ新調したよね、トーカさん」
店の奥に居たのは、腕や首にタトゥーが施《ほどこ》された男性だった。
しかも両の目は紅く静かに佇んでいた。
トーカ「今日は私じゃなくて、こっちのヤツです」
リオ「……は、はじめまして」

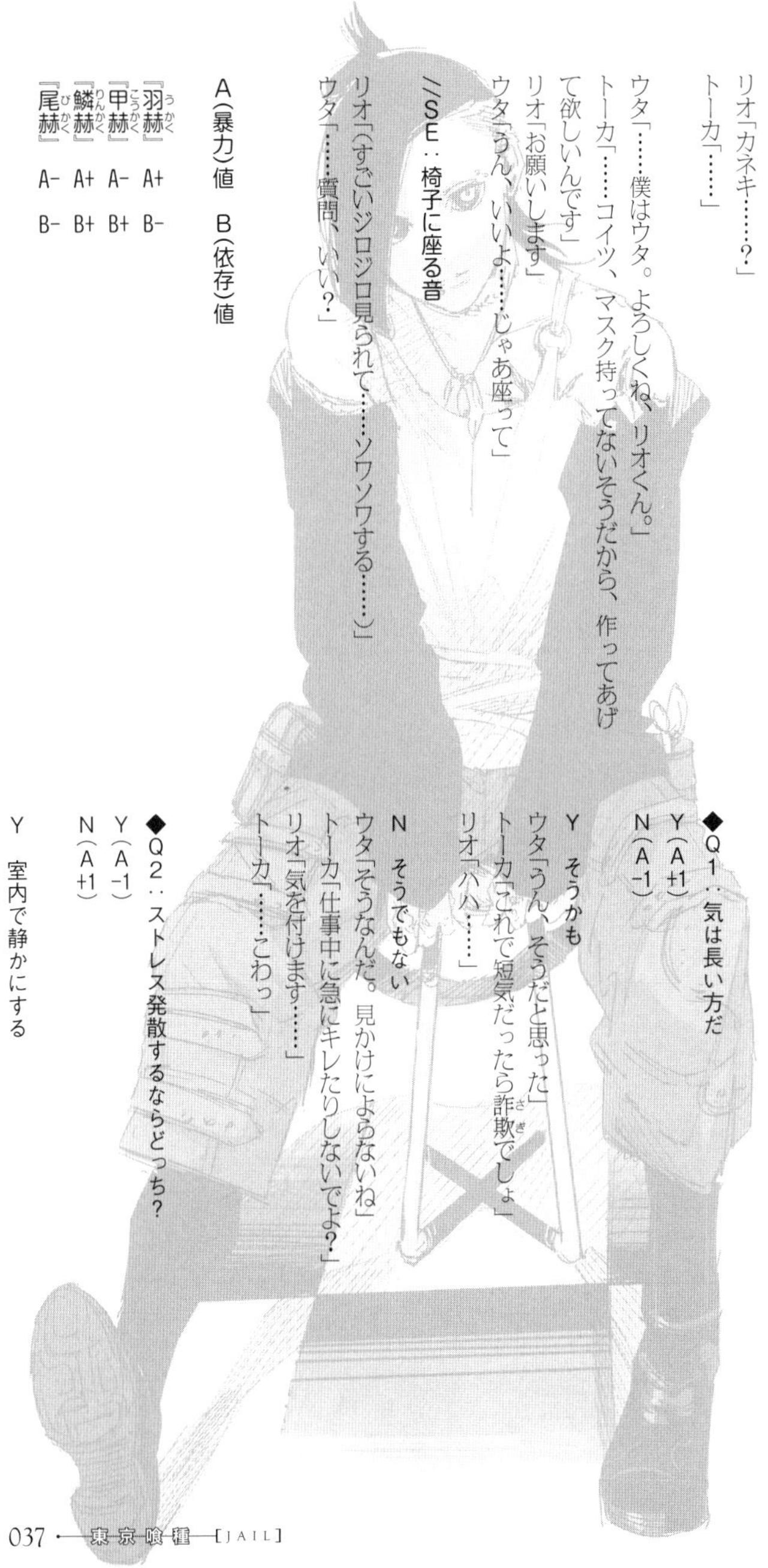

トーカ「コイツ、リオです。あんていくの新人」
？？？（ウタ）「へえ、新人さん。カネキくん以来だね」
リオ「カネキ……？」
トーカ「……」
ウタ「……僕はウタ。よろしくね、リオくん。」
トーカ「……コイツ、マスク持ってないそうだから、作ってあげて欲しいんです」
リオ「お願いします」
ウタ「うん、いいよ……じゃあ座って」
//SE：椅子に座る音
リオ「（すごいジロジロ見られて……ソワソワする……）」
ウタ「……質問、いい？」

	A（暴力）値	B（依存）値
『羽赫《うかく》』	A+	B-
『甲赫《こうかく》』	A-	B+
『鱗赫《りんかく》』	A+	B+
『尾赫《びかく》』	A-	B-

最終数値が0の場合は+とする。

◆Q1：気は長い方だ
Y（A+1）
N（A−1）

Y　そうかも
ウタ「うん、そうだと思った」
トーカ「これで短気だったら詐欺《さぎ》でしょ」
リオ「ハハ……」

N　そうでもない
ウタ「そうなんだ。見かけによらないね」
トーカ「仕事中に急にキレたりしないでよ？」
リオ「気を付けます……」
トーカ「……こわっ」

◆Q2：ストレス発散するならどっち？
Y（A−1）
N（A+1）

Y　室内で静かにする

ウタ「へえ…僕も。気が合うね」
リオ「どんなことされるんですか?」
ウタ「音楽聴いたり、絵を描いたり、普通だよ」
トーカ「いや、トーカさんは、室内だとストレス溜まりそう」
トーカ「いや、まぁ溜まりますけど……」
リオ「アハハ」
トーカ「笑うな」
リオ「すみません……」

N　体を動かす
ウタ「結構アクティブなんだ。汗を流すのって気持ちいいもんね」
トーカ「私もどっちかって言ったらそっちかな」
リオ「そんな感じ、します」
トーカ「どういう意味?」
リオ「えっ?　いや、特に意味は……」
トーカ「なんか引っかかるな……別にいいけど」

◆Q3：モノを捨てるのが苦手だ
Y（B+1）
N（B-1）

Y　多くは持たない主義
ウタ「着の身着のまま、って感じだね」
リオ「あまりモノが増えると、移動もしにくいですし……」

N　捨てられない
リオ「あとで使うかも、って思うと中々捨てられませんね……」
ウタ「それ、わかるなあ。僕もホラ、机見ればわかるでしょ?」
トーカ「あー……」
リオ「掃除してくれる人とかいないんですか?」
ウタ「ふふ」
リオ「?」

◆Q4：恋人には尽くすタイプだ
Y（B-1）
N（B+1）

Y　それよりも尽くされたい……
トーカ「ウザッ」
リオ「えー……」
ウタ「愛情に飢えてるのかな」
リオ「うーん……わからないですけど」

N　なんでもしてあげたい
トーカ「なんか……暑苦しそう」
リオ「うう……」
ウタ「ピュアだね、すごく良いと思う」
ウタ「僕もそっちかなあ。好きな人には、色々してあげたいよね」
ウタ「でも尽くされるのもいいな」

◆Q5：海で乗ってたボートが沈みそう。どうする？
Y（A+1）
N（B+1）

Y　思い切って海にダイブ
ウタ「思い切ったね」
リオ「はい」
トーカ「泳げるの？」
リオ「努力はしてみます」
トーカ「……」

N　最後までボートにしがみつく
ウタ「最終的に海の藻屑《もくず》になりそう」
トーカ「泳げないの？」
リオ「すがるものがないと怖くて……」

◆Q6：飼うならどっち？
Y（B−1）
N（A+1）

Y　ゾウ
ウタ「上に乗りたいよね」
トーカ「飼うことなくない？」
リオ「たしかに……」

N　ライオン
トーカ「アンタみたいなの、すぐ食われそうだけど」
ウタ「喰種って美味しいのかな？」
リオ「どうでしょう……」

◆Q7：道ですれ違いざまに誰かとぶつかった。その相手は？
Y（A−1）
N（B+1）

Y　屈強な男
トーカ「どんだけ普段から怯えてんの」
リオ「すみません……」
トーカ「根性つけなよ、根性」
ウタ「トーカさんほどつけなくていいからね」

トーカ「どういう意味ですか……」
N　未来の恋人
トーカ「夢抱きすぎじゃない？」
リオ「すみません……」
ウタ「いいと思うよ。そういう出会いも」

◆Q８：湖に落し物をした。それは……
Y（B－1）
N（A－1）

Y　年老いた母親
トーカ「どんな質問なんですか……」
トーカ「つーか薄情だね……」
ウタ「なんで落としたの？」
リオ「うーん……」

N　長年の親友
トーカ「どんな質問なんですか……」
トーカ「湖に落ちた親友はどうなるんですか？」
ウタ「溺れるよ」
リオ「ごめんなさい……」

◆Q９：喰種捜査官に追われています。スキをつけば倒せそうだけど……
Y（A＋3）
N（A－3）

Y　ふいをついて『赫子《かぐね》』で攻撃
トーカ「へー、やるじゃん」
ウタ「結構、荒っぽいところあるんだね」

N　気づかれないように逃げる
トーカ「なんで？　倒せばいいのに」
ウタ「優しいね、君は」

◆Q10：やめたいのにやめられないことがある
Y（B＋3）
N（B－3）

Y　ある
トーカ「なに？」
リオ「えっと……なんでしょう」
ウタ「聞いちゃ野暮《やぼ》だよ。男の子なんだし」

N　ない

ウタ「僕はあるなあ」
トーカ「なんですか?」
ウタ「マスクづくりとか、あと……」
ウタ「いろいろ」
リオ「(気になる……)」

ウタ「それじゃあ最後の質問ね」

◆Q11：失うなら、どこ?
①(A −1　B −1)
②(A −1　B +1)
③(A +1　B +1)
④(A +1　B −1)

①目
ウタ「なにも見えなくなっても、いいの?」
リオ「うーん……難しい質問ですけど」
リオ「味覚がなくなるのは嫌だし、音のない世界は怖いから」
ウタ「暗闇も、怖そうだけどな」

②舌
ウタ「なに食べても味がしないよ?」
リオ「目も耳も生きていくのに、必要ですけど……」
リオ「食事は栄養がとれさえすればいいのかなって」
ウタ「うーん、なんだか味気なさそうだね」

③鼻
ウタ「匂いはいらない?」
リオ「この中だったら、そうかなって」
リオ「でも僕は鼻結構利くので、不便かも……」
ウタ「見た目もちょっと気になるね」
リオ「(そういえばキジマは鼻……なかったな)」

④耳
ウタ「なにも聴こえなくなるけど、平気?」
リオ「平気ではないですけど、目も鼻も舌も、食事に関わるから」
リオ「喰べることってとても大事だと思うので……」
ウタ「結構食いしん坊なんだね」

ウタ「うん、うん……なるほどね」

//SE：紙に鉛筆で描く音
ウタ「うん。大体イメージできたよ」
リオ「いつ頃取りにくればいいですか?」
ウタ「……結構早いかも。出来たら知らせるね」

リオ「ありがとうございます、よろしくお願いします」
トーカ「ウタさん、ありがとうございました」
リオ「トーカさん」
トーカ「なに?」
リオ「あの質問って、なにか関係あったんでしょうか?」
トーカ「さあね……ウタさん、ああいう人だし」
リオ「はい」
トーカ「私のときは、一個だけ好きな動物聞かれて」
トーカ「『ウサギが好きだ』って答えたら、ウサギのお面作られたけど」
リオ「……」
リオ「…………つけるんですか? そのお面」
トーカ「……うるさいな」

B MAIN 04

//タイトル：トーカとの買い出し

//BG：あんていく 2階 店内

//SE：ドアの開閉音 あんていくの入り口
トーカ「いらっしゃいませ」
リオ「……い、いらっしゃいませ」
トーカ「声が小さい!! いらっしゃいませ!」
リオ「いら、いらさいませ!」
トーカ「噛むな!」
リオ「すみません……」

//ヒデ登場
ヒデ「ちはーっす! ブレンドお願い……あれ、新人クン?」
トーカ「……はい」
リオ「(誰だろう、知り合いかな……)」

人懐《ひとなつ》っこそうな笑顔に快活な雰囲気。
彼は喰種？　それとも……。
チラリとトーカさんに目配せする。
どこか、いつもと違う彼女の雰囲気で察した。
彼は……〝人間〟だ。

ヒデ「…………」（微妙な間）
ヒデ「こんちわ！　オレ、永近《ながちか》ヒデヨシ。良くここ来るんだ。ヒデでいいぜ！　――新人さん、お名前は？」
リオ「えっと……リオ、です」
ヒデ「へぇ～、なんつーか……ずいぶん大人しい感じッスね」
リオ「……すみません」
ヒデ「いや、謝ることないって！　まあまあ頑張ってくれよ」
ヒデ「……んで、ブレンド、まだッスかね……」
トーカ「ああ、今すぐ……」

トーカ「ありがとうございました」
リオ「……ありがとうございました」

//SE：ドアの開閉音　あんていくの入り口

トーカ「……声が小さい」
リオ「……何度も、すみません」
トーカ「ハァ……まぁ、人を避けて生きてきたんなら、仕方ないのかもしれないけどね」
トーカ「私もそうだったし」
リオ「トーカさんも……？」

ずっとこうやって、ヒトに紛れて生きてきたわけではないのだろうか。
余計なことを言った、とでも言わんばかりに、トーカさんはムスくれた表情を作る。

トーカ「……にしても、私は最初からちゃんと出来たけど」
リオ「ですよね……たぶん、愛想がない店員だと思われてます……僕」
芳村「始めはみんな、そんなものだよ」

芳村さんが、背後から声をかける。

芳村「トーカちゃんも最初そうだったし」
トーカ「あっ、ちょ……！」

話が違う。

芳村「それで、コーヒーを淹れる方はどうかな？」
トーカ「えっと……あー……店長……。こいつ、最強に不器用ですよ」
芳村「おや……？」
トーカ「お湯入れる前から、手ブルブル震えさせて」
リオ「どうしたらいいのかわからなくて……」
芳村「何事も経験だね」
芳村「そうだ、ウタくんから連絡が入っていたよ。リオくんのマスクが出来たらしい」
トーカ「もうですか？　随分《ずいぶん》早いですね」
芳村「ずいぶん声が明るかったから、調子よく進んだんだろうね」
芳村「トーカちゃん」
トーカ「……まさか……」
芳村「まだウタくんの店までの道を覚えてないだろうから、付き添いお願い出来るかな」
トーカ「どうせ断れないんでしょ……」
リオ「よろしくお願いします……」
トーカ「………」
トーカ「……はいはい、分かりました！」

芳村「それとトーカちゃん、帰りにコーヒー豆を買ってきてもらっていいかな？　ちょうど切らしてしまってね」
芳村「ついでに街を案内してあげるといい。くれぐれも迷子にならないようにね」
トーカ「……ガキじゃないんだから」
リオ「気を付けます」
トーカ「まぁ……コイツはガキみたいなもんか」
リオ「？　……どうかしましたか？」
トーカ「……別に」
トーカ「ほら、行くよ！」
芳村「いってらっしゃい」

//SE：ドアの開閉音　あんていくの入り口

B MAIN 05

//タイトル：マスクと種類

//BG：街中　昼

トーカ「ここまで来れば思い出すでしょ？　そこの角曲がって、階段見つけたら降りる」
リオ「はい、多分大丈夫です」
トーカ「んじゃ、帰りは適当に一人で帰って。私はコーヒー豆買ってくるから」
トーカ「……なに不安そうにしてんのよ。さっき説明したから大丈夫でしょ？」
リオ「努力します……」
トーカ「おう」

トーカ「……ああ、それから！」
リオ「……？」
トーカ「あんた、私とそんなにトシ違わないでしょ。敬語やめなよ、気持ち悪いし」
リオ「あ……はい、わかりました」
トーカ「敬語」
リオ「……すみま……ごめん」
トーカ「ふっ」
トーカ「……アンタ、ビビりすぎ。そんなんじゃ、街で絡まれるよ。んじゃ」

//SE：歩いていく音　コンクリート　一人

リオ「（……ビビりすぎ……か）」
リオ「（……って、ボーッとしてる時間はないか）」

//BG：ウタの店

リオ「お邪魔しまーす……」
ウタ「やあ、出来上がってるよ。お待たせ」
リオ「ありがとうございます」
ウタ「はい、リオくんのマスク」

ウタさんに渡された包みを開ける。

《リオマスク感想》

◆羽赫

マスク、と聞いて自分が連想するのは、顔を覆うようなものだった。

でも手渡されたマスクは、眼球部分に大きな角があしらわれていて、顔のシルエットそのものを変化させるようなデザインをしていた。

『怪鳥』を思わせる、鋭い形状。

自分の持っていた『マスクという概念』を崩してきた彼に対して、やはりこれを生業《なりわい》にしているだけのことはあると思った。

ウタ「……君は、自分が思っているより、行動力があって、自分の道を進む強さがある気がしたんだ」

ウタ「遠くまで飛んでいける、大きな鳥の姿が、僕には見えたよ」

◆甲赫

包みを開けて、まず最初に感じたのは、その冷たい感触。

金属だろうか。

生物的でもあり、無機質でもある、紅に染められたマスク。

彼が僕に手渡したのは、どこか『西洋の兜《かぶと》』を思わせるようなデザインのマスクだった。

その見た目から比較すれば、驚くほど軽いが、ちょっとやそっとの衝撃では変形しそうにない。

芸術性と実用性、両方が兼ね備えられたものだと感じた。

ウタ「君はとても優しい心をもっているね。それゆえに傷つくこともあるのかも」

ウタ「一度ついた傷は治らない。だったら、守るしかない。傷つかないように」

◆鱗赫

そのマスクを見た瞬間、思わず僕はギョッとしてしまった。

『悪魔』がこちらを見ている。

あるいは肉食の怪物。残虐な捕食者……。

とにかくそのマスクは一目でわかる凶暴性を孕《はら》んでいる。

僕を連想して、このマスクが出来たということは、僕の中にもこういう一面がある、ということだろうか。

ウタ「面白いなって思ったんだ。君って、見かけによらず本当はすごくドロドロした部分を持ってない？」

ウタ「愛するものを深く愛するし、手に入れたものは手放さない。……たとえ誰かを傷つけても」

◆尾赫

口元を覆《おお》う布。

文様があしらわれたバンダナ部分。

目元はあえて隠さない、ということだろうか。

しかしこのデザインであれば、いざというときでも、瞬時に身に着けることが出来るだろう。

闇にしのぶ『暗殺者』。
ウタさんが僕に作ってくれたのは、影の世界を生きる喰種そのものをあらわすようなマスクだった。

ウタ「君はすごくバランスのとれた人なんだな、って感じた。どこか飄々としている、というか」
ウタ「要領よく生きていけるのは、ヒトでも喰種にとっても、便利なことだよ。僕は不器用な人、好きだけど」

ウタ「……気に入ってもらえたかな」

◆Y　気に入った
リオ「はい。ありがとうございます」
ウタ「うん、良かった」

◆N　気に入らない
リオ「えっと……」
ウタ「似合うと思うよ、あとでつけてみて」
ウタ「マスクつけてくれるのが楽しみだな」
リオ「…………」

マスクをつけるとき。それはつまり誰かと戦うときだ。
現実感が沸かずに、少し身震いした。

ウタ「争いごとは苦手？」
リオ「得意……ではないです」
リオ「でもそうも言ってられないから……」
ウタ「戦う理由があるんだね」
リオ「……」
リオ「……ジェイルという喰種を捜してるんです。目元に痣のある、凶暴な喰種……」
ウタ「ジェイル……？」
リオ「コクリアに囚われている兄を助けるためには、ソイツを引き渡さなきゃいけないんです」
リオ「だから……」

『ジェイル』を倒せるぐらい、強くならないと。

リオ「……でもまずは、そいつを探し出すことから、ですけど……」
リオ「（でも何の情報もないから、どこから手をつければいいのか……）」
ウタ「ジェイル……か。心当たりないな」
リオ「……」
ウタ「でも、喰種の世界に詳しい人なら知ってるよ。『Helter《ヘルター》

Skelter《スケルター》』ってお店を訪ねてみて」
ウタ「そこにイトリさんって人がいるから。彼女はとても物知りなんだ」
リオ「イトリさん……」
リオ「あの……僕みたいなヤツがいきなり訪ねても大丈夫でしょうか？」
ウタ「んー、わからない」
リオ「……」

ウタ「……あんていくに勤めてるなら、蓮示《れんじ》くんに連れていってもらえば良いかも」
リオ「れんじさん、ですか？」
ウタ「四方《よも》蓮示。トーカさんに聞いてみれば？　無口だけど、いい人だよ。たぶん」
リオ「（ヨモ、レンジ……）」
リオ「分かりました。……色々とありがとうございました」
ウタ「いいえ。またおいで」

リオ「（喰種の世界に詳しい『イトリさん』、それに四方さんか……どんな人たちなんだろう）」
リオ「（あとでトーカさんに聞いてみよう）」

B MAIN 06

//タイトル：喰種捜査官

//BG：街中　昼

リオ「（マスクも手に入れたし、ウタさんに色々教えてもらえたし……）」
リオ「（あんていくに戻ったら――）」
リオ「（……って、あれ……？）」
周囲を見回すが、目の前には見覚えのない道が広がっている。
リオ「（しまった。迷った……）」
リオ「（あれだけ大丈夫だって言ったのに……えっと確か……こっち……）」

//時間経過
//BG：路地裏　昼

リオ「（どうしよう……？）」
リオ「（ヒトに聞くなんて出来ないし……）」
リオ「（もう少し歩き回ってみようか）」

リオ「（そんなに遠くには来てないはずだから、そのうちきっと——）」
？？？（捜査官）「……君」
リオ「っ……」
？？？（捜査官）「少し、いいかな」

胸に〝白鳩《ハト》〟の模様のバッヂが光る。
この人は……。

リオ「（喰種捜査官……）」
捜査官「……ニュースで見て知っているかもしれないが、つい先日喰種が大量に逃げ出す事件があってね」
捜査官「路地を歩くときは気をつけたほうがいい」
捜査官「そうじゃなくてもここらへんは柄の悪い連中もよくたむろしている」
リオ「あ、気をつけます……」
捜査官「ところで君は学生かな？」
早々に立ち去ろうとしたところで男に呼び止められる。
なにか答えないと……。

《選択肢》
◆1：15歳です。
◆2：学生です。

◆1：15歳です。

リオ「学校は……事情があって、ちょっと行ってなくて……年は15歳です」
捜査官「ああ、そうか。……悪いな、立ち入ったことを聞いて」
リオ「い、いえ……」

↓
■合流1へ

◆2：学生です。

リオ「学生です」
捜査官「そうか……。どこの学校の生徒だい？」
リオ「あ、いや……えっと……、まあちょっと遠いところにある学校……です」
捜査官「……？　………そうか」
リオ「（……違う答え方をすれば良かった）」

↓
■合流1へ

■合流1

捜査官「それで、これからどこかへ行くつもりだったのか？」

《選択肢》
◆3：道に迷っていました。
◆4：家に帰ります。

◆3：道に迷っていました。

リオ「駅を探してたんですけど、ちょっと道に迷っていて……。
ここら辺、初めて来たから……」
捜査官「ああ、やはりそうだったのか。通りでフラフラしている
と思ったよ」
捜査官「駅はあっちだ。このまま真っ直ぐ行けばつく」
リオ「あ……ありがとうございます、助かりました」

↓■合流2へ

◆4：家に帰ります。

リオ「家に帰るところでした」
捜査官「……そうか。いや実は、道に迷っているように見えて声
をかけたのだが……」
リオ「あ、いや……」
捜査官「大丈夫なんだね？」
リオ「大丈夫……です」
リオ「（――怪しまれてる……かも）」

↓■合流2へ

■合流2

//SE：携帯電話が鳴る音
捜査官「おっと、電話か……。引き留めてすまなかったね。気を
付けて帰ってくれ」
//SE：足音　コンクリート　一人　歩いて行く

//声のみ

捜査官「もしもし？」

ああ、今こっちは――」
リオ「（……助かった……）」

B MAIN 07

//タイトル：芳村の提案
//BG：あんていく　2階　店内
//SE：ドアの開閉音　あんていくの入り口

芳村「ああ、お帰り」
トーカ「遅すぎ。アンタ方向オンチ？」
芳村「迷子にはならなかったかい？」
リオ「……なりました」
トーカ「え」
芳村「おや」
リオ「……そこで、捜査官に引き留められて……」
トーカ「白鳩に……!?」

〝白鳩《ハト》〟。

喰種捜査官が所属する機関、「喰種対策局＝CCG《シーシージー》（Commission of Counter Ghoul）」。
喰種を殲滅《せんめつ》するために日夜職務をこなす彼らCCG。
そのシンボルマークとして、平和の象徴である〝白鳩〟が使われていることから、喰種は彼らを〝白鳩〟と呼称することがある。

多くは敵意を孕んで、この呼び方を使う。
トーカ「アンタ……どんだけ貧乏クジ引くのよ」

//SE：ドアの開閉音　あんていくの入り口

四方「……トーカ。ソイツは土地勘がないんだ。……お前がしっかり見てやれ」
リオ「……？」
長身で筋肉質な厚みのある男性が立っていた。
どこかぼんやりとした目が、この場を見下ろしている。
トーカ「あっ、四方さん……」
四方……。
この人が、ウタさんが言っていた四方 蓮示？
なんとなく、この声聞き覚えがあるような……。
芳村「そうだね、始めはしっかり面倒みてあげないと、ただでさえ社会に不慣れなんだから」
トーカ「……。――……すみません」
トーカさんがバツの悪そうな表情を浮かべる。
リオ「いや……僕が道を覚えていなかったせいなので。ご迷惑かけてすみません」
トーカ「あ、アンタが謝ったら余計私が悪者になるじゃん……」
じゃあどう言えば良かったのだろう。
芳村「しかし、いざというときの対処は覚えておくに越したことはないね」
トーカ「ただでさえヘナチョコですしね」
リオ「（……ヘナチョコ）」
四方「……」
古間「フフ、そこでこの魔猿の登場というわけですね？」
どこからともなく古間さんが現われた。
手にはコーヒー豆の缶を持っている。
さっきトーカさんが買ってきたものだろうか。
リオ「〝まえん〟……？」
古間「不思議そうだね、リオくん。実のところこの僕は――」
芳村「頼めるかな？　四方くん」
古間「おや？」
四方「……。――………わかりました」
芳村「魔猿は、豆のローストをお願いしようかな」
古間「……承知！」

トーカ「……」
リオ「……」
四方「……下で待つ。準備ができたら俺のところに来い」

B MAIN 08―1

//タイトル：地下訓練場

//BG：あんていく　地下道

リオ「(……喫茶店の下に、こんな地下道が……)」
四方「ここはその昔、喰種が人間達から身を隠すために作った道だ」
四方「……これ以上先には進むな。……出られなくなっても知らないぞ」
リオ「は……はい。気をつけます」
リオ「……あの」
四方「…………」
リオ「あの……」
四方「…………なんだ」

なんでこんなに間が空くんだろう。

リオ「えっと、ウタさんから少し四方さんのことを聞きました」
四方「……そうか」
リオ「それで、イトリさんって人のお店に行きたいんですけど……」
四方「…………」
リオ「そこに連れて行ってもらうことって、可能でしょうか……」
四方「…………」
リオ「…………」
四方「…………」
四方「…………」

僕の声は届いているのだろうか。

リオ「……」
四方「なぜだ？」
リオ「はい……？」

突然投げかけられた、大味の質問に面食らう。
四方さんが面倒くさそうに顔をしかめながら、再度ゆっくりと僕に問い質《ただ》す。

四方「……なぜ、イトリの店に行きたがる？」
リオ「……えっと……」

リオ「……僕が求める情報が、そこにあるかもしれないから、です」
四方「…………」
四方「そうか」
リオ「はい」

そう答えたきり、四方さんは上着を脱ぎだした。
一体なにが始まるんだ、とその様子をただ眺めていた僕に、四方さんは振り向いて口を開いた。

四方「……一発入れてみろ」
リオ「えっ」
四方「……芳村さんが言っていただろう。いざというときの対処を覚えろ、と」

四方「……イトリの件は、俺に一発でも入れることが出来れば考える」

「一発入れる」。
つまり、殴ってみろ、ということだろうか。
……ケンカなんてまともにしたことない。
食料調達だって、兄さんに頼ってばっかだった。

リオ「……」

でもこれからは、兄さんを助けるためには――〝こういうこと〟が必要になるんだ。
僕は……。

リオ「（僕は……強くならなくちゃいけない）」
いつまでも非力な弟ではいられない。
//SE：足音　コンクリート　一人　構える
リオ「よ……よろしくお願いします……っ」
四方「…………」

//タイトル：特訓の成果
//BG：あんていく　地下道
//バトル終了後

リオ「……ハァ、ハァ……！」
リオ「フッ……ハァ……」
四方「……」
リオ「……ハァ…………ハァ………」
リオ「（四方さんは……呼吸一つ乱れていない……）」

僕の攻撃はいとも簡単に受け流された。
攻撃を繰り出すので精一杯で……。

リオ「（一発入れるなんて、とても……）」

四方「行くぞ」
リオ「えっ……？」
四方「……イトリの店だ。行きたいんじゃなかったのか」
リオ「あ……えっと、良いんですか……？」
四方「………」

くだらない質問をするな、と言わんばかりに眉間にシワを寄せる。
リオ「（もしかして、僕にやる気を出させるために言ってくれたのかな……）」

ついてこい、とは口にせず、四方さんはズカズカと暗闇へ歩いていく。

慌てて僕も後を追った。

暗闇の先、入り組んだトンネルを四方さんは、慣れ親しんだ道のように、スイスイと進んでいく。
僕は、その影についていくのに僕は必死だった。
一瞬、影を見失って、狼狽《ろうばい》していると闇から声がする。

四方「……来い、こっちだ」
リオ「あっ……すみません……。……」

あっ、と。

そこで、僕は思い出した。
何故僕が、四方さんの声に聞き覚えがあったのか。
コクリアから逃げ出して、キジマに追われたあの夜。
空腹と傷の痛みで、意識を失いかけていた時。

あのとき、暗闇から僕を助け出してくれたあの声。

リオ「（あれは……四方さんだったんだ）」

無口で無愛想だけど、彼の恩を着せない優しさに、親しみを感じた。

お礼を言いたかったけど、どんどん闇へ潜《もぐ》っていく彼を追うのに精一杯で、その場では、言いそびれてしまった。

B MAIN 09

//タイトル：ヘルタースケルター
//BG：ヘルタースケルター
//SE：ドアの開閉音　店のドア　ヘルタースケルター

？？？（イトリ）「いらっしゃーい……あれっ」
リオ「（ここ……〝バー〟ってヤツ、なのかな……初めて来た……）」
四方「イトリ、客だ」
イトリ「見りゃ分かるわよ。でも蓮《れん》ちゃーん……ちょーっと、彼、彼女？　――若すぎるんじゃない？　未成年？」
リオ「あ……どうも、リオです。……未成年です」
この人がイトリさんか……。
ずいぶん気さくな人のようだ。
……ただ、なんだか、目のやり場に困る。
イトリ「カワイコちゃんだねえ、君ィ～。恋人はいるの？　ん？」
リオ「えっと……あの……」
四方「……イトリ、よせ。」
イトリ「なによー、つまんないの」

//SE：椅子に座る音

イトリさんがカウンターの奥の席にドカッと腰掛ける。

赤い液体で満たされたグラスを一気に飲み干すと、前かがみになって、僕の目の前まで顔を突き出した。

イトリ「――で」

イトリ「君。何が知りたいの？」

リオ「……！」

試すような微笑を浮かべて、イトリさんがこっちを見つめている。

すべて見透かされているような気がした。

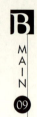

イトリ「お酒を飲みに来たわけじゃないんでしょ？」
イトリ「まあ血酒《ちざけ》飲んで、ランチキやんのも悪くないけどさ」
イトリ「こんなに可愛らしい少年が、怪しいお姉さんを頼ってやってくる理由の方が、ずっと面白そうじゃない？」
リオ「……」
リオ「ある喰種を探しています」
イトリ「ふん？」
リオ「目元に痣を持つ喰種です。凶悪な喰種みたいで、ＣＣＧからも追われているそうです。……名前は『ジェイル』」
イトリ「はい、はい」
イトリ「あージェイルね、ジェイル。うんうん」
イトリ「知ってるよーな、いないような」
リオ「何かご存知なんですか？」
イトリ「うん、アレのことかな？　うんうん」
リオ「（……？）」
イトリ「まあ、イトリデータベースの中には、少年の役に立ちそうな情報がいくつかあるわ」
リオ「本当ですか……!?」
イトリ「ただね、少年。これはウチのもっとも高価な商品なんだ」
イトリ「『情報』っていうのは、どんなものより価値を持つことがあるの」
イトリ「そうね、だから相応の『対価』がないと」
リオ「対価……ですか」

リオ「……すみません、お金はどうにか貯めてみます……だから……」
イトリ「お金は要らないわ」
リオ「？」
イトリ「〝身体〟で払ってもらうから」
リオ「えっ」

四方「……イトリ。……茶化すな」
イトリ「茶化してなんかないわよ～、このムッツリスケベ」
イトリ「私が望んでいるのは〝等価交換〟。つまり〝情報〟」
イトリ「少年には、自分の『足』を使って、私が喉から手が出るほど欲しくなるよ～うな情報を仕入れて欲しいの」
イトリ「〝身体〟でっていうのは、そういう意味よ」
リオ「……」
イトリ「残念だった？」
リオ「えっ⁉　……あ、いや……」
イトリ「あはは、本当に君は可愛いねえ。お姉さん苛《いじ》めたくなっちゃう！」
四方「……やめとけ」
イトリ「んで、なにかありそう？　私が欲しがりそうな情報」
リオ「……えっと……」

《選択肢》
◆１：コクリアのこと
◆２：街で出会った捜査官のこと
◆３：僕のこと

◆１：コクリアのこと

リオ「喰種収容所……コクリアのこと、とか……」
イトリ「ほー？　君あそこから来たんだっけ？」
リオ「（……なんで知ってるんだろう）」
イトリ「それで、どんな情報？」
イトリ「ゲート０以下のセキュリティシステム？　脱走した喰種のリスト？　それとも……」
リオ「あ……う……」

僕が知ってるのは、冷たい無機質な独房と、脱走時に見上げたドーナッツ型の内部構造ぐらいだった。

↓■合流１へ

◆２：街で出会った捜査官のこと

リオ「前、僕に話しかけてきた喰種捜査官がいて……」

イトリ「ほうほう」
リオ「背が高くて、すごく強そうでした」
イトリ「ほー」
イトリ「……」
イトリ「……えっ!?　終わり!?」
リオ「あっ……はい……すみません……」

↓■合流１へ

◆３：僕のこと

リオ「僕は物心ついたころには、兄さんと二人で暮らしていました」
イトリ「うん」
リオ「食料の調達は兄さんが担当してくれていて、僕は寝床の確保などをやっていました」
イトリ「うんうん」
リオ「なので、住むのに良い廃墟を見つけるのは得意です」
イトリ「知らん!!」
リオ「ご、ごめんなさい……」
僕は何を言っているんだろう……。

↓■合流１へ

■合流１

リオ「(……ダメだ。こんな情報じゃ……)」
イトリ「そうだねえ、こんなのは？」
イトリ「喰種捜査官キジマ式《しき》の情報」
リオ「…！（キジマ……!?）」
四方「……」
イトリ「もちろん知ってるよね、君を追っていた捜査官のことだもんね」
リオ「なんでそれを……」
イトリ「ンフフ、情報屋ってそういうもんよ。んで」
イトリ「最近そのキジマって捜査官が、街をうろつき回ってるみたいでさ」
イトリ「顧客の喰種の中にも、怯えてる人が結構いるのさ」
イトリ「安心させるために、彼のことを抑えておきたいってワケ」
四方「イトリ……ヤツは危険だ。コイツもまだ……」
イトリ「蓮ちゃ～ん」
イトリ「私は〝彼〟と交渉してるんだけど？」
四方「……」
イトリ「どう？　やる？」
リオ「……」

リオ「（僕もキジマといつかは接触しなければいけない。ここで尻込みするわけには……）」
リオ「……どんな情報を集めればいいんですか?」
四方「……」
イトリ「それは君次第かな。ヤツの行動パターンや願望。役に立ちそうな情報であれば、なんでも」
イトリ「私は、それに見合った情報を提供する」
リオ「（キジマ……兄さんを捕らえ、僕を狙う……あの不気味な、喰種捜査官――）」
僕を『ジェイル』と呼ぶあの掠《かす》れた声。
思い出すだけで身の毛がよだつ。
イトリ「ふふ、出来るかな。お姉さんは楽しみにしているよ?」
リオ「……分かりました」
//SE：椅子から下りる音
リオ「ありがとうございました……また来ます」
イトリ「はーい。いつでも、どうぞ」
四方「………」
四方「……気をつけろよ」
四方「……喰種捜査官には……近付きすぎるな」

リオ「……はい。ありがとうございます。――でも自分のことだから……それに……」
何より、これは兄さんのためなんだ。
リオ「僕が頑張らないと……」
リオ「（……でもどこから調べたらいいんだろう）」
//SE：ドアの開閉音　店のドア　ヘルタースケルター

B MAIN 10

//タイトル：キジマ徘徊
//BG：黒
//SE：足音　コンクリート　一人　遠くからゆっくりと義足で歩み寄ってくる音
???（キジマ）「ジェ～イル～～………」
//SE：足音　コンクリート　一人　遠くからゆっくりと義足で歩み寄ってくる音

???（キジマ）「ジェ〜〜イル〜〜〜………ッフフフ」
//CG：嗤《わら》うキジマ
//SE：足音　コンクリート　一人　遠くからゆっくりと義足で歩み寄ってくる音
キジマ「逃がさないよォ、ジェイルウウウ………」
//SE：足音　コンクリート　一人　ゆっくりと義足で去って行く

B MAIN 11

//タイトル：カネキという思い出
//BG：あんていく　2階　店内

午後9時をまわり、あんていくは閉店の時刻になった。
今日は、うまく働けただろうか。
コーヒーは相変わらず、うまく淹れられないけれど。
あの熱々のお湯が入ったポットを触るのが怖い。

ニシキ「——ああ疲れた……んじゃーとっとと帰るか。お疲れさん」
古間「ニシキくん」
トーカ「ちょっとニシキ……今日は全体掃除の日でしょ」
ニシキ「チッ……気付いたか」
トーカ「当たり前でしょ！　一人いなくなったら、アンタの担当誰かやんなきゃいけないんだから」
ニシキ「クッソダリィ……早く帰らせろよ」
芳村「それなら、みんなで早く終わらせよう。分担すれば直ぐだよ」
ニシキ「ハァ……わーったよ」
芳村「リオくんもお願いできるかな？」
リオ「はい」

リオ「えっと、どこを掃除すればいいですか？」
芳村「そうだね、君には従業員室をお願いするよ。古間くん、掃除のポイントを教えてあげてくれるかな」
古間「お任せあれ」
芳村「トーカちゃんは厨房を」
トーカ「はーい」
ニシキ「ちょっと待て、ジイさん……残ってる場所って……」
芳村「ニシキくんはお手洗いをお願いするね」
ニシキ「何でだよ……ッ！　クソッ!!」

//場所移動
//SE：ドアの開閉音
//BG：あんていく　3階　従業員室

古間さんから、従業員室の掃除のレクチャーを受ける。
ベテランなだけあって、指示が的確でわかり易い。

古間「……と、まあザッとこんな感じかな」
リオ「(この人……掃除の腕はすごいんだな)」
古間「僕も手伝うから、半分ずつ進めようか」
リオ「わかりました、ありがとうございます」
古間「わからないことがあれば、何でも聞いてくれよ。兄のように慕うといい」
リオ「……あっ、はい」

〝兄〟。
そのワードに反応して、一瞬反応が遅れてしまった。
そんな僕の様子を察知したのか、古間さんは少しだけバツの悪そうな笑顔を浮かべて、掃除を始めた。
古間さんから教えてもらったものの、普段掃除なんてしたことのない僕は、どのぐらいまで綺麗にすればいいのかわからなかった。
目に見えるホコリはすべて拭《ふ》き取るべきか。髪の毛一本落とさないようにするべきなのか。
完璧にしようとすれば、夜が明けてしまいそうだ。
そんな僕を見越していたのか、

古間「ほどほどでいいからね」

…と、古間さんが声をかける。

〝ほどほど〟を心掛けながらの掃除にも慣れてきて、要領よく作業をこなしていく。

リオ「(普段から掃除をしてるのか、そんなに汚れてないな。気になるとしたら、ロッカーの上や中……)」

椅子を使ってロッカーの上を覗くと、前の担当者がここまで見ていなかったのか、しばらく分の埃《ほこり》が積もっていた。

リオ「ごほっ、ごほっ。……すごい埃」

荷物を一度避けて、雑巾がけ。

最初は水拭き、次は乾拭き。

ここ、と決めて、ひとつひとつ処理していく作業は、僕には向いている気がした。

フロアの仕事は、来店者が来るたびに、ヒトなのか喰種なのか見定め、注文を受け、品物を出す。

ようやく客が帰ると思えば、今度は代金を受け取らないとならない。

〝レジ〟と言われる機械は、到底理解できない摩訶不思議な装置で、何度会計でもたついたか。

それに比べれば、これは遥かに楽な作業だった。

リオ「（これならずっと裏方で掃除でもいいかも）」

そう思えるほど、掃除は僕の性分にあった。

／／時間経過

リオ「（……よし、綺麗になったぞ……）」

自分が掃除したロッカーたちを誇らしげに眺める。

古間「いい感じだね。それじゃあ下に戻ろうか」

リオ「はい、でもあと少しだけ」

古間「熱心だなあ、感心感心」

そういって、古間さんは先に部屋を出ていった。

僕は仕上げに、ロッカーの戸を順繰りに拭いていく。

リオ「（『霧嶋《きりしま》』……これはトーカさんのロッカー）」

リオ「（『西尾《にしお》』。ニシキさんのロッカー。

『入見』さん、『古間』さん――」

そこでふとある表札が目に入って、作業の手が止まる。

リオ「『金木《かねき》』……？」

僕があんていくで会った人。
芳村店長、トーカさん、ニシキさん、古間さんに、入見さん。
それに、お店では働いていないけど、四方さん。
「金木」なんて人、いただろうか。

//時間経過
//BG：あんていく　2階　店内

芳村「綺麗に掃除してくれたみたいだね。リオくん、ありがとう」
リオ「いえ。楽しかったです……ずっと掃除だけしていたいです」
芳村「ははは」

フロアの仕事から外してもらえないか淡い期待を込めてみたが、芳村さんに真意は伝わらなかったようだ。あるいはあえて無視されたか。

ニシキ「クッソ……水跳ねやがった……!!」
トーカ「良かったじゃん」
ニシキ「良くねえよ、タコスケッ」
トイレの掃除が終わったのか、他のメンバーも戻ってくる。
そこで僕は、さっき気になったことを聞いてみた。

リオ「あの……」
トーカ「？」
古間「どうしたんだい？」
リオ「あんていくには、もう一人従業員がいるんですか？　ロッカーが一つ多かったみたいだから」
リオ「金木、って……」
トーカ「……」
ニシキ「……あ～」

僕がその名前を口にした瞬間、気まずい空気が流れたのを感じた。
なにかマズイことを聞いてしまったのだろうか……。

芳村「あのロッカーは前に働いていた子のものだよ。いつでも戻ってこられるように、そのままにしてあるんだ」

それ以上、誰も語る人はいなかった。

//時間経過

トーカ「お疲れ様です」
ニシキ「おつかれッス」
従業員たちがそれぞれ帰宅していく。
芳村さんと古間さんは店内でまだ作業があるようだった。

リオ「（……さっき、変なこと聞いちゃったのかな……）」
なんとなく居心地が悪い。
でも明日からこのモヤモヤを抱えて過ごすのは少し嫌だった。
リオ「（話してくれないかもしれないけど、事情を聞いてみようかな……）」
どうしようか。

《選択肢1》
◆1：トーカを追いかける
◆2：ニシキを追いかける
◆3：それ以外

◆1：トーカを追いかける
↓「B MAIN ⑫」へ

◆2：ニシキを追いかける
↓「B MAIN ⑬」へ

◆3：それ以外
↓《選択肢2》へ

《選択肢2》
◆4：古間さんに聞く
◆5：芳村さんに聞く
◆6：それ以外

◆4：古間さんに聞く
↓「B MAIN ⑭」へ

◆5：芳村さんに聞く
↓「B MAIN ⑮」へ

◆6：それ以外
↓《選択肢1》へ

B MAIN 12

//タイトル：トーカとカネキ

//BG：外　トーカの帰り道

リオ「……トーカさん！」
トーカ「……ん？」
トーカ「なに、私なんか忘れ物でもしてた？」
リオ「あっ……いや……そういうわけじゃないんですけど……」
リオ「歩きながら少し話しませんか？」
トーカ「……べつにいいけど」
リオ「──いつも迷惑かけてすみません」
トーカ「いいよ、べつに」
トーカ「厳しくは言ってるけど、よくやってる方じゃない？」
トーカ「いきなり人間社会に溶け込むなんて、喰種にとっては難しいことだと思うし」
リオ「トーカさんもあんていくに来るまでは、僕みたいにヒトに関わらずに生きてきたんですか？」
トーカ「いや、私は色々フラついてたから。ずっとそうだったわけじゃないよ」
トーカ「アパート借りて暮らしてたときもあったし、野良猫みたいな生活もしてた」
トーカ「今は店で働いて学校にも行ってるから、自分でもたまに変な感じ。──こんな風に生活できる喰種、あまりいないだろうから。ツイてるって思うよ」
リオ「学校、楽しいですか？」
トーカ「……まあね」

そう言ってトーカさんは、悪戯《いたずら》っぽく笑った。
学校、好きなんだな。

リオ「……あの、さっきはすみません」
トーカ「ん？」
リオ「変なこと言ったのかなと思って、カネキさんのこと」
トーカ「……」
トーカ「いいよ、べつに」

彼女の表情がすっと消えるのを見た。

リオ「……。えっと……」
トーカ「私、ここらへんだから」
トーカ「んじゃ、また」

そう言うとトーカさんはスタスタと歩いて行ってしまった。

リオ「（謝るつもりが、余計なことをしたかも……）」

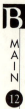

リオ「（あんていくの人たちと、カネキさん……なにがあったんだろう）」

／／トーカ好感度+1

↓◆「B MAIN ⑯−❶」へ

B MAIN 13

／／タイトル：ニシキとカネキ

／／BG：ニシキ帰り道

リオ「ニシキさん！」
ニシキ「……おお」
ニシキ「なんか用か？　シマシマ」
リオ「し、『シマシマ』？」
ニシキ「私服がなんか縞々してっから。シマシマ」
リオ「は、はは……」
リオ「……僕、さっき変なこと言いましたか？」
ニシキ「ん？　ああ……カネキのことか？」
リオ「はい……」
ニシキ「そう思うんならそれ以上追及すんなよ。ニブいのな、お前」
リオ「す、すみません……そうですよね」
ニシキ「まあ別に俺はそんなに気にしちゃいねーけどさ。お前追いかけるのが俺で良かったよ」
リオ「？」
ニシキ「トーカなんかに行ってた日にゃ、シカト決め込んで行っちまってたと思うぜ」
リオ「そ、そうなんですね……」
リオ「カネキさんって、どんな人だったんですか？」
ニシキ「どんな……んー……」
ニシキ「お前にちょっと似てっかもな」
リオ「えっ」
ニシキ「一言で言えば、ウジウジ野郎？」
リオ「……」
ニシキ「なに凹《ヘコ》んでんだよ。正直に言っただけだろ」

それに傷ついている。

ニシキ「強いのか弱いのか、わかんねーヤツだったな。一回ぶっ殺そうと思ったんだけど、返り討ちにあったし」
リオ「えっ、殺すって……冗談、ですよね？」
ニシキ「いやマジで」

リオ「……」
リオ「……それなのに、同じ店で働いていたんですか?」
ニシキ「おお、アイツの紹介でな」
ニシキ「店で働いてりゃ、メシにも困んねーし、ついでに小遣い稼ぎも出来っからな」

ニシキさんはカネキさんという人に紹介されてあんていくに勤め始めた。
そのカネキさんを、ニシキさんは殺そうとしたのだという。

リオ「(なにがなんだか……)」
ニシキ「よくわかんねーだろ? 俺にもよくわかんねえよ」
ニシキ「ただ、色んな意味で借りがあるのには違いねえけどな」
ニシキ「……ったく、どこでなにやってんだか」

ニシキさんは口は悪いけど、どこかでカネキさんを心配しているように見えた。
カネキさん。
どんな人だったんだろう。

→◆「B MAIN 16-1」へ

B MAIN 14

//タイトル：古間とカネキ
//BG：あんていく　2階　店内

リオ「古間さん、今日は指導ありがとうございました」
古間「ああ、リオくん。お疲れ様。君はとても筋がいいよ」
古間「この掃除の魔術師・20区の魔猿としては、君のポテンシャルに注目していきたいところだね」
リオ「あ……ありがとうございます」
リオ「でもやっぱり古間さんの掃除は手早くて、すごかったです」
古間「ハハ、この域に達するには5年は経験を積まないとね」

5年……。
5年後、僕はどうしているだろう。
そのとき兄さんは隣にいるだろうか……?
……。

リオ「……古間さんはどのぐらいお店で働いているんですか?」
古間「僕のキャリアはこの店と同い年さ。僕はあんていくのオープニングスタッフだからね」
古間「ちょうど10年ぐらいになるかな?」

リオ「へえ……そうなんですね」
古間「店のことは隅々まで把握しているから、わからないことがあればこの魔猿を頼るんだよ」
リオ「はい、ありがとうございます」

わからないこと、と言えばその『魔猿』という呼称のことなんだけど、なんだか長くなりそうだったので、そこでは聞かないでおいた。

リオ「……あの……さっきのことなんですけど」
古間「ん？」
古間「ああ、カネキくんのことかい？」
リオ「はい、変なこと言ってしまったかなって」
古間「事情を知らないんだ、仕方ないよ」
古間「――カネキくんも君みたいに、掃除の上手な優しい子だったよ。僕のことを師匠と慕ってくれていたね」
リオ「そうなんですね」
リオ「……彼は、なんでお店をやめてしまったんですか？」
古間「うーん、詳しくはわからないけど、他にやることが見つかったんじゃないかな」
古間「男とは誰だってそういうものだろう？」
リオ「そう、ですね……」
古間「まあ……僕としては彼には、彼自身の優しさに押し潰《つぶ》されないように、生きて欲しいものだけどね」

そう言うと、『魔猿』は遠くを見つめるように目を細めた。

↓◆「B MAIN ⑯-❶」へ

B MAIN ⑮

//タイトル：芳村とカネキ
//BG：あんていく　2階　店内

芳村「今日もお疲れ様」
リオ「はい。……」
リオ「あの……」
芳村「さっきのことかい？」
リオ「あ……はい」

さすが店長は察しが早かった。

リオ「カネキさんの名前を口にした瞬間、みんな表情が曇った気がしたので……。あまり触れない方がいいんでしょうか……？」

芳村「うーん、どうだろうね……。みんなそれぞれ想いを抱えてると思うけど、なんて口にすれば良いかわからない。だからああいう反応になってしまったんじゃないかな」
芳村「私は彼の話題を出すことに抵抗はないよ。むしろもっと、あんていくのみんなが、どう考えているか聞きたいくらいだ」
芳村「だから君が彼の名前を呼んだときに、みんなの中で止まっていた時間が一斉《いっせい》に動き出したような気がしたんだ」
芳村「カネキくんは、とても心の優しい青年だ。だが、悲痛な引力を持つ子でもある」
リオ「〝引力〟……ですか？」
芳村「ああ。運命といってもいい。本人が望まずして、辛く苦しい困難を引き寄せてしまうんだ。そしてその優しさゆえに、葛藤する」
芳村「あの優しさは、ヒトゆえのものではなく、彼自身に備わったものだろう」
リオ「……？」
芳村「彼は人間〝だった〟んだ」
リオ「……えっ……!?」
芳村「……カネキくんは半喰種《はんグール》だ。とある事情で、そうなってしまった」
リオ「そんなことって……」
芳村「……ああ、私も驚いたよ。彼自身もずいぶん困惑したことだろう」
芳村「彼は少しずつだが、その運命を受け入れていった」
芳村「…………」
芳村「……彼があんていくを出ていったのは、強大な運命に立ち向かうために、もっと必要なものがあると考えたからだろう」
リオ「必要なもの……ですか？」
芳村「ああ。――それはいずれ君にも必要となるかもしれない。そして誰しもが心のどこかで求めているものだ」
リオ「それって……」
芳村「〝強さ〟、だよ」
芳村「……強い者は、孤独だ。――彼に寄り添ってあげられる者が現れて欲しいと、私は思っているよ」
リオ「……」

カネキケン。

孤独な半喰種の青年……。

今も彼は、その運命と戦っているのだろうか。
……孤独に。

↓◆「🅱 MAIN ⑯-❶」へ

B MAIN 16—1

//タイトル：捜査官狩り

//BG：路地裏
//SE：足音

リオ「（イトリさんからジェイルの情報を得るには、キジマの情報と交換……か）」
リオ「（いろいろと策を考えてみたけど、とくに有効な方法は思いつかない）」

リオ「（キジマのあとをつけて、その様子を探るぐらいしか……。——でもどこにいれば会えるだろう……）」
リオ「（？）」

どこか見覚えのある男が前方を歩いている。
スーツの上からでも相当、鍛えている事がわかる、背の高い男。
あれは……。

リオ「（この前、僕に声をかけてきた捜査官だ……）」

どこへ向かっているのだろうか。

大股でどんどん歩いていく。

リオ「（もしかしたら、何かキジマにつながるチャンスがあるかもしれない……）」

慌てて僕は彼を追いかけた。

//BG：カフェ
//SE：人の話し声

大股で歩いていた割に、大柄の男は、ずいぶん和《なご》やかな場所についた。
仕事の合間の休憩、だろうか。
店の外から彼の様子を伺う。

喰種捜査官（亜門《あもん》）「……のアイスで。……それと……。……このパウンドケーキを」

注文を済ませた男は、商品が乗ったトレーを持って奥の席へ座った。
ここからじゃよく見えない。
店の中を覗き込もうとすると、自動ドアが開いた。

店員「いらっしゃいませ～……」

ドアの横で立ち尽くしている僕に、店員の訝《いぶか》しげな視線が突き刺さる。

怪しまれてはいけないと思い、身体ごと放り込むようにして、店内に足を踏み入れた。

心臓が早鐘のように鳴る。

手にはジットリとした汗をかいている。

リオ「(どうしよう……人間の店に入ったことなんて一度もないのに……)」

さまざまな商品が並ぶ棚。

日が暮れても、消えない灯り。

それを兄さんと二人でよく眺めていた。

僕たちにとっては、縁のない場所。

眩しい存在。

まさかそこへ入ることになろうとは、夢にも思わなかった。

店員「いらっしゃいませ。ご注文どうぞー」

リオ「え、えっと……」

いっぱいに敷き詰められた文字と数字。

華やかに彩られたメニュー表は、しかし僕にとっては難解な魔術書のように思えた。

字は読めるが、こうも量が多いと読むのに時間がかかる。

それに、一つ一つ解読していって読み方がわかっても、それが一体なんなのか良く分からない。

リオ「コーヒーを……」

結局、慣れ親しんだものを注文した。

あんていくで接客をしていて良かったと、初めて思った。

いざというときに持たされていたお金で会計を済ます。

捜査官の男に存在を悟られないように、少し物陰の席に腰を下ろした。

男は先ほど注文したパウンドケーキを口に運びながら、手に持った資料に視線を落としている。

口いっぱいにケーキを頬張《ほおば》る姿は、凛々《りり》しい顔に似合わせず子供っぽくて、僕はなんだか可笑しくなってしまった。

??? (篠原《しのはら》)「——やあ亜門、待たせたかい?」

突然、僕の横を巨漢がすり抜けていく。

一瞬身を固くした。

どうやら男の知り合いのようだ。

横を刈り上げた特徴的なヘアスタイル。

ケガをしているのか、シャツの隙間から包帯が見える。

彼も喰種捜査官だろうか。

亜門「篠原さん。いえ、先ほど着いたばかりです」
篠原「そりゃ良かった。……って、うわっ。君、ま～た甘いモン食べてるのかい？」
亜門「あ……いや……。――うまいんですよ。ここの菓子……」

照れくさそうに男……亜門は答える。
向かいの巨漢は篠原、というらしい。

亜門「……傷はどうですか？」
篠原「まあ、だいぶ良くなったよ。まだギプスしてるけど、もう十分戦える。――しかし、試作とはいえ、恐ろしい武器だね、アラタってのは。まるで『呪いの鎧《よろい》』だ」

二人は資料について、なにか話している。
〝大喰《おおぐ》い〟や、〝美食家《グルメ》〟といったワードが出てきたが、多分喰種のことだろう。
仕事の話をしているようだ。

篠原「そういえば、コクリア襲撃の件だが、脱走した多くの喰種がアオギリの樹に参入しているらしい」
篠原「13区のナキや、あの鯱《シャチ》がアオギリと行動を共にしているようだ。行方は分からないが、ピエロマスクの喰種も脱走したと報告を受けた」
亜門「SレートにSSレートですか……我々にとっては手痛い結果となりましたね」
アオギリの樹……。
あのコクリアを襲撃した喰種集団のことか。

リオ「（僕の知らないところで、たくさんの喰種が逃げ出していたんだな……）」
篠原「そういえば、ジェイルと疑われている喰種も、逃走リストに入っていたな」
リオ「……！」

亜門「ジェイル、ですか」
篠原「うん。担当はキジマ准特等だから、詳細はわからないけれどレートが未評価の喰種だ」
篠原「推測ではA、またはそれ以上と言われているけど……」
亜門「あまり話題には上がりませんね」
篠原「いやあ、なにせキジマ式が情報を独占しているらしいから。こっちまでデータが回ってこなくてね」
リオ「（情報を独占している……？）」
キジマはどうやら執拗にジェイルを狙っているようだ。
過去に酷い傷を負わされたとは言え、なぜそこまでしてジェイルにこだわるのだろうか……。

篠原「お前も早くパートナーが出来ると、仕事しやすいんだろうけどな」
亜門「すみません、篠原さんに色々お世話になってしまって」
篠原「いや、私のことはいいよ。ウチのと違って、君は優秀だしやりやすい」
篠原「……っと、それで思い出した。アイツ待たせてたからそろそろ私は行くよ」
亜門「はい」
用事が済んだのか、篠原の方は店を出るようだ。
話を聞いた感じだと、篠原はベテランの捜査官。
亜門は若手といった印象だ。
篠原の方が情報は豊富に持っていそうだが……。
リオ「（どうしよう……）」

《選択肢》
◆1：篠原を追う
◆2：カフェに残る

◆1：篠原を追う
リオ「（キジマの話題を切り出したのは篠原だ。彼の方が色々詳しいのかもしれない）」
僕はカフェを出て、篠原を追うことにした。
→◆「B MAIN 16-2」へ

◆2：カフェに残る
リオ「（情報量があるベテランということは、それだけ捜査に長けているはずだ。——僕みたいな喰種があとをつけて気づかれでもしたら……）」

情報収集するには、どうも相手が悪い気がした。

僕はそのまま亜門の様子を伺うことにした。
→◆「B MAIN 16-3」へ

B MAIN 16-2

//タイトル：ベテラン捜査官と奇妙な捜査官
//BG：街中
//SE：足音

カフェを後にすると、篠原は街中へ歩き出した。

スーツ姿の広い背中は、人混みの中でもよく目立つ。

僕は、一定の距離を保ちながら後をつけた。

しばらく歩くと篠原は立ち止まり、あたりをキョロキョロと見回しだした。

誰かと待ち合わせだろうか。


??（什造《じゅうぞう》）「シーノハーラさーーーーん」


篠原を呼ぶ声がした。

中性的な容姿をした人物が、駆け寄っていく。

ほっそりとした首筋には、縫い目のようなものがあり、サスペンダーのかかったズボンからは、だらしなくシャツがはみ出している。

異様な風貌《ふうぼう》だった。


??「遅いですよー」

篠原「什造、悪い悪い。

亜門と会っててな」


什造、という名前からして男性だろうか。

篠原「それじゃあ行こうか。クインケは忘れてないだろうな？」
什造「モチロンですー」

クインケ。

これから捜査だろうか。

//BG：路地裏
//SE：ザシュ

喰種「ぐ……あ……!!」

あっという間だった。
篠原、什造に追われ、追い詰められた喰種が、
あの少年の持つナイフに切り裂かれて、絶命した。
追われていた喰種は『赫子』を出す余裕もなかったようだった。
篠原は特に手を出すワケでもなく、離れた位置から什造の戦いを観察していた。

什造「退屈ですねえ」
篠原「一人でも、Aレートならもう敵じゃないか。大したモンだよ」
篠原「しかしこの喰種、私らに気付いて、急に走り出したから、取り逃がさないかとヒヤヒヤしたよ」

喰種が、息を引き取ったのを確認すると、篠原は携帯電話を取り出し、誰かに報告を始めた。
什造はそれを横目に、血の付いたナイフをクルクル手元で回して遊んでいる。

リオ「(こんな人たち相手に、到底勝てる気がしない)」
リオ「(もし……戦うことになってしまったら……)」

……そもそも、喰種捜査官と戦うなんて。
キジマも、彼らと同じような力と、残酷さを持ち合わせている。
あの絶命した喰種が、僕の姿と重なる。

什造「シノハラさん、僕サソリよりももっと大きな得物で戦いたいです」
篠原「まあ、まあ。新しいクインケは、そのうちな」
リオ「……」
僕は彼らに見つからないうちにその場を立ち去ることにした。

//「B MAIN ㉖-❷」発生ON
《マップ画面へ》

B MAIN 16-3

//タイトル：亜門鋼太朗

//BG：カフェ
亜門は相変わらず、資料を目で追っていた。
時折資料にメモを書き込みながら、考え込んだりしている。
眼光は鋭く、エネルギーで満ちているのが分かる。

リオ「(すいぶん熱心な人なんだな……)」

僕は心の中で、亜門の勤勉さに称賛の意を表していた。
……と言っても、彼が熱心であればあるほど、僕ら喰種は困るワケだが。

リオ「（なにが彼ら捜査官をここまで必死にさせるんだろう）」

守りたいもの、譲れないもの。
そういうものが彼らにもあるのだろうか。
——思いふけっていると、突然亜門が立ち上がった。

リオ「……！」

亜門が僕の席の横を通り抜けていく。
緊張で全身が強張った。

リオ「（どうか気づかないでくれ……!!）」

顔を伏せ、気づかれないように身を隠す。
そんな僕に気づかないまま、亜門はお手洗いに入っていった。

リオ「（トイレか……）」

ホッとした瞬間、亜門がすぐに戻ってきた。

亜門「ん……？　君……」
亜門「たしかこの前……」
リオ「（……まずい）」

どうやってやり過ごそう。

《選択肢》
◆1：あきらめて話す
◆2：覚えてないフリをする
◆3：完全に無視する

◆1：あきらめて話す

亜門「君、この間、駅の近くで会った子だよな？」

▼A
リオ「……ええ、そうですけど」

▼B
亜門「だよな。良かった、人違いじゃなくて」
亜門「あの後はちゃんと帰れたか？」
リオ「ええ、おかげさまで……。助かりました」
亜門「いや、それなら良かった」

リオ「……」

それじゃあ、と早々に会話を切り上げたかったが、そこでふと僕は思い直した。

リオ「（なんとか彼から情報を引き出せないだろうか……）」

↓■合流1へ

◆2：覚えてないフリをする

亜門「君、この間、駅の近くで会った子だよな？」
リオ「……？　いやあ……」
亜門「道に迷っていただろ？」
リオ「道……？　なんのことですか？」
亜門「……」

あからさまな僕の嘘に、亜門の表情が険しくなる。
『なぜお前は嘘をつくんだ？』
視線が、そう尋ねてきているようだった。
下手にシラを切ると余計怪しまれるかもしれない。

リオ「あ……！　ああ、あのときの……」

↓▼Bへ

◆3：完全に無視する

亜門「君、この間、駅の近くで会った子だよな？」
リオ「…………」

こういうときは無視に限る。
しかも完全に、だ。

亜門「…………ん？」
……。
亜門「えっと、君？」
……。
亜門「……」
…………。
リオ「……」

そう思ったが、僕はこの空気に耐えられるほど、強い心は持っていなかった。

↓▼Aへ

■合流1

リオ「今日もお仕事されていたんですか?」
亜門「ああ、ちょうどそこで資料を見ていた」
リオ「そうなんですね、なんの資料ですか?」
亜門「仕事のだよ。煮詰まったときはこうやって、喫茶店で頭を整理するんだ。君もここをよく利用するのかい?」
リオ「ええ……まあ(はぐらかされた)」
亜門「そうか。……」

当たり前だが、簡単に情報など手に入れられるはずもない。
それに、彼が持っている資料がキジマに関わるものである可能性など1%以下かもしれない。

リオ「(それでも……)」

今の僕は、その低い数字に賭けるしかなかった。
どうすれば、彼の持っている資料を見られるだろうか。
そこで僕は、彼の食べかけのケーキが目に入った。

リオ「あ……美味しいですよね。それ」

ヒトにとっては何てことはない一言かもしれないが、僕にとっては大きな賭けだった。
ここでもし一口あげよう、などと言われたら、この場で僕は終わる。
喰種にとって人間の食事は、耐えようのない吐き気を催すものだからだ。
食べれば、きっとその場で戻してしまうだろう。
亜門「ん? ああ確かに美味いな。こう見えて、甘いものが好きでな」

僕の緊張をよそに、亜門は照れ臭そうに笑った。
一瞬安堵《あんど》したが、すぐにもう一つ賭けに出ることにした。
僕は……。

《選択肢》
◆4：お勧めのケーキを紹介した
◆5：お勧めの飲み物を紹介した

◆4：お勧めのケーキを紹介した

リオ「このお店だと、これのカカオパウダーがかかったのも美味しいですよね」
亜門「ああ、そうなんだな」

リオ「ええ！　本当に美味しいので、ぜひ食べて欲しいです……！」

なにかを注文してる隙《すき》に、資料を覗《のぞ》きみる。
自分でも単純だとは思うが、このぐらいしか思いつかない。
そのためにはなにかを勧めないと。

亜門「わかった、今度食べてみることにするよ」
リオ「え、ええ……」
リオ「……結構売り切れることも多いんですよ。今日はあるみたいですね」
亜門「そうか。……」
亜門「俺が来るときは大抵ならんでいるけどな」
リオ「……！」

僕は初めてこの店に来た。彼の方が店のことに詳しいのは当然だろう。
僕は軽率な賭けをしてしまったかもしれない……。

↓■合流2へ

◆5：お勧めの飲み物を紹介した

リオ「ドリンクも豊富ですよね」
リオ「ケーキを頼んだら、あれを一緒に頼むんですよ。えっと……」

なにかを注文してる隙に、資料を覗きみる。
自分でも単純だとは思うが、このぐらいしか思いつかない。
そのためにはなにかを勧めないと。
しかし、名前が出てこない。

リオ「……キャメラル……マキア……」
亜門「キャメラル？」

すると亜門が突然ふき出した、なにかおかしなことを言ってしまったのだろうか。

亜門「キャラメル、だな。……にしてもケーキと一緒にそれを頼むなんて、ずいぶんな甘党なんだな」
リオ「え、ええまあ……」

味自体わからないのだから、その組み合わせなんてわかるはずがない。
だが、亜門は変わったヤツだな、と笑っただけで、特にこちらを怪しむ様子はなかった。

↓■合流2へ

■合流2

亜門「じゃあ、俺は戻るよ」
リオ「あ……」
機会を見逃してしまった。
亜門が席に戻る……かと思いきや、またお手洗いの方へ向かった。
ここのトイレは、一つの個室があるだけのようだった。
リオ「（さっきは先客がいたのか）」
僕と会話している間、トイレが空くのを待っていたんだ。
リオ「（今のうちに……！）」
僕は慌てて亜門の座っていたテーブルに向かった。
広がっている資料を見ても、漢字が多くてなにがなんだかわからなかった。
解析するには時間がかかりそうだった。
リオ「（いつ戻ってくるかわからない……！）」
僕は机の上に広がっていた資料を、おもむろに掴《つか》んで、ポケットにねじ込んだ。
周りにいた客が、怪訝《けげん》な顔でこちらを見てきたが、もう構わない。
僕は足早にその場を立ち去った。

B MAIN 17

//タイトル：盗んだ資料
//BG：あんていく
リオ「（亜門捜査官から盗んできたこの捜査資料……）」
リオ「（分からない言葉が多くて、読むのに時間がかかりそうだけど……どうしよう？）」

《選択肢》
◆1：トーカに読んでもらう
◆2：ニシキに読んでもらう
◆3：自分で解読する

◆1：トーカに読んでもらう

リオ「トーカさん、今ちょっと良いですか？」
トーカ「なに？」
リオ「あの、仕事が終わったらちょっと読んでもらいたいものがあるんですけど……」
トーカ「ハァ……？」
トーカ「明日小テストあるから早く帰りたいんだけど……しょうがねえな」
リオ「すみません、助かります」

／BG：あんていくスタッフルーム

仕事が終わったあと、僕らは2階のスタッフルームに足を運んだ。
トーカ「んで、なにを読めばいいの？」
リオ「これなんですけど……」
亜門捜査官から盗んできた資料を渡す。
トーカ「なにこれ……？　……」
資料を読み進めていくにつれ、トーカさんの表情が険しくなっていく。
眉間には深いシワが刻まれて、今にも怒鳴《どな》りだしそうだ。

トーカ「……アンタ、これどこで手に入れたの？」
リオ「えっと……」
トーカ「どこで手に入れたかって聞いてんの……！」
リオ「……」
リオ「……ある捜査官から、盗みました……」
トーカ「……」
なんでそんなこと、とトーカさんがため息交じりに吐き捨てる。
頭を抱えて、なにかを考え込んでいるようだ。
僕は、相当まずいことをしてしまったようだ……。
トーカ「……これ、見た？」
リオ「え……？」
トーカさんは、資料のうちの一ページを抜き出して僕に見せた。
たくさんの顔写真が並んだ中に、僕の顔も載っていた。
リオ「……！」
トーカ「これは、『コクリアの脱走者』のリストよ。それを追う捜査官の名前も書いてある」
リオ「……」
……これを亜門捜査官が見ていたということは。
トーカ「……あと、つけられてないでしょうね」

リオ「……」
もし僕の正体に気付いていて、わざと泳がせていたのだとしたら、あんていくは大変なことになる。
しかしそこで思い出す。
リオ「その捜査官は……資料にメモを書いていました。ビッシリと細かく……」
トーカ「？」
リオ「でもこの資料にはメモがない」
トーカ「まだ読んでいない資料だった、ってこと？」
そう、だと思う。
そうなのであれば……。
トーカ「アンタ、盗んで正解だったかもね……」
リオ「はい……」
あのまま亜門捜査官が資料を読み進めていたら、僕の正体に気付いていたかもしれない。
はからずして僕は、九死に一生を得ていた。
トーカ「でも、こんな資料が出回っているってことは、アンタの顔〝白鳩〟には割れてるってことになる」
リオ「……はい」
リオ「（亜門捜査官も、これから盗まれた分の資料を読むはずだ……）」
僕は、喰種捜査官に対して、より一層の警戒をもつ必要があることを知った。
リオ「（……でも、この資料があればイトリさんから情報を得られるかもしれない……）」
トーカ「……アンタさ」
リオ「？」
トーカ「兄さん救う為にがんばってるんだろうけどさ、あんまり危ないことしないで」
トーカ「無茶すれば、あんていくにだって危険が及ぶかもしれない」
トーカ「……私も前にそういうことしちゃってたから」
リオ「……」
トーカ「気持ちは分かるけど、それで捕まったら元も子もないでしょ？　――私が言えた義理ないけど、しっかり考えて行動しな……？」
リオ「……はい、すみません」
たしかに僕の行動で、あんていくに迷惑をかけてしまうかもしれない。

僕がどうなろうと、それだけは避けようと思った。

↓◆「B MAIN ⑱」へ

◆2：ニシキに読んでもらう

リオ「ニシキさん」
ニシキ「あー？」
リオ「あの、仕事が終わったらちょっと時間頂いても……」
ニシキ「あー無理無理、今日は用事あっから」
リオ「え……」
ニシキ「女と会うんだよ」

女……。

リオ「捕食対象者ということですか？」
ニシキ「おまっ……怖エ《こえ》こと言ってんじゃねーよ……って俺も昔アイツにおなじような事言ってたか……」
ニシキ「そういうんじゃねーよ、フツーに、女。だから……」

あっ。

リオ「……恋人、ですか？」
ニシキ「……まあ、そういうこった」

いつも饒舌《じょうぜつ》なニシキさんがモゴモゴと答えた。
ニシキさんには、恋人がいるようだ。
たしかに良く見れば、彼は女性にモテそうな外見をしている。
口は悪いが知的だし、スラッとした長身だ。

ニシキ「……ま、用事があんならトーカにでも言えよ。どうせヒマだろアイツ」
リオ「わかりました。頼んでみます」

↓◆選択肢「◆1」か「◆3」へ

◆3：自分で解読する

//BG：あんていくスタッフルーム

仕事が終わったあと、僕は2階のスタッフルームに足を運んだ。

リオ「たしか辞書があったよな……」

漢和辞書や国語辞書が置いてあったのを、掃除のときに見ていた。

リオ「さて……」

骨が折れそうな作業を前に、僕は気合を入れて腕をまくった。

——どれぐらいの時間が経過しただろうか。

豆電球の灯《あか》りを頼りに、一つ一つ言葉の意味を調べながら、文章をかみくだいていく。

亜門捜査官がやっていたように、紙にメモをとりながら読み進んでいく。

ようやく盗ってきた資料の半分ぐらいは解読できた。

なんとなくだが、資料に書いてある内容の全体像をつかむことができた。

要するに、これは「コクリアから抜け出した脱走喰種」と、「追跡を担当する捜査官」のリストだ。

それぞれの喰種の名称、身体的特徴や注意すべき点、そしてその右側の欄に、担当の喰種捜査官の名前が記してある。


そこで僕は見つけた。

「ジェイル」と書かれた項目、担当は「キジマ」とある。

身体的特徴には、［少年。身長165cm程度、細身］［赫子発現時に、目元に痣が発生する］……と書かれている。

盗ってきた資料のうち、まだ目を通していない半分に目を通す。

リオ「……!!」

脱走者たちの顔写真がまとめられていた。

もちろん僕の写真もある。

それは投獄されたときに撮影されたものだった。

リオ「（亜門は……僕に気付いていた……？）」

戦慄が走る。

もし後をつけられて、あんていくの所在がバレていたら……！

しかしそこで思い出す。

亜門は資料を注意深く、じっくりと読み込んでいた。

そうだ。時折メモをとりながら……。

僕が盗んだこの資料にはメモが一切ない。

つまり、これは「これから読むはずの資料」だったんだ。

リオ「（……もしあのとき、僕が資料を盗んでいなかったら、僕はあの場で捕えられていた……）」

自分のとった行動が、間一髪の判断だったことを知り、腰が抜けそうになった。

リオ「（……でも、資料に目を通した捜査官は、僕の顔を認識していることになる）」

リオ「（亜門捜査官も、これから盗まれた分の資料を読むはずだ……）」

僕は、喰種捜査官に対して、より一層の警戒をもつ必要があることを知った。

リオ「（……でも、この資料があればイトリさんから情報を得られるかもしれない……）」

↓◆「B MAIN ⑱」へ

B MAIN 18

／／タイトル：ジェイルの手がかり
／／BG：街中
／／SE：足音

リオ「（亜門捜査官から盗んできたこの捜査資料……）」

キジマに関してはそこまで深く書かれていないが、
情報として十分価値がある気がする。

リオ「（もう一度、行ってみるか。ヘルタースケルターに……）」

《選択肢》
◆1：ヘルタースケルターに行く
◆2：もう少し調査する

◆1：ヘルタースケルターに行く

↓■合流へ

◆2：もう少し調査する

《マップ画面へ》

■合流

／／BG：ヘルタースケルター
／／SE：ドアの開く音

イトリ「いらっしゃぁい！　……あら、キミは」
リオ「……こんばんは」
イトリ「それじゃあ、何飲みたい？」
リオ「いえ。飲みにきたワケじゃなくて……情報を得るには、対価が必要だって言っていましたよね？」

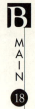

イトリ「あらっ……ということは、キジマの情報が手に入ったってわけ？」
リオ「……はい。あなたが望んでいるものかどうかは分かりませんけど」
イトリ「ふぅん？　……それじゃあ聞かせてちょうだい。ほらほら、座って」

//SE：椅子を引く音

リオ「僕の情報はこれです」
イトリ「……へえ〜？」

イトリさんの目が爛々《らんらん》と輝いた。
僕がもってきた情報に価値を感じている。

イトリ「なるほど、なるほど……」
イトリ「リオくん、ひとつアドバイスしてあげようか」
リオ「え？」
イトリ「情報は小出しにすること。いきなりすべてを渡すなんて損するわよ？」
イトリ「たとえば私がこの資料を見た上で、自分からの情報を渡さない……な〜んてことも、出来ちゃうわよね」
リオ「あっ……たしかに……」
イトリ「ウフフ、素直な反応で可愛いわね」
イトリ「でもね、そんな調子じゃいつか出し抜かれるわよ？」
リオ「気をつけます……」
イトリ「それで、この情報はどうやって手に入れたの？」
リオ「それは……」

イトリが人差し指を、口元に当ててみせた。

リオ「……内緒です」
イトリ「そゆこと」
イトリ「……私がアドバイスしたのはね、この情報はそれだけ貴重なものだからよ」
イトリ「対価としては十分すぎるくらいにね。だからアドバイス量は無料」
リオ「それも対価がいるんですね……」
イトリ「当たり前じゃない！　知識は金なり、よ」
イトリ「安心して、ちゃあんと教えてあげる。君が知りたかったのは『ジェイル』……目元にアザがある喰種だっけ？」
リオ「イトリさんは、そういう喰種に心当たりがないですか？」
イトリ「まあまあ。そう急かさないの」
イトリ「ひとり、知っているわ。目元にアザがある喰種」
イトリ「ソイツの名前は『ルチ』」
リオ「ルチ……」
イトリ「左目に縦に大きなアザ……というか入《い》れ墨《ずみ》が入っているわ」

リオ「入れ墨……ですか」
イトリ「最初にジェイルを見たCCGの捜査官が、アザと見間違えた可能性もあるかもしれないでしょ?」

キジマがどういう状況でジェイルの姿を見たのかわからないが、たとえば暗闇で戦闘をしたのであれば、見間違えても不自然じゃない気はする。

イトリ「ルチは大量の捜査官を殺した荒くれ者よ」
イトリ「元々どこか大きな組織にいたみたいだけど、そこからはぐれて、今では仲間と一緒にうろついているみたい」
イトリ「今はレートAだけど、もっと上がる可能性もある喰種だと思うわ」
リオ「(……〝大量の捜査官殺し〟……キジマの言う特徴には合っている)」
リオ「(『ルチ』……行方を捜してみるか)」
リオ「そのルチっていう男はどこに?」
イトリ「18区よ。縄張り意識の強いヤツだから、行くなら気をつけたほうがいいわ」
リオ「情報をありがとうございました……足を運んでみます」
イトリ「どういたしまして。困ったことがあったらいつでも来てね」
リオ「……新しい情報と一緒に?」
イトリ「そういうこと」

手を振るイトリを背に、僕はヘルタースケルターを出た。

リオ「(必ず、キジマよりも先にジェイルを見つけ出す……)」

これが、兄さんを助ける一歩目だ。

B MAIN 19

//タイトル:ルチとの遭遇
//BG:街中
//SE:足音

リオ「(ジェイルに一歩近づいたかもしれない……)」
リオ「(でも、キジマよりも早く見つけて捕まえないと、交渉にならない)」

イトリさんのおかげで、
情報の価値というのが少し分かった気がする。
前みたいに馬鹿正直にキジマとやり合っていたら、出し抜かれてしまうかもしれない。

ジェイルを捕まえたら、取引の仕方を工夫する必要がありそうだ。
リオ「（はやく兄さんの身の潔白を証明するんだ）」
リオ「……」
リオ「（身の潔白か……。喰種というだけで捕獲対象なのにな）」
リオ「（この世界に僕ら喰種の居場所なんて……）」

そこでふと、あんていくの事が頭をよぎった。
ああいう場所がもっとたくさんあれば、孤独な喰種たちも救われるのに。

リオ「（もし兄さんをコクリアから助けることが出来たら……）」
リオ「（あの店のコーヒーを、兄さんにも飲ませてあげたい……！）」
リオ「（あんなにも、心安らぐものがあるんだってことを教えてあげたい）」
それまでに、コーヒーの淹れ方をもっと勉強しよう。
いつも兄さんを頼っていたばかりだったから、
今度は兄さんに、あんていくで学んだことを伝えるんだ。

リオ「（行こう、18区に……）」

／／時間経過

／／ＢＧ：路地裏
／／ＢＧ：足音

18区につくと、僕は喰種が立ち寄りそうな場所を探して回った。
兄さんと二人で転々としていたおかげで、そういう場所には鼻が利く。
廃屋や、ビル、夜の屋上、そういう場所に喰種はいる。
人目につきにくそうな路地につくと、僕はピンと来た。
周囲はゴミやガラクタで荒れてはいるが、何度かそれらの配置を変えたあとがある。
そして、鼻につく血の匂い。
鮮度からして、乾燥させた〝保存食〟から匂っているのだろう。
匂いのもとを慎重に辿ると、彼らはいた。
複数の喰種が、どこからか持ってきたソファに横たわり、昼寝をしている。
この中にルチが……。
男（ルチの手下）「てめぇ、どこのモンだ?!」
リオ「……！」

正面に気を取られて、背後まで意識が回っていなかった。
男（ルチの手下）「この辺りのモンじゃねぇだろ。ここいらはオレたちの喰場《くいば》だ。テメエなんの用事だ……?!」

《選択肢》
◆1：挨拶に来ました
◆2：ルチを出せ

◆1：挨拶に来ました

リオ「あの……最近ここらへんにやってきたんです。だからルチさんに挨拶しに……」
手下「ちょっと待て。なんでルチさんの名前を知ってる？　誰から聞いた？」
リオ「えっと……」

返答に窮《きゅう》していると、男はさらに声を荒げた。

手下「テメエ、ハッキリ言わねえとここで喰い殺すぞ！」
手下「なんの用事か早く――！」

↓■合流へ

◆2：ルチを出せ

リオ「……ルチを出せ」
手下「……あ？」
リオ「ルチを出せって言ってるんだ……！」

どちらにせよ、ルチがジェイルであれば戦うことは避けられない。
下手な小細工はナシだ。
正面から行ってやる――！

手下「テメエふざけやがって…!!　ここでぶっ殺――」

↓■合流へ

■合流

男（ルチ）「うるせぇ！」

突然更なる怒号が聞こえてきた。
ソファで寝ていた男が目を覚まし、こちらにその鋭い眼光を向けている。目にはアザのような入れ墨。

リオ「（……コイツがルチだ……！）」
男（ルチ）「うるさくて、おちおち昼寝も出来やしねぇ……」
男（ルチの手下）「す、すみません。でも、知らねえ奴が入り込んでいて……」
男（ルチ）「ああ？」

男（ルチ）「んだテメエ？　チッ……」
ゆっくり立ち上がると男は僕の方へ向かって歩いてくる。
……ルチがジェイルかどうかは、倒してみないとわからない。
僕が勝利して、有利な状況を作る。
質問するのはそれからだ。

ルチ「テメエらがしっかり見張ってねーから、こんなガキが紛れ込むんだ」

ルチが一歩ずつ近付いてくる。

ルチ「ガキの目的がなんなのかは分からねぇが……」
ルチ「人の喰場に入ってきたことは間違いねぇ」
リオ「（……この間合い……）」
『……一発入れてみろ』
四方さんと訓練をした間合いだ。
攻撃が届く距離。

僕は——。

《選択肢》
◆3：ルチに先制攻撃を仕掛けた
◆4：様子を伺った

◆3：ルチに先制攻撃を仕掛けた
リオ「——うわあああッッ!!」

ルチ「!?」

／成功（リオのレートA以上だと攻撃成功、戦闘が有利に運ぶ）

ルチ「グアッ!?　……テメエいきなりッ」

入った。僕の攻撃にルチがふらつく。
このまま押し切る——！

ルチ「テメエエエエエッッ!!」

／失敗（A以下だと失敗　ダメージを受けた状態で戦闘）

ルチ「っとォ！」
リオ「ゴフッ!?」
ルチ「ったく……なにしやがるクソガキッ!!」
倒れこんだ僕に、ルチの蹴りが容赦なく襲う。
ルチ「大人の怖さ教えてやんなきゃなあ……？」

↓■合流へ

◆4：様子を伺った

リオ「……」
ルチ「迷子でした、じゃ済まさねえぞ？　区には区のルールってのがある……」
ルチ「俺は優しいからよ、教えてやるよ」

ニヤニヤと笑っていたルチの顔が、豹変した。

ルチ「たっぷり痛めつけてなァ……!!」
リオ「……！」

↓■合流へ

■合流

／戦闘へ
／バトル（ルチ）

B MAIN 20

／タイトル：交錯

//BG：路地裏
//SE：足音

ルチ「へっへっへっへ……」
リオ「……!?」

戦闘中だというのにルチは突然、無防備な体制となった。

リオ「（空気が変わった……？）」

//SE：足音

ルチが少しずつ距離を縮めてくる。

ルチ「てめぇの力量がどれぐらいかはよぉぉぉく分かった」
リオ「………」
ルチ「眠気覚ましにゃ丁度いい運動になったぜぇ？」

//SE：攻撃音

リオ「う……っ」

突然間合いを詰められて、腹に一撃喰らう。
耐え切れず、僕は膝《ひざ》から崩れ落ちた。

周りの手下はその様子をニヤニヤと眺めている。
手を出す必要もないということか。

ルチ「努力賞ぐらいはくれてやってもいいぜェ……ハッ！」

//SE：攻撃音

リオ「うあ……っ」

//SE：床に倒れる音

リオ「っ……」
ルチ「オラ、寝んねしな？」
リオ「……っ」

ま……だ……。

//SE：体を起こす音

ルチ「まだ立てるのかよ、へぇ、ちょっとは楽しめそうだな」
リオ「く……っ」
ルチ「オラッ！」

//SE：ルチの攻撃音

リオ「ぐあっ……」
ルチ「そろそろ、マジで寝ろよ」
リオ「……！」

//SE：攻撃を止める音

リオ「……？」

//カネキ登場

空気が張り詰めるような感覚がした。
寒気すら覚える。
いつの間に現れたのか、白髪の青年が立っていた。
口元には、黒いマスクを着けている。

リオ「（誰……だ……？）」
手下「なんだ、てめぇ！　どこから――！」

ルチの手下が向かっていこうとすると、青年の姿が消えた。
……と思いきや、手下の背後に回り、強烈な蹴りを見舞った。
それをまともに喰らった男は、数メートル先の壁に打ち付けられて、意識を失った。
他の手下たちも向かっていくが、数秒程度、感覚にして一瞬で、彼ら全員を地面に伏せさせた。

ルチ「……!?」
ルチ「なんだ……テメエ……!!」
男（カネキ）「……18区のルチですね」
ルチ「！」
カネキ「……捜査官殺し、大量捕食、縄張り争いで喰種も殺している」
ルチ「それがなんだっつーんだ……あ？　この――」
カネキ「……」
ルチ「白髪野郎ッッ!!」

//SE：攻撃を仕掛けるルチ

男（カネキ）「………」

白髪の青年は、ルチがしかける攻撃を軽々とかわしていく。

リオ「（速い……！）」

僕は、彼の動きを目で追うのがやっとだった。
離れた位置で見ている僕がそうなのだから、
正面で対峙しているルチには更に速く感じることだろう。

男（カネキ）「クズ豆は……」
ルチ「……!?」

／／SE：カネキの攻撃音

ルチ「ぐあああ……っ!!!」

男（カネキ）「摘まないと」

／／SE：ルチが倒れる音

あれほど苦戦したルチが、赤子の手をひねるようにやられてしまった。

突然の状況に僕は、どうしていいかわからずに立ち尽くしていた。

男（カネキ）「大丈夫ですか？」

リオ「…………え？」

男（カネキ）「ケガは、ないですか？」

呆気にとられる僕に、青年は優しくもう一度尋ねる。

リオ「えっと……大丈夫、です……」

男（カネキ）「それなら良かったです。絡まれていたみたいだったから」

正確に言えば、僕が絡んだようなものかもしれないけど、たしかにルチたちと見比べれば僕が襲われているように見えただろう。

彼は、僕を助けてくれたのだろうか。

地面に突っ伏しているルチに視線をやる。

男（カネキ）「大丈夫です。気絶しているだけですから」
リオ「あ、はい……」

なにが大丈夫なんだろう。
それにしても……。

リオ「（……この人、とんでもない強さだ。あっという間に全員を……）」

男（カネキ）「……さて……」
男（カネキ）「この人、僕がいただきますね」
リオ「えっ……!?）」

B MAIN 21

//タイトル：共闘

//BG：路地裏

リオ「（いただく……って……）」
リオ「ちょ、ちょっと待ってください……それってどういう……」
男（カネキ）「僕は彼を、」

男（カネキ）「喰べます」
リオ「!?」
男（カネキ）「正確には、彼の『赫包《かくほう》』を、ですけど」

ルチを……喰べる？
この人……。
『共喰《ともぐ》い』をやるんだ。
でも……。

リオ「こ、困ります……！」
男（カネキ）「？」
リオ「彼は、僕にとって必要な人なんです……！」
男（カネキ）「あれ……？　彼と知り合いだったんですか？」
リオ「いえ……そういうわけではないんですけど……」
リオ「とにかく……困るんです」
男（カネキ）「…………」

//SE：足音

リオ「っ……」

殺される。

男（カネキ）「……そんなにおびえないでください」

男（カネキ）「僕はただ、事情を聞きたいだけです」
男（カネキ）「あなたが彼を必要とする理由に納得できれば、僕もこだわる必要はありません」
リオ「この人は……」
リオ「僕の大事な人……兄さんを助けるために必要なんです……」
リオ「だから……」
男（カネキ）「……」

白髪の青年が、まっすぐと僕を見ている。

そのとき気付いた。

この人の眼はとても優しくて、哀しそうだ。

男（カネキ）「お兄さんを、助ける……？」
リオ「は、はい……」
リオ「兄は……ある悪い喰種と勘違いされて、コクリアに囚われていて……」
リオ「だからその喰種を捕まえて、〝アイツ〟に突き出して、兄さんを助け出したいんです」
リオ「そこのルチがその喰種かもしれないと思って……僕は彼を倒しに来たんです……」

男（カネキ）「……」

男（カネキ）「その喰種の名前は？」

リオ「……『ジェイル』」


男（カネキ）「……『ジェイル』……か」

男（カネキ）「彼がジェイルかどうか、わかるんですか？」

リオ「それは……」


捕まえてから考えるつもりだった。

男（カネキ）「……」

//SE：足音

突然向こうの方から大男が駆けて来る。

ルチ側の残党だろうか。

背後にはガスマスクをつけた三人組。更なる手下だろうか。

？？？（万丈《ばんじょう》）「おぉぉいカネキィ！　ボサッとしてんじゃねえイチミ、ジロ、サンテ！」

リオ「!?」


カネキ……？

聞き覚えがある。

ひょっとしてこの人……。

イチミ「ボサッとしてたのは万丈さんじゃないスか」
ジロ「あのとき万丈さんがビルから落ちなきゃ、私らもカネキさん追えてたんスよ」
カネキ「……万丈さん」
万丈「…って、もう終わったのか？」
カネキ「はい」

◆通常

万丈「さすがだな……って、ん？　なんだそいつ……ルチの仲間
か？」
リオ「あ……」
男（カネキ）「いえ。僕より先に、ルチと戦っていたんです」
万丈「へえ……若いのに、スゲエな」
男（カネキ）「それで今、すこし話を聞いていたんですけど……」

↓■合流へ

◆「S BANJO 01」を見ている場合
万丈「さすがだな……って……」
万丈「お前、あのときの!?」
リオ「あ…」

あのとき路地で戦った大きな人だ。

カネキ「……？　知り合いですか？」
万丈「いや、知り合いっつーか、殴り合いし合った仲っつーか
……」
万丈「お前、カネキのこと探ってたんじゃ……？」
リオ「ご、誤解ですよ……」
万丈「そ、そうだったのか!?　……わ、ワリイ……！」
カネキ「……大丈夫、ですかね」
カネキ「……今、すこし話を聞いていたんですけど……」

↓■合流へ

■合流

カネキ「万丈さんは、ジェイルという喰種を知っていますか？」
万丈「じぇいる……？　なんか宝石みてえな名前だな」
イチミ「そりゃジュエルでしょ」
カネキ「ルチは、ジェイルと呼ばれていたんですかね」
万丈「いや、それは聞いたことねえな」
リオ「……」
カネキ「ルチがジェイルかどうか、どうすれば判別がつきますか
ね」
万丈「まあ……〝白鳩〟側の呼び名っつー可能性もあるから、〝白鳩〟
に聞くとか……」

カネキ「うん、それだ」
リオ「えっ？」
カネキ「さっき君は〝アイツ〟って言ってたよね。交渉する相手がいるってこと、だよね？」
リオ「えっと……まあ」
カネキ「その人は、喰種捜査官？」
リオ「……はい」
リオ「でもどうすれば、そいつと会えるのかわからない状態で……」
カネキ「探すアテはあるの？」
リオ「……少しは……でも、少しです」
カネキ「その捜査官の名前は？」
リオ「キジマ……キジマ式、です」
カネキ「キジマ式……か。月山《つきやま》さんに聞けば何か情報を得られるかもしれない」
カネキ「一旦、ルチを連れて軟禁しておきましょう」
万丈「そんなハイキング行くみたいなノリで軟禁って言うなよ……」
リオ「えっと……？」
カネキ「キジマにコンタクトを取れる方法を探します。ルチを確保した上で、彼がジェイルかどうかキジマに確認をとってもらえばいい」
リオ「そ、そんな無茶な……」
カネキ「方法は、考えます」
リオ「でも……」
リオ「なんでそこまでしてくれるんですか？」
カネキ「……お兄さんを助けたいんですよね？」
リオ「ええ、僕はそうですけど……」
カネキ「『お兄さんを助けてもらいたいから』です」
リオ「えっ……」

たったそれだけの理由で、彼は僕に協力しようと言う。

カネキ「僕はカネキケン」
カネキ「あなたの名前を聞いてもいいですか？」
リオ「……ぼ、僕は……」
リオ「リオです」
カネキ「行こう、リオくん」

青年はマスクを外して微笑んだ。
いまにも消えそうな、優しい笑顔だった。

リオ「（あ……）」

片側の眼の虹彩《こうさい》だけが、紅く煌《きら》いていた。
……隻眼《せきがん》。

紅は薄くなって、やがてもう片側の目の色と同じになった。

//タイトル：接触
//BG：6区アジト
//SE：足音

カネキ「ここです」

閑静な住宅街に、彼らの〝アジト〟はあった。
僕が住んだことのないような、〝人間の家〟だ。

リオ「（こんなところに住んでいるなんて、一体この人……）」

その住居ですら、力の差を見せ付けられたような気がした。

万丈「かーっ、重《おめ》ェ！」

そう言って、万丈さんはルチが入ったバッグをドサッと下ろした。
気を失ってから随分時間が経っているが、無事だろうか……？

？？（ヒナミ）「おかえり、おにいちゃ……？」
ヒナミ「あれ、お客さん……？」

《条件分岐》
◆1：「S HINA 01」を見ている
◆2：見ていない

◆1：「S HINA 01」を見ている

リオ「（あれ、あの子……）」
ヒナミ「あ、お兄さん……」
万丈「なんだよ、知り合いなのか？」
リオ「うん、前に街で会って……」
リオ「（彼女……カネキさんと知り合いだったのか）」

↓■合流1へ

◆2：見ていない

万丈「ああ、ヒナちゃん。……こいつはリオ」
リオ「（こんな小さい子も仲間なのか……）」
ヒナミ「はじめまして、リオさん。笛《ふえ》口《ぐち》雛《ひな》実《み》です。……あの、よろしくお願いします」
リオ「リオです、よろしく」

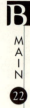

↓■合流1へ

■合流1

？？（月山）「……やあ、カネキくん。邪魔しているよ」
奥から背の高い青年が現われる。
鼻筋の通った整った容姿に、妙な柄の服を着ている。
僕には到底理解できないファッションだった。

カネキ「……月山さん。来るときは連絡してください」
月山「おやおや、これはミステイク……以後気をつけさせて頂くよ」
万丈「ヒナちゃん、不審者を入れちゃダメだって言ってんだろ」
ヒナミ「ごめんなさい……」
月山「フッ……バンジョイくん。勝手知る友を不審者とは呼ばないのだよ？」
万丈「『勝手知る』、つーか『勝手にしてる』だろ……お前の場合」
月山「ハハッ、ユニーク！」
カネキ「……ただ今日は丁度良かった。頼みたいことがあったんです」
月山「ふむ？　なんなりと申し付けてくれたまえ。その前に……」

月山「彼を僕にも紹介してもらおうか？　主《あるじ》の友は、これまた僕の友でもある」
リオ「リオです……えっと……」
月山「僕は月山習《しゅう》。よろしく、ボーイ・リオ」
リオ「（……ボーイ）」
月山「それで、頼み事とはなんだい？」
カネキ「ある捜査官とコンタクトを取れないかお願いしたいんです」
月山「ふむ……これまたdifficulty《難しいことを》。一体何故だい？」
カネキ「『ジェイル』という喰種を知っていますか？」
月山「non」
カネキ「ルチが、そのジェイルという喰種かどうか、その捜査官に確認したいんです」
月山「ずいぶんと奇妙な頼み事じゃないか、カネキくん。それはまさかそこにいる彼のため、と？」
リオ「……」

月山さんの視線が、こちらへ向く。

カネキ「ええ。彼の囚われたお兄さんを助けるために必要だそうです」
月山「フフフ……まったく、君という主は……よその国の農地ばかり気になるようだ」
月山「まあ、今に始まったことではない。そうだね……」
月山「電話回線を使わない通信機器が要るだろう。画像も添付できるものがいい」
月山「その捜査官の名前は？」
カネキ「キジマ式」
月山「okay.まあこういうものはＣＣＧの情報募集のページなどに、名前が残っていることがある……」
月山さんは薄型のタブレットタイプの機器を取り出して、なにかを調べだした。
月山「『ジェイル』……『キジマ』……complete《見つけた》！　数年前から目撃情報を求めていたようだ」
月山「連絡先もある」

こんなに手早く見つかるものなのか。

月山「これを使いたまえ」
リオ「？」

月山さんが僕に投げ渡したのは、携帯電話のようなものだった。

万丈「ケータイなんて、足がつくんじゃねえか？」
月山「ああバンジョイくん、哀しいよ……僕がそんな愚《おろ》かなマネをすると思うかい？」
月山「それはあるハッカー喰種が開発した優れもの」
月山「相手からのコールバックは不可だが、こちらからであれば発信、通話できる」
月山「痕跡の残らないメールシステムも搭載されているから、画像だって送ることが出来るんだよ」
月山「ちょっとハイソサエティな者であれば、痕跡を残したくない連絡にはこれを使う。まさに喰種の嗜《たしな》み」
リオ「いいんですか……?」
月山「主さえよければ」
カネキ「いいですよ」
月山「……とのことだよ」

そういって月山さんは、僕にウィンクして見せた。

B MAIN 23

／／タイトル：カネキのアジト

『キジマ、このおとこはジェイルか?　f r o m　R』

月山さんにもらったy-phoneを使って、メールを打ち込む。

使い方は月山さんに教わったが、慣れない操作でこれだけの文章を打つのに20分もかかってしまった。

これが、僕の打った初めてのメールということになる。


ルチには、見逃すのを条件に、赫子を出している姿を撮影させてもらった。

その画像も添付してある。

条件を飲む前に、カネキさんに逃がしていいのか聞いたところ、『また捕まえればいい』と言っていたのには、寒気がした。

優しいのか、怖いのかわからない人だ。

リオ「これでよし……」

／／SE：送信ボタンを打つ音

リオ「(すぐに返事が来るとは限らないけれど、確認しなくちゃ前には進めないし)」

／／SE：メール着信音

リオ「(えっ?　もう返事が来た……!?)」

／／SE：カチカチ

受信ボックスを開くと、たしかに返事が来ていた。

『親愛なるRへ　画像ありがとう。赫子の形状から判断して、私の記憶しているジェイルではないようだ』

リオ「……！」
……。
違った……のか……。
リオ「………」
キジマは、ジェイルを捕まえたくて仕方ないはずだ。
食いつかないということは真実だろう。
リオ「（……これで兄さんを助けられるかもしれないと、期待していたけど……）」
そんなに甘くはない……か。
／SE：メール着信音
リオ「……？」
落胆していると、もう一通届いた。
『私は誰がジェイルなのかを知っている。R、兄を助けに来い。今から指を切る』

リオ「……!!」

僕にとっての交渉の道具は、相手にとってもそうなり得る。
もし兄さんがいたぶられている画像でも送られてきたら……。
しかし、そんな不安をよそにキジマはそれ以上メールをよこさなかった。

リオ「……」

//SE：ガタン(立ち上がる音)
//場面転換

カネキ「……ルチはジェイルじゃなかったんですね」
リオ「はい……」
カネキ「……今後はどうするつもりですか？」
リオ「またイチから、ジェイルと思われる喰種を探します……」
カネキ「そっか。……」
カネキ「リオくん」
カネキ「僕たちは、やたらと人間を捕食したり無駄な殺しをやるような、凶悪な喰種を狙っているんだ」
カネキ「たとえば、〝アオギリの樹〟のような」
リオ「……！」
カネキ「アオギリの樹のこと、なにか知っていれば僕に情報を持ってきてください」
カネキ「僕が狙う喰種の中に、もしかしたらそのジェイルがいるかもしれない。――お互い協力しよう」
リオ「…………」

《選択肢》
◆1：カネキさんの目的って？
◆2：どうやったら強くなれますか？

◆1：カネキさんの目的って？

リオ「カネキさんの目的って……なんですか？」
カネキ「目的？」
リオ「凶悪な喰種を殺す目的、です」
カネキ「…………」
カネキ「それが、必要だからです」
リオ「(……必要……)」

↓■合流へ

◆2：どうやったら強くなれますか？

リオ「どうやったら、カネキさんのように強くなれるんですか？」
カネキ「僕は……強くなんてないよ」
リオ「でも、ルチと戦っていたときは、圧倒的でした」
カネキ「……」
カネキ「弱いと……守れないから」
リオ「……」

カネキさんの言うとおりだ。
僕にもっと力があれば、兄さんを助けられるかもしれない。
キジマにだって捕まらなかったかもしれない。
カネキさんも、なにかを守ろうとしているのだろうか。

リオ「（……それって、もしかして）」

《選択肢》
◆3：あんていくのことを尋ねる
◆4：なにも言わない

◆3：あんていくのことを尋ねる
リオ「カネキさんは、昔20区にいましたか？」
カネキ「え？」
カネキ「……」
リオ「あの……僕実は、あんていくってお店でお世話になっているんです」
リオ「そこで、カネキって書いてるロッカーを見たので……」
カネキ「……」
カネキ「それは」
カネキ「あまり話したくないな」

そう言って、カネキさんは笑った。
もう聞くな、ということだろう。
なにも言えなくなって、僕は黙り込んだ。

／／AP+1
↓■合流へ

◆4：なにも言わない
カネキ「？　どうかした？」
リオ「いえ……」
↓■合流へ

■合流

カネキ「僕らも、ジェイルを見つけたら、連絡をします」
リオ「はい、ありがとうございます」

//BG：街中

カネキさんたちに別れを告げ、僕は6区をあとにした。
リオ「(……カネキさん、不思議な人だったな)」
リオ「(……あんていくの人たち、彼に会いたいんじゃないかな……)」

◆右記選択肢でAP獲得している場合。

リオ「(……それに)」

……カネキさんも。

石田補足 1

■プロローグ～第一章

●「コクリア脱出」(A MAIN 02～)
凶悪な喰種「ジェイル」として、コクリアに投獄された主人公・リオが、『アオギリの樹』のコクリア急襲(原作『東京喰種』8巻頃)の機に乗じ、脱獄をするところから物語が始まります。

序盤の直しは、流れはそのままで、地の文や、リオとキジマの口調、コクリアの設定についての加筆修正が主な作業でした。
この直しが入った後に、『re』でもキジマが出始めていたので、キャラ作りは非常にやりやすかったです。

●「喰種の喫茶店」(B MAIN 01～)
リオが、『カネキの去ったあとのあんていく』に入店する、という導入部分です。
東京喰種の8巻と9巻の間頃の話になると思います。

JAILの文章を書き終わったときにも感じたのですが、リオがお店で働いてくれたおかげで、東京喰種の原作ではあまり書けなかった「カネキもこうやって働いてたのかな」「トーカたちはこういう風に心配してたのだろうか」という、お店の日常部分を書けました。

自分の脳内で「あんていく」の深みたいなものが出来た気がします。

（……ただ、ジェイルを書いている頃には当然「あんていく」は潰れていましたが）

頼るものがなく、「あんていく」へやってくる、というのは、カネキと同じストーリーラインをなぞっています。

●「ウタのマスク作り」（B MAIN 03）
分岐によって完成するマスクが変わる（赫子のタイプもそこで決まる）、というのは自分のアイディアです。

何らかの選択で分岐した方が、結果に愛着も沸くかなという想いでした。

ちなみに自分が試してみたところ、『鱗赫』になりました。

●「喰種捜査官」（B MAIN 06）
この捜査官、いただいた文書では野良捜査官だったので、亜門にさせてもらいました。

この辺りから、どのぐらい手を加えるべきなのか見失いだし、結果、こういう本が出ることになっています。

●ルチ
元・ブラックドーベル、カヤの部下というのは、ゲーム開発現場のライターさんからの提案で、自分も良い設定だと思ったので、ルチは、そういうキャラになっています。

いかにも最初の中ボスっぽい外見です。

ルチ
加々美 竜地（かがみ　りゅうち）
元「黒狗」幹部
177cm
55kg
28歳ぐらい？
（入見があんていく入りした時は
19歳程度）
魔猿との抗争時代、
カヤの側近として活躍していた。
カヤが芳村の働きで、
古間と和解し、あんていくで
働くことになったことに対して、
猛反発。
部下を連れて黒狗を離れる。
カヤに対しては、
いまだに尊敬の念を抱いており、
再び、黒狗を率いて欲しいと思っている。
（同志を集めて、
カヤがいつでも
暴れられるように準備している？）
左耳
リングピアス
ホールピアス

第二章

メインシナリオB-②

//タイトル：ニコの提案

トーカ「いらっしゃいませ」
リオ「……」
リオ「(……あの日カネキさんに会ったこと、みんなには話さない方がいいかな……？)」
ニシキ「おう、シマシマ。ボサッとしてんじゃねーぞ」
リオ「あ……すみません」

//時間経過

トーカ「あー疲れた」
ニシキ「戸締り頼むぞ」
リオ「はい。……」
リオ「……あ、あの」
トーカ「？」
ニシキ「どうした？」

《選択肢》
◆1：カネキのことを話す
◆2：話さない

◆1：カネキのことを話す

リオ「カネキさんと、会いました」

トーカ「……！」
ニシキ「……」
リオ「ジェイルを追っていて、僕が危険な目に遭っているときに、カネキさんに助けてもらいました」
リオ「カネキさんは……凶悪な喰種《グール》を狩って回っているそうです」
リオ「あの人はすごく強いと思います。でも……それってすごく危険な事なんじゃないかな、って……」

トーカ「……」
ニシキ「……」
トーカ「アイツの選んだことなら、それでいいんじゃないの」
リオ「えっ」
トーカ「……アンタはそれを私たちに話して、どうしたいの？」
リオ「えっと……」

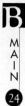

《選択肢》
◆3：みんなで助けましょう
◆4：僕が助けます

◆3：みんなで助けましょう

リオ「みんなで彼を説得する、とか……」
ニシキ「説得ねえ……。アイツが一度決めたことだろ。関係ねーんじゃねえの?」
トーカ「関係ない……?」
ニシキ「ねーだろ」
トーカ「でも、アイツはあんていくの……」
ニシキ「あんていくの人間じゃねえ。もう辞めたんだ」
トーカ「……やっぱ薄情だね、アンタ」
ニシキ「テメエだってなんもしてねーだろ。チッ……。——……お前、カネキのあの目見たろ。簡単に説得できる表情《カオ》じゃねえよ」
ニシキ「俺たちがどうこう出来ると思うか?」
トーカ「……」
リオ「……」
カネキさんの意志は、みんなが思っているように固いものなのかもしれない。
リオ「(……口出しするべきじゃなかったかな)」

↓■合流へ

◆4：僕が助けます

リオ「僕は彼を助けたいです」
トーカ「……はぁ……?」
ニシキ「何言ってんだよ……お前。一度会ったぐらいで……」
リオ「たしかに彼には一度しか会っていません……! だけど……」
(フラッシュバック)カネキ『お兄さんを助けてもらいたいからです』
リオ「たった一度、話を聞いただけで…」
僕を助けようとしてくれている。
リオ「……誰かのために、自分を犠牲するあの感じ……」
リオ「僕の兄さんに似ている気がするんです」
いつも僕のために、食料を調達して、どこにいても守ってくれた。
僕がコクリアに捕まったときは自らの命を差し出そうとまでした。
僕は、カネキさんの姿が、兄さんと重なってしまったんだ。

リオ「彼は放っておいたら……。——いつか、命を投げ捨てようとする気がするんです」

……僕の兄さんのように。

トーカ「……」
ニシキ「……」
リオ「……僕は彼を放っておきたくないです」

しばらくの沈黙。
ふいにトーカさんが笑みをこぼした。

リオ「……？」
トーカ「……。——アンタも、十分あの馬鹿に似てるよ」
ニシキ「まったくだな」
トーカ「なんか、出来れば良いけどな……」
トーカ「……」

トーカさんがニシキさんの言葉に目で頷《うなず》く。
あんていくの人たちの本音が見えたような気がした。

リオ「（……やっぱり、あんていくの人たちも助けたいんだ）」
リオ「（……どうにか出来ればいいんだけど……）」

＝トーカ好感度+1

↓■合流へ

◆2：話さない

リオ「あ、お、お疲れ様です……」
ニシキ「？　……なんだそりゃ」
トーカ「はい、お疲れサマ」

カネキさんも、理由があってあんていくに近寄らないのかもしれない。
僕が余計なことは言わない方が良いだろう。

↓■合流へ

■合流

あんていくの戸締りが終わり、一人の部屋に戻る。

リオ「（……今日あたり、ヘルタースケルターに行ってみようかな……）」

≡ヘルタースケルター

リオ「あの……やってますか？」
イトリ「やってるわよ。流行ってなくて悪かったわね」
リオ「いえ、そんなつもりじゃ……」

店の中に入ろうとすると、先客がいるのが見えた。

？？？（ニコ）「アラァ……？　ずいぶん可愛いお客さんじゃないの、イトリ？」
イトリ「はぁ……やっぱり食いついたか」
リオ「……誰、ですか？」

イトリ「常連のニコよ。『仲間』だから心配しないでいいわ」
リオ「(……仲間……喰種か)」
ニコ「ハァイ、リオくん。イトリから噂は聞いてるわよォ……？」

僕のそばに擦り寄ってきたのは、細身の男、ニコだった。
男、だと思うのだが……服装は煌びやかで華やか、ピタッと腰に貼りついたズボンは、スマートな脚線を強調している。
仕草や口調も、しなっとしていて、どこも男らしい部分がない。
同じような特徴を持つ人々を何かの本で見たことがあるが、もしかして……。

イトリ「ほら、ニコ。あんまり近づかないの。純情なリオ君には、オネエのオーラは刺激が強すぎるってよ」
リオ「(これが〝オネエ〟か……！)」
ニコ「……あら、確かに大人の色香はボクには強烈すぎるかしらねえ……？　ウフ」
イトリ「で、何の用かな、リオくん？」
リオ「はい。以前、教えてもらったルチって喰種……ジェイルじゃなかったようなんです。それで……」
イトリ「他の手がかりを教えてほしいと？」
リオ「はい」
イトリ「少年、私が以前言ったことは覚えてるわよね？」
リオ「えっと……情報が必要ということですよね……？」
イトリ「イエス」

リオ「……それってやっぱり、お金じゃダメですよね？」
リオ「今は目ぼしい情報がなくて……バイト代なら少しあるんですけど……」
イトリ「ん～……まあ、額によっちゃあお金でもいいんだけどね。それで生計立ててる部分もあるし」
イトリ「でも、喫茶店のバイト代ぐらいじゃ、情報提供するか少し見合わせないとねえ」
リオ「……ですよね……」
イトリ「まぁ確かに、無駄足踏ませちゃったのは悪かったけど。悪いけどあたしも商売だからさ」
リオ「（イトリさんの言葉はもっともだ。だとしたら、時間をかけてお金を稼ぐしかないのか？　それか新しい情報を仕入れるしか……）」
でも、のんびりしている間に兄さんは……。
――そのとき、横で話を聞いていたニコが口を開いた。
ニコ「じゃあ、アタシが肩代わりしてあげようか？」
リオ「えっ」
リオ「……よろしいんですか？　でも……」
ニコ「もちろんよ。……でも、その代わり……」
やはり、交換条件だ。
どうやって稼いでいるかは分からないが、喰種にとって人間のお金というのは、人間以上に貴重なものだ。
簡単に渡してくれるはずがない。
リオ「その代わり……？」
ニコ「その代わり……」
ニコ「リオくんは、あとで身体で払いなさい！　……いいわね？」
リオ「………」
〝この場合〟の「身体で」というのは、つまり情報のことだ。
その点はすでに、イトリさんから学習済みだ。
リオ「……それで、一体どんな情報をお望みなんですか？」
ニコ「なに言ってるのよ。アタシが望んでるのはあなたの身体よ」
なんと今回は言葉通りの意味だった。
ニコ「若い少年のあんな部分やそんな部分……ああ、想像しただけで、ゾクゾクするわ」
リオ「（……）」
イトリさんはにやにやと僕らのやりとりを眺めている。
彼女の介入は期待できなさそうだ。
ニコ「……で、どうするの？　『はい』か『イエス』で答えなさい」

《選択肢》
◆5：はい
◆6：イエス
◆7：考えさせてください

◆5：はい
◆6：イエス

ニコ「オーケー、それじゃあ夜の街に消えましょうか」
リオ「（……兄さん、僕、絶対にジェイルの情報を……!!）」
イトリ「ニコ……ウチの客に手ェ出さないでもらえる？」
ニコ「なによ、イトリ。あなたが困るわけでもないでしょう？」
イトリ「あるわよ。これから先、この子の顔見るたびに、アンタとの夜を想像しなきゃいけない身にもなりなさいよ」
イトリ「せっかく先々、面白いネタ運んできてくれそうな子なんだから、アンタの手で汚染されたくないの」
ニコ「言うわねえ〜！」
リオ「……えっと……」
イトリ「肩代わりしてやるなら、他の条件出してやったら？――んで恩を売った後で、脅迫でもなんでもして頂戴《ちょうだい》」
イトリ「くれぐれもあたしの知らないところでやってね」
リオ「あの……」
ニコ「まったく、イケズな女ねえ……わかったわよ」

ニコ「リオくんとのいろいろは、今後の楽しみに取っておくとして……そうねえ、じゃあ今回は、ちょっとお使いを頼もうかしら」
リオ「お使い……ですか？」
ニコ「うふふ。簡単よォ。とある場所に行って、とある人物の、とある物を持ってきてほしいの」
リオ「？？　……そうすれば情報量を代わりにお支払いして頂けるんですね？」
ニコ「そうよ。オカマは嘘つかないわよ」
イトリ「嘘つけ」
リオ「……わかりました。お受けします」
ニコ「ンフ。そうこなくっちゃ……♥」

↓◆「B　MAIN　㉕-❶」へ

◆7：考えさせてください

リオ「ちょ……ちょっと考えさせてください……!!　少し時間が欲しくて……」
ニコ「んもう、なによソレ？　アタシだって暇じゃないんだから、ムードがシラけちゃう前に決めてよね」
ニコ「それまではここで待っててあげるわ」
リオ「……わかりました」
僕はもう少し方法を考えてみることにした。

《マップ画面へ》

◆「B MAIN ㉕－❷」発生

（※「B MAIN ⑯－❷」でフラグONのときのみ）

//マップからこのイベントに戻ったときのイベント

//BG：ヘルタースケルター

//SE：カランカラン

ニコ「……それで、どうするの？」

イトリ「お、戻ってきた」

リオ「…………」

《選択肢》
◆8：お願いします↓以下の流れに
◆9：考えさせてください↓前の選択肢◆7にもどる

ニコ「ンフ。ようやく決心ついたみたいね。——それじゃタップリと楽しませてもらうわよ……」

リオ「（……兄さん、僕、絶対にジェイルの情報を……!!）」

イトリ「ニコ……ウチの客に手ェ出さないでもらえる？」

ニコ「なによ、イトリ。あなたが困るわけでもないでしょう？」

イトリ「あるわよ。これから先、この子の顔見るたびに、アンタとの夜を想像しなきゃいけない身にもなりなさいよ」

イトリ「せっかく先々、面白いネタ運んできてくれそうな子なんだから、アンタの手で汚染されたくないの」

ニコ「言うわねえ～！」

リオ「……えっと……」

イトリ「肩代わりしてやるなら、他の条件出してやったら？——んで恩を売った後で、脅迫でもなんでもして頂戴」

イトリ「くれぐれもあたしの知らないところでやってね」

リオ「あの……」

ニコ「まったく、イケズな女ねえ……わかったわよ」

ニコ「リオくんとのいろいろは、今後の楽しみに取っておくとして……そうねえ、じゃあ今回は、ちょっとお使いを頼もうかしら」

リオ「お使い……ですか？」

ニコ「うふふ。簡単よォ。とある場所に行って、とある人物の、とある物を持ってきてほしいの」

リオ「？？　……そうすれば情報量を代わりにお支払いして頂けるんですね？」

ニコ「そうよ。オカマは嘘つかないわよ」

イトリ「嘘つけ」

リオ「……わかりました。お受けします」

ニコ「ンフ。そうこなくっちゃ……♥」

↓◆「B MAIN ㉕－❶」へ

B MAIN 25―1

//タイトル：ヤモリの遺品

//BG：ヘルタースケルター

ニコ「あのね、アタシ、ある人の遺品を探してきてほしいの」
リオ「……遺品？」
ニコ「そう。去年12月頃に11区の廃団地で、喰種集団の掃討戦があったのは知ってる？」
リオ「いいえ……」
ニコ「組織の名前は、〝アオギリの樹〟。彼らのアジトが〝白鳩〟に強襲されたの」

アオギリの樹……。
コクリアを襲った頃に、ＣＣＧとも戦っていたのか。

ニコ「そこでね、アタシの大切なヒトが死んでしまったの……彼もアオギリだったから」
リオ「そう……なんですか」
ニコ「ヤモリっていう、すごく強くて男らしい喰種だったんだけど……」
ニコ「彼の愛用してた『ペンチ』。これを拾ってきて欲しいの。それがアタシのお願い」
リオ「……どんなペンチなんですか？」
ニコ「こんな感じのよ」

そういってニコはペンチの写真を僕に見せた。
医療器具としては大きすぎるような無骨なそれは、ずいぶんと使い込まれた様子だった。
ところどころにサビのような赤いものが見える。

ニコ「アタシと彼の思い出が、タップリに詰まったものだから……そばに持っていたいの、わかるでしょ？」
リオ「……わ、わかりました。（思い出って……）」

深くは詮索《せんさく》しないでおこう……。

リオ「（……それにしても）」

〝11区の廃団地でヤモリという喰種のペンチを取ってくる〟。
想像していたよりも、難しくはなさそうだ。

リオ「……それを取ってくれれば、情報量の肩代わりをして頂けるんですか……？」
ニコ「ンフ、そうよ。カンタンなお使いでしょ。待ってるわよ……♥」

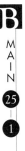

ニコの不気味な笑みが、すこし引っかかる。

リオ「（でも、行くしかない……）」

／11区　アジトから少し離れた開けた場所

リオ「（……11区、か……）」
リオ「（僕がコクリアから抜け出す頃、ここで戦いが起こってた……）」
リオ「（喰種も白鳩も、たくさんここで死んだんだろう）」
リオ「（ニコさんの言ってた、ヤモリって人も……）」
リオ「（廃団地はどこだろう……）」
？？？（ナキ）「オイ……オイッ！」
リオ「!?」
？？？（ナキ）「お前だよお前ッ」

振り向くと、白いスーツを着た三人組が立っていた。
金髪のオールバックの男と、マスクをつけた二人の大男。
話しかけてきたのは金髪の男のようだ。
こいつら一体……。

？？？（ナキ）「お前、誰だ!?」
？？？（ナキ）「あっ……そういうときは、自分から名乗るモンだっけ!?」

マスク1「ガギ」
マスク2「ガゴウ」
？？？（ナキ）「だよな……よく聞け！　俺はアオギリの樹・幹部のナキだ！　――……んでお前、誰だ!?」
リオ「（アオギリの樹の幹部……!?）」

アオギリの樹の名前はよく耳にしていたが、まさかその幹部と遭遇するなんて……。
リオ「（……それにしては、少し間の抜けた印象だけど……）」
リオ「えっと……なんでしょうか……」
??（ナキ）「どっちのセリフだっつーの！　お前こそ、ここでなにしてんだ?」

《選択肢》
◆1：事情を話す
◆2：うろたえる

◆1：事情を話す

リオ「僕、ニコっていう喰種から、ヤモリさんの遺品を取ってきて欲しいって頼まれたんです」
ナキ「ヤ、ヤモリの神アニキ!?　お前、アニキを知って……あ、アニキィ……うぅっ……」
リオ「（え?　……泣いてる）」
ナキ「……ヤモリさァん!!　……何で俺を置いて逝《い》っちまったんだよォ!!」
ナキ「アニキ無しでどう生きていけばいいんだよォ……」
ナキ「コクリアから出ればアニキに会えると思ったのに……」
リオ「コクリア……?」

この人もコクリアに囚われていたのか。

もしかするとアオギリの樹は、ナキさんのような仲間を助けるためにコクリアを襲撃したのだろうか。

ナキ「つーか、イヒンってなんだ?　俺はヤモリさんのベンチ探してんだけど」

リオ「ベンチ……?　あっ」

ペンチのことか。

どうやらナキたちもヤモリのペンチを探しているようだ。

同じものを探してるなんて……。

そうだ。

リオ「……一緒にそのペンチ、探しませんか?」

ナキ「?　いいのか?」

リオ「はい。協力して探したほうが早いと思いますから」

ナキ「おま……お前いいヤツだな……!　ありがとなぁ……!!」

感動したナキが、泣きながら僕にしがみついてきた。

少し胸が痛む。

ナキ「俺もお前のそのイヒンってやつ一緒に探してやるからな……。――ヤモリさんイヒンなんてモノ持ってなかったけど……

どんな形なんだ?」
リオ「えっと……。―――…………こう、丸くて、黄色いものです」
ナキ「わかった! 俺も見つけたらお前に言うからな!」
リオ「あ、ありがとうございます……」

↓■合流へ

◆2:うろたえる

リオ「いや、えっと……」
ナキ「あっ、わかったぞ! お前もアオギリの樹のメンバーだろ?」
リオ「あ……そ、そうです」
ナキ「だったらハナシは早いな! 俺はヤモリさんのベンチ探してんだ」
ナキ「お前も手伝え! 幹部冷麺だ、逆らうなよ!」
リオ「幹部レイメン……?」

↓■合流へ

■合流

ナキ「そうと決まりゃ、とっとと行くか! ―――あ、そうだ。お前、名前はなんつうの?」
リオ「えっと、リオです」
ナキ「よろしくな。俺はナキ」
リオ「はい。さっき聞きましたけど」
ナキ「こっちがガギで、コイツはグゲ。俺の弟分だ! 仲良くしてやってくれな」
ガギ「ゴウ」
グゲ「ゴゴギグガ」
リオ「あ、どうも……」

弟分のどちらがどちらかは見分けがつかなったが、とにかくナキたちとヤモリのペンチを探すことにした。

//時間経過
//アジト前

ナキ「あの中だ」
リオ「えっ……」

ナキが指差した先の建物の周りは、人で囲まれていた。
近くに停められている車両から、CCGの捜査官たちのようだ。
11区での戦いは少し前のはずだけど、
今も、調査かなにかで人が立ち入っているのかもしれない。
簡単、と笑ったニコさんの顔が憎い。

リオ「ナキさん、どうしますか……？」
ナキ「このまま、まっすぐ走って行って中に入るしかねえだろうな……！」
リオ「えっ!?　そんなことしたら見つかっちゃいますよ！」
ナキ「あっ、そうか……！」
リオ「……」

この人に任せておくのは不安だ……。
どうしようか？

《選択肢》
◆3：僕が囮《おとり》になります↓「B　MAIN　26-1A」へ
◆4：ナキさんを囮にします↓「B　MAIN　26-1B」へ

B　MAIN　25-2

//タイトル：ジェイソンの遺品

※「B　MAIN　16-2」で什造の姿を見ているときのみ発生

リオ「（イトリさんから情報を聞くには、対価が必要……か）」

情報の対価は——。

リオ「同じく、〝情報〟——か、〝お金〟……」
リオ「（〝お金〟であれば、ニコさんが肩代わりしてくれるって言ってたけど……）」
回想//ニコ「若い少年のあんな部分やそんな部分……ああ、想像しただけで、ゾクゾクするわ」
リオ「………」

想像しただけで身震いする。
たしかに兄さんを助けたい想いは強い。
でも、二度と取り返せない何かを失う気がする。

リオ「(どうしよう……)」
「什造――」
リオ「……?」
篠原「関連物は捜査に役立つかもしれないから、ちゃんと許可とって手に入れろって言ったでしょ……」
什造「はあ……そうでしたかね」
篠原「はい、そうでした……」
什造「ごめんなさいですー」
篠原「…………」
リオ「(あれは……、あのときの二人組)……」
僕は物陰に隠れ、耳をそばだてる。
篠原「アオギリの樹……『13区のジェイソン』! ヤツが愛用していたものがあったはずだ」
リオ「(13区のジェイソン……?)」
篠原「あんな道具でも、素材や付着物を調べることで、色々とわかることもあるんだよ」
什造「そうなんですねえ……」
什造「でも、CCGのカンシキ? ……の人たちのとこには、ペンチはなかったですよ」
什造「スーツのボロキレとか、血だらけのバケツとかはあったですけど」
篠原「あれ……そうなの?」
什造「です」
篠原「………うーん……」
篠原「もしかしたら、見落としがあったのかもしれないね……」
篠原「〝11区のアジト〟は劣化が酷いし、同時に奴らのコクリア襲撃もあったからね」
篠原「調査はゆっくりペースのようだから」
什造「じゃあ僕のせいじゃないです」
篠原「うん……それは悪かったから」
リオ「(アオギリの樹……)」
コクリアを襲った頃に、CCGとも戦っていたのか……。
篠原が腕をたたんで、時計をみる。
篠原「……そろそろ会議か……」
篠原「アジトは捜査班が内部を調査している最中だから、君、今からちょっと行ってきな」
什造「ええ? 今からです? メンドイです」
篠原「行くの」
什造「はあ……。――……わかりましたですよ」
什造「迷子になっても知りませんよ」
篠原「……自分で言うなよ」

リオ「（……どうやら、あの什造っていう捜査官は、11区のアオギリの樹の元アジトで、ジェイソンという喰種の遺品を捜すみたいだ）」
リオ「（……もしかしたら何か情報が得られるかもしれない……）」

《選択肢》
◆1：什造を追う
◆2：様子を見る

◆1：什造を追う
リオ「（リスクは大きいかもしれないけど……〝白鳩〟の情報は、喰種にとって貴重になり得る）」
リオ「（彼を追おう――！）」
↓■合流1へ

◆2：様子を見る
リオ「（彼が、見た目よりずっと強いのはわかっている……）」
リオ「（一度出直そう……）」

《マップ画面へ》
◆マップから戻ってきたとき
什造「ふんふふ～ん……♪」
リオ「……どうしようか」

《選択肢》
◆3：什造を追う↓前の「◆1：什造を追う」と同様
◆4：様子を見る↓前の「◆2：様子を見る」と同様

■合流1

//時間経過
//BG：11区、アジトから少し離れた開けた場所
リオ「（……11区、か……）」
リオ「（僕がコクリアから抜け出す頃、ここで戦いが起こってた……）」
リオ「（喰種も白鳩も、たくさんここで死んだんだろう）」
リオ「（什造捜査官は……あれ？）」
「もしもし」

リオ「……!!」

//SE：トン（背後から歩み寄る）

什造「なんで、喰種捜査官のあとをつけるです？」
リオ「（いつの間に……!!）」

真円の黒い瞳が、こちらに視線を投げつける。
怪しんでいるのか、ただの興味本位なのか。
しかし答え次第では、
どうしようもないことになってしまうかもしれない……！

リオ「（なんとかやり過ごさないと——!!）」

《選択肢》
◆5：捜査中です
◆6：ファンです
◆7：喰種です

◆5：捜査中です

リオ「あ……あの……」

リオ「ただいま捜査中でして……」
什造「……？　捜査、です？」
リオ「はい……あの、〝アオギリの樹〟のアジトの……調査員でして……」

調査員、なんて役割あるのだろうか。

什造「あなたも喰種捜査官です？」
リオ「……は、はい……」

なんでこんな嘘をついてしまったんだろう。
……もし、身分証を見せろなんて言われたら……一発で終わる。
しかし——。

什造「じゃあ僕と一緒ですねえ」
リオ「え……」
什造「僕も上司の人に、遺品を探してこいって言われたですよ」
リオ「そ、そうなんですね……」

意外にも彼は、僕のことを疑うこともなく、
好意的な笑顔を見せた。

什造「……でしたら一緒に探しましょう。ヒトデはたくさんいた方がいいですよ〜」

リオ「そ、そうですよね……！」
リオ「（……なんとかなったみたいだ……）」

↓■合流２へ

◆６：ファンです

リオ「あ……えっと実は……」
リオ「あなたのファンなんです……！」
什造「ファン？」
リオ「は、はい……」
リオ「街でお見かけしたときから、あなたのその独特なファッションに魅せられてしまいました……！」
什造「えへへ、そうなんです？　ありがとです」
リオ「でも、喰種捜査官だとは思いませんでした……」
リオ「（よ……よし）」
什造「僕のファンなら、僕のお手伝いしてもらっていいです？」
リオ「え、ええ……もちろん！」

↓■合流２へ

◆７：喰種です

リオ「実は僕は……喰種で……」

僕はなにを言っているんだ。

什造「おや！　そうですか」
リオ「あ、えっといや……」

／／ＳＥ：ヒュン

リオ「……え？」
首に冷たい感覚が走った。
赤い飛沫が上がる。
彼の手には、変わった形のナイフが握られている。

什造「じゃあ、殺さなきゃですねえ」

あ、これ、血か。
僕、首、切られ。

リオ「ぶ……ぶく……」

僕の口からは、血の泡が噴出す。
呼吸が出来ない。
なぜあんな軽はずみなことを言ってしまったのだろう。

／／フェードアウト

後悔する間もなく、什造のナイフが更に僕の喉元へ切り込みを入れた。

／／ゲームオーバー

■合流2

什造「僕は鈴屋《すずや》什造です。あなたは？」
リオ「えっと……リ――。――……リンタローです」
什造「リンタローですね」
什造「今僕は、ジェイソンって喰種の遺品を探してるですよ」
什造「なにか見つけたら僕に教えてください」
リオ「わ、わかりました」

喰種である僕が、喰種捜査官と横並びに歩く。
まるでサーカスの綱渡りだ。
左右、少しでもブレれば、奈落に真っ逆さまだ。

リオ「（……とにかく今は、穏便に事を進めよう……）」

／／時間経過

／／アジト前

什造「ここですよ〜」

どうやらアジトの前に辿り着いたらしい。
かなり巨大な廃墟だ。

什造「……おや？」
リオ「？」

建物の周りで、人が倒れている。
近くに停められている車両から、
ＣＣＧの捜査官たちのようだ。
11区の調査班だろうか……
皆、傷を負っている。

「……う……うう……」
什造「どうしたですか?」
捜査官「う……あ、アオギリ…………」
リオ「……!」
捜査官「ナ、ナキ……だ……」
捜査官「ヤツが……中に…………」

そこまで言うと、負傷した捜査官は意識を失った。
什造「どうやら、喰種がいらっしゃるようですねえ」
什造「ナキ……Sレートの脱走喰種ですか」
リオ「(脱走喰種……? 僕と同じ……)」
ニヤア、と悪戯っぽく什造さんは笑った。
仲間が襲撃されたことより、喰種が現れたことの方が重要のようだ。
その笑顔は、天使のようにも、悪魔のようにも見える。
——天性の喰種捜査官。
そういう人がいるのであれば、
彼のような人物のことを言うのではないだろうか。

什造「リンタロー、あなたクインケは?」
リオ「あ、いや……もってない……です」
什造「……おや?」
クインケを持っていない捜査官などいるのだろうか……?
什造「局員捜査官ですか。いいです。あなた、戦えますか」

《選択肢》
◆1:戦えます→「B MAIN 26-2A」へ
◆2:戦えない→「B MAIN 26-2B」へ

B MAIN 26-1A

/タイトル:囮は僕
リオ「僕が囮になります」
ナキ「おしりがなんだって?」
リオ「囮です……お・と・り」
ナキ「おお、急にどうしたかと思ったぜ。……んで、どうするって?」
リオ「えっと……。——僕が捜査官たちを引きつけます。その間にナキさんたちは中に侵入してください」
ナキ「ああ！　それ、動揺作戦ってヤツだな……知ってるぞ!?」
リオ「陽動作戦です……。合図したら、行って下さい」
ナキ「わかった。任せるぜ！」
僕たちは出来るだけ人手の少ない入り口を探した。
リオ「（あそこがいいな……）」
茂みから捜査官たちの様子を伺う。
人数は……8人か。
……さてどうしようか。

《選択肢》
◆1：大声を出して、逃走する
◆2：音の鳴るものを遠くへ投げる

◆1：大声を出して、逃走する

リオ「スーッ……わ――――っ！！！」
僕は出来る限り大きな声で叫んだ。
捜査官たちは茂みから現われた僕に、驚きの視線を向ける。
彼らを引きつけるために、僕は瞳を紅く輝かせた。
捜査官1「赫眼《かくがん》……!?」
捜査官2「喰種だっ、追え!!」
狙い通り入り口を見張っていた捜査官がこちらへ向かってくる。
物陰で隠れていたナキさんたちに合図を送る。
なんとかうまいこと彼らは潜入出来そうだ。
リオ「（僕も、この人たちを撒かないと……！）」
↓■合流へ

◆2：音の鳴るものを遠くへ投げる
僕は近くにあった石を拾うと、
僕たちとは違う方向の茂みに投げ込んだ。
捜査官1「!?　なんだ……」
捜査官2「だれかいるのか……？　様子を見に……」

リオ「（よし……そうだ、そのまま行け……）」
捜査官3「……いやちょっと待て」
リオ「……！」
捜査官3「そっちの方向からもかすかに物音がした。誰かなにか投げ込んだんじゃないか？」

捜査官たちが僕らのいる方向に警戒しだす。

リオ「（どうしよう……）」

//SE：ガサッ

僕が考え込んでいると、突然隣にいるナキさんが立ち上がった。
リオ「!?」
ナキ「バレちまっちゃしょうがねーな!! 行くぞお前ら!!」
ナキさんとガギ・グゲが捜査官に立ち向かって行ってしまった。

リオ「クソッ……やるしかないのか……」

//バトル（捜査官）

◆勝利

リオ「ハァハァ……」
ナキ「ったくなにやってんだよ！ ゼンゼン上手くいかねーじゃねーか！ ――まあ全員ぶっ殺したからいいけど」
見れば、僕が一人と戦闘している間に、ナキさんは他の全員を倒してしまっていた。

◆敗北

リオ「クッ……強い……」

僕は目の前の相手に苦戦していた。
喰種捜査官は僕らを倒すプロ。当然といえば当然だ。
その瞬間。

//SE：ザシュ

捜査官「ぐあっ……!!」
リオ「!?」
ナキ「ったく、いつまでかかってんだよ！」
他の捜査官をすでに倒していたナキさんが、こちらへ助勢してくれた。
攻撃を喰らった捜査官は、地に伏して動かなくなった。

リオ「ありがとうございます……」
ナキ「結局全員ぶっ倒しちまったな。ま、この方が俺らしいけどな！」

↓■合流へ

■合流

ナキ「これで〃着替え〃なく進めるってもんだ。行こうぜ」
リオ「（気兼ねなく……だろうか）」
僕たちはアジトの内部へ進むことにした。

／アジト廊下

ナキ「懐かしいなぁ、この廊下でアニキが、俺の腹に何度もでかい穴を開けたっけ……」
リオ「……え？」
ナキ「あ！　この階段の踊り場は、アニキが俺の指を全部折った場所だ！」
リオ「……」
ナキ「そしてこの窓から、突き落とされて……あぁ！　懐かしいなぁ……」
リオ「あ……あの……。……もっと楽しい思い出はないんですか……？」
ナキ「？　楽しいだろ？　何言ってんだお前!?」
リオ「（……こっちのセリフだ）」

／プレイルーム

リオ「（……うぐっ……すごい匂いだ）」
すごい匂いがする……たぶんこれはここに染み付いた、多くの肉と血の匂い。
思わず吐きそうになるのを、慌ててこらえる。
ナキ「懐かしいアニキの匂いだ！　……あぁ！　ヤモリの神アニキ!!」
リオ「（……やっぱり、この人には、ついていけない……）」
ナキ「……おっ！」
ナキさんが何かを見つけたのか、部屋の隅に駆けていく。
ナキ「あった――！　ヤモリのアニキのペンチだ！」
手には、大きなペンチが握られていた。
たしかに、ニコが写真で見せてくれたものと一緒だった。

リオ「（どうしよう……あれがないと、ニコさんから情報料を払ってもらえない……）」
ナキさんから取り上げるしかない……。

《選択肢》
◆3：力尽くで奪う
◆4：説得する

◆3：力尽くで奪う
リオ「ナキさん、そのペンチ……僕に譲っていただけませんか？」
ナキ「柚子……？」
リオ「よこせ、ってことです」
ナキ「んだとオマエ……まさか……」
ナキ「はじめっから、俺からこれを奪うつもりだったのか……!?」
ナキ「んなこと許せるかよ！　欲しけりゃ力づくしで来やがれッ!!」
／バトルナキ（スキル「ガギグゲの援護」持ち）
◆勝利
リオ「はあっ…はあっ……」
ナキ「ぐっ、テメエ……チクショウッ！」
ナキ「覚えて……やがれッ……行くぞガギ、グゲッ」
負傷したナキたちは、その場を去っていった。
なんとか勝つことが出来た。
リオ「（あとはこれをニコさんに渡すだけだ……）」
僕は懐にしまったヤモリのペンチを、確かめるように握り締めた。
／ナキサブイベント消失
／スキル取得
→◆「B MAIN ㉗」へ
◆敗北
リオ「がっ……あ……」
ナキ「へっ、お前が俺に勝つなんて八年早エんだよ！」
僕は最後に思った。
あと……あと八年あれば……。

／ゲームオーバー

◆4：説得する

リオ「ナキさん、そのペンチ……僕に譲っていただけませんか？」
ナキ「柚子……？」
リオ「あなたにとって、大事なものだというのはわかります……でも……」
リオ「僕にはどうしてもそれが必要なんです……！」
リオ「それがあれば……僕は……」
ナキ「？？」
ナキ「……よくわかんねーな。なんでヤモリのアニキのモノがそんなに欲しいんだ？」
ナキ「オマエもアニキの子分だったのか？」
リオ「……」
リオ「僕には兄さんがいて……」
リオ「……その人を助けるために、必要なんです。話せば長くなるけど、そのペンチがあれば……」
リオ「兄さんを救える可能性が増えるんだ。だから……」
ナキ「…………」
ナキ「兄さん、オマエのアニキってヤツか……」
ナキ「ぐう～………。――……。……。――……わかった！」
ナキ「このペンチはオマエにやる……」
リオ「えっ……いいんですか……？」
ナキ「すげえイヤだけど、アニキを大事にする気持ちはわかる！」
ナキ「別に、使うわけじゃねーし……オマエにやるよ」
リオ「……ありがとう……ございます」

ナキさんが僕にペンチを手渡す。

ナキ「もうここに用事ねえし、俺らは行くぜ。じゃあな！」

僕は受け取ったペンチを握り締めて立ち尽くした。

リオ「（あとはこれをニコさんに渡すだけだ……）」
リオ「（……だけど）」

僕は懐にしまったヤモリのペンチを、握り締めた。
さっきよりも、重たく感じた。

／ナキサブイベント獲得

↓
◆「B MAIN ㉗」へ

B MAIN 26—1B

／／タイトル：囮はナキ

リオ「ナキさんを囮にしましょう」
ナキ「なにィ!? 俺を……小鳥にする……!?」
リオ「違いますよ……囮です、お・と・り」
ナキ「なんだよ囮のことか……良かった良かった」
ナキ「って良くねえよ!! なんでだ!?」
リオ「この中で一番強いのはナキさんですから。もし相手に捕まってもナキさんなら振り切れると思って」
ナキ「む～ん? たしかにそれもミチリあるな。わかったその役、俺がやるぜ！」
ナキ「その代わり、お前らちゃんと中に進入しろよ！」
リオ「はい」
ガギ「ガグ」
グゲ「ゴウ」

僕たちは出来るだけ人手の少ない入り口を探した。

リオ「(あそこがいいな……)」

茂みから捜査官たちの様子を伺う。
人数は……8人か。
……さて。

ナキ「うおおおお——っ！！！」

作戦通りナキさんが大声を出す。
入り口を守っていた捜査官は驚いて、みんなナキさんに注目した。
捜査官1「おいっ……あれ……！」
捜査官2「ナキだ！ 13区のナキ……!!」
捜査官3「コクリアからの脱走喰種だ！ 追え！」
ナキ「へっへ！ お兄さんこちら～、手のある方へッ♪」
出鱈目《でたらめ》な歌を口ずさみながら、ナキさんは茂みの奥に消えていった。捜査官たちがそれを追う。

リオ「行きましょう」

僕たちはアジトの内部へ進むことにした。

／／時間経過
ガギ・グゲと一緒にアジトの内部を探索する。
二人とも土地勘があるようで、僕をペンチがありそうな場所へと導いてくれた。

／プレイルーム

リオ「（……うぐっ……すごい匂いだ）」
すごい匂いがする……たぶんこれはここに染み付いた、多くの肉と血の匂い。
思わず吐きそうになるのを、慌ててこらえる。

そのとき、部屋の隅で何かが鈍く輝いた。

リオ「（……あれは……）」

光の元へ近付いてみる。
するとそこには、ニコさんが見せてくれた写真と同じ形のペンチがあった。
ヤモリのペンチは、血のように見えた赤いサビが増えていて、写真でみるより、ずっと禍々《まがまが》しくみえた。

リオ「（問題は……）」

ナキもこれを欲しがっている。
彼らに見つからないようにここを去ろう。

僕はガギとグゲにバレないように、それを懐にしまった。

リオ「ガギさん、グゲさん」
ガギ「ゴウ？」
グゲ「ガギ」
リオ「……僕、ちょっと他を探してみます。二人はナキさんがここに来るのを待っていてください。後で合流しましょう」
ガギ「ゴウ」
グゲ「ガガッガ」

言葉は通じないが、仕草から僕の言いたいことは伝わったようだ。
心の中でガッツポーズをしながら、プレイルームをあとにした。

／アジト通路

リオ「（早くここから立ち去って、ヘルタースケルターに向かおう……！）」

こんな危険な場所に一秒でも長くいたくない。
戻れば、イトリさんからジェイルの情報をもらえる。

ナキ「オオオオイッ！！！」
リオ「!?」
ナキ「テメエエ……サンザ、探し回ったぜ……？」

髪を振り乱したナキが立っていた。
スーツはボロボロに破けていて、ところどころ返り血も付いている。
リオ「あ……えっと、別の場所を探そうと……」
ナキ「探す？　なにをだ……？」
リオ「え……？」
ナキ「ベンチはオメエが持ってるじゃねえか……!?」
リオ「!!」
どうやらナキは嗅覚《きゅうかく》で、僕がペンチを持っているのに気付いたようだ。
なんという執念だろう。
ナキ「はじめっから、俺を騙《だま》すつもりだったんだな……許さねえぞ……!!」
ナキ「ドチャグソにしてやる……!!」
／／バトル（ナキ）
◆勝利
リオ「はあっ……はあっ……」
ナキ「ぐっ、テメエ……チクショウッ！」
ナキ「覚えて……やがれッ……」
負傷したナキは、その場を去っていった。
なんとか勝つことが出来た。
リオ「（あとはこれをニコさんに渡すだけだ……）」
僕は懐にしまったヤモリのペンチを、確かめるように握り締めた。
／／ナキサブイベント消失
／／スキル取得
↓◆「B　MAIN ㉗」へ
◆敗北
リオ「がっ……あ……」
ナキ「人を騙すからいけねーんだぞ！　バーカバーカ！」
僕が最後に聞いた言葉は、笑ってしまいそうなほど幼稚な罵倒《ばとう》の言葉だった。
／／ゲームオーバー

／／タイトル：捜査官との戦闘

リオ「た、戦えます」
什造「そうですか、なら大丈夫です」
什造「アジトの中に入って、喰種を駆逐します。——探し物はそれからにしましょう」
リオ「わかりました」

／／アジト前

アジトの入り口の周りに、ローブを羽織った集団がいた。

什造「……8人くらい、ですかね」
リオ「（あれがアオギリの樹……）」

連中は揃いのマスクをつけ、周囲を警戒している。
この中に、ナキという喰種もいるのだろうか。

リオ「（僕と同じ、コクリアの脱走者……）」
什造「いきましょうか」
リオ「え？」

聞き返すよりも早く、什造さんは奴らへ飛びかかっていた。

／／SE：ザシュシュ

「ぐあぁッ!!」

喰種「!?　な……なんだッ」
喰種「〝白鳩〟……増援か!?」
什造「リンタロー、援護頼むです」
リオ「あ……は……」
リオ「（クソ……行くしかない……！　けど……）」

什造さんの前で、赫子は使えない……。

喰種「相手はたった二人だッ……やれッ!!」
リオ「……!!」

／／時間経過

／／SE：ドサア……

喰種「ぐ……は……」
リオ「ハァ……ハァ……」

なんとか赫子なしでも戦えた。

加減して勝利できるということは、
自分で思っていたよりも、力がついたのかもしれない。
什造「一通り片付きましたね、行きましょうか」
リオ「えっ……」

辺りを見渡すと、すでに他の喰種は、什造さんの刃によって倒伏《とうふく》させられていた。
地面には、すっかり血の海が広がっている。

什造「？　どうしました？」
リオ「い……いえ……」
リオ「(この人とはやりあわない方がいい……)」

同族の骸《むくろ》を前に、強くそう思った。

／／BG：アジト廊下

アジトの内部に侵入する。
アジトの中はボロボロで今にも天井が落ちてきそうだ。

什造「懐かしいですねえ……ここ通りましたよ」
リオ「？　什造さん、ここに来たことがあるんですか？」
什造「ええ、11区のアオギリ掃討戦に、僕も参加していましたから」
什造「そこの柱に、僕が喉《のど》を切った喰種が倒れてましたね」
リオ「えっ……」
什造「その床で、僕が馬乗りになって、それからたくさん切刻みましたねえ、フフフ」
リオ「……」

／／時間経過

什造「あれ」
リオ「？　どうかしましたか？」
什造「迷子になっちゃいました」
リオ「えっ……」
什造「シロクロの床のとこに行きたかったんですが……」
什造「しょうがないですね、手分けして探しましょうか」
リオ「わかりました」

／／時間経過
／／プレイルーム

リオ「(……うぐっ……すごい匂いだ)」

すごい匂いがする……たぶんこれはここに染み付いた、多くの肉と血の匂い。
思わず吐きそうになるのを、慌ててこらえる。

そのとき、部屋の隅《すみ》で何かが鈍く輝いた。

リオ「（……あれは……）」

光の元へ近付いてみる。
するとそこには、分厚く錆《さ》びたペンチがあった。
そのペンチは、血のように赤いサビで覆われていて、禍々《まがまが》しい。

リオ「（これがジェイソンの遺品、というヤツだろうか……）」
??（ナキ）「オイ……オイッ！」
リオ「!?」
???（ナキ）「お前だよお前ッ」

振り向くと、白いスーツを着た三人組が立っていた。
金髪のオールバックの男と、マスクをつけた二人の大男。
話しかけてきたのは金髪の男のようだ。
こいつら……。

??（ナキ）「お前、誰だ!?」
??（ナキ）「あっ……そういうときは、自分から名乗るモンだっけ!?」
マスク1「ガギ」
マスク2「ガゴウ」
??（ナキ）「だよな……よく聞け！　俺はアオギリの樹・幹部のナキだ！　――……んでお前、誰だ!?」
リオ「（ナキ……!?）」

コイツが表の捜査官を襲撃したナキ……。

ナキ「あっお前!!」
ナキ「そのペンチ……ヤモリの兄貴のだぞッッ」
リオ「えっ」
ナキ「返しやがれえええええッッ!!」

釈明をする間もなく、ナキがこちらへ向かってくる――!!

／バトル（ナキ）

◆勝利

リオ「はあっ…はあっ……」
ナキ「ぐっ、テメエ……チクショウッ！」
ナキ「覚えて……やがれッ……」

負傷したナキは、その場を去っていった。
なんとか勝つことが出来た。

鈴屋「おやおや～」

リオ「……！」
鈴屋「おかしいですねえ……なーんで喰種捜査官が、赫子を使えるです？」
リオ「（……しまった……戦っているところを見られてしまった……！）」
鈴屋「殺しちゃっても構いませんよねえ、リンタローくん？」
リオ「（体力を消耗した状態でやり合っても勝てない……ここは……）」

//SE：ダダッ（走る）

鈴屋「あっ」
リオ「（逃げるッ……!!）」
鈴屋「ふむー……うっかりしてましたねえ……」

//SE：時間経過

リオ「ハァ……ハァ……」
なんとか逃げられた。
僕は手に持ったジェイソンのペンチと見詰め合う。
リオ「（どうしよう、これ……）」

//什造サブイベント消失
//ナキサブイベント消失
//ナキスキル取得

↓◆「B MAIN ㉗」へ

◆敗北

リオ「がっ……あ……」
ナキ「人のモノとんじゃねー！　地獄でマエン様に怒られんぞ！」
僕が最後に耳にしたのは、どこかで聞いたことのあるフレーズだった。
地獄で会えるのだろうか。
……マエン様に――。

//ゲームオーバー

//タイトル：捜査官からの退避

リオ「戦えないです……」
什造「そうですか、わかりました」
什造「アジトの中に入って、僕が喰種を駆逐します。――リンタローは探し物を手伝ってください」
リオ「わかりました」

//アジト前

アジトの入り口の周りに、ローブを羽織った集団がいた。
什造「……8人くらい、ですかね」
リオ「（あれがアオギリの樹……）」
連中は揃いのマスクをつけ、周囲を警戒している。
この中に、ナキという喰種もいるのだろうか。
リオ「（僕と同じ、コクリアの脱走者……）」
什造「いきます」
リオ「え？」
聞き返すよりも早く、
什造さんは奴らへ飛びかかっていた。

//SE：ザシュシュ

「ぐあぁッ!!」
喰種「!?　な……なんだッ」
喰種「〝白鳩〟……増援か!?」
喰種「相手はたった一人だッ……やれッ!!」

//時間経過

入り口を守っていた喰種たちは、什造さんの刃によって倒伏させられていた。
地面には、すっかり血の海が広がっている。
什造「？　どうしました？」
リオ「い……いえ……」
リオ「（この人とはやりあわない方がいい……）」
同族の骸を前に、強くそう思った。

//BG：アジト廊下

アジトの内部に侵入する。
アジトの中はボロボロで今にも天井が落ちてきそうだ。

什造「懐かしいですねえ……ここ通りましたよ」
リオ「？　什造さん、ここに来たことがあるんですか？」
什造「ええ、11区のアオギリ掃討戦に、僕も参加していましたから」
什造「そこの柱に、僕が喉を切った喰種が倒れてましたね」
リオ「えっ……」
什造「その床で、僕が馬乗りになって、それからたくさん切刻みましたねえ、フフフ」
リオ「……」

//時間経過
//プレイルーム

リオ「（……うぐっ……すごい匂いだ）」

すごい匂いがする……たぶんこれはここに染み付いた、多くの肉と血の匂い。
思わず吐きそうになるのを、慌ててこらえる。

什造「ここでジェイソンと会ったです」
什造「では、なにか見つけたら教えてください」
リオ「わ、わかりました……」

//時間経過

部屋を見て回っていると、隅で何かが鈍く輝いた。

リオ「（……あれは……）」

光の元へ近付いてみる。
するとそこには、分厚く錆びたペンチがあった。
そのペンチは、血のように赤いサビで覆われていて、禍々しい。

リオ「（これがジェイソンの遺品、というヤツだろうか……）」

？？？（ナキ）「オイ……オイッ！」
リオ「!?」
什造「？」

？？？（ナキ）「お前たち……ここでなにやってる!?」

振り向くと、白いスーツを着た三人組が立っていた。
金髪のオールバックの男と、マスクをつけた二人の大男。
話しかけてきたのは金髪の男のようだ。

？？？（ナキ）「お前たち、誰だ!?」
什造「お前こそ誰ですか」
？？？（ナキ）「なにっ!?　意外な質問だな！　――……よく聞

け！　俺はアオギリの樹・幹部のナキだ！　――……んでお前、誰だ!?」
リオ「（ナキ……!?）」
什造「鈴屋什造三等捜査官です」
ナキ「なにっ!!　〝白鳩〟か!!　まだ生き残りがいやがったんだな……!!」

コイツが表の捜査官を襲撃したナキ……。

什造「フフフ……ここは僕がやるですよ。リンタローは下がっていてください」
リオ「は、はい……」
ナキ「ブッ倒してやらああああああッ!!」

//暗転
//時間経過
//SE：ガキィン

ナキ「ぐっ……やるじゃねえか……チビッコ!!」
什造「なかなかですねえ……」
ナキ「仕方ねえ……！　ここは一旦退くぜ！　『逃げるが負け』ってやつだ！」

//SE：ダダダダ

ナキ「どけっ!!」

//SE：ザシュ

リオ「ウッ……！」

ナキの赫子が僕の身体を切り裂く。
そのままナキは振り返らずに走り去っていった。

什造「おやあ……？」
リオ「……？」
什造「ずいぶん傷の治りが早いんですねえ……リンタローくん？」
リオ「……!!」

先ほど受けた傷は、すでに修復が始まっていた。

什造「喰種でしたか、うっかりですねえ……」
リオ「（ど……どうする――？）」

《選択肢》
◆1：戦う
◆2：逃げる
◆3：嘘をつく

◆1：戦う

リオ「（……ここは……戦う！）」
什造「ウフフ……いきますよー」

//バトル（什造）

◆勝利

//ナキ&什造サブイベント消失
→◆「B MAIN 27」へ

◆敗北

//SE：どさっ

リオ「う……」
什造「僕も間抜けですねえ……喰種と一緒に捜査してたなんて」
什造「勉強になったですよ、ありがとうリンタロー」

//暗転
//SE：ザシュッ

什造さんのナイフが僕に下ろされる。
そこから先は、真っ暗だった。

//ゲームオーバー

◆2：逃げる

//SE：ダダッ（走る）

什造「あっ」
リオ「（逃げるッ……!!）」
什造「ふむー……うっかりしてましたねえ……」

//SE：時間経過

リオ「ハァ……ハァ……」
なんとか逃げられた。
僕は手に持ったジェイソンのペンチと見つめ合う。

リオ「（どうしよう、これ……）」

／／什造サブイベント消失
／／ナキサブイベント消失
／／ナキスキル取得
↓◆「B MAIN ㉗」へ

◆3：嘘をつく

リオ「あ……あはは」
什造「？」
リオ「什造さん……違いますよ。服だけ切られたんです……ホラ」
僕は完全に塞《ふさ》がっていた傷口を見せた。
リオ「これでも……捜査官ですからね。——とっさに避けられて良かったです……」
額に脂《あぶら》っぽい汗をかく。
バレるな……バレるな……。
バレたら……殺される。
什造「…………」

／／SE：武器をしまう音

什造「なんだ、そうでしたか」
リオ「……！」
什造「そうですよねえ、これで気付かないなんて阿呆すぎますか」
リオ「……そ、そうですよ……」
什造「ですよねえ……」
リオ「です……」
什造「…………」
什造「——じゃあ引き続き、遺品を探しましょう」
リオ「…………は、はい」

／／SE：時間経過

什造「特にめぼしいものは見つかりませんでしたねえ……まあいいでしょう」
什造「篠原さんは、なんとかごまかしましょうかね」
什造「リンタロー、今日はありがとうでした」
リオ「い……いえ」
什造「またなにかあったら協力してくださいねえ、では」
什造「ばいばいでーす」
リオ「さ、さようなら～……」
リオ「…………」
リオ「はぁ～～……」

なんとか助かった。

リオ「………帰ろう」

//什造サブイベントON
//ナキサブイベント消失
↓◆「B MAIN 27」へ

B MAIN 27

//タイトル：遺品の報酬
//SE：ドア開閉音　ヘルタースケルター

リオ「こんにちは……」
イトリ「おぉ！　生きてたかリオくん！」
ニコ「ほーんと、あそこに潜り込んで無事に戻って来れるとは思わなかったわ」
リオ「……」

僕は精一杯の憎しみを込めて、ニコさんを睨み付けた。その気持ちを知ってか知らずか、ニコさんは満面の微笑みを返してきた。

//SE：ゴトリ

リオ「……約束のモノです」
ニコ「キャ——！　懐かしいわ！　このペンチで何本指をねじ切られたことか！」
ニコ「おかえりなさい……ヤモリ」
愛おしげに、ニコさんはペンチにキスをした。

//ナキルートここから

◆［ナキサブイベント獲得］している場合

リオ「……」
（フラッシュバック）ナキ「このペンチはオマエにやる……」
リオ「………」
リオ「すみません、ニコさん。やっぱりそれ、返してください」
ニコ「アン!?」
リオ「……そのペンチを……ヤモリさんを大事にしている方に、もう一人出会いました」

リオ「そのペンチは、彼にとっても大事なものだったのに、彼はそれを僕に譲ってくれました……だから、やっぱり渡せません」
リオ「情報料は、自分でどうにかします。ぬか喜びさせて本当にごめんなさい……」

僕は頭を下げて、ニコさんに謝罪した。

ニコ「……ナキに会ったのね。ったく……意外と男気あるじゃない……あの馬鹿」
ニコ「……ふぅん……」

ニコさんが僕の手に、ペンチを握らせた。
僕は顔を上げて、彼の顔を見た。

ニコ「じゃあ、キスして」
リオ「……!?」
イトリ「オエッ！」
ニコ「その努力に免じて、それで肩代わりしてあげるわ。安いものでしょう？」
リオ「（ニコさんとキス……）」

ピンク色のプリプリとした肉厚な唇《くちびる》が、僕に狙いを定めている。

《選択肢》
◆1：キスする
◆2：拒否する

◆1：キスする

リオ「……わか、りました（さようなら……僕の……）」
イトリ「ちょっとニコ……」

↓■合流1へ

◆2：拒否する

リオ「……」
イトリ「ちょっとニコ……」

↓■合流1へ

■合流1

ニコ「んもう、わかったわよ……！　ホッペで我慢してあげる」
リオ「！」

イトリ「ったく……」

口よりは……。
ツンツンと、ニコは自分の頬《ほお》を指差した。
その位置に軽く唇をつけた。
ジョリッとした。

ニコ「はぁ～ん、ムラつくわあ……」
リオ「……」
イトリ「リオくん、お手洗い向こうだから」
リオ「ありがとうございます……」
ニコ「ちょっと!?　どういうイミよっ!!」

↓■合流2へ

／／什造ルートここから

◆［ナキサブイベント獲得］していない場合
イトリ「お、どうした少年暗い顔して」
リオ「いえ……」
ニコ「アタシのキスで、元気にさせてあげよっか?」
リオ「………」
ニコ「んもう!　いい加減観念なさ～い!」

リオ「えっ、いや、ちょっ……!!」

ニコさんが僕の身体をまさぐる。

イトリ「アハハ」
リオ「ちょっと……ホントに!!」
ニコ「もう～ウブねえ……って、あらヤダ!!　なにこのカタイ……」
ニコ「………」
ニコ「?」

／／SE：ゴトリ

ニコ「……!!」
ニコ「ヤモ……リ……」
リオ「………え?」
ニコ「……あなた、これどこで手に入れたの?」
リオ「えっと、11区のアオギリの樹のアジトです……」
イトリ「はぁ?　なんでそんな場所……」
リオ「なにか情報が得られるかと思って、捜査官の後をつけていたらそこに……」
ニコ「………」
リオ「このペンチが、どうかしたんですか……?」
ニコ「………あたしの大事な人のモノよ」

ニコ「リオくん……イトリの情報料、アタシが肩代わりするわ」
リオ「え……いいんですか？」
ニコ「ええ、その代わりそのペンチを譲って頂戴」
リオ「…………」

自分にとっては必要のないものだ。
僕は、ニコさんにジェイソン……ヤモリのペンチを渡した。
ニコさんは受け取ったペンチを愛おしげに見つめる。

ニコ「おかえり、ヤモリ……」
ニコ「イトリ、あの情報のツケで払うわ」
イトリ「へい、毎度」
リオ「（あの情報……）」

この二人も、何かしらの情報のやり取りをしているのだろうか。
僕には計り知れないことだったが、とにかくこれでジェイルの情報が手に入る。

↓■合流２へ

■合流２

リオ「……それで、情報なんですけど」
イトリ「その話だけどさ。一人怪しい奴を見つけてね」
リオ「…本当ですか……!?」
イトリ「まぁまぁ、そう焦《あせ》るでないよ少年」
イトリ「これから教える喰種はSレート級の強さをもってるわ。接触の仕方を間違えたら……どうなるかわかるよね？」
リオ「……は、はい……」
イトリ「それじゃ説明するわ」
イトリ「喰種の名前は、キンコ。キミと同じ、コクリアの脱走囚よ」
リオ「コクリアの……!?」
イトリ「君からもらった資料。途中までしかなかったから、残りの分を探してみたの」
イトリ「これはすぐ見つかったんだけど……」

僕が必死で手に入れた情報をいとも簡単に……。
さすがは情報屋ということなんだろうけど、少し落ち込んだ。

イトリ「そしたらね、いたのよ。ジェイルの可能性がある男」
リオ「……！」

イトリ「Sレートの『鱗赫』。激昂《げっこう》状態になって街で暴れて、包囲したCCGが相当やられたって話よ」
イトリ「最後に残った数人で、ようやく捕まえたらしいわ」
イトリ「顔に傷のある大男でね、その傷の縫い跡が格子状に見えるの」

リオ「格子状の傷跡……」
イトリ「君と同時期に捕まってるから、キジマもコイツの存在を見逃していた可能性があるわ」
たしかにそいつがジェイルかもしれない。
確認してみる価値は十分にありそうだ。
リオ「……そいつはどこにいるんですか？」
イトリ「さあねえ……なんせ君と同じ脱走喰種だし、絶賛逃亡中じゃないの？」
リオ「えっ」
イトリ「それこそ、捜査官にでも聞いてみればどうかね」
リオ「そんな……」
まるで雲を掴むような話だ。
どこにいるかわからない、逃げ回っている喰種を探し出すなんて……。
イトリ「でも、そうね。かなり大柄の男みたいだし、動くなら夜中の間だけじゃないかしら？」
リオ「（夜中……か）」
リオ「わかりました。ありがとうございます、イトリさん」
イトリ「礼なら、あのオカマに言いなさいよ」
リオ「ニコさん、ほんと助かりました」
ニコ「うふふ。アナタって、素直ないい子ね。今度はキス以上のこともしましょうね？」

リオ「……」
僕はヘルタースケルターを後にすることにした。

//SE：店を出る

リオ「……（そういえば……）」
カネキさんはアオギリの樹の情報を欲しがっていた。
リオ「（ナキさんとのこと、情報として使えないかな……）」
キンコは今後捜索してみるとして、今はカネキさんに会いに行ってみよう。

//BG：6区アジト

リオ「こんにちは、ヒナミちゃん」
ヒナミ「あれ……こんにちは、リオさん。どうかしましたかっ？」
リオ「カネキさんに会いに来たんだけど、いるかな？」
ヒナミ「ううん、今はお兄ちゃん外に出てるみたい……」
リオ「そっか……。どこにいるかわからないよね？」
ヒナミ「うん……ごめんなさい」
リオ「いやいや、大丈夫だから！　ちょっと探してみるね」

どうやらカネキさんはこの家には戻っていないようだ。
外を探してみるか……。
↓◆「B MAIN ㉘-❶」へ

B MAIN 28-1

／／タイトル：二人のジェイル
／／「B MAIN ㉘-❷～❺」で、他のキャラクターと会話をするたびにカネキ出現+1。
／／出現が10になると、他のイベント封鎖。
／／カネキのみが出現。
／／BG：路地裏（夜）
リオ「カネキさん！」
カネキ「ああ、リオくん。久しぶり。――……ジェイルの情報はつかめた？」
リオ「はい。実は……」
／／短い時間経過
カネキ「キンコ、か。聞いたことないな……ごめんね」
リオ「いえ……」
リオ「（やっぱりどこかに隠れてるんだろうか。こっちは自力で探すしかないみたいだ……）」
カネキ「それより……アオギリの情報、ありがとう」
リオ「……いえ」
僕は、ナキさんから聞きとれたアオギリの樹の話を、カネキさんに伝えた。
／／ナキサブイベント発生ONのとき
リオ「（ナキさんには申し訳ないけど……）」
カネキ「おかえし、というわけじゃないんだけど」
カネキ「リオくんが探しているジェイルの可能性がある喰種……一人見つけたかもしれない」
カネキ「キジマは、ジェイルの性別について何か言っていた？」
リオ「あ……いえ、アザの特徴だけは聞きましたけど、性別については……」
カネキ「僕が見つけた喰種は『ロウ』という女性の喰種だ」
カネキ「アザではないけど……格子状の『メイク』を施していて、もしかしたらそれをキジマが見間違えたのかもしれない」

カネキ「それに彼女は大量殺害……そして『共喰い』までやるみたいだ」
リオ「共喰い……」
カネキ「他の喰種を屠《ほふ》るぐらいだから、かなり腕のたつ喰種だと思う」

『ロウ』……たしかにジェイルの性別のことは意識していなかった。
彼女がジェイルの可能性はあるかもしれない。

リオ「彼女の居場所は……」
カネキ「今度どこに現われるかはアタリがついてる」
カネキ「『喰種レストラン』だ」
リオ「喰種……レストラン？」
カネキ「残虐な場所だ。裕福な喰種たちが集って、目の前で人間を解体させて食するんだ」
カネキ「あんな場所あっちゃならない。——僕は……そこを潰す。そこにいる喰種も」

//SE：指をならす音

リオ「……」
カネキ「今度そこで行われるショーの参加者名簿に、ロウの名前もあった」
カネキ「君も……来るかい？」
リオ「……良いんですか？」
カネキ「うん。安全は保障できないけど……それでよければ、ついてきて」
リオ「……」
リオ「わかりました。同行させてください」
カネキ「うん。それじゃあ、当日の流れを説明するから、6区の僕らの家まで来て」

共喰いを行う、女性喰種『ロウ』……。
彼女がジェイルなのだろうか……。

《マップ画面へ》

//タイトル：霧嶋董香
//BG：公園
//一回目

リオ「（あれ、あそこにいるの……）」
トーカ「ん？」
リオ「……学校帰りですか？」
トーカ「うん。……あんたこそ、何やってんの？」
リオ「ちょっと探し物……というか」
トーカ「そっか」
トーカ「……」
トーカ「あんまり危ないマネすんなよ？ アンタさ」
リオ「え……あ、はい。気をつけます」
トーカ「ん。じゃあね」

//二回目

トーカ「兄貴のこと、助けられたらいいね」
リオ「はい……」
トーカ「兄貴……か」
リオ「トーカさんは兄弟とかいるんですか？」
トーカ「……『馬鹿な弟が一人』、ね」
トーカ「でも、お兄ちゃん欲しかったな」
トーカ「姉貴だと色々心配してばっかで疲れるし……」
トーカ「どっかで危ないことやってんじゃないか、ってさ」
リオ「そう、なんですね……」
トーカ「アンタの兄貴も、そうだったんじゃない？」
リオ「そうだと思います。僕は昔から留守番ばっかだったし……」
リオ「ずっと心配だったんだろうな……。………。」

//アヤトフラグON

//三回目

リオ「あの、トーカさん」
トーカ「なに？」
リオ「ひょっとして、心配してくれてるんですか？」
トーカ「は、はぁ……？ ……」
リオ「……」
リオ「あの、僕大丈夫ですから……！ ——兄さんを助けるためには、僕がやられちゃ話にならないし……」
トーカ「……。——『大丈夫』とか言う奴が……一番怖いのよ」

//四回目

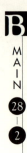

トーカ「そういやアンタ、なにか探してるんじゃなかったの？」
リオ「あ、はい……。――（トーカさんには、カネキさんのこと話さない方がいいだろうな）」
トーカ「……？」

//トーカ好感度+1

《マップ画面へ》

B MAIN 28―3

//タイトル：月山習

//BG：街中

//一回目

リオ「（あ……あれは）」
月山「やあ、ボーイ・リオ」
リオ「あの……月山さん、その呼び方はちょっと……」
月山「ハハッ、これでも、親愛の情を込めているつもりだが……？　――君はムッシュという年齢でもないだろう？」
リオ「（ムッシュもイヤだけど……）」
リオ「あの……カネキさんを探しているんですけど」
月山「僕はいつだって探してるよ」
リオ「……」
月山「見つけたら真っ先に僕に教えてくれたまえ、ボーイ・リオ」

//二回目

月山「それで、カネキくんは見つかったかい？」
リオ「いえ……」
月山「ふむ……我が主はケティ（猫）のように気まぐれだからね」
リオ「（ケティ……？）――月山さんって、色んな言葉を知ってるんですね。他の国のものとか……」
月山「フ……語学というのは単一では未完成なものだからね」
リオ「？」
月山「たとえば愛を囁くならフランス語、というのはよく聞くだろう？　――歌うのであればイタリアン、勇ましきドイツ語の響き…。もちろん情緒豊かな日本の言葉も素晴らしい」
月山「僕は、その時々にシチュエーションで必要な言葉を使うようにしているんだ。その方が僕の感情がよりダイレクトに伝わるだろう？」
リオ「そう、なんですね……（そんなことまで考えたことなかった）」
リオ「……でも、相手の人がその言葉を知らなかったら、成立し

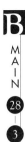

ないような……」
月山「ハハッ、リオくん。それは僕の中で伝わっていればいいのだよ」
リオ「（なんて自己中心的なコミュニケーションなんだ）」

／三回目
リオ「カネキさんも、色々勉強されているような気がします」
月山「ああ、彼は活字中毒者だからね……この僕もまた、そう」
月山「すべての人が、あらゆる物事を体験・実感できるわけではない。――しかし自分の世界だけにこもっていれば、知識の拡がりはないね？」
月山「本は時空や空間を越えた、先人からのレッスン……。未知の領域からの使者」
月山「これほど自らの情緒と智慧《ちえ》を豊かにするものはないと、実感しているよ」
リオ「本がお好きなんですね」
月山「……無論、音楽、映画、あらゆるエンタテイメンツやエクスペリエンツに興味をそそいでいるよ」
リオ「（月山さんは、変わってるけど知識は豊富なんだろうな……）」
月山「しかしこの僕をもってしても、カネキくんの読書量には敵わないね……。――彼の知識の貪欲さには僕も驚きを隠せないよ」
月山「もう一度じっくりと、本について語り合いたいのだが……。――フッ、まずはカネキくんにゆったりとした時間をプレゼントしないとね」
月山「さて……我が主は、一体どこをうろついているのやら……」
リオ「（本当よく喋るな……）」

//四回目

月山「さてカネキくんは、一体どこにいるのか……」
リオ「(ここらへんにはいないみたいだ)」

《マップ画面へ》

B MAIN 28-4

//タイトル：万丈数壱

//BG：嘉納病院　路地裏

//一回目

リオ「(……あそこにいるのは、万丈さん?)」
万丈「おう、リオ!　お前、カネキ見なかったか?」
リオ「いえ、今日は会ってませんけど……」
リオ「実は僕もカネキさん、探してたんです」
万丈「そうなのか?　ったくどこに行ったんだか……」
リオ「行き先は告げてないんですよね?」
万丈「ああ……たまにな、フラッとどっか行っちまうんだよな」
万丈「手分けして探そうぜ。俺も見つけたら連絡するからよ」
リオ「はい」

//二回目

万丈「おう、リオ。いたか?」
リオ「いえ……そちらは?」
イチミ「いないっすねー」
万丈「ジロとサンテにも見かけたら教えてくれ、って言ってんだけどな」
リオ「ジロさんたちはどうしてるんですか?」
イチミ「ゲーセンに行くっつってました」
万丈「あいつら、また無駄遣いして……」
リオ「ま、まあまあ……」

//三回目

ジロ「カチカチのふわふわクッション、ゼンゼンとれませんでした……」
万丈「そんなもんに金使うんじゃねーよ!　もったいねえ……」
サンテ「万丈さん……本当ケチっすねえ……。――もっと服とかにお金つかったらどうですか?」
万丈「あん!?」
ジロ「そんなんだから女にモテないんスよ」

万丈「………」
リオ「ま、まあまあ……」
ジロ「リオさんみたいに顔が整ってたらもうちょっとマシだった
かもしんないスけど……」
万丈「………俺だって……。——俺だってリオやカネキみたい
な顔で生まれたかったよ!」
リオ「………」
イチミ「カネキさんどこにいるんスかね……」
リオ「え、ええ……もうちょっと探してみます」

//四回目

万丈「カネキのやつ、一人で考え事でもしてんのかな……」
万丈「なんかあったんなら、話ぐれえ聞くのにな……俺、頼りね
えのかな」
リオ「万丈さん……」
リオ「……そんなことないと思いますよ」
リオ「僕は、カネキさんは万丈さんのこと、けっこう頼りにして
いるように見えます」
万丈「そう……か?」
リオ「はい」
万丈「……。——……へへっ、ありがとよ。……いい奴だな、お
前は」
万丈「俺……今まで、何度もカネキに助けられたんだ。……だから、
いつかアイツの助けになりてェ……」
万丈「もっと強くならないとな……」
リオ「(僕も……もっと強くならないと)」

//五回目

万丈「……にしても、アイツ本当にどこフラついてんだろうな
……」
リオ「はい……(ここにはいないみたいだ)」

《マップ画面へ》

B MAIN 28-5

//タイトル:笛口雛実
//BG:6区アジト
//一回目

ヒナミ「お兄ちゃん見つかった?」
リオ「ううん、どこにいるかも見当つかなくて……」

ヒナミ「どこかな……お兄ちゃんが行きそうな場所……」
ヒナミ「……でもヒナミより、他の人の方が詳しいかもしれないです」
リオ「そっか……」
リオ「ちょっと他の人にも当たってみるね。ありがとう」
ヒナミ「ごめんね……」

//二回目

ヒナミ「ヒナミ考えてみたの。お兄ちゃんが行きそうな場所」
リオ「本当？」
ヒナミ「うん！　お兄ちゃんは本が好きだから、本屋さんとか……」
リオ「本屋か……（たくさんありすぎて、回れないな……）」
ヒナミ「あとは……図書館とか」
リオ「（とにかく本がありそうな場所ってことかな……）――ちょっと探してみるね。ありがとう」
ヒナミ「うん！」

//三回目

ヒナミ「ヒナミ、ずっとお留守番ばっかなんだ。――だからリオさんが来てくれて嬉しいよ！」
リオ「本当？　それなら良かった」
リオ「そういえば、僕も昔は留守番ばかりだったな。兄さんのこと待ってたんだ」
ヒナミ「そうなんだ……。ヒナミと一緒だね。――リオさんは一人のとき、何して待ってたの？」
リオ「近所を散歩したり、拾ってきた本を読んだりとかしてたかな……」
ヒナミ「ヒナミも本、読むよ！　今はね、これ読んでるの」
リオ「……すごいね、ヒナミちゃん。そんな難しそうなの読めるんだ。僕には無理かも……」
ヒナミ「ううん、私もスラスラは読めないよ。お兄ちゃんが帰ってきたら、わからないところ教えてもらうの」
リオ「そうなんだ、優しいね」
ヒナミ「うん……。――お兄ちゃん、帰ってこないかなー……」

//四回目

ヒナミ「お兄ちゃん、帰ってこないかなー……」
リオ「（この家には戻ってきてないみたいだ……）」

《マップ画面へ》

／タイトル：レストラン襲撃

／BG：あんていく個室　夜

リオ「（レストラン襲撃は明日、か……）」
リオ「（ロウ……どんな喰種なんだろう）」
リオ「（……兄さん……）」

／トーカサブイベント進行度により

トーカ「鍵、置いとくよ」
リオ「あ、はい」
トーカ「……」
トーカ「なんか、危ないことしようとしてない？」
リオ「えっ……」
トーカ「……。――……んじゃ、おやすみ」
リオ「うん、おやすみなさい。……」

／レストラン外部

カネキ「打ち合わせ通り、万丈さんたちは裏から潜入してください。――僕は、今日の『ディナー』として、月山さんと一緒に行きます」
万丈「気をつけろよ、カネキ」
月山「バンジョイくん……彼は僕が責任を持ってお守りするから安心したまえ」
カネキ「中の客は僕が始末します。万丈さんたちは、ヤツらが逃げないよう出口を封鎖してください」
万丈「おう……！」
イチミ・ジロ・サンテ「ウイッス」
カネキ「リオくんは万丈さんたちと一緒に行動してください」
リオ「はい、わかりました」
カネキ「……月山さん、レストランを潰して、ほんとにいいんですか？　一応仲間ですよね？」
月山「フッ……今の僕の主は、君だろう？」
カネキ「……わかりました」
カネキ「リオくん。ロウを見つけたら、彼女は君に任せるよ」
リオ「……はい」
カネキ「それじゃあ……みんな行こう」
僕たちは、月山さんの手引きのもと、
清掃員の格好に身を包んで、レストラン内部に忍び込んだ。

／レストラン通路

リオ「……中の客って、どのぐらいいるんですかね？」
万丈「100人ぐらいはいたと思うぜ」
リオ「えっ……それ全部、カネキさんが相手するんですか……？」
万丈「まぁ……そう言ってたからな……」
リオ「……手助けしなくて大丈夫なんでしょうか？」
万丈「月山ならわかんねーけど、俺らが下手に手出ししたら逆に足引っ張るかもしれねえからな……」
万丈「並の喰種100人束になっても、アイツには敵わねーよ……」
リオ「………」

／／レストラン内部会場

月山「メダム エ メッシュー……紳士淑女の皆様……今宵の饗宴《きょうえん》……ふたたび未曾有《みぞう》の美食をご用意いたしました」
客男「この前のような騒動は困るよ。MM氏」
月山「ウィ！　ご心配なく」
客女「ワクワク」
月山「それでは早速、ご覧に入れましょう！　今宵のディナーは……」

月山「〝皆さま〟です！」

／／SE：ざわめき（不安げ）

客男「あのマスク……!!」
客女「〝隻眼〟……!?」
客男「我々が今晩のディナーだと……!?」
客男「MM氏……!!　これは一体……!!」
月山「フッ……主は君たちの死を御望みだよ！」

//SE：攻撃音

カネキ「…………」
客男「ギャアア!!」
客女「ヒィィイ!!!」
客男「逃げろ……！」

//SE：悲鳴　どよめき

万丈「始まったか……！」

本当に……中でカネキさんが戦っているのか……。
しばらく経っても、悲鳴は鳴り止まない。

リオ「……」

本当に彼一人で大丈夫なのだろうか……？

リオ「万丈さん……僕たち、ここにいるだけでいいんでしょうか……？」
万丈「……？　ま、まぁそういう作戦だからな……」
リオ「…………」

彼が一人でやると言った。
誰もそれを止めようとしない。
……それでいいんだろうか。

リオ「……」

◆レートS以上で選択肢発生

《選択肢1》
◆1：中に行く
◆2：見張りを続ける

◆1：中に行く

万丈「お……おい、リオ？　どこ行くんだ!?」
リオ「カネキさんを放ってはおけません……」
万丈「でもここは俺たちが……」
リオ「……」

万丈「……本気か？」

《選択肢2》
◆3：本気だ↓「B MAIN ㉙-❷」へ
◆4：やっぱりやめておく↓「◆2：見張りを続ける」へ

◆2：見張りを続ける

万丈さんの言うとおり、彼の足を引っ張る結果になるかもしれない。
僕はここに留まることにした。

（遠くから）客男「…………!!」

（遠くから）客男「うわわ……やベーっ！」

（遠くから）客女「キャアア!!」

リオ「……こちらには、誰も来ませんね……」
万丈「……ああ」
リオ「（本当に一人で全員倒しているのか……」
たしかに僕たちの援護は必要なさそうだった。

？？？（ロウ）「……ふぅ……まったくなんなのかしら……！　アタクシ、サイテーの気分……」

リオ「（……!?）」
万丈「！」

通路の向こうから、装飾具を身に着けた派手な女性が歩いてきた。
その顔には……。

リオ「（目の下に、痣……!?）」

彼女は……。

？？？（ロウ）「あら、なあに、その目つきは。あなたたちもしかして……邪魔をする気かしら？」
？？？（ロウ）「アタクシもう帰りたいの、そこどいてくださる？」
万丈「悪いがここは通さね……」

//SE：ドカッ

万丈「ぐあッッ!!」
ジロ「万丈さん！」

女性の放った赫子が万丈さんを薙《な》ぎ飛ばした。
リオ「…………あなたが……ロウ？」
ロウ「あら？　アタクシも有名になったものね。そうよ。アタクシがロウ」
ロウ「この世でいちばんキレイなのはアタクシ。強いのも……アタクシ。だから大人しく、そこを通しなさい」
リオ「…………」
ロウ「うふふ。あなた……若くて可愛らしいわね。今日は喰べ損なったし、頂いてもいいかしら？　アタクシがもっともっと美しくなるために……」

//SE：ジャキーン（赫子を構える音）

ロウ「あーん！　いいわぁ……あなたのその、若くてぷりっとしたお尻……食べたら10歳は若返りそうね。うふふ……うふふふふ……」

//バトル（ロウ）

◆勝利

//スキル入手

◆敗北

そのとき——

//SE：ザッ

カネキ「……お待たせしました」
リオ「……カネキさん！」
万丈「カネキ…」
ロウ「!?」

//SE：パキッ、パキッ（指折り音）

ロウ「……オホホホホホ!!　アタクシ……急用を思い出しましたわ!!」

//SE：ドン、とリオを突き飛ばして逃げる。

リオ「うわっ！」

//SE：バタバタバタ（逃げる音）

カネキ「…………」
カネキ「怪我はない？　リオくん……」
リオ「……はい」
万丈「つーかカネキ……お前こそ大丈夫なのかよ……!?」
カネキ「ええ。ちょっと〝邪魔〟が入って手こずってしまいましたが……。——CCGが嗅《か》ぎ付けてくるかもしれない。早くここを出ましょう」
万丈「お、おう……！」
リオ「……」
リオ「（ロウに逃げられてしまった……。でも、あの力……ひょっとしたらアイツが……？）」

《マップ画面へ》

／タイトル：白と黒

リオ「万丈さん……僕は……」
リオ「カネキさんを放ってはおけません」
万丈「リオ……」
リオ「すみません……行きます」

／SE：走る

万丈「リオッ！」
イチミ「万丈さんっ」
サンテ「俺らはここにいないと……！」
万丈「…………クソッ！」

／レストラン会場

会場は、地獄絵図だった。
身体中を引き裂かれた喰種がそこら中に転がっている。
リオ「（……これ、すべてカネキさんが一人で……？）」
??（マダムA）「ひぃぃぃぃッッ！」

リオ「!?」
僕の横を、サングラスをした、
派手な恰好の女性が走り去っていく。
会場に来ていた客の一人だろうか。

／SE：ザザッ

カネキ「……!?　リオくん、なんで……」
リオ「す、すみません……」
リオ「カネキさんが心配で……」
カネキ「…………」
カネキ「来てしまったなら仕方ないよ――いや、ちょうどいい」
リオ「？」

／SE：ザザッ

リオ「！」
??（シロ）「援護？」
??（クロ）「増援？」
??（クロ）「どうするシロ」
シロ「作戦はかわらないよクロ」
クロ「そうだね」
シロ「パパの邪魔をする奴は」

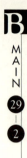

クロ「みんな消す」

//SE：『赫子』解放音

リオ「……！」

//ここで出会っていれば、以降のシロクロの名前の「？？」が判明

カネキ「……リオくん、片方任せるよ」
リオ「は……はいッ」

僕は……。

《選択肢》
◆シロと戦う
　//バトル(シロ)
◆クロと戦う
　//バトル(クロ)

◆勝利

//SE：ザザッ！

シロ「……クッ」
クロ「貴様……！」
リオ「ハァハァ……！」
カネキ「……」

カネキさんも戦闘を終わらせ、僕らが一気に優勢となった。

//スキル入手(シロとクロ、戦った相手によって変わる。ここの戦闘とラボの戦闘で勝利すれば、この周回で二人のスキルが揃う)

↓◆合流へ

◆敗北

リオ「ぐっ……！」

強い――！

//SE：『赫子』で攻防　ガキンガキン

カネキ「……大丈夫？」
リオ「す、すみません……カネキさん」

彼を援護するつもりか、逆に足を引っ張ってしまったかもしれな

い……。

↓■合流へ

■合流

//SE：ドォン

リオ「！」
カネキ「……！」
シロ「時間だ」
クロ「行こう」

面を外し、こちらを見下ろす二人。
その瞳は――。

リオ「!!」

シロ「……じゃあね」
クロ「お兄ちゃん」

片側だけが爛々と、赤い光を放っていた。

//SE：走り去る音

カネキ「隻眼の……」
リオ「喰種……!?」

それだけじゃない。
彼女たちの目の下にはそれぞれ、小さな模様が見える。
ひょっとして……。

カネキ「リオくん……待ってて。僕は――」
カネキ「彼女たちを追う……！」

//SE：タンッ

リオ「カネキさんっ……！」
リオ「……」

行ってしまった。
会場の客は殆ど逃げ出したか、そうでなければ息絶えたかして、
静寂のみで満たされていた。

//SE：カツン　カツン(ハイヒール)

???（ロウ）「……ふぅ……まったくなんなのかしら……！　ア

タクシ、サイテーの気分……」

リオ「(……!?)」

どこかで身を隠していたのか、
物陰から装飾具を身に着けた派手な女性が歩いてきた。
その顔には……。

リオ「(目の下に、痣……!?)」

彼女は……。

???(ロウ)「あら、なあに、その目つきは。あなたたちもしかして……邪魔をする気かしら?」
???(ロウ)「アタクシもう帰りたいの、そこどいてくださる?」
リオ「…………あなたが……ロウ?」
ロウ「あら? アタクシも有名になったものね。そうよ。アタクシがロウ」
ロウ「この世でいちばんキレイなのはアタクシ。強いのも……アタクシ。だから大人しく、そこを通しなさい」
リオ「…………」
ロウ「うふふ。あなた……若くて可愛らしいわね。今日は喰べ損なったし、頂いてもいいかしら? アタクシがもっともっと美しくなるために……」

//SE:ジャキーン(赫子を構える音)
ロウ「あーん! いいわぁ……あなたのその、若くてぷりっとしたお尻……食べたら10歳は若返りそうね。うふふ……うふふふふ……」
リオ「(やれるのか……さっきの戦いで消耗しているけど……)」
リオ「(でもここで彼女を捕えれば――)」

そのとき――

//SE:ザッ

リオ「!」
ロウ「!」
月山「やあリオくん、パーティをお楽しみかな?」
リオ「……月山さん!」
ロウ「MM……」
月山「フゥン……」
//SE:ザッ……(一歩近寄る)
ロウ「オ…………」
ロウ「……オホホホホホ!! アタクシ……急用を思い出しました

わ!!」

//SE：バタバタバタ（逃げる音）

月山「フッ…………」
月山「無事かな？　リオくん」
リオ「……はい」
月山「どうもCCGがここを嗅ぎ付けたようだ。主らはすでに脱出している。――君もゆこうか」
リオ「は、はい……！」

//時間経過

リオ「……」
リオ「（ロウに逃げられてしまった……。でも……ひょっとしたらアイツが……？）」

《マップ画面へ》

B MAIN 30-1

//タイトル：満ちることを知らない美欲

//ロウ登場フラグONのとき発生
//BG：クラブennui

僕が足を運んだクラブは薄暗く、どこか怪しげな雰囲気の店だった。

リオ「（ここにロウが現れるって話だけど……）」
リオ「（……あっ）」
ロウ「あらあ……？」
ロウ「あなた、レストランにいたおいしそうな少年じゃない。わざわざアタクシに会いに来てくれたのかしら？」
リオ「…………」
ロウ「うふふ。あのときアタクシ、せっかくレストランに行ったのにオードブルすら食べられなくて、ずっと欲求不満だったの」
ロウ「それで……どんな用事かしら？」
リオ「…………」

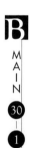

《選択肢》
◆1：あなたを捕まえに
◆2：用事はない

◆1：あなたを捕まえに

ロウ「あらあら……ボウヤのくせにロマンティックなこと言ってくれるわねえ」

ロウ「でもアタクシ、いくら可愛い顔してても弱い子には興味ないの」
ロウ「アタクシを満足させてくれるかしらね……？」
ロウ「お店の迷惑になるわ。場所を変えましょうか？」
リオ「……」

↓■合流へ

◆2：用事はない

ロウ「あら……なんなの？」

今戦うのは得策じゃないかもしれない。
僕は一旦、この場を退くことにした。

《マップ画面へ》

■合流

//BG：屋上

リオ「(……もし彼女がジェイルだったら、兄さんを助けることが出来る)」

リオ「（僕は……兄さんのために戦う……！）」

／／ＳＥ：赫子

ロウ「……うふふふ……生意気に赫子なんて出しちゃって、アタクシと戦う気？」

ロウ「いいわ、相手してあげる……。――そのかわり、あなたが負けたら美味しく頂いちゃうからねえ？」

ロウ「うふふ……うふふふ……」

／／バトル（ロウ）

◆敗北

ロウ「……うふふ……こんなに若い男の子の〝アレ〟を食べられるなんて本当、久しぶり……！

ロウ「それじゃあ新鮮なのをいただき……

／／ＳＥ：ドン！（突き飛ばす音）

ロウ「きゃんっ！」

リオ「くっ……」

／／ＳＥ：走り出す音

ロウ「ちょっと、待ちなさい、待ちなさいってば……！」

／／短い時間経過

リオ「はぁ……はぁ……はぁ……」

リオ「（よかった……なんとか逃げられた……）」

ロウは、やっぱり強い……。

彼女を倒すには、今の僕では実力不足みたいだ……。

↓◆「B MAIN ㉞」へ

◆勝利

／／トロフィー解放「満ちる事を知らない美欲」

ロウ「……ア、アタクシとしたことが……ゆ、油断したわ……うふふ……」

リオ「……ハァ、ハァ……」

なんとかロウに勝つことが出来た。

あとは彼女がジェイルかどうかキジマに確認するだけだ。

//SE：送信ボタンを打つ音

『キジマ、このおんなはジェイルか？　from　R』

僕はロウの『赫子』の画像を撮り、
キジマにメールを打った。

//SE：送信ボタンを打つ音

リオ「（頼む……！）」

//SE：メール着信音

リオ「（……！）」

心臓が高鳴る。
もし彼女がジェイルだったら……！

//SE：カチカチ

『親愛なるRへ　喰種退治ご苦労様。だが、君がいくら腕を磨《みが》こうと、君ではジェイルを倒すことは出来ない。わかるだろう？
彼女はジェイルではない』

リオ「………」

//ロウが二人目の容疑者の場合

また違った……。

//ロウが最後の容疑者の場合

そんな……彼女も違うなんて……。

リオ「……行ってください」
ロウ「は……？」
リオ「……」
ロウ「……」

//SE：駆け出す音　コンクリート・女性1人

//ロウが二人目の容疑者の場合

あとはキンコか……。

//ロウが最後の容疑者の場合

キンコでも、ロウでもなかった……それじゃあ一体……。

リオ「(またフリダシなのか……?)」

//ロウに勝利フラグ　ON

→◆「B MAIN ㉜」へ

B MAIN 30-2

//タイトル：万丈からの情報

//BG：公園

リオ「(ロウを取り逃がしてしまった……)」
リオ「(一体どこへ行けばヤツに会えるんだろう……)」
???「ヘタレ!!」
リオ「うわっ!」
???「ヘタレ!!」
リオ「(なんだ!?)」
たしかに僕はヘタレかもしれないけど、
いきなり見ず知らずの人に、そんなことを言われる筋合いはない。
一体どんな人が……。

???「ヘタレっ!　ヘタレっ!」

//SE：バサバサバサ(鳥が暴れる音)

リオ「痛たたたっ……て、え?　鳥?」
???(万丈)「ヘタレ――――!!!」
リオ「あれ?」
万丈「はぁ……はぁ……悪い!　その鳥、ウチで飼ってて…」
リオ「こんにちは、万丈さん」
万丈「……って、オオ?　リオじゃねえか」
???「ヘタレ!　ヘタレ!!」
リオ「僕、てっきり誰かに難癖《なんくせ》つけられたのかと思いました」
万丈「はは、たしかにびっくりするよな、この鳴き声」
リオ「うん」
万丈「こいつ、この鳴き声のせいで、ヘタレって名前なんだぜ」
リオ「へえ、すごい名前ですね……」
万丈「まあな、捕まえてくれてありがとよ」
リオ「いいえ」
ヘタレ「ヘタレ――っ!!」
万丈「んで、お前こんなとこでなにしてたんだ?」
リオ「いえ、実は……」

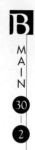

／／時間経過

万丈「そうか、この間俺のことブッ飛ばしたロウって女がジェイルかもしんねえんだな」
リオ「万丈さん、なにか知っていませんか？」
万丈「力になりてえけど……ワリィ。俺はソイツについてはなんにもわかんねえ」
リオ「そうですか……」
万丈「でも、そういうレストランに来るような喰種だったら、月山の野郎が詳しいんじゃねえか？」
万丈「この前のレストラン襲撃作戦も、かなり手引きしてたみてえだし」
リオ「月山さんか……」
リオ「ありがとうございます、万丈さん。僕、ちょっと月山さんを探してみます」
万丈「おう、俺でもなんか助けになれたら言ってくれよ」
リオ「はい、それじゃ」
ヘタレ「ヘタレッ、ヘタレッ」

／／月山登場フラグ　ON

《マップ画面へ》

//タイトル：ニシキからの情報
//BG：上井大学 キャンパス内

リオ「(こんなところにロウはいないだろうな……)」
ニシキ「……シマシマ？」
リオ「あ……ニシキさん。どうしてここに？」
ニシキ「どうしてって……俺、ここの学生だからな」
リオ「あっ……そうなんですね」
ニシキ「えっ、ってなんだよ。つーかお前こんなとこで何してんの？」
リオ「いえ、探し物というか……」
ニシキ「探し物？　なにを？」
リオ「人……いえ、喰種です」
ニシキ「……ハァ。なんかロクな話じゃなさそーだな」
ニシキ「どーでもいいけど、たしかにウチの大学はマンモス校だけど、俺以外に喰種がいる感じはしねーけどな」
ニシキ「カネキの奴に会ったときですら、正直驚いたし」
リオ「？　カネキさんもここの学生だったんですか？」
ニシキ「おお、俺の一個下の学年。——もう来てねーみたいだけど」
リオ「……そうなんですね」

ニシキ「それで、どんな奴？」
リオ「え？」
ニシキ「喰種。捜してんだろ？」
リオ「あ、はい。えっと……」
ニシキ「目の下に格子状のメイク……？」
リオ「女性の喰種で結構、派手な……」
ニシキ「お前な、メイクなんていつでも落とせんだろ……。そんな目立つ格好で大学歩き回る奴いるわけねーって」

リオ「そうなんですか？　でも人間って結構奇抜な恰好の人いるから……」
ニシキ「まあ否定はしねーけど。——とにかくここにはいねーよ」
リオ「……わかりました」

《マップ画面へ》

B MAIN 30－4

//タイトル：上井の張り紙

//BG：上井大学 キャンパス内
//「B MAIN 30－3」を見た後もう一度訪問すると発生

リオ「（ニシキさんはもう行っちゃったかな……）」

構内を歩き回っていると、学生掲示板の前にたどり着いた。
そこはアルバイトの募集や、行事の宣伝など、さまざまな情報で溢れている。

リオ「……あれ」

ふと、貼られたポスターと視線が合った。
ポスターには、黒髪の青年の写真と『捜索中』の文字。
なぜだろう、どこか見覚えがある気がする。
写真の上に載せられた名前を見て気づいた。

『金木 研《けん》』。

リオ「カネキさん……ここの学生だったんだ」

捜索中、ということは人間の世界では、彼は行方不明になっているということだろう。

リオ「（『凶悪な喰種を狩る』という自らの目的のために、彼は人間の社会を捨てたんだ……）」

僕は、彼の決意の強さと、その強さが生み出してしまう孤独を見たような気がした。

《マップ画面へ》

B MAIN 30―5

／タイトル：イトリへの情報

／BG：ヘルタースケルター

リオ「(――イトリさんなら、ロウについて何か知っているかもしれない)」

／SE：入店

リオ「こんにちはイトリさん」
イトリ「おやリオくん。今日はどうしたのかね?」
僕は、ロウについて情報を集めていることを伝えた。
イトリ「……なるほどね、ロウね。目の下にメイクのある喰種。たしかに彼女がジェイルかもしれないね」
イトリ「彼女については、知ってることがないわけではないけど……。――しかしリオくん、対価は用意できるのかね?」
リオ「情報……ですよね」

《選択肢》
◆1：アキラについて(※)
◆2：若いアオギリの樹の喰種について(※)
◆3：情報はない

◆1：アキラについて(※「S AKIRA 01」を達成済)

リオ「……これ、喰種捜査官の名刺なんですけど、なにかに使えませんか?」
イトリ「ふぅん……? アンタ、彼女となにしてたわけ?」
リオ「えっと……花屋さんに一緒に行きました」
イトリ「なんじゃそのほのぼのエピソード」
イトリ「真戸《まど》暁《あきら》……ね」
イトリ「いいわ、これはもらっておくわね」
イトリに情報を提供

↓■合流へ

◆2：若いアオギリの樹の喰種について(※「S AYATO 01」を達成済)

リオ「アオギリの樹についての情報はどうですか?」

イトリ「アオギリか……まぁ今、ホットだからね。もらっておこうか」
リオ「集団は……地図のこの位置を縄張りにしていました」
リオ「集団を率いているのは黒髪の若い喰種で――」

↓■合流へ

◆3：情報はない

イトリ「なあにぃい～!? ……話にならんね！ おととい来な！」
リオ「（なにか情報を持っていないと、イトリさんは話してくれなさそうだ……）」

僕は今は、出直すことにした。

《マップ画面へ》

■合流

リオ「――次はイトリさんの番です」
イトリ「オッケイ。ちゃんと情報はもらったしね」
イトリ「ロウは喰種レストランに参加してたのよね。今は誰かさんのせいで崩壊しちゃったけど」
リオ「（カネキさんのことだ……）」
イトリ「んで、娯楽に飢えた喰種は別の楽しみを見つけると思うのよね。そういう喰種が立ち寄りそうな場所なら知ってる」
イトリ「クラブ『ennui』。ワインやカクテルを楽しむフツーのクラブなんだけど、経営しているのは喰種。――VIP会員限定で人間を使った『秘密のショー』があるらしいわ」
リオ「人間を使ったショー……」
イトリ「いかにも喰種レストランの客が食いつきそうな呼び物でしょ？」
イトリ「ちなみに、そのロウって喰種……そこのVIP会員だって情報よ」
リオ「……！」

クラブ『ennui』か……。行ってみる価値がありそうだ。

//ロウ出現ON

《マップ画面へ》

B MAIN 30—6

//タイトル：月山からの情報

//BG：カフェ

//月山出現ONのとき

月山「……店内を流れる穏やかな空気、鼻腔《びこう》を撫《な》ぜるコーヒーの香り……そして手には読みかけの小説……」
月山「僕はこの贅沢な時間が……好きさ」
リオ「……こんにちは、月山さん」
月山「おや、ボーイじゃないか。どうしたんだい？」

一人でなにやら呟いていたようだが、僕はロウについてなにか知らないか尋ねてみた。

月山「ああ……彼女か。レディといえばレディ、マダムといえばマダム。そんな女性だろうね」
リオ「ええっと……」
月山「Just Kidding!　冗談さ。──そうだね……、彼女はあそこに集まっていたセレブたちとは一線を画す存在さ」
月山「美と力に固執《こしゅう》する喰種で、美しさと強さは比例関係にあると考えているようだよ。──危険な局面もそれなりにくぐってきたんじゃないかな？」
リオ「ロウがどこに出没するか、ご存じないですか？」
月山「そうだね……彼女については、僕も噂を耳にするレヴェルだからなんとも言えないが……」
月山「おおよそ現れそうな場所であれば、想像はつくよ。どれ、僕がピックアップしてあげよう」

//時間経過

月山「……まあこんなところだろうね」
リオ「ありがとうございます、月山さん」
月山「You are welcome…！　主の友は僕の友人でもあるからね」

//ロウ出現率＋10％

《マップ画面へ》

B MAIN 30-7

／／タイトル：あんていくでの情報

①

／／BG：6区アジト

／／1回目

リオ「……こんにちは」

ヒナミ「こんにちは、リオさん」

リオ「（ヒナミちゃんは分からないだろうけど……一応）」

僕はロウについてなにか知らないか尋ねてみた。

／／時間経過

ヒナミ「うーん……ごめんなさい、ちょっとわからない……」

リオ「そうだよね……ううん、こっちこそごめん」

ヒナミ「お兄ちゃんに聞いてみたらいいかも」

リオ「うん、わかった。ありがとう」

／／2回目

リオ「こんにちは」

ヒナミ「リオさん？　お兄ちゃんまだ帰ってきてないよ」

リオ「そっか……ごめんまた来るね」

《マップ画面へ》

／／2回目以降　ランダムでカネキ帰宅

カネキ「あれ、リオくん」

リオ「あ、カネキさん。こんにちは」

カネキ「僕の事探してたみたいだけど……」

リオ「あ……ちょっとロウのことで聞きたいことがあって……」

カネキ「怪しい場所はなんとなく、想像つくよ。ちょっと待ってね……」

／／時間経過

カネキ「……大体、こんな感じかな……」

リオ「ありがとうございます、カネキさん。ちょっと当たってみます」

／／ロウ出現率+15％

《マップ画面へ》

//②
//BG：あんていく
//ランダムで、四方、入見、古間、トーカ、だれとも話せずの5パターン。四方、入見は一度発生したらもう発生しない

（四方）

四方「…………」
リオ「…………」
リオ「（四方さんは……ロウについてなにか知らないだろうか）」
リオ「（裏方として、色々飛び回ってるみたいだし……）」
リオ「あの……」
四方「……なんだ」

僕はロウについてなにか知らないか尋ねてみた。

//時間経過

四方「…………」
四方「……さあな」
リオ「…………」
四方「…………好奇心の強そうな喰種であれば……」
リオ「？」
四方「情報が行き交うバーなんかに集まるかもな……」
リオ「（バーか……）」
リオ「ありがとうございます、四方さん」
四方「…………」

//ロウ出現率+5%

《マップ画面へ》

（入見）

リオ「あ、入見さん……」
入見「あらリオくん。どうしたの？」

入見さんは今日はオフのようで、テーブルでコーヒーを飲んで佇《たたず》んでいた。

リオ「ちょっと人を探していて……」
入見「あら、そう……大変ね」
リオ「あの、よければお話聞いてもらっても……」
入見「ええ、いいわよ。このコーヒーが飲み終わるまでね」

//時間経過

入見「そうねえ……まあ、正直よくわからないわ」
リオ「そうですか……」
入見「でも、歓楽街なんかにいそうな喰種ね」

リオ「あ、たしかにそうかもしれません……」
リオ「聞いてくださってありがとうございます！　ちょっと行ってみます……！」
入見「はい、いってらっしゃい」

//ロウ出現率+5%

《マップ画面へ》

（古間）
［起］
古間「おや、なにをそんなに急いでいるんだい？　リオくん」
リオ「あ、古間さん……ちょっと探し物をしていて」
古間「僕でよければ話を聞こうか？」
リオ「いいんですか？　ぜひ……」

//時間経過
リオ「それで、そのロウって喰種に心当たりは……」
古間「そうだねえ……」
古間「僕も昔はいろんな喰種とやりあったから……」
古間「そういえば……」

//古間　昔話

［承］
①古間「……アイツを倒すか、コイツを守るか……それで世界は終わるかもしれない……」
②古間「……で、僕がその養鶏場を強襲したわけさ。当時はとんでもないバカでワルだったから……」
③古間「……追われる僕、追う〝白鳩〟……！」
④古間「……明らかに見てるし、僕もすごく意識しちゃってさ」
⑤古間「……最近のトレンドってやっぱりこの柄なんだよね、どうしても」

//時間経過
［転］
①古間「……大地が裂け、吹き出る溶岩……荒波に飲まれる僕……!!」
②古間「……べつに食べるわけじゃないんだけどねえ、ずいぶん怒って……」
③古間「……『もう、ダメだ』！　意を決して振り返る……！」
④古間「……でもさ、女性って意外とそういうとこは奥手というか……それで……」
⑤古間「……言うても、このシャツ実はさ、すごい良い生地使ってるワケ。ほら見てごらん……」

//時間経過

［結］
①古間「……いやー、怖い夢だったよ」
②古間「……まあ生卵、ぶつけてやったよ。ワルだったなあ」
③古間「……まあ、結局誰もいなかったんだけどさ」
④古間「……告白は失敗ってワケ。ある意味成功だけど……」
⑤古間「……やっぱ男は顔ってことだよねー」

リオ「……」
//［承］［転］［結］の①〜⑤をランダムで話す。

古間さんはなにも知らないようだ。

《マップ画面へ》

（トーカ）
リオ「……」
トーカ「あ!?　アンタなに
突っ立ってんのよ……暇なら手伝って」
リオ「（トーカさんに聞くのは、なんか少し怖いな……）」
トーカ「……なに!?」
リオ「いえ、なんでも……」
僕は出直すことにした。

《マップ画面へ》

（誰とも話せず）
//SE：ざわわ
リオ「（今は忙しいみたいだ……出直そう）」

《マップ画面へ》

B MAIN 31-1A

//タイトル：無垢な鎖
//キンコ登場フラグON時に発生
//BG：公園
リオ「（……いた！　きっとアイツが、キンコだ）」
リオ「……キ、キンコさん?」
キンコ「……そ。おで……キンコ。おまえ、だれだ?」
リオ「（当たった……!）」

リオ「あの、僕はリオです。……はじめまして」
キンコ「おまえ、あいさつした……おで、あいさつする……はじめ、まして」
リオ「(……この人が、本当にキンコ？　捜査官を殺すような凶暴な喰種には見えない……)」

//「B MAIN ㉛-❸」で花を摘んでいない場合はキンコ立ち去る。イベント進まず

キンコ「……ん？」
リオ「……あの？」
キンコ「オマエ、ソレ！　オマエ　ナッツンダァ‼　オマエハナッツンダァ‼」
リオ「(……え？)」
キンコ「オマエハ　ナッツンダァ‼　オマエハ　ナッツンダァ‼」
リオ「(な、なんだっ⁉)」

//SE：ガツン(ぶつかる音)

リオ「(うわっ、樹に自分から当たりに行ってるよ……！)」
キンコ「いでえ……オレのかお、ケガしてる！　おまえガ、やっダのガあ！　オデ！　ナンモ！　シテナイノニ！　イジメテハ」‼　ナッツンデ！」
リオ「ちょ、ちょっと、キンコさん、落ち着い……うわっ⁉」

//SE：ビュン（風を切るような音）
キンコ「オマエ!!　ダメ!!　おでが、ヤる!!」
リオ「（ダメだ、完全に切れてる……戦うしかないのか!?）」
//バトル（キンコ）
◆敗北
キンコ「オマエガ　ナッツンデ!　イジメルガラ!　オデ!　ワルグナイ!　オマエ!!」
リオ「（くっ……強い……こいつが、ジェイル…なのか……!?）」
キンコ「……ウ……?」
リオ「……え?」
キンコ「……オマエ、ケガ……。オデ……オデガ……」
リオ「あっ、ちょっ……キンコ、さん」
//SE：ドスドスッ（重そうに走っていく音）
リオ「（行っちゃった……助かった、のか……）」
→◆「B MAIN 34」へ

◆勝利
//トロフィー解放「無垢な鎖」
◆スキル「慈愛」未入手だとこちらへ分岐
キンコ「……オマエ……つよい……おで、にげる……」
//SE：ブオン（重たそうな跳躍音）
リオ「（……なんとか勝てたけど逃げられてしまった）」
リオ「（彼がなんで怒ったのか……僕にはわからない……）」
僕がもっと人の気持ちがわかるようになれば……彼の怒りの理由もわかるのだろうか。
//またキンコがマップをうろつくようになる。
//「B MAIN 31-13」発生
リオ「（ん?　なんか落ちた……）」
リオ「……花?」
リオ「（ひょっとして、キンコは……これを見て怒り狂った?）」

キンコ「オマエハ　ナッツンダァ…!!　オマエハ　ナッツンダァ…!!」
リオ「（……あ）」
『お前、花摘んだ』
キンコは花を摘まれたことに腹を立てて、僕に襲い掛かってきたんだ。
リオ「……キンコ、ごめん。花を摘んだことを怒ってるんだよね……？」
キンコ「ナッツンダ……」
リオ「花はもう摘まないよ。悪かった……」
キンコ「……」
キンコ「……オマエ、アヤマッタ。キンコ、もうオコラナイ……」
キンコ「ナ、イタイイタイ」
キンコ「オマエ、ソレワカッタ、だからユルス」
リオ「ありがとう、キンコ」
こんな優しい喰種が本当にジェイルなのだろうか。
リオ「キンコ、僕が君と戦ったのは、君が、僕が追っている悪い奴かもしれないからなんだ」
キンコ「オマエ、ワルイヤツオッテル？」
リオ「うん。でもキンコじゃないと思う。それを確認するために写真を撮りたいんだ。……ダメかな？」
キンコ「……」
キンコ「ワカッタ、オレ、ワルイヤツ、チガウ」
リオ「ありがとう」
僕はキンコに協力してもらって、赫子を出した彼の姿を撮影した。そして彼がジェイルかどうかキジマに確認するメールを送った。
//SE：送信ボタンを打つ音
『キジマ、かれはジェイルか？　from　R』
//SE：送信ボタンを打つ音
リオ「……」
//SE：メール着信音
リオ「（……！）」
返事が来た。
//SE：カチカチ

『Rへ　脱獄者同士仲良く遊んでいるのか？　だが私はソイツに用事はない。ジェイルの赫子ではない』

リオ「…………」

//キンコが二人目の容疑者の場合

やっぱり違った……。

//キンコが最後の容疑者の場合

……彼も違った……。

リオ「ありがとう、キンコ。やはり君は僕が思ってた喰種と違ったみたいだ」
キンコ「ソウカ……オデ、イッテイイ？」
リオ「うん」

//SE：駆け出す音

//キンコが二人目の容疑者の場合

やはりロウがジェイルなのか……？

//ロウが最後の容疑者の場合

キンコでも、ロウでもなかった……それじゃあ一体……。
リオ「（またフリダシなのか……？）」

//キンコ勝利フラグON

→◆「B MAIN ㉜」へ

B MAIN 31-1B

//タイトル：無垢な怒り

//キンコ登場フラグON時に発生
//BG：公園

リオ「(……いた！　キンコだ)」
キンコ「オマエ、マタキタ……オデユルサナイ……!!」

//バトル(キンコ)

◆敗北

キンコ「オマエガ　ナッツンデ！　イジメルガラ！　オデ！　ワルグナイ！　オマエ!!」
リオ「(くっ……強い……こいつが、ジェイル…なのか……!?)」
キンコ「……ウ……？」
リオ「……え？」
キンコ「……オマエ、ケガ……。オデ……オデガ……」
リオ「あっ、ちょっ……キンコ、さん」

//SE：ドスドスッ（重そうに走っていく音）

リオ「(行っちゃった……助かった、のか……)」

→◆「B MAIN 34」へ

◆勝利

//スキル習得状態によって分岐

キンコ「……オマエ……つよい……おで、にげる……」

//SE：ブオン(重たそうな跳躍音)

リオ「(……なんとか勝てたけど逃げられてしまった)」

そういえば……。

リオ「……どうしてキンコは怒っているんだろう」

僕がもっと人の気持ちがわかるようになれば……彼の怒りの理由もわかるのだろうか。

《マップ画面へ》

B MAIN 31-2

//タイトル：花の効果

//街中

月山「やあ、リオくん」
リオ「あ、月山さん……その花どうしたんですか？」
見れば、月山さんは胸いっぱいに色とりどりの花束を抱えている。
月山「これかい？　今からカネキくんたちの家に向かうんだ。
——あの家、飾り気もなく簡素だろう？　花ぐらいなくては」
月山「花は人の心を豊かにするからね……」
リオ「へえ……」
どうでもいいけど、あんな沢山の花を持って歩けば、相当目立つんじゃないだろうか。
月山「ではね、リオくん」
僕の心配をよそに、月山さんは人ごみへ消えていった。
リオ「(……月山さんはそういうの、気にしないんだろうな)」

//「B MAIN 31-3」発生

《マップ画面へ》

B MAIN 31-3

//タイトル：花を愛でる心

//BG：公園

リオ「あ……」

茂みに花が咲いている。
名前はわからないけど、とても綺麗だ。

《選択肢》
◆1：誰かにあげようかな
◆2：眺める

◆1：誰かにあげようかな

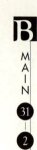

リオ「(月山さんじゃないけど……せっかくだし、誰かにプレゼントしようかな)」
僕は花を摘んで、持ち帰ることにした。

//キンコ登場フラグON

↓◆「B MAIN 31-1B」へ

◆2：眺める

リオ「(精いっぱい咲いてるんだ。摘むのは可哀想だな)」
僕はしばらく花を眺めて、その場を立ち去った。

↓◆「B MAIN 31-1B」へ

B MAIN 32

//タイトル：キジマの執念

//ユーザーがキジマと会いたい／会いたくないに関わらず、マップでの行き先選択回数の限界を超えると、キジマと強制的に遭遇する。
//キンコorロウ勝利フラグOFF時は強制バッドエンド

//キジマと出会った場合 初回
//SE：……カツン……カツン……（キジマの歩く音）

リオ「(……この音、キジマだ……!)」
リオ「(隠れるか!? それともここで何か……)」
キジマ「ツフフフ! …… リオくん、見ィつゥけェたァアァァァ!」
リオ「っ!」

↓■合流1へ

//キジマと出会った場合 二回目
//SE：……カツン……カツン……（キジマの歩く音）

リオ「（……この音……また、あいつが……!?）」

//ランダムセリフ（どれかを喋る）

キジマ
・「ツフフフ！　……もういぃいかぁいぃぃぃ〜！」
・「かくれんぼするかい、リー――オー――くうううん」
・「ジェイルゥ……分かってるだろう……？」
・「兄さんの命が惜しくないのか……リオくーん？」

リオ「っ！」

↓■合流1へ

■合流1

リオ「（見つかる……!!）」

《条件分岐》
◆1：キンコ、ロウの勝利フラグON
◆2：それ以外

◆1：キンコ、ロウの勝利フラグON

リオ「……」
キジマ「………」
キジマ「……やあリオくん。やっとあきらめてくれたかい」

↓◆「B MAIN ㉝」へ

◆2：それ以外

《条件分岐》

◆パターン1：見つかったけど逃げられる

リオ「（っ……このゴミ箱の影に！）」
//SE：ごそごそ（隠れる音）
//SE：……カツン……カツン……（キジマの歩く音）
キジマ「どこだーい……ほら、出ておいでよォ……」
//SE：……カツン……カツン……（キジマの歩く音／行き過ぎ

る）

リオ「（……行った、のか）」
リオ「はあぁぁ……」
リオ「（……助かった……）」

《マップ画面へ》

◆パターン2：見つかったけど（運が良ければ）逃げられる

リオ「（どこかに隠れれば……）」

《選択肢》
◆3：電信柱に隠れる
◆4：路地裏に隠れる

◆3：電信柱に隠れる

リオ「（っ……この電信柱の影に！）」

//SE：ごそごそ　隠れる音
//SE：……カツン……カツン……（キジマの歩く音）

キジマ「どこだーい……ほら、出ておいでよォ……」

//SE：……カツン……カツン……（キジマの歩く音／行き過ぎる）

リオ「（……行った、のか）」
キジマ「そこだあああぁぁぁ！」
リオ「!!」
キジマ「そんなところで、隠れられるとでも思ってるのか、ッハァ！」

↓◆「鬼ごっこバッドエンド」へ

◆4：路地裏に隠れる

リオ「（っ……こっちの路地裏に！）」

//SE：ごそごそ（隠れる音）
//SE：……カツン……カツン……（キジマの歩く音）
キジマ「もういいかい……まーだだよォ……」
リオ「（……こっちに来るな……来るな！）」

／／SE：……カツン……カツン……（キジマの歩く音／行き過ぎる）
リオ「（……見つからないうちに他の場所に行こう……）」
リオ「はあぁぁぁ……」
リオ「（早く……早く行ってくれ……！）」
キジマ「もういいかい……もういいよォ……」

《マップ画面へ》

◆パターン3　見つかったけど（強ければ）逃げられる

リオ「（っ……ダメだ……こっちに来る！）」

／／SE：……カツン……カツン……（キジマの歩く音）

キジマ「ツフフフッ……見いつけたぁぁぁ～」
リオ「（……こうなったら！）」

／／バトル（キジマ）

◆勝利

ルチと出会う「B　MAIN ⑳」の前までの場合

↓「C　MAIN ⑪－❹エンディングD」へ

キジマ「っ……この私が、負ける……？」
リオ「（いっそここでトドメを刺すべきか……？）」

／／SE：走ってくる音

捜査官「キジマ准特等、こちらですか!?」
リオ「（マズい、仲間か！　……このまま逃げよう！）」

／／SE：走り出す音

《マップ画面へ》

◆敗北

リオ「（くっ……ダメだ、身体が動かない……っ！）」

↓◆「鬼ごっこバットエンド」へ

◆パターン4　見つかった

リオ「（っ……このビルに侵入してやり過ごせば……）」

//SE：走る音
//SE：鉄扉を開閉する音
リオ「……なんとか、逃げられた……」
キジマ「なんてねえ」
//SE：ザシュッ（刺される音）
リオ「………!!」
キジマ「お前の足音はよく聞こえてたよ……ツフフッ、間抜けだねェ……！」
//画面真っ赤に染まる
リオ「（ダメだ、意識が……遠く……）」
//〈ゲームオーバー〉
→◆「鬼ごっこバッドエンド」へ
キジマ「ツフフフハァ！　お前がオニだァァァ！」
//SE：ザシュッ（クインケで切る音）

リオ「（くっ……！）」
キジマ「ツヒヒ……まずは耳、そのあとは足……」
//SE：ザシュッ（クインケで切る音）
リオ「や、やめろっ！！」
//SE：ザシュッ（クインケで切る音）
//SE：ザシュッ（クインケで切る音）
キジマ「そのあとはどこがいい？　手か？　腹か？　たくさん……たくさん切ろうなァ……！」
//SE：ザシュッ（クインケで切る音）
//SE：ザシュッ（クインケで切る音）
//SE：ザシュッ（クインケで切る音）
//SE：ザシュッ（クインケで切る音）
リオ「うわあああああああああああ！！」
キジマ「腕を足を指を……全て引きちぎって！　生えたらまた切って！　ツヒヒハァ！」
//SE：ザシュッ（クインケで切る音）
//SE：ザシュッ（クインケで切る音）
//SE：ザシュッ（クインケで切る音）
//SE：ザシュッ（クインケで切る音）

//SE：ザシュッ（クインケで切る音）
//SE：ザシュッ（クインケで切る音）

リオ「に……ぃ、さん……」
キジマ「ツヒヒハァ！　ジェイルぅ!!　ジェイル！　ジェイル！　ジェイル！　ジェイルぅ！　……ツヒヒヒ!!!」
リオ「（助け、られな、くて、ごめ……）」

//画面、真っ赤に染まり……

//ゲームオーバー

//キンコ、ロウの勝利ONの場合のみ発生

ジェイルの容疑者候補がいなくなったことに落ち込むリオ。
カネキがそれを励まし、勇気付けてくれる。

B MAIN 33

//タイトル：キジマとの接触

//「B MAIN 32」で、ロウかキンコの映像を持ってる場合のみ、このイベントが発生。

リオ「（……僕は）」
リオ「僕は……ジェイルじゃない。兄さんを解放してくれ、キジマ」
リオ「そのかわり、これまでのようにジェイルの可能性がある喰種を探し続ける」

//合流地点

キジマ「ツヒヒ……！　面白いことを言う……この私のジェイル探しに、本気で協力するつもりなのか？」
リオ「……ああ」
キジマ「そのためなら、同族である喰種たちを売ってもいいと？　ツヒヒヒィ！」
キジマ「ツフフフ！　これは傑作だ！　喰種を売る喰種か！　面白い！　実に面白いぞ！　気に入ったよ！　ツヒヒヒ……！」
リオ「……それで、答えは……」

//SE：風を切る音

言い終わる前に、キジマのクインケが僕の脚を掠《かす》める。
僕はそれを紙一重で避わした。

リオ「……!?　何を……！」
キジマ「どんなに探しても無駄足だからねえ、それなら脚は必要ないだろう……？」
リオ「どういう意味だ……」
キジマ「リオくん、君は本当に気付いていないのか？」
リオ「……？」
キジマ「はじめAレートにすら満たなかった君が、一体なぜこの短期間で、キンコや他のジェイルと思われる喰種を屈服させるほど強くなれたか」
リオ「……」
キジマ「君は自分の〝正体〟に気付いているんじゃないのかね……？」
リオ「なにが……言いたいんだ？」

//SE：風を切る音

リオ「ぐあ……っ！」
リオ「（……太腿か……くっ、立ち上がれない……!!）」
キジマ「ツハァ！　話し合いはもう必要ない……さあ私と行こう……リオくん!!」
リオ「（……まずい……！）」

//SE：四方の蹴りがキジマのクインケに当たる音

キジマ「オホッ……!?」
？？？（四方）「……」
キジマ「いい蹴りだねェ、いやァ～……危ない危ない。また傷が増えるところだったよ……」
？？？（四方）「……掴《つか》まれ」
リオ「えっ……」
四方「……」
とまどっている僕を、四方さんは乱暴に背中に抱えた。

//SE：走り出す音

キジマ「おいおい、逃げるのかねェ～？」

//SE：クインケ攻撃音

四方「……」

//フェードアウト

リオ「（……ん……）」

//フェードイン

//BG：あんていく店内

リオ「あ……僕」
芳村「気が付いたようだね。リオくん……無事で良かった」
リオ「（……店長）」
芳村「気絶している君を、四方くんが運んでくれたんだ。本来なら、ベッドで寝かせてあげたかったんだが……あいにく、先客で埋まっていてね」
四方「……」

//SE：カチャン

四方さんが無言でカップを置く。
淹れたてのコーヒーからは、香りの良いケムリが立ち昇っている。
リオ「あ……りがとう、ございます」
四方「……別にいい」
リオ「……」
四方「……」
四方「……飲まないのか」
リオ「あ、はい……いただきます」

//SE：ずずっ（コーヒーをすする音）

リオ「（……美味しい）」
四方「…………そうか」

そう言った四方さんの口の端は、少し上がっていたような気がした。

リオ「…………」
リオ「……いつも助けてもらって、すみません」
芳村「いいんだよ。喰種同士、助け合うのが『あんていく』の方針だからね」
芳村「一人で出来ることには限界がある……」
芳村「孤独を感じながら生きる者は、やがて精神（こころ）を蝕《むしば》まれる」
芳村「そんなとき、手を差し伸べる者が傍にいれば……きっとたくさんの人が救われるだろう」
リオ「……」
そのとき僕は、カネキさんの顔が思い浮かんだ。
いずれ消えてしまいそうな、あの哀しい笑顔。

彼は、孤独を感じているのだろうか。
彼の精神は、暗く深い闇に蝕まれているのだろうか。
もし、誰かが彼に手を差し伸べられたのなら……。

リオ「……」

//キジマ真相フラグON

↓◆「B MAIN 34」へ

B MAIN 34

//タイトル：看護師追跡
トーカ「リオ、表の看板CLOSEDにしてきて」
リオ「うん、わかった」
//キジマ真相ON
(回想)キジマ「君は自分の〝正体〟に気付いているんじゃないのかね……?」

リオ「(……あの言葉……)」
リオ「……」

//キジマ真相OFF

◆ロウのみ勝利

リオ「……あとはキンコだ。待ってて、兄さん……」

◆キンコのみ勝利

リオ「……残るはロウか。待ってて、兄さん……」

◆未勝利

リオ「……もっと頑張らないと、兄さんは……」
リオ「(……イトリさんのところに行ってみようかな)」
//BG：ヘルタースケルター
//SE：入店
リオ「イトリさん、こんにち……あれ?」
カネキ「……リオくん」

イトリ「やれやれ……えらく今日は面倒な客が多いねえ……」
リオ「すみません……えっと、出直しますね」
カネキ「いや、大丈夫だよ。どうしたの？」
リオ「ちょっとジェイルのことで行き詰ってしまって……」
イトリ「ほうほう、それならこのイトリ姐さんが力になってあげようか？　もちろん情報料は……」
カネキ「それだったら、少し力になれるかもしれない」
イトリ「ってオイ！　カネキチ！　営業妨害か!?」
リオ「……えっと……？」

//「B MAIN ㉙-❶」から来たとき

カネキ「ジェイルは、目の下にアザがある喰種だよね？　実はリオくんと一緒にレストランを襲撃した日、気になる喰種に遭遇したんだ」
リオ「気になる喰種……ですか？」
カネキ「うん。二人組の女性の喰種なんだけど……すこし特殊でね。――彼女たちは……〝隻眼の喰種〟だ」
リオ「……！」
カネキさんと同じ、『隻眼の喰種』……。
存在自体が珍しい隻眼が二人も……？
カネキ「かなり腕の立つ喰種だ。二人とも、目の下に小さいアザがあった」

//「B MAIN ㉙-❷」から来たとき

カネキ「ジェイルは、目の下にアザがある喰種だよね？　覚えてる？　あの会場で戦った喰種たち……」
リオ「……はい。あの二人の隻眼ですよね」
リオ「目の下に小さなアザがあった……」
カネキ「うん」
リオ「もしかしたら……彼女たちが……」
リオ「カネキさん、その喰種たちって……？」
カネキ「今、どこにいるかは分からないけど……僕が向かう先に遭遇する可能性は高い」
カネキ「僕は今、理由があって探している男がいるんだ」
リオ「探している男……？」
カネキ「うん」
カネキ「奴の名前は『嘉納《かのう》』……嘉納総合病院の教授で、ＣＣＧの元解剖医……――」
カネキ「――僕をこの身体に変えた張本人だ」
リオ「……！」
カネキ「アオギリの樹も彼を追っている。目的はわからないけれど……」
カネキ「僕は何としても、アオギリよりも先に嘉納を捕まえたい。――彼がアオギリに捕えられたら、良くないことが起きる気がするんだ」
カネキ「その隻眼の喰種たちは、僕が追う嘉納と深く関わっている。――嘉納を追えば、彼女たちもまたきっと現れるはずだ」
リオ「(カネキさんを半喰種に変えた嘉納……そして隻眼の二人組……)」
リオ「……僕は、ジェイルの可能性があるなら、その隻眼の喰種に会いたいです」
カネキ「うん。僕もリオくんに協力してもらいたいと思ってたんだ」
カネキ「……一緒に来てくれる?」
リオ「……はい!」

//「B MAIN 28-2」アヤトフラグONのとき

イトリ「あー……盛り上がってるトコ水差して悪いけど、カネキチ。もう一個言い忘れてたわ」
カネキ「……なんでしょう?」
イトリ「最近〝白鳩〟殺しをやってる喰種がいるらしいわ」
イトリ「どうもそいつは、ウサギのマスクをしてるみたい」
カネキ「……!」
リオ「……?」
イトリ「アンタがくれたさっきの情報の礼よ。……ま、軽く頭に入れときな」
カネキ「……」
リオ「(……なんか顔つきが一瞬変わったような……)」
リオ「(…… 〝白鳩〟殺しのラビットマスク……か)」

//アヤト出現ON

//時間経過
//BG:路地裏

カネキ「田口《たぐち》看護師。彼女は嘉納とつながっている可能性がある」
カネキ「彼女はそろそろここを通るはず。僕らはそこを捕えて、彼女に嘉納について尋問する」
カネキ「……何も知らなければ、すぐに解放する」
カネキ「知っていれば……」
カネキ「イチミさんたちは向こうで待機していて。万丈さんたちは路地を見張ってください」
カネキ「月山さんとリオくんは僕と来てください」
月山「ウィ」
リオ「了解です」
カネキ「……! 来た……行こう――」

//SE:ザッ(足音)

カネキ「……!?」
???(ナキ)「どーもォ! ナースちゃん」

リオ「(……あの白いスーツ！　アオギリのナキさん……)」
田口「キャアッ！」
ナキ「……嘉納の居場所、知ってんだろ？」

//SE：走る音(複数人　コンクリート)

田口「かはっ！」
ナキ「……気絶かよ？　弱っちいなぁ、オイ？」

//SE　ザッ（足音）
//カネキたちは全員マスク装着

カネキ「その人を放せ。――彼女は、僕らが攫《さら》う」
ナキ「んん？　なにお前……！　そのマスクに白髪……そうか……アンタが、タタラが言ってた……」
ナキ「俺の〝神アニキ〟ヤモリさんを殺ったクソッタレ隻眼……うっ……駄目だ……」
カネキ「……!?」
ナキ「思い出いっぱいで、泣けてきて戦えない……ヤモリさァん……!!　何で俺を置いて逝っちまったんだよォ……!!」
カネキ「……コイツ……」
リオ「カネキさん……彼は涙腺が弱い喰種みたいで……」
カネキ「面識があるの？　リオくん」
リオ「ええ、少し……」

とにかく今のうちに田口さんを確保した方が良さそうだ。
そのとき――。

//SE：ブオン(早い風切り音)

？？？(鯱)「壊《かい》ッ!!」
カネキ「………!!」
リオ「!?」

空から突然なにかが降ってきた。
落下した付近は、その衝撃で地割れを起こしている。
舞い上がった塵で出来た煙が晴れると、そこには筋骨隆々《きんこつりゅうりゅう》の男性が立っていた。

ナキ「……シャチ！　駄目だからなあ！　そいつは俺が嬲《なぶ》り殺すよていだからなあ」
鯱「黙れ！　ナキぃ……　貴様は手が遅い!!」
カネキ「……!!　シャチ……コイツが……」
リオ「シャチ……!?」
カネキ「コクリアに囚われていたSSレートの喰種だ……」
カネキ「アオギリの樹のコクリア襲撃で脱走したらしいけど、今はそのアオギリに所属しているみたいだね……リオ、気をつけて！」

//SE：ブオン(早い風切り音)

鯱「疾《シッ》ッ!!」

//SE：ブオン(早い風切り音)

カネキ「!!」
リオ「(は……速い!!)」

目にも止まらぬスピードで、シャチがカネキさんの懐《ふところ》に潜り込む。

//SE：ブオン(早い風切り音)

鯱「奴《ヌ》ン!!」

//SE：ドオン(身体が吹っ飛ばされて壁に激突)

カネキ「!!」
月山「カネキくん!!」
リオ「(ダメだ、あんなに強いカネキさんが防戦で手いっぱいになってる……!)」
リオ「(……僕も、助けなきゃ！　とりあえず一撃だけでも……)」
リオ「……!」

//SE：攻撃

ナキ「お前はコッチで俺と戦っておけ！」
リオ「(……ナキさん)」

マスクをつけているためか、僕とは気付かないようだ。

ナキ「オラァこれでも召し上がれ！」
リオ「ッ！」

//SE：ザシュッ (肉を切る音)

リオ「(……クッ……)」

戦うしかないのか……。

//時間経過

◆レートがSS以上

ナキ「ぜぇ……ぜぇ……っ、つええなお前……」
リオ「(……ふう……このままなら勝てそうだ)」

◆レートがS

リオ「はぁ……はぁ……はぁ……」
ナキ「へっへ……なかなかやるじゃねえか……テメエ……」

◆レートがS以下

リオ「く……ッ……ぐ……」
ナキ「オラ、どうしたよ？　そんなモンかぁ!?」
リオ（やっぱり……強い……）

//SE：ドゴオ!!

リオ「!?」
ナキ「!!」
月山「カネキくんッ!!」
イチミ「カネキさんっ！」

鈍い轟音《ごうおん》が響いた方を見ると、シャチの前で、カネキさんが膝から崩れ落ちていた。

カネキ「げあッ……!!」

倒れるカネキさんを尻目に、シャチは気絶していた田口看護師を肩に担ぐ。

鯱「ナキ！」
ナキ「あぁん？」
鯱「用は済んだ……帰るぞ!!」
ナキ「はぁ～……お楽しみはまだなのに……ったく……勝手なジジイ！」
カネキ「ま……て……」

//SE：走り去る音　複数
//時間経過

月山「……カネキくん……」
カネキ「……」
カネキ「……そ……くそっ……くそっ……くそォォ……」

//時間経過

//BG：6区アジト

リオ「カネキさんは……」
万丈「奥で休んでる。相当堪《こた》えてるみてェだ……肉体的にも、精神的にもな」
ヒナミ「……おにいちゃん、大丈夫かな……？」
リオ「……」

突如現れたアオギリの樹の襲撃で、僕らが追っていた田口さんは連れ去られてしまった。

それよりも驚きを隠せないのは、あのカネキさんが敗北したことだ。

……鯱。

あんなに強い喰種がいるなんて……。

万丈「田口まで持っていかれちまって……」

月山「不幸中の幸いと言えるのは、この手がかりだね」

月山さんがテーブルに携帯電話を乗せる。

あの場所に落ちていた田口さんのものだ。

月山「彼らの詰めが甘かったおかげで、僕らにもチャンスの女神が微笑んだ」

万丈「カネキの調子が戻ったら、仕掛けてみるか……」

リオ「……はい」
→◆「B MAIN 35」へ

B MAIN 35

//タイトル：マダムA
//SE：電話呼び出し音「とるるるる」
//ここでマダムAが電話に出る。
???（マダムA）「はい。もしもしィ？　ウチの子たちのおクスリならまだ残ってるわよ。先生にも、よろしく……」
カネキ「マダムですね？」
マダムA「!?　……だ……誰なの……？」
カネキ「いつぞやはお世話になりました」
マダムA「……ひっ！　ひぃ!!」
//ツーツーツー（電話が切れる音）
カネキ「ビンゴ。マダムAだ」
リオ「マダムA……？」
カネキ「嘉納から雑務を引き受けていた喰種だよ。彼女は嘉納と繋がっている」
カネキ「月山さん、マダムの居場所の逆探知を」
月山「すでに済んでいるよ、カネキくん？」
カネキ「……普通のアパートだね。その周辺に大型の倉庫があるか調べて」
万丈「倉庫?」
カネキ「マダムAは嘉納から飼いビトたちの飼育を引き受けている。あれだけ大柄な人間を普通のアパートに住まわせるとは思えない」
万丈「な……なるほどな」
月山「あったよ、カネキくん！　8区のコンテナ群だ。マダムの家からも近い」
カネキ「コンテナ群か……ヒナミちゃん」
ヒナミ「?　なにお兄ちゃん」
カネキ「……力を貸してくれる?」
ヒナミ「……うんっ」
カネキ「……よし、急ごう。マダムより先にコンテナ群に向かう」
ヒナミ「うん！」

//時間経過
//BG：コンテナ

リオ「月山さん……お一人で大丈夫でしょうか?」
万丈「ああ見えて、アイツ強ェからな……なんとかなんだろ」

//SE：ドゴオ(コンテナ破壊音)

イチミ「……！　来ました！」

万丈「！　行くぞッ！」

//SE：ザッ（足音）

リオ「……！」

◆クロと初対面なら

派手な女性と、その隣には赫子を携えた黒髪の少女。
少女の目の下には小さいが、アザがある。
この子がジェイルの可能性はあるのか——?

//SE：赫子でマダムつかむ　走り去る

リオ「……！」

僕らが反応するよりも速く、少女はマダムを赫子で抱えて走り去る。
万丈「お……追うぞッ！」
リオ「はい！」
しかし、少女は僕らよりも、先へ先へ駆けていく。

とても追いつけそうにない……。

//SE：風切り音

//SE：ザッ（足音）

？（クロ）「……！」

リオ「！」

コンテナで囲まれた場所に入り込んだ先で、少女を待っていたのは、マスクを装着したカネキさんだった。
カネキさんは眼光鋭く、少女を見据えている。
いつの間にか月山さんも現れ、少女の動向を伺っている。
すると——。

//SE：ドサッ（マダムを降ろす）

マダムA「!?　ちょっ……どういう……」

？（クロ）「いざとなればアンタは切れって、パパが」

？（クロ）「二人じゃこの人達は、無理。——じゃ」

//SE：去っていく音

マダムA「えっ、は……？　切……？」

//SE：ザッ　ザッ（近付いていく音）
リオ「……」
カネキ「……さて、マダム」
マダムA「……っ！」
カネキ「色々聞かせて頂きたい事があるんですが……」
マダムA「……なっ……なっ？」
カネキ「耳に生きたムカデを入れると――。どんな音が聴こえるか知っていますか？」
マダムA「……!!」
カネキ「……正直に答えていただければ、こちらも『手間』が省けますが――」
マダムA「……ヒィィィ!!」
↓◆「B MAIN 36」へ

B MAIN 36

//タイトル：カネキの標的
リオ「……マダムAは、情報を吐いたんですか？」
万丈「ああ、ポロッと、すぐ」

月山「手荒なマネをせずに済んで良かったよ。僕としてもレストランの友人として、心が痛むからね……」
万丈「どうだか……」
月山「話によると、嘉納は郊外に秘密の研究施設を持っていて、おそらく今そこにいるようだ」
月山「カネキくんの準備が整えば、そこへ向かうことになっている」
リオ「準備……？」
万丈「鯱のことがあったからな、今カネキの野郎、特訓中みてえだ」
月山「まぁこの先、どんな邪魔が入るかわからないからね」
万丈「……マダムAが、嘘をついてなけりゃいいけど」
//SE：ガチャ（ドアの音）
カネキ「……大丈夫。相当追い詰めたし、嘘をついてる顔じゃなかった」
万丈「お、カネキ。もういいのか？」
カネキ「いや、ちょっと休憩」
相当動いたのか、カネキさんは全身に汗をかいていた。
一体どういう訓練をしているんだろう。
リオ「（すこし、興味あるな……）」

◆リオSレート以上で

カネキ「リオくん」
リオ「……？　はい」
カネキ「ちょっと稽古に付き合ってもらっていい？」
リオ「……僕ですか？」
カネキ「うん、試したいことがあって」

《選択肢》
◆1：いいですよ
◆2：遠慮します

◆1：いいですよ

リオ「ええ、僕でよければ」
カネキ「良かった、それじゃあ付いて来て」
リオ「はい」
月山「フゥン……それじゃあ僕はバンジョイくんと遊んでいようかな」
万丈「遊ばねえよ……」
その後、僕はカネキさんと一緒に戦闘訓練をした。
カネキさんの戦いに対する姿勢や考え方は、僕にはとても刺激になることばかりだった。

//スキル入手

↓■合流へ

◆2：遠慮します

リオ「僕はあまりお役に立てそうにないので……」
カネキ「ん……そっか。そんなことはないけど……それじゃあ——」

↓■合流へ

◆リオSレート以下

■合流

カネキ「月山さん、ちょっと稽古に付き合ってくれませんか？」
月山「……僕かい？」
カネキ「ええ」
月山「フゥン……。okay、ゆこうじゃないか」
カネキ「皆さんも、それぞれ腕を磨いておいてください。危険な潜入になりそうです」

そう言って、カネキさんたちは奥へ消えていった。

リオ「月山さん、信頼されているんですね」
万丈「どうだろうな……まぁ、強ェのには違いねえけど」
万丈「リオ、訓練付き合ってくれねえか？」
リオ「ええ、良いですよ」

その後万丈さんは、僕のパンチが顎に入って気絶した。

《マップ画面へ》

→◆「B MAIN 37」へ

石田補足 2

■第二章①

●ナキルート／什造ルートについて（B MAIN 25-1&2）
ヤモリの遺品であるペンチをとりにいく、というおつかいストーリー。
ボリューム量が不安だったのと、什造の登場が少なめだったので、ここで補填したいなと思い、ゲーム制作サイドに掛け合って、什造ルートを足させてもらいました。

探している物（ペンチ）とロケーション（11区アジト跡）はおなじで、配役だけ違うという構成です。
ここでの行動によってサブシナリオの発生が変わるという仕掛けにしています。

●レストラン戦シロクロ（B MAIN 29-2）
リオがSレート以上だと、万丈の制止を振り切り、レストラン内で一人で戦うカネキを助けにいくことが出来ます。
原作でのカネキVSシロクロの横に、リオが登場しちゃう感じです。

シロクロのどちらか片方と戦うことになります。

●ロウ
ロウは、ジェイルにおけるヒロインという自分設定。（※後述）

●キンコ
コクリアを脱出した喰種。脱獄者としてはリオと同じ立場です。
お花が好きな、こころ優しい(抜けてる)喰種。

●カネキの標的(B MAIN 36)
プレイヤーが強いと、カネキが、月山ではなくリオを特訓相手として指名してきます。

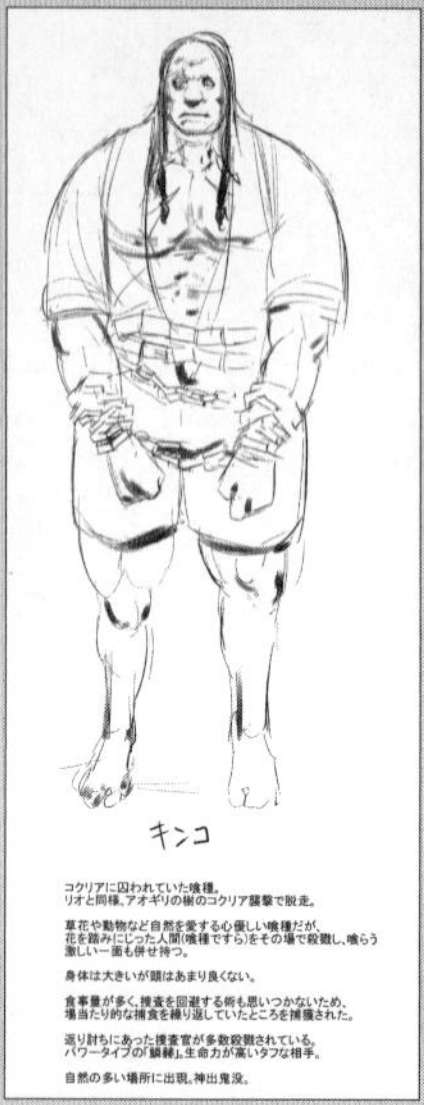

B MAIN 37

//タイトル：ラボへの潜入

//屋敷

カネキ「……ここで間違いありませんね？」
マダムA「え……ええ、ここが嘉納センセのお屋敷よ……」
マダムA「ねえアタクシもう……ここで十分でしょ……」
万丈「デッケェな……」
月山「ウチとどちらが広いかな」
カネキ「屋敷の中の研究施設を探します。行きましょう」
マダムA「ねえ……」
リオ「……」

外観どおり、屋敷の中は広く、手がかりを探すのは骨が折れそうだ。
隻眼の二人は現われるだろうか。
カネキ「手分けして探しましょう」
リオ「(僕は……)」

《選択肢》
◆1：カネキさんについていく
◆2：万丈さんについていく
◆3：月山さんについていく

◆1：カネキさんについていく

僕はカネキさんについていくことにした。
僕とカネキさんは、マダムAと一緒に二階を探すことにした。

リオ「本当に、広いですね……」
カネキ「うん」

マダムの案内で奥の居間へと向かう。
彼女はここで、嘉納先生と話をすることがあったらしい。
居間はすこしの生活観もなく、カーテンのない窓からは月明かりが差し込んでいる。
僕と兄さんもよく、こういう場所で寝泊りしていた。
いわゆる、廃墟。
……そのぐらい、この家には人の息吹というものが感じられない。
書棚の本も、頭にホコリが積もっている。

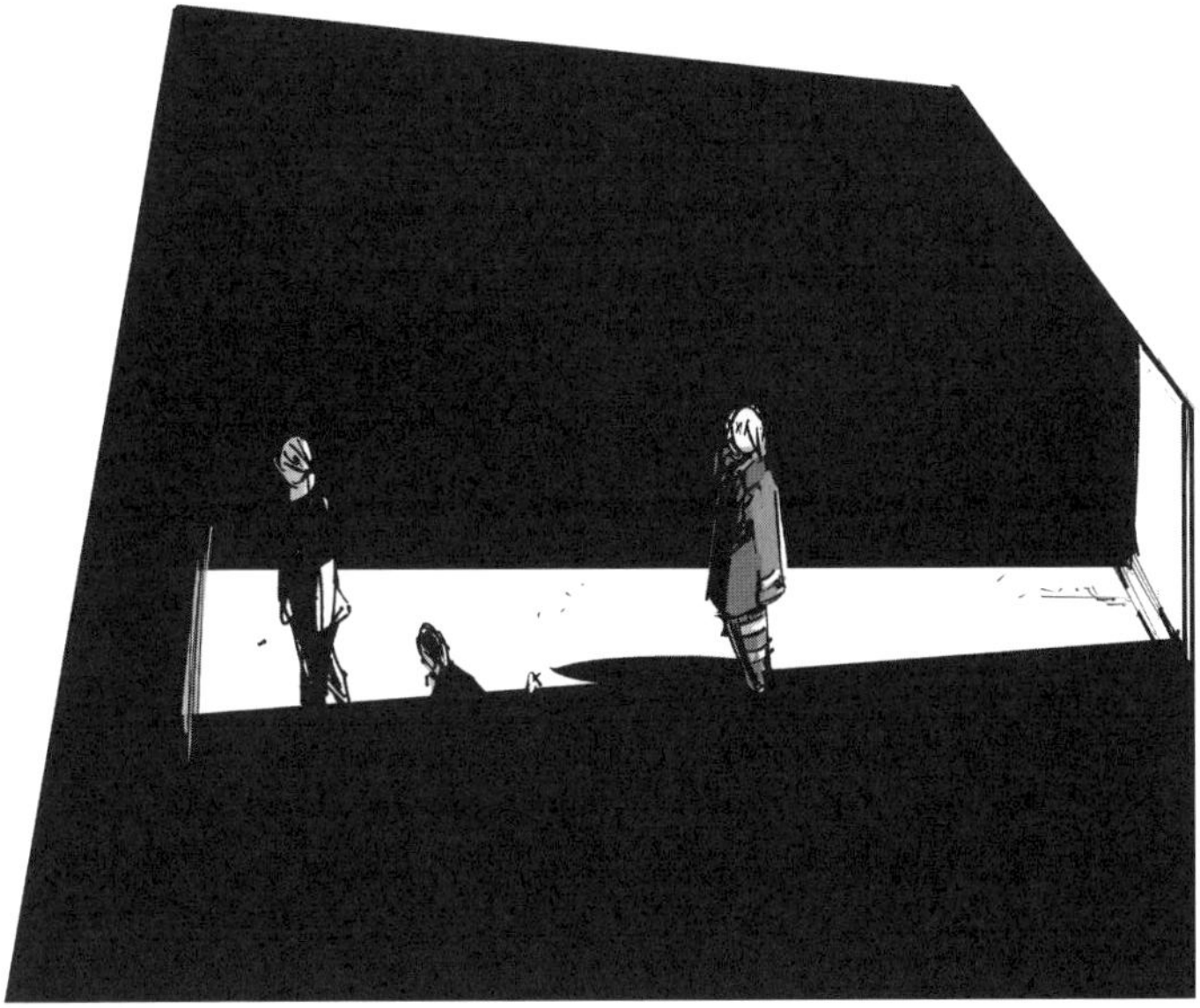

リオ「ん……？」

パッと取った本に目を通していると、あるページで止まった。

そのページには一枚の写真が挟まっていた。

過去に、ここに住んでいた人たちだろうか。

写真には4人の家族の姿が収められていた。

優しそうな笑顔を浮かべた両親と、白と黒、色違いの衣装をまとった二人の少女。

双子だろうか、少女達の外見はとてもよく似ていた。

//SE：ドタドタドタ　バンッ

万丈「――一階に階段があったぞ！　地下室があるみてぇだ！」

リオ「！」

カネキ「…行こう」

↓■合流2へ

◆2：万丈さんについていく

僕は万丈さんについていくことにした。

万丈「……なんか、幽霊でも出そうだな」

イチミ「……万丈さんって怖くないもの、ないんスか？」

万丈「ば、馬鹿にすんなよ……!!　あるに決まってんだろッ……

猫とか、犬とかよ」

ジロ「リオさんは、なんか怖いものあるんスか？」

リオ「えっ……？」

《選択肢》
◆4：喰種
◆5：喰種捜査官
◆6：ない

◆4：喰種

リオ「喰種……かな」

イチミ「同じ喰種なのに、怖いんスね？」

万丈「まあ、色んなヤベエ奴がいるからな……」

ジロ「万丈さんが言うと説得力ありますね」

万丈「どーゆーイミだよッ！　――……って、おっ？」

↓■合流1へ

◆5：喰種捜査官

リオ「やっぱ〝白鳩〟かな……」
サンテ「そりゃみんな怖いッスよ！」
リオ「（……というか、キジマかな……）」
リオ「（相当トラウマになってるみたいだ……僕）」
万丈「？　大丈夫か、リオ。顔色ワリィぜ。」
リオ「いえ……大丈夫です」
万丈「そうか、無理はすんなよ。——……ん？」

→■合流1へ

◆6：ない

リオ「ないです」
ジロ「おお……メッチャ格好良い」
イチミ「万丈さんもこのぐらい男らしかったらなぁ……」
万丈「んだとッ!?　おいリオ！　お前嘘ついてんじゃねえか!?」
万丈「怖いもんの一つぐらいあるだろ!?　虫とか、カエルとかよォ
……!!」
リオ「いやあ、別に……」
サンテ「それは万丈さんが怖いものっしょ」
万丈「るせェッ……！　それはだな……。——……お？」

→■合流1へ

■合流1

万丈「見ろ……階段だ」
万丈さんが言うように、そこには地下へ続く階段があった。
万丈「カネキたちを呼んでくる」

→■合流2へ

◆3：月山さんについていく

僕は月山さんについていくことにした。
月山「ふむ、見事なキッチンじゃないか。——使われなくなって久しそうだが……」
僕と月山さんが向かったのは、1階奥の調理場だった。
月山「ドクトル嘉納は、ここには立ち入らなかったようだね。Dust（ホコリ）が酷《ひど》い」
月山「さてここにはどんなヒントがあるか……」

リオ「あの……なぜキッチンを探すんですか？」
月山「フッ……リオくん。キッチンというのは、生活者たちと物凄く密な関係にあるんだ」
月山「テーブルとイス、食器の数、カップのサイズ……これだけでも大体の家族構成はわかる」
リオ「そうなんですか……？」
月山「ご覧。……大人用の高価な食器類が2セット。そしてデザインが対になる可愛らしいカップが二つ……」
月山「この屋敷の本来の主は……ハイセンスな父親と、双子の女の子かな」
月山「そして整頓された収納……」
月山「きっと使用人でもいたのだろうね」
リオ「使用人……ですか」

僕には到底、縁の無い人たちだ。

月山「ああ、ウチにもいるからわかるんだ」
リオ「……（月山さんには、縁のある人たちらしい）」
月山「……当然だが、ホラ。調理器具もすっかりサビきってしまっているよ」
月山「主なき道具ほど、寂しいものはないね。ハハ、まったく」
リオ「そうですね……」

//遠くで

万丈「――一階に階段があったぞ！　地下室があるみてェだ！」
リオ「！」
月山「おやおや、バンジョイくんお手柄じゃないか。僕らもゆこうか」

↓■合流２へ

■合流2

//屋敷の地下通路

月山「――ずいぶん広いね。一人では持て余しそうだ」
リオ「（……地下のどこかにその研究施設があるのかな）」

そこに嘉納、そしてあの隻眼の子が……？

//時間経過

万丈「――なあ、全部見て回ったのに、なにもねえじゃねえか？」
万丈「人の気配もねえし……」
カネキ「……」

カネキ「マダム」
マダムA「!?」
マダムA「う、嘘なんかついてないわよ！　本当にここで嘉納センセと……」
//SE：ザッ
カネキ「本当ですか？」
マダムA「本当よ！」
//SE：ザッ
カネキ「本当ですか？」
マダムA「ほ、本当……」
//SE：赫子を出す音
//SE：ドゴォ（壁を壊す音）
マダムA「ひゃんッ!!」
リオ「！」
万丈「お……オイ……」
カネキさんは赫子を繰り出し、マダムAの後ろの壁を破壊した。
脅しだろうがもしも僕が彼に同じことをされたら、間違いなくすべて正直に話すだろう……。
カネキ「……本当ですか？」
マダムA「ほんとうだもん……」
カネキ「……」
カネキ「すみません」
マダムが嘘をついていないと判断したのか、カネキさんは申し訳なさそうに彼女に謝罪した。
//SE：ウネウネ（Ｒｃ細胞壁）
リオ「……!?」
万丈「おっ……オイ、カネキ！」
カネキ「……!!」
万丈「変だぞ……この壁……、動いてやがる……」
カネキさんが破壊した壁の奥で、なまめかしい肉の壁が姿を現した。
その壁は、僕らをその内側へ誘っているのか、それとも拒絶しているのか、カネキさんの赫子に反応し、妖しく蠢《うごめ》いていた。
月山「……Ｒｃ細胞壁。いわば赫子の壁。――しかし、いったいなぜこんなものが……？」

カネキ「嘉納……彼は、この先にいる」
リオ「……」
カネキ「行こう」

／／大ホール

リオ「……！」
万丈「お出ましか……」

大きなホールの真ん中。
そこには、僕らの行く手を阻むように、二人の少女が立っていた。

クロ「……消すよ、シロ」
シロ「……うん、クロ」
リオ「……」

二人とも目の下、対称の位置に小さなアザがある。
どちらかがジェイル、もしくは両方が……？
ジェイルが一人とも限らない。

リオ「（……僕は、わずかな可能性にでも賭けるしかないんだ……）」
カネキ「……」

カネキさんが横で深呼吸する。
カネキ「君達の相手をしている時間は――」
言うより早く、カネキさんが彼女達へ向かってゆく。
少女たちも身構える――。

／／ＳＥ：トォン（跳躍）

シロ・クロ「!?」
カネキ「……みんな、任せたよ」
シロ「待ッ……」

／／ＳＥ：ブォン（月山赫子）

シロ「！」
月山「任せられたよ。カネキくん――この美食家、月山習が君達二人をテイスティングしてあげよう……」
追跡を妨害された少女……シロとクロは憎々しげに月山さんを睨《にら》み付けている。

月山「C'mooooon!!!」

//ＳＥ：激しい戦闘音

リオ「すごい……月山さん一人で……」
万丈「ああ……」

月山さんは、シロとクロ、二人の攻撃を見事に受けている。
やはり彼はかなり力のある喰種みたいだ。
しかし相手二人も、強烈な連撃で月山さんを追い詰める。
月山さんの一瞬の隙をついた強烈な一撃が、彼の身体に届こうとしていた。

リオ「あぶな――!!」

//ＳＥ：ザンッ（ナキ赫子切断音）

リオ「！」
月山「!?」
シロクロ「!!」
ナキ「!?　!?」
ナキ「俺、なんで助けちまったんだ!?　登場の仕方間違えた!!」
万丈「……！　またアオギリかッ……」
ナキ「ヘッ……キザ野郎を助けちまったのは、ちょっとしたサプライズだが……まあいい」

◆ナキサブルートＯＮのとき

ナキ「あれっ、お前、リオじゃねーか！　なにやってんだこんなとこで！」
リオ「どうも……えっと僕も嘉納さんたちを追っていて」
ナキ「そうか！　よくわかんねえけど……俺らもソイツ探してっから、早いモン勝ちだな！」

◆ナキサブルートＯＦＦのとき

ナキ「……ん？　お前どっかで見たような……」
ナキ「……まあいっか！」
リオ「（どうやら僕のことを憶えていないようだ……）」
ナキ「マッドサイエントスは俺らがいただくぜ」

田口さんから何らかの情報を引き出したのか、そこに現れたのはアオギリの樹の面々だった。
ナキさんの背後には、彼と同じ白スーツの二人と、包帯で身を包んだ少女が立っている。

クロ「パパを狙ってる連中……」
シロ「どっちも行かせられない」

月山「やれやれ……ドクトル嘉納の手先と〝アオギリの樹〟のトラ

イアングル（三角関係）とはね」
ナキ「オラアアアアッッ!!」
//SE：ガィン（衝撃音）
月山「おやおや、お望みは僕かい!?」
ナキ「テメエはなんか突っかかりやすいんだよッオラアアア!!」
//SE：衝撃音
ガギ・グゲ「ゴウッ!!」
ジロ「わっ！」
サンテ「こっちは俺らかよッ」
リオ「（僕は隻眼の二人を……！）」
ガギ「ガゴッ！」
//SE：ブンッ（腕をふる音）
リオ「うわっ……！　ちょ……ちょっと……！」
//SE：トテトテ（走る音）
シロ「！　クロ！　アイツ……！」
クロ「！　行かせるかっ」

リオ「……！」
僕がナキさんの部下とやり合っているうちに、隻眼の二人は、包帯の喰種を追ってホールを走り去る。
リオ「……！」
リオ「く……」
さらにその後を追って、万丈さんが走っていった。
リオ「（万丈さん……カネキさんを助けに……？）」
リオ「……」
僕は……。

◆この場に残って戦う
→「B MAIN 38-1」へ
◆カネキを追う
→「B MAIN 38-2」へ

B MAIN 38—1

／／タイトル：大ホールの戦闘

／／SE：ガイン（衝撃音）

ナキ「オラア!!」

／／SE：ガイン（衝撃音）

月山「フッ！」

／／SE：ガイン（衝撃音）

ナキ「チッ……バチがあかねえ……」
ガギ「ガギ、ゴゲガギ」
ナキ「えっ、〝ラチ〟だって？　……いいんだ細けえことはよ！」
リオ「（たしかにこのままじゃ……）」

／／遠くから

？？「とまれ!!」

リオ「!?」

突然ホールに声が響いた。
声の方向へ視線をやるとそこにはコートに身を包んだ人たちが立っている。

手には、それぞれアタッシュケースを持っている。
月山「おやおや……こんなときに……」
ナキ「〝白鳩〟かよッ!!」
イチミ「ちょっと……ヤバくねえスか!?」
ジロ「つーか万丈さんいないし!?」
リオ「……!」
捜査官達。中心に立っているのは、いつぞや僕が捜査資料を奪った、亜門捜査官だった。

◆アキラ面識アリのとき

それに横にはアキラさんもいる。
慌てて僕はマスクを嵌《は》める。
亜門「……交戦を開始する！　行くぞ!!」

／／バトル（亜門）

◆敗北

リオ「（……くっ……やっぱりこの人……強い……）」

？？？（ナキ）「うらぁぁぁ！！！！」
リオ「……ナキさん!?」
亜門「……くっ!!」

／／SE：キィィィン……（クインケで攻撃をはじく音）

ナキ「言っただろ!?　逃げたわけじゃないって……」
リオ「……でも、どうして僕を？」
ナキ「俺に勝った奴が、こんなところで倒されちまったら、まるで俺まで弱いみてーじゃねぇか！」
ナキ「……つまり、これは俺の股間に関わる問題ってことだ」
リオ「（それは多分……『沽券《こけん》に関わる』……）」
ナキ「ほれ、カンドーすんのは後だ！　行くぞ！」
亜門「ま、待て!!」
ナキ「ばーか！　つかまんねーよーだ!!」

／／SE：走り去る音　複数

リオ「……ナキさん、ありがとうございます。ホントに助かりました」
ナキ「へへっ、礼なんていいって。またやろうな！」
リオ「（……ナキさん、本当にいい人だ）」
リオ「（……よし、それじゃ、カネキさんを追いかけよう！）」

↓◆「B MAIN ㊳－❷」へ

◆勝利

亜門「……くっ！！」
アキラ「まさか……ここまで強い喰種がいるとは……」
リオ「……」
亜門「……ハァ……ハァ」

《選択肢》
◆1：殺す
◆2：殺さない

◆1：殺す

//SE：ズギュ（貫通音）

亜門「ぐ……ア……キラ……」
亜門「……逃げ……」

//SE：ドサッ

亜門捜査官は女性（アキラの名前を知っていればアキラさんで）をかばい、僕の赫子に貫かれて倒れた。
アキラ「亜……亜門上等……ッ!!」
アキラ「……き……さまァァアア！！！」

//SE：貫通音

アキラ「ぐ……ふ……」
アキラ「フフ……父に……申し訳が立たんな……」

//SE：ドサッ

リオ「…………」
リオ「（……死んだ）」

仕方ない。仕方ない。
殺すしか、ない。
だって僕は喰種で、君達は人間なんだから。
僕は脳の裏側を、冷たく蒼暗《あおぐら》いペンキで塗りつぶされていくような感覚を覚えた。
これが人を殺す感覚か。

月山「片付いたね……それじゃあ行こうか」
リオ「はい」

//スキル「殺人経験」入手
//亜門、アキラサブイベント消滅

◆2：殺さない
リオ「……それは、しない」
亜門「!?　……どこへゆく……」
リオ「別に、あなたを倒しにきたわけじゃない」
リオ「（……そうだ。早くあの隻眼の喰種を追わないと……）」

//SE：走り去る音

アキラ「く……助かった……のか？」
亜門「…………」
亜門「……これで二人目だな。俺にトドメを指さなかった喰種は……」

//スキル入手

↓◆「B MAIN ㊳-❷」へ

B MAIN ㊳—❷

※250PのラボMAPを参照のこと。

//タイトル：地下の迷宮

////
初期（Cレート）所持時間15
移動するたびに所持時間-1
所持時間を使いきったら強制でイベント発生（「B MAIN ㊴」へ）。
レートが上がると所持時間が増える
Sで21くらい
////

◆スタート

僕は大ホールを出て通路に出た。
早く……。（Aのイベント後は次の選択肢省略）

◆シロクロを見つけよう

リオ「(彼女達がジェイルかもしれない。兄さんを助けられる可能性が少しでもあるなら……)」

◆カネキさんを見つけないと

リオ「(一人で行ってしまうなんて……)」

鯱のこともある。もしかしたらどこかで現れるかもしれない。
カネキさんが心配だ。

リオ「(とりあえず前に進もう……)」

①

近くに大ホールが見える。

どちらへ進もうか。

◆進行分岐

②

天井には無数のパイプが張り巡らされている。
これだけの施設、嘉納だけの力で作り上げたわけではないだろう。
一体、誰が建設したのだろうか……。

◆進行分岐

③

小さな灯りが点々と続いている。
一応、電気は通っているみたいだ。

リオ「(電気代……高そうだな)」

◆進行分岐

④

大きく道が湾曲《わんきょく》している。
ここで選んだ道で、かなり行き先が変わりそうだ。

リオ「(さて……)」

◆進行分岐

⑤

リオ「(カネキさんはどっちに進んだんだろう……)」

なんとなく、こっちではないような気がした。

◆進行分岐

⑥
天井の電気が壊れて、辺りが暗くなっている。
誰かがこれ以上進むな、と僕に言っているような気になる。
リオ「（……でも前に進まないと）」

◆進行分岐

⑦
//SE：ゴウンゴウン
なにかエンジン音のようなものが響いている。
巨大な機械の中に迷い込んでしまったような感覚を覚える。

◆進行分岐

⑧
リオ「（まるで迷路だな……）」
同じところをずっとグルグルしているような気になる。
景色に変わり映えがないのも原因だろう。
リオ「（ちゃんとみんなと合流できればいいけど……）」

◆進行分岐

⑨
先の見えない道に不安が募る。
他の人たちがどうしているのかも気になる。
リオ「（急ごう……）」

◆進行分岐

⑩
リオ「……？」
なにか嫌な匂いがする。
あまり進みたくないけど……。

◆進行分岐

⑪
結構な距離を歩いた気がする。
このまま歩き続けて大丈夫なのだろうか。

◆進行分岐

⑫
入り組んだ道が見える。
ここは、研究施設にしては道が複雑すぎるんじゃないだろうか。

リオ「（うーん……）」

◆進行分岐

⑬
このままここから出られなくなったらどうしよう……。

リオ「（ネガティブになるのはやめよう……）」

◆進行分岐

⑭
うねうねとした道がつづく。
僕はどこへ向かっているのだろう。
もし、どこにも辿り着かなかったら？

リオ「……」

◆進行分岐

⑮
背筋に寒気が走った。
すごく暗い。それに冷たい空気が流れている。

リオ「（なんだか……すごく嫌な感じだ）」

◆進行分岐

⑯
リオ「この道であってるのかな……？」
一人なのに、思わず心の声が出てしまった。
孤独は人をおかしくする。

◆進行分岐

⑰
寒気が止まらない。
先に進まないほうがいいんじゃないだろうか。

◆進行分岐

⑱
この世界には、僕以外みんな、いなくなってしまったんじゃない

だろうか？
そう思えるぐらい、この地下は孤独だ。

◆進行分岐

⑲
少し温い風が流れてきた。

リオ「（こんな地下に……どこから流れてくるんだろう）」
それを考えると、なんだか不気味に思えてきた。

◆進行分岐

⑳
無音。
僕の足音だけが冷たく響いている。

◆進行分岐

A
リオ「あれ……？」
大ホールに戻ってきてしまった。

◆スタートへ

B
曲がり角だ。

リオ「（どんどん歩こう）」

◆①or③へ

C
リオ「あっ……」

行き止まりだ。
戻るしかないようだ。

◆②へ

D
ボイラー室だろうか。
大小さまざまなパイプが天井、壁と縦横無尽に走っている。
パイプが発する熱で、蒸し暑い。

リオ「こっちは……行き止まりか」

◆⑤へ

E

貯水プールだ。
こんな地下深くでも、水は濁っていない。
ユラユラと揺れる水面は、冷たく涼しげだ。

リオ「(先へは進めないな……戻ろう)」

◆⑧へ

F

↓◆「B MAIN 38-❸」へ

G

道が途切れている。
落下防止のためか、床のフチには手すりが設置されている。
下を覗き込むと、ポッカリと巨大な穴が空いているらしい。
そこには、永遠の暗闇が続いていた。

リオ「……うっ……!?」

僕は思わず鼻を摘まんだ。
あきらかになにかが……腐った匂いがしたからだ。
なぜこんな場所で……?
僕はなんだか吐き気がして、その場を早々に立ち去った。

◆⑩へ

H

↓◆「B MAIN 38-❹」へ

I

曲がり角だ。
水の音が聞こえる。

◆⑬ or ⑮へ

J

緩やかな暗い坂道が続く。
のぼっているのか、くだっているのか。
僕はわからなくなってきていた。

◆⑯ or ⑰へ

K

リオ「あ……」

目の前の地面にポッカリと穴が開いている。
下を見れば、さらに地下の方で水が流れているらしい。

リオ「(これ以上は進めないな……)」

◆⑰へ

L

リオ「(……？)」

目の前の壁はコンクリートで塗り固められていた。
元々はなにかあった場所を、無理やり隠した、という印象だ。

リオ「(……これじゃ、進めないな)」

◆⑳へ

M

幅の広い坂道だ。
スロープというのだろうか。

リオ「……？」

先ほどの肉の壁が剥き出しになっている。
ラボに入る前に見たものより、元気はないようだ。
あの不気味に蠢く感じは見られなかった

◆⑯ or ⑲へ

N

静寂で耳が痛い。
なぜ、先ほどから震えが止まらないんだろう。

O

↓◆「B MAIN ㊳-❺」へ

P

↓◆「B MAIN ㊳-❻」へ

◆所持時間が0になった場合

「おいっ」
リオ「!?」

突然声をかけられ、僕は身構える。

万丈「おいリオッ、大丈夫か!?」
リオ「万丈さん……！　良かった」

見れば、月山さんとイチミさんたちもいる。
彼らもなんとか合流できたみたいだ。

月山「少し捜査官たちと遊んでいてね……無事かい？」

◆什造 or 篠原と戦っていた

リオ「月山さんたちもですか……？　僕はひとまず大丈夫ですが……」

◆什造 or 篠原と戦っていない

リオ「〝白鳩〟と……!?　え、ええ僕は大丈夫ですけど……」
リオ「あの……その怪我は……？」
万丈「ん……ああ、ちょっとな……。でも大丈夫だ」
万丈「それより、カネキの奴を見つけようぜ。——背筋にビリビリきやがる。どうも嫌な予感がすんだ……」

↓◆「B MAIN ㊴」へ

B MAIN ㊳-③

//タイトル：CCGのジェイソン

//一回目訪問

//SE：ゴウンゴウン

すこしひらけた場所に出た。
5mほどの高さの円柱形の装置が、いくつも並んでいる。

リオ「！」

気配を感じ、視線を先にやると、二人の隻眼……シロとクロが、床に座り込んでいた。

シロ「……！」
クロ「チッ……」

すぐさま二人が臨戦態勢に入る。

リオ「……。——戦う前に……一つ質問させてください」
リオ「あなたたちは……ジェイルですか？」

シロ「なにをわけの」
クロ「わからないことを」
クロ「パパの邪魔をする奴は……」
シロ「消えろ……！」
リオ「（二人同時にさばくのは難しそうだ……）」

どちらを重点的に攻めようか？

◆シロ

／バトル（シロ）

◆クロ

／バトル（クロ）

◆勝利

リオ「はぁはぁ……。――答えてくれ！　君達はジェイルなのかどうか……」
クロ「知るか……」
シロ「……そんな奴……」
リオ「……」
クロ「……お前が言うジェイルは……。――一体いつ活動していた喰種だ？」
リオ「え……」
シロ「私達がまともに身体を動かせるようになったのは、ここ半年のことだ……」
リオ「ここ半年……」

キジマがジェイルを追っていたのはずっと前からのようだった。
じゃあ彼女達は……。

／スキル入手（シロとクロ、戦った相手によって変わる）

↓■合流へ

◆敗北

リオ「ぐっ……！」
シロ「どうした……」
クロ「その程度？」
駄目だ……一旦ここは退こう。

↓◆「B MAIN ㊳－❷」⑦へ

■合流

//SE：走ってくる音
//SE：ザシュシュシュシュ
(無数のナイフが刺さる音)

クロ「ぐああッッ……!!」
リオ「!?」
シロ「クロッ!!」

//SE：ぺたんぺたん(スリッパで歩く音)

???「……あれえ。見た顔ですねえ」
???「かたっぽ、顔がグチャグチャでわからないですけど……」
???「クロナとナシロです?」
シロ「お前は……」
クロ「玲《れい》……ッッ!!」
???「玲……?」
什造「いまはジュ——ゾ——ですよ〜、鈴屋什造、二等捜査官ですぅ」
什造「喰種かと思って攻撃しちゃったんですけど……」
什造「間違ってなかったみたいですねえ……その目!」

シロ「玲ィィッッ!!」
クロ「!! シロッ、駄目!!!」
什造「はぁい」

//SE：ザンッ（えぐる斬撃）

シロ「！ ……か、は……」
クロ「シロ……！ ぐ……あ……」
什造「ふふふ、どっちの首から刎《は》ねて差し上げましょうか?」
什造「……の前に」

//SE：トォン(跳ねる)

リオ「！」
什造「こちらの元気な彼から、行きましょうかねえ?」

《選択肢》
◆1：戦う
◆2：逃げる

◆1：戦う

リオ「(やってやる……!)」
什造「うふふ……おいでぇ僕のジェイソン――」

//バトル(什造)

◆勝利

什造「……ウフフ、ハ……ハ……強いですねえ……」
リオ「ハァハァ……」
リオ「(今なら……)」

《選択肢》
◆3：殺す
◆4：殺さない

◆3：殺す

//SE：ズギュ　(貫通音)

什造「アハ……ァ……!!」
華奢《きゃしゃ》な身体がビクンと痙攣し、シャツが真っ赤に咲く。
身体を貫かれたというのに、彼はすこしも痛がる様子はない。

什造「ああ……こんな感じなんですねえ……フフフ」
什造「…………」

//SE：ドサッ

リオ「…………」
リオ「(……死んじゃった)」
クロ「ナシロ……ォ……」
シロ「クロ……ナ……」
クロ「大丈夫……私がなんとかするから……!」

//SE：ザッ　タタタ……　(走っていく音)

リオ「……」

あの二人はジェイルじゃない。
僕にはもう彼女達を追う理由はなかった。

リオ「……」

自分が今、命を奪った人間の顔を覗き込む。
床に寝そべった少年の顔は、少しの苦痛にも歪んでいない。
白く、綺麗な顔をしていた。

リオ「(……なんて綺麗な死なんだろう……)」

リオ「(……)」

死んだ人間が、こんなに綺麗だなんて、僕は思わなかった。

//什造スキル入手
//スキル「殺人経験」入手
//什造死亡ON
//什造サブイベント消滅

◆4：殺さない

什造「また遊びましょう～」

//SE：タタタタ(走る音)

リオ「(なんとか……なった……)」
クロ「ナシロ……ォ……」
シロ「クロ……ナ……」
クロ「大丈夫……私がなんとかするから……!」
//SE：ザッ　タタタ……（走っていく音）

リオ「ハァ……ハァ……」

あの二人はジェイルじゃない。
僕にはもう彼女達を追う理由はなかった。

//什造のスキル入手

↓◆「B MAIN ㊳-❷」⑦へ

◆敗北

リオ「ぐ……あっ……」
什造「もうちょっと楽しめるかと思ったんですけど……案外、よわっちいですねえ」
什造「せっかくなので、遊びましょうかねえ……」
リオ「!?」
白い悪魔は僕の腹部を、その大鎌で薙《な》いだ。
こぼれる、〝なかみ〟。
リオ「(なにを……)」
言葉にしようとしても、ゴポゴポと血液が溢《あふ》れてうまく喋れない。
什造「クロナとナシロも～」

//SE：ザシュ　ザシュ

倒れ込んだ二人の腹からも、僕と同じソレを引き摺《ず》り出す。
什造「長さのくらべっこですー」
リオ「長さの……くらべっこ……」

そんなことをして、なにが楽しいのか。
その結果を知るまでもなく、僕の意識は途絶え、消えた。

//ゲームオーバー

◆2：逃げる

リオ「(コイツは……ヤバイ!!)」

僕は背中を向けて、全速力で走った。

◆逃走成功

背後で小さな悲鳴が聞こえた。
あの二人のうちどちらかだろうか。それとも両方か。

リオ「くそっ……僕は……」

↓◆「B MAIN ㊳-❷」⑦へ

◆逃走失敗

什造「どーこいくんでーすかーーー?」

//SE：ザシュッ

リオ「うっ……ガハッ……」

背中を見せたのは、やはり失敗だった。
僕は後ろから、大鎌の一撃を喰らった。
こうなったらやるしか——。

什造「えい」

振り向いた瞬間、僕は僕を見た。
首の無い僕の身体を。
転がっている。僕は転がっている。
僕の頭。ころころ。
そして、次に見たのは僕を見下ろす白い死神の笑顔。
それが僕の見た最後の光景だった——。

//ゲームオーバー

//二回目訪問

//SE:ゴウンゴウン

すこしひらけた場所に出た。
5mほどの高さの円柱形の装置が、いくつも並んでいる。

◆什造を倒さなかった場合(シロクロ見捨てた場合)

装置には、おびただしい量の血液が飛び散っている。

リオ「(…………)」

↓◆「B MAIN ㊳-❷」⑦へ

B MAIN 38-4

//タイトル:あんよがじょうず

//二回目訪問

リオ「行き止まり……だ」
一体どこへ向かえば……。

//SE:「クスクス……」

リオ「……!?」

//SE:「ケタケタ……」

リオ「誰だ……ッ」

//SE:

//キジマ真相フラグONのとき

「よかった、よかったね　このまま進んでごらん　きっと破滅する」

リオ「……」

「あなたの望みどおり　これは、そういうお話」

リオ「なんの……ことだ……」

「ねえ、きみはだれかのために死ねる？　消える、消えるのよ、なくなって、それでも、死ねる？」

「これはあなたの物語、あなたが死ぬための物語」

「あなたがかわりに死ぬのよ　これは、そういう話」

「運命は一人、死人が欲しいの」

リオ「僕は……」

「拒絶してもいいよ、だいじょうぶ　誰も君を責めはしないよ」

「それに誰も、さびしくない」

「いずれ、箱の中で会えるから」

リオ「……」

リオ「……なんだったんだろう……」

／エトサブイベントフラグON
↓◆「B MAIN ㊳−❷」⑩へ

／ジェイル容疑者(ロウ、キンコ)一人勝利のとき
「たりない、たりないの」

「だめよだめ、そのまま進んでは、」

リオ「なんだ……？」

「ああでももう零《こぼ》れていく、ほつれていく、」

「あと少しだったのに、本当に、あとすこし、」

「そうやって息、続けるのね」

「いつだって、すこし足りないまま　いつだってなにか欠けたまま」

リオ「っ……」

「満たすことが出来ない、あなたには能力がない、完璧にこなす力がない」

「残念だったね　ダメだったね」

リオ「うるさい……」

「でも安心して、みんなそうだから、あなたもみんなと同じ」

「能力のない人たち」

「凡人、ふつう、有象無象《うぞうむぞう》」

「あなたって、ふつう」

リオ「黙れ……!!」
リオ「…………」
↓◆「B MAIN 38-2」⑩へ

//ジェイル容疑者(ロウ、キンコ)未勝利のとき

「なまけもの、なまけもの」

「そんなんじゃ、なにも救えないよ」

「自分の怠慢から目を逸らして、だらだら生きる」

リオ「なにを……」

「なにも見れないよ。なにも得られないよ」

「もう戻れないよ。もう進めないよ」

リオ「っ……」

「君さ、もう終わってるよ」

「うっすら、気付いてるんでしょう?」

「――『ああ、失敗した』って」

リオ「うるさいッ!!」

リオ「ハァ……ハァ……」

リオ「…………」
↓◆「B MAIN 38-2」⑩へ

//二回目訪問

リオ「…………」
↓◆「B MAIN 38-2」⑩へ

B MAIN 38-5

//タイトル:半赫者
//BG:ラボ最深部

リオ「(……ここは……)」
今までで最も広い空間に出た。中央には巨大な柱が、天井まで伸びている。
リオ「(……!)」

この匂い……血？

目を凝らすと辺りには、何体、何十体もの死体が転がっていた。

「う……う……」

リオ「!?」

誰かいる……!!

「ううっ……うう……」

「ひひっ……イヒヒ……」

この声……。十数メートル先、黒い人影がゆっくりと立ち上がる。

リオ「……カ、ネキ……さん？」

いや……。あれは……。

//SE：赫子が展開する音
――化け物？

四方へ無数に伸びる赫子。

それは凄まじく巨大で、
さながら巨大な怪虫のようだった。

カネキ「りいいいいおおおおくうううううううん」
振り向いた顔は、赫子のマスクで覆われている。
リオ「……か、カネキさん……!!」
リオ「しょ、正気に戻ってくださいッッ!!」
カネキ「まも　まも　まも　まも」
カネキ「だあああだ大丈夫……大丈夫ぶだよ、君も守ってあげる……だって……」
カネキ「僕が　守らないと　さあ　みんな　みんな死んじゃうから……は　かあ　かあ　ああか　きき　くくえ――」
リオ「カネキ……さ――!!」
カネキ「ぉ……ぉ　おおおああああっっ　アアア――――ねええええええええッッ！！！！」

／／SE：ドオォン（壁を蹴り飛びかかってくる）

リオ「（クソッ……やるしかないのか……ッ!?）」
カネキ「ぢ　ィ　ウィ　ィ　イネエエエエエエッッッッッ！！！！！」

／／バトル（カネキ 半赫者）

◆勝利

カネキ「ギィィイアアアアアアアッッ！！！！！！！」

／／SE：激しく駆け回る音

リオ「……！」
痛みに耐えかねたのか、カネキさんは赫子を携えたまま、物凄い勢いで周囲を走り周り、壁に空いた穴の奥へと消えていった。
リオ「（なんとか勝てたけど……大丈夫かな、カネキさん……）」

／／ムカデカネキのスキル入手

↓■合流へ

◆敗北

カネキ「ウアイアイアイイイィィッィッッ……あがああああああ……ッッ！！！」
リオ「う……うう……」

カネキ「ガアアアアアアアアアアッッ！！！！！！！！」

//カネキ逃走50％ぐらいで確率分岐

◆カネキ攻撃

//SE：リオの身体を貫く轟音

リオ「が……あ……」

カネキさんの赫子は、僕の身体を貫いた。身体の半分が吹っ飛んでいく。
不思議と痛みはない、僕はそれを朦朧《もうろう》とした意識で眺めていた。
これが……これが強さの行き着く先なのだろうか。我を失って、殺戮を行う。
これが、彼の欲しかった強さなのだろうか。
僕も……強さを求めて続ければ、こうなっていたのだろうか。
僕がそれを叶えることは、もうないだろうけど——。

//ゲームオーバー

◆カネキ逃走

//SE：激しく駆け回る音

リオ「……！」

痛みに耐えかねたのか、カネキさんは赫子を携えたまま、物凄い勢いで周囲を走り回り、
壁に空いた穴の奥へと消えていった。

↓■合流へ

■合流

//BG：ラボ通路

「おいっ」
リオ「!?」

突然声をかけられ、僕は身構える。

万丈「おいリオッ、大丈夫か!?」
リオ「万丈さん……！　良かった」

見れば、月山さんとイチミさんたちもいる。彼らもなんとか合流できたみたいだ。
月山「少し捜査官たちと遊んでいてね……無事かい？」

◆什造 or 篠原と戦っていた

リオ「月山さんたちもですか……？　僕はひとまず大丈夫ですが……」

◆什造 or 篠原と戦っていない

リオ「〝白鳩〟と……!?　え、ええ僕は大丈夫ですけど……」

リオ「あの……その怪我は……？」
万丈「ん……ああ、ちょっとな……。でも大丈夫だ」
リオ「良かった……」
リオ「早く……カネキさんも見つけないと……」
万丈「……？」
リオ「急ぎましょう!!」
万丈「お、オウ!!」

→◆「B MAIN ㊴」へ

B MAIN ㊳-⑥

//タイトル：特等捜査官の刃

辺りには、貯水タンクのようなものが並んでいる。
タンクからは太いホースのようなものがどこかへ伸びて、時折、ぶくんと波打っている。
それが僕には、大きなミミズのように見えた。

リオ「……先へは行けない……か」

どこにも新しい通路はなく、元来た道を辿るしかないようだ。

◆Sレート以上で篠原出現

？？「おや……どこかで見た顔だね」
リオ「!?」
？？「なにで見たんだっけなあ……テレビ……？　新聞？　雑誌……ああそうだ」

//篠原キャラ表示

??「コクリアの脱走者のリストだ」
捜査官1「篠原特等……奴は……」
捜査官2「なぜこんなところで……」
篠原「さてねえ……わからんが」
リオ「(特等捜査官……!!)」

特等捜査官は、喰種捜査官の中で最も高い階級だと聞いたことがある。
戦力、知力、経験すべてを兼ね備えているであろう敵……。

リオ「(…………)」

脂汗がドッと溢れる。
心臓がバクバクと鳴り響く。

篠原「……理由はどうであれ脱走した喰種を見逃すわけにはいかないからね」
篠原「リオくん……だったかな、たしか」

//SE:ガキン(クインケ構える)

篠原「逃がさんよ」
リオ「(……やるしかないのか……!)」

《選択肢》
◆1:戦う
◆2:逃げる

◆1:戦う

//バトル(篠原)

◆勝利

篠原「グッ……まさか特等をここまで追い詰めるとは……」
リオ「……」

《選択肢》
◆3:殺す
◆4:殺さない

◆3:殺す

//SE:ズギュ(貫通音)

篠原「ぐぼ……っ……!!」
捜査官「特等ォォ!!」
//SE：ザシュザシュザシュ（全員斬りつける）
//SE：ドサドサッ（倒れる）
リオ「…………」
リオ「（……殺した）」
特等捜査官……。
捜査官の中で、もっとも上の階級。
それを。
僕が凌駕《りょうが》した。
リオ「（……なんだろうこの感覚。僕は……）」
リオ「（僕は〝喜んでいる〟……？）」
//篠原スキル入手
//スキル「殺人経験」入手
//篠原死亡ON

↓◆「B MAIN ㊳-❷」⑲へ

◆4：殺さない
篠原「一旦……退却……！」
//SE：走り去る音
リオ「か……勝った……」
//SE：ドサッ
僕は思わず力が抜けて、その場に座り込んだ。まさか特等捜査官に勝つことが出来るなんて……。
//篠原スキル入手
↓◆「B MAIN ㊳-❷」⑲へ

◆敗北
リオ「ぐあっ……！」

篠原「よしっ！　捕えるよ!!」

//真っ暗
//時間経過
//BG：コクリア

——その後、僕はふたたびコクリアに収監された。もうここから出られることはないだろう……。

リオ「(あのとき……大人しく逃げていれば……)」

せめてもの救いは、最後の最後は、兄さんの傍にいられるということだろうか。
……と言っても、兄さんがどの部屋に囚われているかもわからないけど。

リオ「(……兄さん……ごめん)」

カツン、カツン。あの足音が聞こえる——。

//ゲームオーバー

◆2：逃げる

リオ「(ダメだ……特等捜査官には勝てない!!)」

僕は背中を向けて、全速力で走った。

◆逃走成功

篠原「あっ、コラッ!!」

追ってくる声が聞こえたが、脚の速さなら僕の方が上のようだった。

リオ「ハァッ……ハアッ……!」

↓◆「B MAIN ㊳-❷」⑲へ

◆逃走失敗

篠原「やむをえんか……!!」

//SE：ザシュ（斬撃）

リオ「ぐ……は……!!」

//SE：ドサリ
篠原「……こちら篠原、コクリアより逃走していた喰種を一体確保……」
リオ「ゼエ……ゼエ……」
篠原「これよりそちらへ移送するが……」
篠原「おそらく、それまで持たんだろうね」
リオ「ゼエ………ゼエ………」
（遠くで）篠原「若い喰種だが、クインケの素材にはなりそうだ」
（遠くで）篠原「ラボへ連絡して、赫包の摘出の準備を頼んでおいてくれ」
（遠くで）篠原「……」

//ゲームオーバー

B MAIN 39

//タイトル：半赫者の暴走
//BG：地下研究所　通路
//SE：走る音・複数

月山「……わかる。——感じる！」
月山「カネキくんが僕を呼んでいる……！」
リオ「……」
万丈「……！　おっ、オイ……」

//カネキの立ち絵はムカデ

カネキ「………」
リオ「（あの顔のマスク……）」
万丈「……カネキ……！」
カネキ「………」
カネキ「万丈さん……みんな……よかったあ……」
万丈「カネキ……！」
リオ「……！　ダメだッ、万丈さんッ！」
月山「カネキくん！」

//SE：ザシュッ（突き刺し音）

カネキ「……助けにきたよ」
万丈「カ……ネキ……？」

//SE：どおおおん（廊下に倒れる音）

月山「カネキくんッ!!　正気に戻りたまえ！」

//SE：バンッ（壁に叩きつけられる音）

月山「ぐはっ！」
リオ「……!!」
カネキ「みんなを守らなきゃ……みんなみんなみんな僕が守る守るんだ　みんなだ　みんな僕が……そうだ……僕なら……」
リオ「……カネキさん……ッ」
カネキ「僕ならできる……僕ならできる……僕しかできない僕しかできない　僕　し　か」
「僕ならおできる僕弱ならとできる僕なさらでき邪うる僕ならはできさる僕しかん罪できないよ僕魔しわおすかできなとさい僕しうかはでるさきな罪い僕しかできなんい僕しかできない――」

リオ「カネキさん！　……カネキさんッ!!」
カネキ「…………」
カネキ「…………」
カネキ「…………」
カネキ「……僕は……？　……あ……れ……？」
カネキ「…………」
カネキ「万丈さ……。――……う……あ、あ……」
カネキ「ああああああああああああ！！！！」
カネキ「ごめんなさいごめんなさいごめんなさいごめんなさいごめんなさいごめんなさいごめんなさいごめんなさい」
カネキ「ごめんなさいごめんなさいごめんなさいごめんなさいごめんなさいごめんなさいごめんなさい」
カネキ「ごめんなさいごめんなさいごめんなさいごめんなさいごめんなさいごめんなさいごめんなさい」

月山「カネキくん……」
リオ「…………」
ジロ「万丈さぁんッ!!」
リオ「……ば、万丈さん……！」
万丈「……」

傷は深く、血が床を伝っていくのが見える。このままでは……。

――そのとき。

リオ「！」
イチミ「!?　傷が……」
サンテ「……赫子……!?」

万丈さんの背中から、小さな赫子が伸び、彼の傷口へ流れ込んでいた。
彼の赫子は、まばゆい暖かな光を放っていた。
月山「Ｒｃ細胞が傷口を癒す……即効性の治癒……肉体の危機に『赫子』が反応したのか……？」

万丈「…………」
万丈「……う、っ」
ジロ「万丈さぁん……!!」
万丈「……イッ……テ……」
カネキ「万丈さ……」
カネキ「……ぼく……ぼくは……」
カネキ「なんてことを……!!」
万丈「…………」

万丈「……なぁカネキ」
万丈「……お前は……みんなの分の弱さまで背負って……もっともっと強くならなくちゃいけねぇ」
万丈「仲間に何かあったらぜんぶ自分のせい……ひとりでぜんぶ抱えて弱音のひとつも吐かねェ……」
カネキ「…………」
万丈「…………」
万丈「……ツレェだろ……？　そんな生き方……」
万丈「俺は平気だ。だからもう、自分を責めるな」
万丈「……誰かを救う前に、お前が救われてくれ――」
カネキ「…………」
カネキ「……万丈……さん……」
／SE：パキパキ　キン……（外れたマスクが地面に落ちる音）

ゆっくりとカネキさんの顔を覆っていたマスクが崩れていった。
彼の顔は、いっぱいの涙で溢れていた。

↓◆「B MAIN 40」へ

B MAIN 40

／タイトル：獄者

万丈「……結局、嘉納はアオギリの樹に連れ去られちまったな……」
月山「まああのマスタッシュ（ヒゲの紳士）が相手では、流石のカネキくんでも難しいさ……」
ヒナミ「お兄ちゃん……大丈夫かな……」
リオ「もうずっと寝てるけど……」
月山「ふむ……ここは一つ、親友である僕が様子を見てこようか……」
万丈「だったら俺が行く」
月山「ふむ？」
ヒナミ「ヒナも行く！」
月山「おやおや……さて、これはどうしたものか……」

リオ「……今は……」
月山「?」
リオ「今は一人にさせてあげた方が、いいような気がします……」
万丈「…………。——……そうだな」
万丈「これからどうするかは、大将の調子が戻ってからにすっか!」
月山「oki-doki。仕方あるまい。それまではゆったり羽を伸ばさせて頂くとするよ」
月山「またなにか差し入れに、足を運ばせてもらうけどね」
リオ「(……僕もこれからどうするか考えないと……)」
リオ「(兄さん……待たせてごめん……)」

まだ見えない、ジェイルの正体。

僕と兄さんの運命を狂わせた張本人。

奴を見つけ出さないと……。

リオ「…………」

//トロフィー解放「獄者」

◆マップ画面へ

↓◆「C MAIN 01-1」へ

石田補足 3

■第二章②

●ラボ(B MAIN 38-2~)
選択肢で歩き回ってもらい、迷路のような構造になっています。

進み方によっては、
・ムカデカネキ
・アラタ篠原
・ジェイソン什造
——に出会い、戦闘できる構成になっています。

実現には、スケジュール的にかなりの無茶を強いてしまった部分です……。

また、マップのすみっこにはエトがいて、現在のゲームの達成率を、皮肉いっぱいに教えてもらえるおまけつき。

グッドエンドのフラグが立っていると、ジェイルのシナリオのテーマを教えてくれます。

ラボマップ

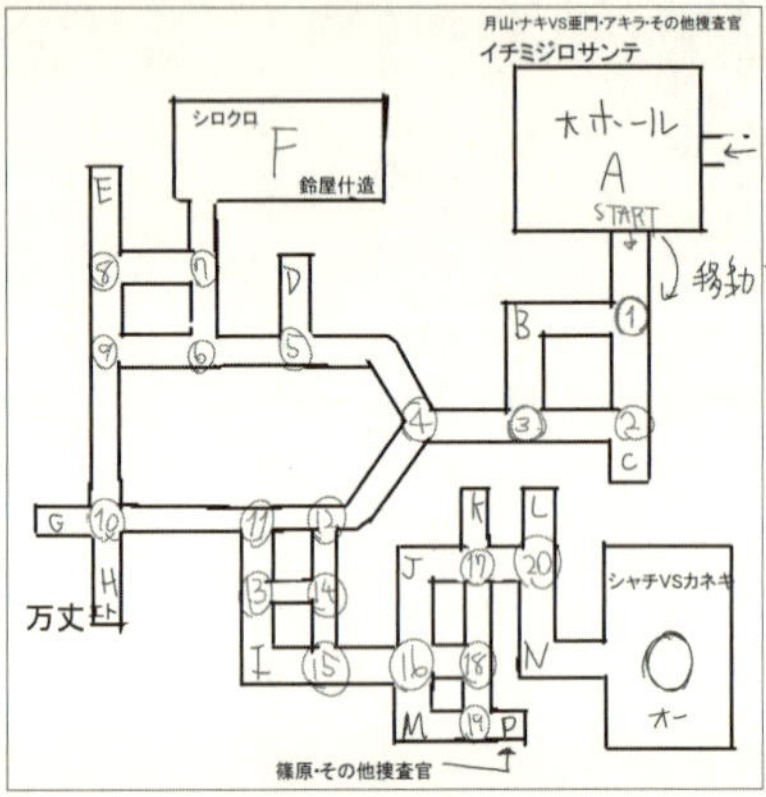

N

移動するたびに時間+1

初期(Cレート)所持時間15
(レートが上がると所持時間が増える)

・Fまで最短8
・Oまで 13

※マップの表示はなしです
わかりやすくするために書いてます

進行の分岐の作成をお願いします

リオの主観による進行で選択肢が変わります。

図.1

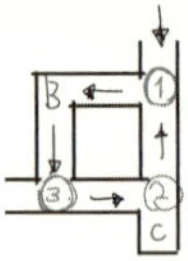

図1の進行方法の場合は
①に到着
どちらへ進む?
選択肢　右(Bの方向です)
　　　　直進(②の方向)
右へ進み、Bへ到着。メッセージ(目印、ヒントになるものなど)があり、
③に到着
選択肢　右(上記マップの④の方向)
　　　　左(②の方向)……

図.2

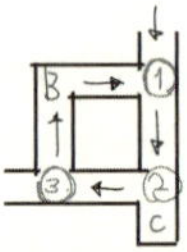

図2の場合
①に到着
選択肢　右(Bの方向です)
　　　　直進(②の方向)
直進し、②へ到着。
選択肢　さらに直進(Cの行き止まり)
　　　　左(③の方向)……

…といった感じで、
そのエリアに進入してきたときの方向で、選択肢が変わります。

頭の中でマッピングが出来ないと、先へ進むのが困難なため、
プレイヤーにとっては、かなり難しいパートになると思いますが、
ラボの複雑さが出て、逆によいのではと思います。
(プレイヤーがマップを自分で書いてしまえば、難度は下がると思います)

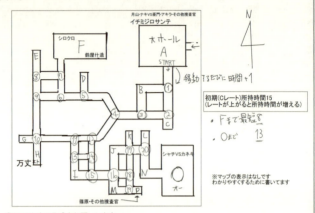

第三章

メインシナリオC

羽 ukaku 赫

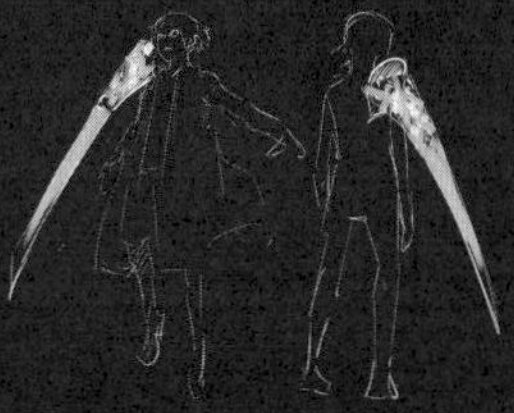

甲 koukaku 赫

鱗 rinkaku 赫

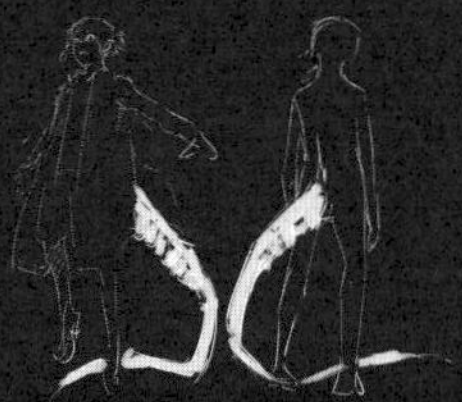

尾 bikaku 赫

／タイトル：兄の声

／あんていく

嘉納《かのう》教授の地下研究施設の件から、しばらくが経った。

今もジェイルはどこかで息を潜めているのだろうか。兄さんはどうしているだろう。

……カネキさんは今も一人、塞《ふさ》ぎこんでいるのだろうか。

リオ「……」

／SE：ガシャン！

リオ「あっ……」

トーカ「ちょっとアンタ！　なにやってんのよ……！」

リオ「ご、ごめん……すみません芳村《よしむら》さん」

芳村「大丈夫かい？　上にかわりのカップがあるから、取ってきてもらっていいかな」

リオ「は、はい……あ、でも破片が……」

トーカ「いいよ、あたしがやっとくから」

リオ「ありがとう、トーカさん……」

／スタッフルーム

リオ「（……店長たちに迷惑をかけてしまった）」

リオ「……」

カネキさんじゃないけど、僕もこの頃は気持ちが塞いでいた。

あんていくでの仕事は楽しい。

接客にもだいぶ慣れてきたし、コーヒーの淹れ方もみんなほどじゃないけど上達した。

だけど、心のどこかでいつも焦燥感を感じている。

最初はかがり火程度だったその感情は、今では大火となって、僕の心を覆い尽くそうとしている。

本当に兄さんを助けられるのだろうか。僕は精一杯やれているのだろうか。

いくらジェイルの影を追っても、奴の足取りは掴めない。

こんなことをいくら繰り返しても、無駄なあがきなのではないだろうか。

あの冷たく巨大な檻《おり》のどこかで、兄さんは一人でなにを感じ、なにを考えているのだろう。

兄さんは僕がコクリアを抜け出したことを知っているだろうか。

そうだとすれば、僕の助けを待っているだろうか、僕が助けに来ないことを願っているだろうか。

いくら考えても、考え尽くせない。
後悔。無力感。絶望。
大量の感情が波のように押し寄せ、その波は一向に引こうとしない。

リオ「(……また考え込んでしまっていた)」
リオ「(ダメだな、こんな調子じゃ……。そうだ替えのカップを取りに来たんだ)」

僕は戸棚の中を見回し、丁度良さそうなカップを取り出した。

リオ「……?」

フロアに戻ろうとしたとき、一つのカップが目に入った。
僕もあんていくで働いていたおかげで、すこし洋食器には明るくなった。
いわゆるアンティーク調、というのだろうか。装飾の施されたカップが大事にしまわれていた。

リオ「(こんなカップあったんだ)」
リオ「(……芳村さんの大事なものかな)」

僕は、替えのカップを持って、スタッフルームを後にした。

//時間経過
//フロア

トーカ「終わった〜、よしっ。帰るかー」
リオ「お疲れ様です」
芳村「お疲れ様、トーカちゃん」
芳村「リオくんも、お疲れ様」
芳村「すこし、コーヒーでもどうだい?」
リオ「わ、良いんですか?　いただきます……!」
芳村「うん、少し待っていてね」

コーヒー豆の独特の香りが、あたたかな湯気に乗って、鼻の奥をくすぐる。

リオ「やっぱり、芳村さんのコーヒーは一味もふた味も違います……」
芳村「ありがとう。リオくんもずいぶんコーヒーを淹れるのが上手くなった」
リオ「あ、ありがとうございます……」

芳村さんに褒められて、僕は認められたような気持ちになって嬉しくなった。

芳村「そういえばリオくん」

芳村「最近すこし、物思いにふけっているようだけど……大丈夫かい？」
リオ「あ……す、すみません。今日もカップを割ってしまって……」
芳村「いや、それは良いんだ。ただ、みんなも心配しているからね」
リオ「みなさんが……？」
芳村「あんていくの仲間だからね。なにかあれば話してね」
リオ「…………」
僕みたいな、突然現われた喰種《グール》をこうして受け入れ、困っていれば助けようとしてくれる。
その優しさが、僕には嬉しかった。
リオ「…………」
リオ「…………兄さんが……」
芳村「……」
リオ「……兄さんのことばかり考えてしまうんです」
リオ「兄さんは今もコクリアに囚われているのに、僕はなにも出来ていなくて……」
リオ「すごく……無力で……」
リオ「……っ」
気付けば、僕の目からは涙が流れていた。止めようと思っても止まらない。
感情を口に出したら、すべてが溢れだした。
リオ「…………」
リオ「…………」
リオ「…………僕は……」
リオ「兄さんのために、なにも出来ていない……！」
リオ「兄さんには……僕しか頼れる人がいないのに……ッ」
リオ「…………」
リオ「……僕は……」
リオ「……」
芳村「…………」
芳村「…………」
芳村「君のお兄さんは……」
芳村「今の君に、なんと言葉をかけてくれると思う？」
リオ「…………」
僕が悩んでいるのを知ったら……兄さんは………。
リオ「…………」
リオ「…………兄さんは、きっと……」
リオ「……『リオ』」
リオ「…………」
リオ「『俺は、大丈夫だ。お前は』……」
リオ「……『お前は、前を向いて生きろ』」

リオ「…………」
リオ「……『それから』」
リオ「……『守ってやれなくてごめんな』」
リオ「…………」
嗚咽《おえつ》が止まらなくなった僕の背中を、芳村さんは優しく撫《な》でてくれた。
僕はもう流れ出すものを止められなくなっていた。

芳村「…………」
芳村「私は彼がどんな人物かはわからないが……でもきっと、」
芳村「コクリアへ身を差し出したとき、彼の心はすでに決まっていたんじゃないかな……」
芳村「彼は、君のために生きていたんだよ」
芳村「……だから、君は君自身のため……そして、君が守りたい誰かのために生きていくのが……。お兄さんの願いなのかもしれないよ」
リオ「…………」

リオ「そう……なのかもしれません」
リオ「きっと今の僕を見れば、兄さんは怒ると思います……」
リオ「…………」
リオ「……それでも……」
リオ「……僕は怖い、です」
リオ「兄さんを……失いたくない」
芳村「うん……わかるよ」
芳村「……わかる」

『僕自身のために生きる』。
今の僕では、その選択をとる自体が許せない。
でも、芳村さんの言うようにきっと兄さんは、僕には僕自身の人生を生きてもらいたいと願っていると思う。
兄さんは、誰よりも僕に優しい人だったから。

リオ「(……そういえば、あのカップ……)」
リオ「(芳村さんにもそういう人がいたのかな……)」

自身を犠牲にしてまで、自分に生きろと願ってくれる人。
自分が犠牲になってでも、生きて欲しいと願える誰か。

リオ「…………」
リオ「芳村さん、僕は……決着をつけたいです」
芳村「…………うん」

リオ「コクリアから抜け出して、身寄りがない僕が、どんなに助けられたか……」
リオ「……感謝してもしきれません」
リオ「でも……」
リオ「……僕は、もうこれ以上ここにはいられません」
芳村「……」
リオ「答えを出したいんです……これから、どう生きていくのか」

リオ「……突然決めて、すみません。……本当に、たくさんお世話になりました」
芳村「…………うん」
芳村「さびしくなるね」
リオ「…………僕も」
リオ「…………」
芳村「……いつでも戻っておいで」
リオ「…………」
リオ「…………ありがとう、ございました……!!」

兄さん、ジェイル……。逃げ回るのは、もうやめだ。
立ち向かおう。……キジマに。

C MAIN 01-2

//タイトル：あんていくで学んだこと

//あんていく　スタッフルーム

簡単な荷物の整理をしながら、最低限、必要そうなものをかばんに詰め込んだ。

あんていくにいた半年間で増えた私物は、芳村さんに処分してもらうことにした。

最後の最後まで迷惑をかけてしまったことに申し訳なさを感じたが、僕は彼の言葉に甘えることにした。


一刻も早くキジマに会わないと。奴は僕を追っている。

こちらから連絡をとれば、誘いには乗るだろうが、どんな罠を仕掛けてくるかわからない。

奴が一人きりで捜査をしているときを狙う。

なにを話すべきか。そもそも話を聞こうとしてくれるのか。

どうすれば兄さんを助けられるか。そして、僕はどんな選択をすればいいのか。

……考えは尽きない。

でも、決着をつけようという僕の意志は固まり始めていた。

ただ……。


リオ「(……もしも、僕がキジマに殺されたら)」

決着をつけるというのは、そういう可能性もあるということだ。

あんていくの人たちには、もう会えないかもしれない。

……挨拶をしていくべきだろうか。

//SE：肩を叩く音

リオ「！」

突然肩を叩かれ、意識を現実に引き戻される。

ニシキ「なーにシケたツラしてんだよ、シマシマ」
トーカ「なにその荷物、旅行？」
ニシキ「それか家出じゃねーの？　センパイのいびりに疲れてよ」
トーカ「ああ、アンタのね」
ニシキ「テメエのだよ、クソアマ」
リオ「あ……ニシキさん、トーカさん」
トーカ「……ったくアンタさ、なにその顔。——そんなガチガチの顔で接客される方の身にもなりなよ？」
ニシキ「ったく……本当そうだぜ。この世の終わりみてェな顔して、カネキじゃあるまいし……——あ」
トーカ「…………」

トーカ「…………ハァ……本当、そう」

ニシキさんの一言で、一瞬トーカさんの表情が強張《こわば》ったが、すぐに呆れたようなため息をついた。

トーカ「アンタ見てると、アイツ思い出すよ」

リオ「…………」

トーカ「…………」

トーカ「やめるの？」

リオ「え……？」

トーカ「あんていく……」

リオ「……」

何も言っていないのにトーカさんがそう感じたということは、カネキさんも、あんていくをやめる直前、今の僕のような表情をしていたのだろうか。

何かを……決意して、あんていくを去って行ったのだろうか。

リオ「…………」

リオ「僕、あんていくの人たちが好きです」

ニシキ「……ハァ？」

トーカ「……なに言って……」

リオ「ユーモアで笑わせてくれる古間《こま》さん、色々なことを教えてくれる入見《いりみ》さん……」

リオ「無口だけど頼れる四方《よも》さん、いつも優しい店長……」
リオ「ニシキさんは、言葉はキツくてドライに見えるけど、実は熱い感情がある人で……」
ニシキ「……あ、ああ？　……気持ち悪《わり》ィ……なんだよ急に」
リオ「トーカさんは……最初怖かったけど、本当はすごく優しくて、努力家な人で……」
トーカ「……」
リオ「……そんな人たちと一緒に働けて、僕は本当に幸せでした」
トーカ「……」
ニシキ「……」
リオ「…………」
リオ「………僕……」

一瞬、キジマとのことを話しそうになって、口をつぐむ。
なにも告げない方が良い。いらない心配をかけたくない。

リオ「…………」
リオ「……また、あんていくに戻ってきてもいいですか？」
トーカ「……」
ニシキ「……」
ニシキ「ったくどいつもこいつも……」
ニシキ「……んなモン、お前が決めることだろ。……好きにしろよ」
ニシキ「ただなァ!!　穴空けた分、100倍はコキつかってやるから、テメェ覚悟しろよ!?　わかったか、リオ!!」

リオ「……ニシキさん……。はいっ！」
トーカ「……なんで嬉しそうなのよ……ハァ」
トーカ「どいつもこいつも、なんでそう大げさなの？」
トーカ「フツーに、店来ればいいじゃん。……コーヒーぐらい出してやるから」
リオ「トーカさん……ありがとう」
トーカ「私……」
リオ「……？」
トーカ「もう誰かと約束なんてしないことにしてる」
トーカ「………でも」
トーカ「死なない、って約束して」
リオ「…………」

気付いてるんだ。僕が、危険なことをしようとしていること……。

トーカ「……答えなくていいよ。……守るなら、勝手に守って」
トーカ「……行きなよ」
リオ「…………」
リオ「……また」
ニシキ「……おう」
トーカ「…………」

僕は、半年間使い続けたロッカーと、あんていくの仲間に別れを告げた。

//タイトル：これまでの情報整理

リオ「(イトリさんのところに寄ってみよう……キジマについて、なにか情報があるかもしれない」

結局、ジェイルの手がかりは掴めなかったけど、イトリさんたちにもお世話になった。
新しい情報も入っているかもしれないし、久しぶりに顔を出してみようか。

//SE：カラカラン

イトリ「おっ、少年じゃないか！　座れ座れ！」

店内には、イトリさんとニコさんがいた。

リオ「こんにちは、イトリさん、ニコさん」

緊張が続き、張り詰めていた僕の心には、イトリさんの明るさが嬉しかった。

ニコ「あら。あなた、今、ちょっと笑った？　嬉しいわあ。アタシとの再会を喜んでくれるのね」
イトリ「単に、面白い顔を見て笑っただけでしょ」
ニコ「あら、イトリ。そんなに自分を卑下するものじゃなくてよ。いくらあなたがブスだからって……」
イトリ「ブス!?　卑下してないわよッ、つーかヒゲはアンタでしょ！」
ニコ「あらやだ、アタシ、ヒゲ伸びてる？」

と、なぜか僕に話を振ってくるニコさん。僕は曖昧に否定しつつ、ニコさんの隣の席に着いた。

イトリ「んで、どした？」
リオ「はい」

《選択肢1》
◆1：キジマについて
◆2：今までの情報を整理したい
◆3：特に用はないです

◆1：キジマについて

イトリ「……は？　キジマ？」

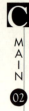

イトリ「……お姉さんの聞き間違いかな？」
リオ「いえ、間違いじゃないです」
リオ「今はキジマを追っているんです」
イトリ「まあ……最近はナリ潜めてるみたいだけど。前よりは目撃情報聞かなくなったわね」
リオ「そうですか……」

やはり自分の足で探すしかないようだ。

イトリ「……ま、そんなわけで、キジマについてはあんまり力にはなれないんだけど……他に聞きたいことはあるかな？」
リオ「そうですね……」

↓
◆《選択肢2》へ

◆2：今までの情報を整理したい
リオ「今までの情報を整理させてください」
イトリ「なるほど……ま、いろいろあったもんね」
ニコ「いいわよ。アタシも相手してあげるから、思い出話に花を咲かせましょ」
イトリ「ま、花が咲くような話かどうかは知らないけど……で、聞きたいことは何かね？」

↓
◆《選択肢2》へ

◆3：特に用はないです↓「C MAIN 03」へ

《選択肢2》
◆4：ジェイルとキジマについて
◆5：カネキについて
◆6：あんていくについて
◆7：もう十分です

◆4：ジェイルとキジマについて
リオ「ジェイルとキジマについて、もう一度、整理したいんです」
イトリ「まあ、そいつらについては、あんたの方が詳しいだろうけど……」
ニコ「いいじゃないの。時には、人に話した方が気持ちの整理がつくものよ」
イトリ「おっ、さっすがニコ！　男の気持ちがよくわかってるねえ〜」
ニコ「そうよォ、いい女ってのは男の気持ちがわからないと！　アンタも見習いなさいよ、ねっリオくん？」

ニコさんのウインクを苦笑して受け流しつつ、視線でイトリさんに話を促す。
イトリ「ま、冗談は置いといて……ジェイルってのは、正体不明の凶悪な喰種だったわね」
リオ「はい……」
僕は未だにジェイルの影すら見たことがないが、奴が凶悪な喰種だということは知っている。
なにしろ、あの手ごわいキジマを完膚《かんぷ》なきまでに叩きのめしたのだから。
ニコ「……で、キジマという捜査官は、ジェイルのお尻をしつこく追い回してるのよね」
イトリ「まあ、ジェイルのせいで、全身ズタボロにされちゃったからね～」
ニコ「そんなになってまで未だジェイルを追うなんて、その人相当のマゾねえ……話が合いそ♥　――でも、せっかくジェイルを見つけても、返り討ちにされちゃうんじゃないの？」
イトリ「どーだろね。体はボロボロだけど、今のあいつは、復讐の鬼だからね。相当腕も磨いてきたんじゃない？」
ニコ「ふぅん……そんなキジマを相手にするなんて、男ねえ……リオくん？」
リオ「ど、どうも……」
イトリ「まあ、ジェイルについてはこんなところかな？　他に話したいことはある？」

→◆《選択肢2》へ

◆5：カネキについて

リオ「カネキさんについて、情報を整理したいんです」
イトリ「カネキチねー。あんた、直接会ってるみたいだし、本人に聞いたら？」
ニコ「いいじゃないの。本人だからこそ、面と向かっては聞きづらいこともあるわよ」
イトリ「まあねえ、ニコのクセに正論言うじゃん」
ニコ「心外だわぁ。アタシはいつでも常識人よ」
リオ「…………」
イトリ「おっと、ごめんね。で、カネキの話だったわね」
ニコ「カネキくんかぁ……アタシも詳しくは知らないけど、カレって、元は人間だったのよね？」
イトリ「そ。半喰種《はんグール》……と言っても、混血って意味じゃなく、作られた喰種」
イトリ「……カネキチは、人間だった頃に事故に遭って……喰種の内臓を移植されることで喰種になった」
イトリ「ま、なんだってそんなことになったのか、よくわかんないけどね」
ニコ「それが知りたくて、カネキくんは移植手術をしたお医者さんを追ってたんでしょ？」
リオ「（そうみたいだった。嘉納先生はアオギリの樹《き》に連れ去られたみたいだけど……）」
リオ「（カネキさんは……喰種になったことを後悔しているんだろうか？）」
ニコ「でもさ。その手術がなかったら、カネキくんは死んじゃってたかもしれないんでしょ？」

僕の内面を見透かしたかのように、ニコさんがつぶやく。

ニコ「いろいろ苦労もあるだろうけど、死んじゃったらオシマイだもの。カネキくんも、開き直って生きるしかないわよ」
リオ「（開き直る……か。ニコさんらしい前向きな考え方だな……）」

でも、ニコさんの考えを否定するわけじゃないけど、
きっとカネキさんは、そういう風には生きられないんだと思う。
近くで見ていれば、わかる。
イトリ「……まあ、カネキチについては、この程度しか言えないね。なんか、他に話したいことはある？」

リオ「そうですね……」

↓◆《選択肢２》へ

◆６：あんていくについて

リオ「あんていくについて、情報を整理したいんです」
イトリ「あんていく？　だったら、あそこでバイトしてるあんたの方が詳しいと思うけど……」
リオ「…………」
イトリ「……ま、いいわ」
ニコ「あんていくって、20区にあるんだったわよね？」
イトリ「うん。蓮《れん》ちゃんもよく足運んでるよ。パシリとして」

蓮ちゃん……四方さんのことだな。

イトリ「少年もカネキチと同じく、あの店に助けられたワケでしょ？」
リオ「（そうだ……僕は、あんていくのみんなに命を救われた）」

コクリアから脱獄した僕を助けてくれたのは四方さん。
そして、その四方さんが僕を預けたのが、あんていくだった。

◆7：もう十分です

リオ「いえ、もうお話は十分です。ありがとうございました」
イトリ「あら、ほんとにいいの？」

↓◆《選択肢3》へ

《選択肢3》
◆8：もう大丈夫
◆9：もう少し話す

◆8：もう大丈夫

リオ「はい。もう、特にうかがいたいことはありません。ありがとうございました」
イトリ「そう？　ならよかった。まあなんかあったらまた来な。ガキでも一杯ぐらいおごるわよ」
ニコ「そうよォ！　たまには遊びにきてね。ブスとオカマしかいないけど」
イトリ「ブスなオカマと、美女しかいないけど」
リオ「は、ハハ……」

あんていくは、店長をはじめとしたスタッフ全員が喰種という喫茶店……
20区の喰種たちをまとめあげ、互いに助け合う店だった。
そして、そんな店だからこそ、コクリアから脱獄したばかりの僕の面倒も見てくれた……。

ニコ「喰種になったばかりだった頃のカネキくんも、あんていくにはお世話になってたみたいね」
イトリ「まァ、元が人間じゃあ喰種としての生き方なんてわからないだろうしね」
リオ「（カネキさんも僕と同様、あんていくに救われ、あそこで働いていた……だけど）」
ニコ「でも、カレ、あんていくにもうずっと顔出してないんでしょ？」
リオ「（カネキさんは、あんていくを抜け、月山《つきやま》さんや万丈《ばんじょう》さんと共に、凶悪な喰種を狩って回っていた……）」
リオ「（あんていくのみんなは、カネキさんの帰りを待っているみたいだった……）」
イトリ「まあ、あんていくについてはこんなところかな？　他に何かある？」
リオ「そうですね……」

↓◆《選択肢2》へ

イトリさんとニコさんの掛け合いに苦笑しつつ、僕はヘルタースケルターをあとにした……。

→◆「C MAIN 03」へ

◆9：もう少し話す

→◆《選択肢2》へ

C MAIN 03

//タイトル：キジマの脅迫

//BG：裏路地
//SE：カツーンカツーンというキジマの義足音

キジマ「……？　おやおや……」
リオ「（……この音は……）」
キジマ「……久しぶりィ、リオくん」
リオ「（キジマ……）」

//ここではマスク装着

どうやら今日も一人のようだ。

キジマ「……おや？　どうした？　今日は逃げないのかね？」
リオ「……」
リオ「……僕は、もう逃げない」

//マスクを外す

リオ「お前と決着をつけにきた」
キジマ「ほう、決着……？」
キジマ「それで、どうしたいのかね？　決着をつけるとは？」
リオ「……このままジェイルを探し続けても仕方ない……」
リオ「それにいつまでもお前の元に兄さんを置いておけない……」
リオ「僕は……」
リオ「あなたを使って、兄さんを助け出す……！」
キジマ「ほほう!?　――私を使う？　CCGを脅す気かい？　ッハハ!!　――……私みたいなボロ雑巾《ぞうきん》に人質としての価値があれば良いがねェ……？　ッヒヒ」

//SE：ガシャン（クインケ展開）

キジマ「リオくん……」

キジマ「思えば、君とも長いつき合いだったが……」
／／満面の笑み
キジマ「今日でお別れだねェ……!!!」
リオ「……来い……キジマッッ!!」
／／SE：カツーン！　と、一回、義足が高く鳴る
↓◆「C MAIN 04-1」へ

C MAIN 04-1

／／タイトル：キジマとの決戦
◆キジマ真相フラグONのとき
／／BG：裏路地
／／SE：赫子《かぐね》とクインケのぶつかり合う音
キジマ「ツハァッ!!!」
リオ「クッ……！」

／／SE：赫子とクインケのぶつかり合う音
キジマ「ツア！」
リオ「（速いッ！）」
これがキジマ……。やはり強い。僕で勝てるのだろうか……。
キジマ「……違う……」
リオ「!?」
キジマ「違う、違う、ちがぁぁぁぁぁぅぅぅっ！」
キジマ「お前の力はそんなものじゃないだろう……！」
／／SE：ガキン（新しいクインケ展開）
突然キジマは、先ほどまで所持していたクインケを投げ捨て、新たなアタッシュケースを取り出した。取っ手を捻るとケースが弾け飛び、歪《いびつ》な武器が姿を現す。
キジマ「見せてみろ、ジェイルジェイルジェイルジェイルゥゥゥゥ!!」
／／SE：赫子とクインケのぶつかり合う音
／／効果：画面振動

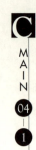

リオ「……僕はジェイルじゃ……」

//SE：クインケが風を切る音
//SE：ザッと地面を蹴る

リオ「……ッ!?」

//SE：ドクンと心臓が跳ねる音

リオ「そのクインケ……は……」

//SE：ドクンと心臓が跳ねる音

（回想）？？？（兄）「――リオ、腹減ったか？」

//効果：シェイク
//SE：ズキンと頭が痛む音

あのかたち。

（回想）？？？（兄）「――リオ……来るな……ッ！」

リオ「に……」

//SE：ドクンと心臓が跳ねる音

（回想）？？？（兄）「――俺がお前を守るよ。父さんたちの代わりに」

//SE：クインケの攻撃音（連続）

リオ「……ッ」

//SE：クインケの攻撃音（連続）
//SE：クインケの攻撃音（連続）
//SE：クインケの攻撃音（連続）
//SE：ドサリと倒れ込む

キジマ「うむ、悪くない」
リオ「……に……」
リオ「兄……さん……？」
キジマ「……ほう。……気付いたみたいだねェ……!?」
キジマ「君が逃げたのがいけないんだ……」
キジマ「貴様のせいで兄は死んだ」
キジマ「私が殺した」
キジマ「アイツがジェイルじゃないことぐらい、初めから分かっていた……」

キジマ「貴様を誘い出すにはいい餌《エサ》だと思ったのだが……」
キジマ「コクリアを抜け、はじめて私に連絡をよこしたとき……あの彫り物がある喰種の画像をよこしたときだ」
キジマ「あのときにはすでに、兄さんはこの箱の中にいたんだよ」
リオ「あ……ああ……」
キジマ「ずいぶんあっけなかったぞ？　なんとも情けない死に方だった……」
キジマ「最後は命乞いまでして、弟のことなど微塵《みじん》も考えていなかったようだった」
キジマ「苦痛に糞尿《ふんにょう》を漏《も》らし、それはそれは惨《みじ》めな姿だったよ！　君に見せてあげたかったぞリオくん！」
リオ「……あ、あ……」
キジマ「どうした？　お前がずっと会いたがっていた兄だぞ？」
リオ「……にい……さ……」
キジマ「お前はすでに死んでる兄を助けようと、必死になってジェイルを探していたってワケだ……」
キジマ「ッフフフフ、いいねえ兄弟愛！　ずいぶん楽しませて頂いたよ、リオくん！」

//SE：ドクンと心臓が跳ねる音

リオ「…………」

僕は……なんのために……。

//SE：ドクンと心臓が跳ねる音

リオ「なんで……ッ……」
キジマ「クク……いい加減、わかれ」
キジマ「私が当てずっぽうで貴様を追っていたと、本気で思っているのか？」
キジマ「初めからずっと、言い続けているだろう……」
キジマ「兄もそれを知っていたから、貴様をかばったのだろう。なぜわからん？」
キジマ「ジェイルは……貴様自身だ」
リオ「……！」

//SE：ザシュッ

キジマ「さあ、兄の手で死ね。ジェイル」
リオ「…………」

兄さん。僕は……。

//SE：ドクンと心臓が跳ねる音

僕は。

／／ＳＥ：ドクンと心臓が跳ねる音
キジマを赦《ゆる》さない。
／／ＳＥ：ドクンと
心臓が跳ねる音
／／ＳＥ：ドクンと
心臓が跳ねる音
両目の下が、熱い。
ドクンドクン、
と脈打つのがわかる。
／／ＳＥ：ドクンと心臓が跳ねる音
リオ「……あああぁぁぁぁぁぁぁぁ
ぁぁぁぁぁぁぁツッツ!!!!」
／／ＳＥ：リオ覚醒
／／完全覚醒状態に
／／ＳＥ：ドクンドクンとすごい速さで心臓が跳ね続ける音
キジマ「……クヒィ!?」
キジマ「その痣ッ……!」

キジマ「その赫子ッッ!!!」
キジマ「ク……ククク……クハハハハハハハッッ!!! 殺戮の喰種
ジェイルのおでましだ!!」
キジマ「来い!! 殺し合おう!!! ジェエエエエエイルウウウウウウウウ!!!!!!!!!」

／バトル（キジマ）

《条件分岐》
◆1：勝利
◆2：敗北

◆1：勝利

／トロフィー解放「消えゆく足音」
／SE：赫子攻撃
キジマ「……ッ、ぐぼぁ……」
／SE：飛ばされる
／SE：ドサリと倒れる
キジマ「こ、この痛み……フフフフ……やはり……お前が……」
キジマ「……お前が『ジェイル』だった……」
リオ「…………」
／SE：赫子攻撃
キジマ「……グッ!!」
キジマ「……クヒッ……ジェ……イル…………」
キジマ「……ジェ……」
キジマ「…………………………」
リオ「…………」
リオ「…………」
赤い海、むせ返るような甘い血の香り。屍体。この光景を、僕は知っている。
リオ「…………」
リオ「……兄さん……」

／画面黒

リオ「……僕が……ジェイルだったんだね……」
兄さんが僕の代わりに食事を調達していたのは、僕のこの力を知っていたからだったんだ。

ずっと僕を守ってくれていたんだ。
僕がこの力を使うことがないように。

リオ「…………」

僕達の運命を狂わせたのは、たしかにジェイルだった。
……僕自身、だった。

//キジマ死亡フラグON
//ジェイルON
↓◆「C MAIN 04-2」へ

◆2：敗北

//SE：クインケの攻撃

リオ「……ッ！」
//SE：ドサッと倒れる音

リオ「うっ、く、ぐぅ……」

//SE：打撃音

リオ「ッ!!」
キジマ「ツヒッ、ツヒヒヒッ！」
キジマ「どうしたジェイル！　その程度か!?」

//SE：打撃音

リオ「ぐぁッ！　くっ、う、うわぁぁぁぁッ!!」
キジマ「痛いか？　だが、私が君から与えられた痛みはこんなものじゃなかった……」
キジマ「君は覚えていないのかもしれないがねえ……」
キジマ「分かるかね？　片足を奪われ、動けなくなった身体を引き回される感覚が……あの無力感……ああ！」
キジマ「いくら言葉を重ねても、伝わらないだろうねえ」
キジマ「だから、君の身体に直接教えてあげる……」

ニタリ、と笑みを浮かべ、キジマはアタッシュケースの中から何かを取り出した。
ナイフ、ハサミ、錐《きり》、金槌《かなづち》、ペンチ、糸鋸《いとのこ》……。地面にそれらの工具を、ていねいに並べていく。

//SE：キジマの解体道具（カチャッという金属音）

キジマ「この時が来るのを、ずっと待っていたんだ」

そして最後にキジマが取り出したのは、液体の入った瓶と、注射器。

キジマ「これがなにかわかるかね？　……ふふ」

針を瓶の中に差しこみ、液体を吸い上げる。液体は不気味に青い。注射器の中が、その液で満たされていく。

リオ「あがっ……」

金属製の器具で、強制的に開口させられる。
呼吸の仕方がわからなくなり、咽《む》せた僕の舌を、キジマは引っ張り出す。

キジマ「注入～……」

引っ張り出された舌に、先ほどの注射器の針が突き刺さる。
注射器の中の薬剤が針を通し、僕の体内に注ぎ込まれる。

リオ「ッぐ……！」

感覚が鈍くなっていく。力が抜けていくようだ。

//暗転

…………………………

……………………

…………

………

//SE：ナイフでそぎ落とす音
//SE：カチャカチャと金属音

キジマ「……ツヒヒッ……」
キジマ「どうだい？　私と同じになっていく感覚は……」
キジマ「痛いだろう？　苦しいだろう？」
キジマ「さぁて、次はどうしようかねぇ……」

//SE：グチャッと生々しい音

キジマ「ほぉら、これでよっつめ！　見てごらん、綺麗にとれたよォ……」
キジマ「ああ、もう見えないか……その目じゃ……」
キジマ「ンン～、腕はどっちからいこうかねェ……」
キジマ「ああ、そうだ。兄は右だったから、お前も右からにしてあげよう」
キジマ「だって私は優しいからねエ……」

キジマ「……ツヒッ、ツヒャハハハハハハァッ!!!」

//トロフィー解放「灰燼《かいじん》」

//SE：カチャカチャと金属音

//フェードアウト

↓◆「バッドエンド」へ

◆キジマ真相フラグOFFのとき

//バトル（キジマ）

《条件分岐》
◆3：勝利
◆4：敗北

◆3：勝利

//SE：赫子攻撃

キジマ「……ッ、ぐはぁ！」

//SE：飛ばされる
//SE：ドサリと倒れる
//SE：赫子攻撃

キジマ「ガハッ！」
リオ「……ハァ……ハァ……」
キジマ「……ツヒッ、お前の力を甘く見ていたようだな……」
キジマ「他の喰種達と戦ううちに、戦い方を覚えたか……」
キジマ「だが……」

//SE：人が走る音　複数

捜査官「こっちだ！」
捜査官「急げ！」
リオ「！」
キジマ「……運よく、他の喰種を追っていた同僚が、傍にいてね」
キジマ「お前とチンタラ話している間に援護を呼んでいたのだよ……」
キジマ「命拾いさせて頂くよ……ッククフフ……」
リオ「……クッ……」
リオ「（……兄さん……ッ）」
キジマ「おや……？　逃げなくていいのかな？」

キジマ「それともあきらめて兄さんのところへ行くかい？」
リオ「……ッッ」
//SE：飛び去るリオ
キジマ「逃げろ、逃げろ……お前は檻の中……私が殺しに行って
やる……ッフフフフ――ハハハハハッッ!!」
リオ「(クソッ……せっかくのチャンスだったのに……!! クソッ
クソッ……兄さん……)」
//《キジマ生存》
↓◆「C MAIN 04-2」へ

◆4：敗北
//SE：クインケの攻撃
リオ「……ッ！」
//SE：ドサッと倒れる音
リオ「うっ、く、ぐぅ……」
//SE：打撃音
リオ「ッ!!」
キジマ「ツヒッ、ツヒヒヒッ！」
キジマ「どうしたリオくん？ 先ほどの威勢《いせい》はどこへ!?」
//SE：打撃音
リオ「ぐぁッ！ くっ、う、うわぁぁぁぁッ!!」
キジマ「痛いか？ だが、私がジェイルから与えられた痛みはこんなものじゃなかった……」
キジマ「分かるかね？ 片足を奪われ、動けなくなった身体を引き回される感覚が……あの無力感……ああ！」
キジマ「いくら言葉を重ねても、伝わらないだろうねえ」
キジマ「だから、君の身体に直接教えてあげる……」
ニタリ、と笑みを浮かべ、キジマはアタッシュケースの中から何かを取り出した。
ナイフ、ハサミ、錐、金槌、ペンチ、糸鋸……。
地面にそれらの工具を、ていねいに並べていく。
//SE：キジマの解体道具（カチャッという金属音）

キジマ「この時が来るのを、ずっと待っていたんだ」

そして最後にキジマが取り出したのは、液体の入った瓶と、注射器。

キジマ「これがなにかわかるかね？　……ふふ」

針を瓶の中に差しこみ、液体を吸い上げる。液体は不気味に青い。注射器の中が、その液で満たされていく。

リオ「あがっ……」

金属製の器具で、強制的に開口させられる。呼吸の仕方がわからなくなり、咽せた僕の舌を、キジマは引っ張り出す。

キジマ「注入～……」

引っ張り出された舌に、先ほどの注射器の針が突き刺さる。注射器の中の薬剤が針を通し、僕の体内に注ぎ込まれる。

リオ「ッぐ……！」

感覚が鈍くなっていく。力が抜けていくようだ。

／／暗転

……………………………

………………………

…………

……

／／SE：ナイフでそぎ落とす音

／／SE：カチャカチャと金属音

キジマ「……ツヒヒッ……」

キジマ「どうだい？　私と同じになっていく感覚は……」

キジマ「痛いだろう？　苦しいだろう？」

キジマ「さぁて、次はどうしようかねぇ……」

／／SE：グチャッと生々しい音

キジマ「ほぉら、これでよっつめ！　見てごらん、綺麗にとれたよォ……」

キジマ「ああ、もう見えないか……その目じゃ……」

キジマ「ンン～、腕はどっちからいこうかねェ……」

キジマ「ああ、そうだ。兄は右だったから、お前も右からにしてあげよう」

キジマ「だって私は優しいからねエ……」

キジマ「……ツヒッ、ツヒャハハハハハハァッ!!!」

//トロフィー解放「灰燼」

//SE：カチャカチャと金属音

//フェードアウト

↓◆「バッドエンド」へ

C MAIN 04—2

//タイトル：カネキとリオ

//BG：路地

……あれから、どこをどうやって歩いてきたのか分からない。
気付けば僕は、知らない路地に座り込んでいた。

◆キジマ死亡

ジェイルは……僕だった。

◆生存

キジマに逃げられてしまった。決着をつけると決めていたのに。

■合流

「……リオくん」

名前を呼ばれて顔を上げると、カネキさんが立っていた。

リオ「…………」
カネキ「…………」
カネキ「……傷だらけだよ」
リオ「……」

どちらのものかはわからないけれど、僕の衣服は、血で赤黒く染まっていた。

カネキ「行こう」
リオ「……えっ？」
カネキ「ついてきて」

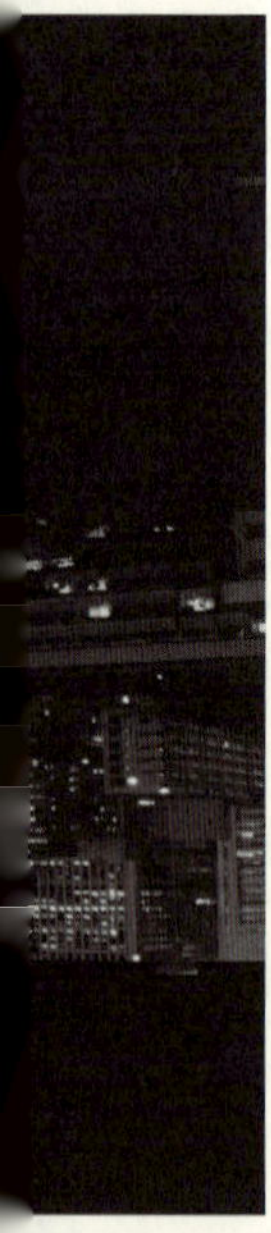

リオ「…………？　……はい」

何故、カネキさんがそんなことを言いだしたのか分からない。

……でも、今は独りになりたくなかった。誰かの側に、いたいと思った。

独りになってしまったら……あいつの、キジマの足音が聞こえてくるような気がしたから。

／／暗転
／／ＢＧ：ビルの屋上　夜

――行けば分かるよ。

そう言ってカネキさんが僕を連れてきたのは、工事中のビルの屋上だった。

夜の冷たい風が吹き抜け、視線を落とせば20区の街の明かりが転々と広がっている。

リオ「（……あれは……）」

その明かりの中のひとつに『あんていく』があった。

閉店時間が過ぎ、二階の窓にぼんやりとした光が灯っている。

トーカさんとニシキさんが口喧嘩して、入見さんがそれを諫《いさ》める。

古間さんが冗談を言って、場を和ます。

芳村さんはその光景を優しい笑顔で眺めている。

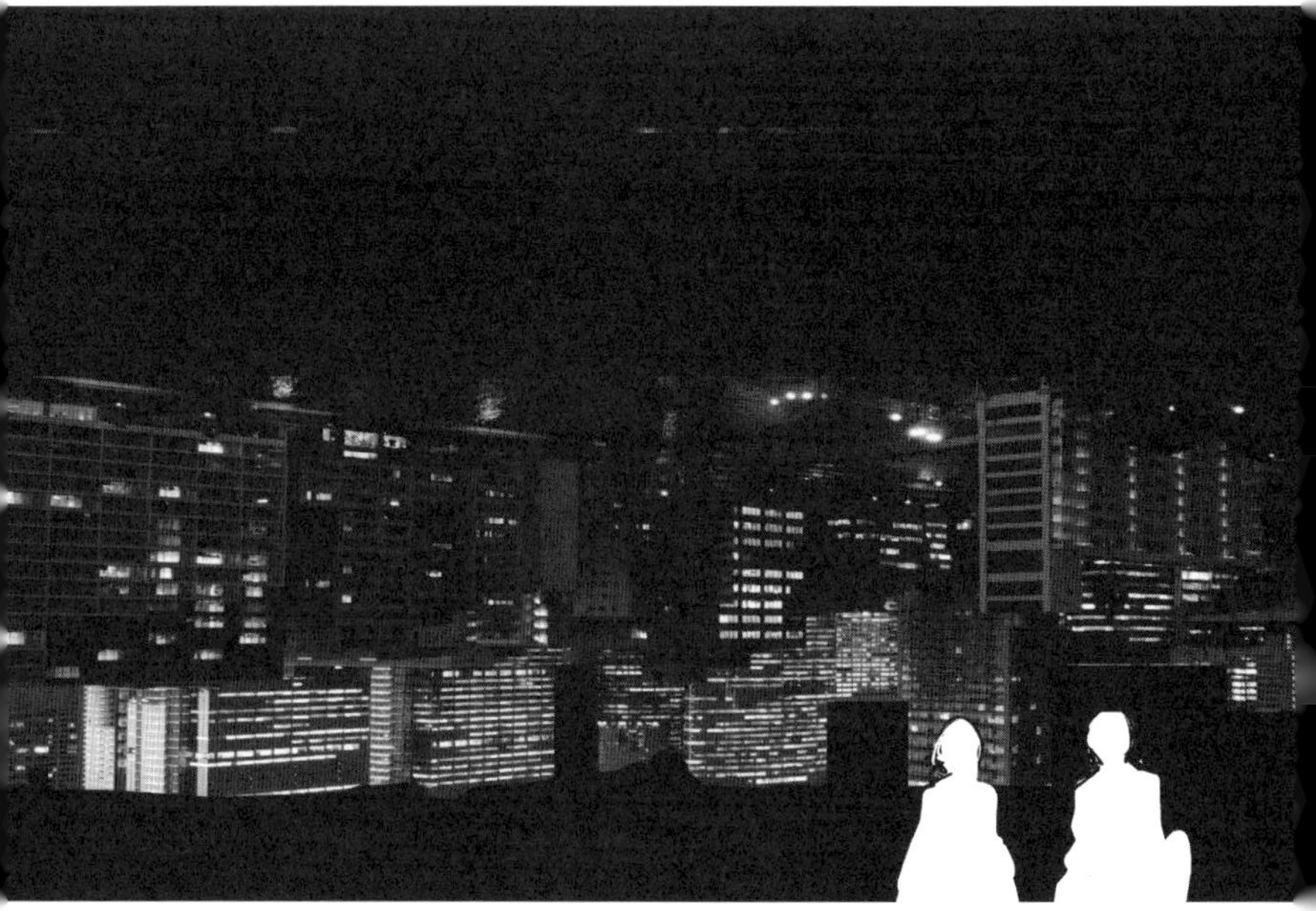

そんな風景が、目に浮かぶ。
カネキ「……今頃、芳村さん達はコーヒーでも飲んでるかもしれないね」
リオ「……はい」
カネキさんにも、同じ風景が見えているのかもしれない。
あんていくの人たち。その笑顔。
カネキさんは、ビルの淵に腰を下ろした。彼の白髪が、ふわりと夜風に揺れる。
僕も黙ったまま、彼の隣に腰を下ろす。
カネキ「…………」
リオ「…………」
2人の間に流れる沈黙と静寂。会話はなくても、不思議と居心地は悪くなかった。
カネキさんは、僕がキジマと戦ってきたことを察しているようだった。
でも、何も言わないし、何も聞かない。ただ黙って、僕の側にいるだけ。
そんなカネキさんの優しさが、胸の奥に深く突き刺さってくる。

リオ「…………」
リオ「……僕は……」
カネキ「……」
リオ「僕は、どうしたらいいんでしょうか……」
僕の口から零《こぼ》れたのは、救いを求めるような弱々しい一言だった。
カネキ「……」

《条件分岐》
◆1：キジマ死亡フラグON（真ルート）
◆2：キジマ生存フラグON（ノーマル）

◆1：キジマ死亡フラグON（真ルート）

兄さんが騙《かた》った『ジェイル』。その正体は、僕だった。
僕のために兄さんは、命を落としてしまった。あのキジマの手で。
僕がジェイルとして死んでいれば、兄さんは死ななかった。
僕のせいで、兄さんは。
リオ「……僕のせいで、兄さんは死んだんだ……」
カネキ「…………」

言葉にすると、たまらず涙が零《こぼ》れる。そうだ。僕のせいなんだ。
リオ「……カネキさん……。ジェイルは……僕だったんです。僕が……ジェイルなんです」
リオ「キジマと戦って……思い出したんです。……僕は……」
感情が昂ぶったせいか、目の下に脈が走る。格子状のアザ。キジマが、僕が、ずっと追ってきたジェイルの、証。

カネキ「……」
リオ「……僕が追っていたのは……僕自身だったんだ……。馬鹿みたいだ……僕はずっと檻の中でもがいていただけだ……」
カネキ「……」
リオ「でも……」

兄さんは、もういないんだ。

リオ「僕は……助けたかった……本当に……。――……兄さんを……助けたかったんだ……」
リオ「……兄さんに……僕が淹れたコーヒーを飲ませてあげたかった……」
リオ「……」
カネキさんは何も言わずに、ただ街の明かりを見ている。
カネキ「……」
カネキ「…………つらかったね」
リオ「……」

彼の声は、かすかに震えているようだった。
横に座ったカネキさんの顔を見て、驚く。カネキさんの頬を、涙の筋が流れていた。

カネキ「…………守りたかったんだよね、お兄さんを……」
リオ「……」
カネキ「……」
カネキ「なんでだろうね……」
カネキ「あんなに……一生懸命……だったのに……」
カネキ「なんで……こんな……」
リオ「……………」

僕達は、美しくも儚い街明かりを、いつまでも眺めていた。
僕のとなりで、一緒に泣いてくれる人がいる。
僕のかなしみを、共に分かち合ってくれる人がいる。
……それが、今はなによりの慰《なぐさ》めだった。

◆2：キジマ生存フラグON（ノーマル）

ジェイルの有力な手がかりも見つからず、キジマには、すんでの所で逃げられてしまった。

……あいつを取り逃がしたのは、僕の弱さだ。僕の愚《おろ》かさだ。僕がもっと強く、賢ければ……。

カネキさんはただ、黙ったまま20区の明かりをぼんやりと見つめている。

カネキ「君は、どうしたいの？」
リオ「…………」

答えに詰まる。カネキさんはそれ以上、問いかけてこない。

リオ「僕は……」
リオ「僕は……兄さんを助けたい」
リオ「何度失敗しても、キジマに逃げられても……」
リオ「かならず兄さんを助け出したい……」

カネキさんはこちらを向いて、微笑した。

カネキ「……うん」
カネキ「きっとお兄さんは、君が来るのを待っているよ」
リオ「……！」

リオ「……はい……」

自信を喪失しかけていた僕の心に、勇気が満ちてくる。
そうだ、兄さんが僕を待っている。
決着をつけると決めたじゃないか。僕はなにを落ち込んでいるんだろう。
キジマは更に執拗に、僕を追い詰めてくるだろう。
……それでも、僕は逃げない。もう、あいつから逃げようなんて思わない。

リオ「…………」

美しくも儚い街明かりを下に見ながら、僕はグッと自分の手を強く握りしめた。

C MAIN 04-3

//タイトル：サイン会場へ

//BG：カネキアジト

リオ「こんにちは」

万丈「おう、リオ。どうした？」
リオ「いえ、カネキさんに会いに……」

僕はこの間のお礼を言おうと、カネキさんに会いにきた。彼の姿は、しかし見当たらない。

万丈「カネキならヒナちゃんとお出かけだぜ」
リオ「ヒナミちゃんと？」
万丈「ああ。〝なんとかセン〟っつー先生のサイン会に行ったみてェだ」
リオ「〝なんとかセン〟……ですか」

それだと探しようがない気が。

リオ「あの……なんとか名前わかったりしませんか……？」
万丈「ちょっと待ってくれ、今思い出す……えーっと、ツキ……ツキ……カタツキ……マタツキ……ツキヤマ……～じゃなくて、……タカ……」
万丈「あー思い出したッ！　――高槻泉（タカツキセン）だ！　どっかの本屋でやってるみたいだぜ」
万丈「まだやってるかはわかんねーけど」
リオ「高槻泉、ですね。わかりました。ちょっと探してみます。ありがとうございます」
万丈「おー」

僕はサイン会場を調べて、足を運んでみることにした。

《マップ画面へ》

MAIN 04－4

//タイトル：サイン会場にて

//BG：街

リオ「もう終わってるか……」

ようやくサイン会場に着いたものの、並ぶお客さんの姿もなく、すでに撤収が始まっている。
そう遠くには行ってないと思うけど……。

「おーリオくんっ」

呼びかけられて、立ち止まる。見覚えのある気さくな笑顔。

リオ「あ……ヒデさん」

ヒデ「よっ、こんなトコでなにしてんの!?」
リオ「ああ、いえ……ちょっと」
ヒデ「リオくんもサイン欲しかったの？　だったらホレ、じゃーん！」

ヒデさんは、かばんから一冊の本を取り出して僕に見せる。
表紙には『吊るしビトのマクガフィン』、とある。

ヒデ「オレ、もらっちゃったもんねー！　〝タカサキセン〟先生のサイン！」
ヒデ「めっちゃ可愛かったなー先生……年はオレより結構上かもだけど……！」
リオ「あの……ヒデさん」
ヒデ「んっ？　やらねーぞ!?」
リオ「いえ……そうじゃなくて」
リオ「タカツキセン、です。タカサキセンじゃなく」
ヒデ「ハッ……！　高崎線は電車の路線か……！　オレとしたことが……」
ヒデ「ま、まあこのぐらいの勘違いよくある事だろ。ちゃんとこの『吊るしビトのマフィン』も読んだし……」
リオ「マクガフィン……」
ヒデ「ハアアッ……!!」

……この人、本当に高槻泉のファンなのだろうか。

とにかく、ここにはカネキさんはいないみたいだ。
僕はヒデさんに別れを告げ、サイン会場を後にした。

《マップ画面へ》

C MAIN 04－5

//タイトル：死神の噂

//BG：マスク屋

リオ「こんにちは、ウタさん」
ウタ「やあ、リオくん」

ウタさんは机に向かい合って、なにかの作業をしていた。

リオ「あっ……邪魔しちゃいましたか？」
ウタ「ううん、今とりかかり始めたところだから」
ウタ「さっきもお客さんが来てね」
リオ「お客さん……？」
ウタ「うん」

ウタ「カネキくん」
リオ「……！」

リオ「なにか……話されたんですか？」
ウタ「芳村さんのことを聞かれたから、昔話をすこしね」
リオ「……芳村さんの？」
ウタ「うん。まあ僕はあまり詳しくはないからさ、かわりに蓮示《れんじ》くんのことを話したよ」
リオ「四方さんの……」
ウタ「昔なじみだからね。あとは死神のこととか」
リオ「死神……？」
ウタ「うん。CCG《シーシージー》の死神」
ウタ「今は……特等捜査官かな。……有馬貴将《ありまきしょう》のこと」
リオ「有馬……貴将」
ウタ「ここ10年で、名がある喰種が大量に殺された。……彼一人の手で」
ウタ「彼と直接向かい合って、生き延びた喰種は殆どいない」
ウタ「蓮示くんの大事な人の命も、当時16歳の有馬貴将の手で奪われたんだ」

16歳……。僕とさほどに変わらない年齢だ。

ウタ「リオくん。もしも彼に出会うことがあっても、けして戦ってはダメだよ」
ウタ「死にたくなければ……」

CCGの死神・有馬貴将。僕ら喰種にとっては、最悪の相手ということだろうか……。
ウタ「カネキくんだったら……」
ウタ「蓮示くんのとこ行ったみたい」
リオ「四方さんの？」
ウタ「うん。住所教えてあげる、行っておいで」
ウタ「蓮示くんの家、すごいんだよ……蓮示くんって感じで……」
リオ「そ、そうなんですね……」
ウタ「うん。会ったらよろしくね。カネキくんにも」
リオ「はい、ありがとうございます。ウタさん」

《マップ画面へ》

C MAIN 04-6

//タイトル：四方との会話
//BG：四方がいそうな場所（コンテナ）
リオ「ここらへんに住んでる、って聞いたけど……」

リオ「……」
四方「……」
リオ「わっ」
四方「……なにか用か」
リオ「よ、四方さん……ビックリした」
四方「……」
リオ「あの、カネキさんを探しているんです」
四方「研《けん》か……」
四方「さっきまで居たが」
四方「……」
リオ「……」

リオ「もう行ってしまったんですね?」
四方「ああ……」
リオ「四方さんになにか用事があったんですか?」
四方「いや……」
四方「アイツにとって〝大事な奴〟に会いに来ていた」
リオ「……?」
カネキさんにとっての大事な人……?
四方さんや、あんていくの人たち以外で、ということだろうか。
……少し気になったが、相手が四方さんなので、これ以上は詮索《せんさく》できない気がした。

◆トーカサブイベント達成していない
四方「すまんな」
リオ「えっ」
四方「いや……」
リオ「……?」

↓◆「C MAIN 08」へ

◆トーカサブイベント達成済み

四方「研は……」
四方「あんていくに行ったと思う。芳村さんに会いに」
リオ「……!」

カネキさんが……あんていくに?
……トーカさんは勉強で、今日はあんていくにいないはずだ。
リオ「(どうしよう、この事……トーカさんに伝えたほうがいいだろうか?)」

《選択肢》
◆1：伝える
◆2：伝えない

◆1：伝える

リオ「(彼女はずっと心配していたんだ。会えば、なにか変わるかもしれない……)」
僕が伝えないと――。

↓◆「C MAIN 05」へ

◆2：伝えない

リオ「(……カネキさんとトーカさんの問題だ。僕が関与することじゃないか……)」
僕はカネキさんのあんていく訪問を、黙っておくことにした。

↓◆「C MAIN 08」へ

C MAIN 05

//タイトル：トーカ追跡

//BG：夕空

「トーカさんっ」
トーカ「……？」
リオ「ハァ……ハァ……」
トーカ「リオ……？　どうしたの急に……」
リオ「カ、カネキさんが……あんていくに……」
トーカ「え……？」
トーカ「……」
リオ「行って……！　はやく！」
トーカ「……！」

//SE：走り去る音

リオ「ハァ……ハァ……」

……会えると、いいな。二人。

↓◆「C MAIN 06」へ

C MAIN 06

//タイトル：歩道橋にて
//SE：駆けていく足音
//SE：車の行きかう音
//BG：夕焼け
//アニメ　歩道橋（遠景）
//SE：静かな足音
//アニメ　歩道橋（近景）

トーカ「…………」
カネキ「…………」
カネキ「……トーカちゃん」
カネキ「『あんていく』で店長と話したよ」
カネキ「初めて店長が、自分の話をしてくれた気がする」
トーカ「……そうなんだ」
トーカ「店長は、なんて?」
カネキ「『あんていく』に戻って来いって」
トーカ「……それで?　どうするの?」
カネキ「…………わからない」
カネキ「店長と手を取り合うことが、僕の目的に合うのか、そうじゃないのか」
トーカ「…………」
トーカ「アンタの目的って……なに?」
カネキ「…………」
カネキ「僕は……みんなを守りたい」
カネキ「ヒナミちゃんや万丈さんたち。ヒデ。それに……」
カネキ「トーカちゃんも」
トーカ「……」
カネキ「僕は僕の大事な人を奪われたくない……」
カネキ「……だから、摘むんだ」
トーカ「…………」
カネキ「……邪魔な芽を」

//SE：ポキ、ポキ（指を鳴らす音）
//BG：黒背景
//効果：カネキ、笑顔の立ち絵がフラッシュバック
//アニメ　歩道橋（トーカ）

トーカ「…………」
トーカ「…………」
トーカ「……あのさ」
トーカ「……守るとか摘むとか、相手は誰なの?」

カネキ「……」
トーカ「アオギリ？　〝白鳩〟？」
トーカ「喰種？　人間？　全部？」
カネキ「……」
トーカ「……そんなキリない事がアンタの目的？」
カネキ「…………」
トーカ「それにみんな、アンタのものじゃない」
トーカ「アンタに守られる筋合いなんて、ない」
カネキ「…………」
トーカ「アンタは他人のこと考えるフリして、結局自分の事しか考えてない」
トーカ「本当は、ただ自分が1人になるのが嫌なだけでしょ」
トーカ「アンタがやりたい事なんか、1人よがりの自己満じゃん」
トーカ「馬ッ鹿みたい！」

//アニメ　歩道橋（カネキ）

カネキ「……トーカちゃんは、僕を否定するんだね」
トーカ「するよ。……だってアンタは、間違ってるから」
カネキ「…………それでもいいよ」
カネキ「僕は、君が1人にならなければ……」

◆「S TOKA 04」のサブイベント非達成

トーカ「…………」
トーカ「…………」
トーカ「あ……っそ」
トーカ「勝手に……勝手にすれば……」
カネキ「…………」

//BG：夕焼け
//暗転
//BG：街並み　夕
//トーカのみ登場・トーカ視点
//トーカ立ち絵
//SE：靴音
//SE：立ち止まる
//SE：去って行く

カネキ「…………」
カネキ「…………トーカちゃん」

//BG：夕焼け
//余韻を持たせて暗転

↓◆「C MAIN ⑧」へ

◆「S TOKA ④」のサブイベント達成

トーカ「……ッ」

//SE：駆け出す音
//アニメ　歩道橋（トーカ）
//SE：殴りかかった拳を、手の平で受け止める
//アニメ　歩道橋（カネキ）

カネキ「！」

//アニメ　歩道橋（トーカ）

トーカ「ナメんな……ッ」

//SE：風を切る音

トーカ「んのッ……！」
カネキ「……やめようよ、トーカちゃん」
トーカ「うるさい!!」

//SE：風を切る音

トーカ「勝手にッ……1人で生きていけないとか」
トーカ「……決め付けんなッ!!」

//SE：殴る音

カネキ「…………」
トーカ「そんなボロボロで、悲劇のヒーローみたいな陰気なツラしやがって……!!　目障りなんだよ……」
トーカ「自分の事すら守れないヤツに、他人を守れるワケねーだろ!!」
トーカ「……お前なんかッ」
トーカ「お前なんか『あんていく』に帰ってくるな!!」
カネキ「……………!!」

//SE：顔を殴る音（本気の一撃）

//アニメ　歩道橋（殴り）

トーカ「なんで……」

//SE：顔を殴る音

カネキ「……ッ」
トーカ「なんで!!」

//SE：顔を殴る音

トーカ「なんで……ッ！」
カネキ「…………」
トーカ「なんで……そんなんなっちゃったのよ……」
カネキ「…………」
リオ「（……トーカ……）」
トーカ「……」
カネキ「……」

//アニメ　歩道橋（遠景）
//SE：立ち上がる

//SE：走り去る

カネキ「…………」

//BG：夕焼け
//暗転

//BG：街並み　夕
//トーカのみ登場・トーカ視点

//トーカ立ち絵
//SE：靴音
//SE：立ち止まる
//SE：去って行く

カネキ「……」
カネキ「……なんで、かな」
//BG：夕焼け
//余韻を持たせて暗転
//鉄橋ON

↓◆「C MAIN 07」へ

C MAIN 07

//タイトル：解散

//BG：夕暮れ空

※鉄橋ONのときのみ発生するイベント

カネキ「……痛」

＝フラッシュバック
＝アニメ　歩道橋（トーカ）

トーカ「なんで……そんななっちゃったのよ……」
トーカ「自分の事すら守れないヤツに、他人を守れるワケねーだろ!!」
トーカ「お前なんか、あんていくへ帰ってくるな」

＝フラッシュバックここまで

カネキ「それでも僕は、僕の大事な人を奪われたくない」
カネキ「この身に代えても、邪魔な芽は摘む。その目的のために、ここまで来たんだ」
カネキ「……だけど……」
カネキ「それは本当に、正しかったのかな……」

＝BG：カネキアジト　マンション　夜

万丈「……で？」
万丈「改まってどうしたんだよ、カネキ」
ヒナミ「お兄ちゃん、なんか元気ないね……」
カネキ「…………」
マンションに戻った僕は、万丈さんたちに声をかけた。
いつもとは違う僕の雰囲気を感じとったのか、みんな、どこか落ち着かない様子で僕の言葉を待っている。
カネキ「……ちょっと、みんなに話があって」
月山「話……？」
万丈さん、イチミさんたち、月山さん、ヒナミちゃん……。
僕に付いてきてくれた、みんなの顔をぐるりと見回してから、静かに口を開いた。
カネキ「……ここを、解散させて下さい」
万丈「!!」
ヒナミ「……えっ？」
月山「………」
万丈「解散……って、どういう意味だよ、カネキ。それだけじゃ、わかんねーよ」
カネキ「……みんなにはたくさん助けてもらったのに、本当にごめん……」
カネキ「僕は……」

カネキ「『あんていく』に戻る」
ヒナミ「!!　……お兄ちゃんが、あんていくに……？」
丸い目を大きくさせたヒナミちゃんに、僕は小さく頷き返す。
カネキ「うん。……芳村さんの立場が分かって、彼と手を取り合ってもやっていけると思ったんだ」
カネキ「それに……」
//トーカの立ち絵などをフラッシュバック
カネキ「ようやく気付けた気がする。僕は……間違ってるって……」
ヒナミ「……お兄ちゃん……」
カネキ「間違ってばかりだったなら、お店に戻って、もう一度とり戻したい」
カネキ「なんにもなかった、ただの自分を」
カネキ「……あんていくに戻ると言っても、ホールに立つわけじゃなくて、四方さんみたいに裏方の仕事をするつもりだけど」
カネキ「……それと……」
カネキ「ここからは僕の我儘《わがまま》だけど、みんなにも付いてきて欲しい」
万丈「!!」
ヒナミ「!!」
月山「…………」
カネキ「たくさん振り回して、自分勝手は承知の上だけど……」
カネキ「………僕は……」
カネキ「みんなと一緒いたいんだ……」
カネキ「……ダメかな？」
万丈「……馬鹿いってんじゃねーよ、カネキ」
カネキ「…………」
万丈「…………」
万丈「……元々、お前に拾われた命だ。俺はどこまでもついていくぜ」
カネキ「万丈さん……」
//SE：駆け寄る音
ヒナミ「ヒナミは……お兄ちゃんが、お店戻るなら嬉しいよ！」
ヒナミ「カネキお兄ちゃんと、トーカお姉ちゃん……一緒にいた方がいいと思うもん……」
ヒナミ「だから『あんていく』に戻るの、ヒナミは大賛成だよ！」
カネキ「……ありがとう、ヒナミちゃん」
ヒナミ「ううん！」
ヒナミ「……それで……」

ヒナミ「それでいいと思う……」
カネキ「…………」

//SE：近づく足音

月山「……カネキくん！」
カネキ「！」
月山「その仲良しファミリーに、僕は入っているのかな？」
カネキ「…………」
カネキ「……月山さん」
カネキ「ごめんなさい。僕は、やっぱりあなたの事は信用できません」
月山「…………」
カネキ「でも」
月山「……？」
カネキ「……そういう『仲間』がいてもいいのかなって思います」
月山「――!!」
カネキ「よければ……引き続き、その『剣』を貸していただけますか？」
月山「……」
月山「フッ……」
月山「……rubato。『君のままに』……」

カネキ「…………」
カネキ「……みんな、ありがとう……」

//BG：夕暮れ空

カネキ「（……トーカちゃん）」
カネキ「（僕は、『あんていく』に戻ってもいいのかな……）」

//BG：トーカ部屋

トーカ「（思いっきりぶん殴って……）」
トーカ「（……あんなこと言ったら……）」
トーカ「アイツ……戻ってこれないじゃん……」
トーカ「……」
トーカ「もーダメだ！　考えるのヤメ」
トーカ「勉強……しよ……」
トーカ「……」
トーカ「（……カネキ。私は……）」

//暗転

↓◆「C MAIN 08」へ

C MAIN 08

//タイトル：緊急速報

//BG：星空
//BG：アジト　夜

リオ「あの……こんばんは」

//SE：走ってくる足音

ヒナミ「お兄ちゃん、お帰りなさい！」
カネキ「お帰り」
リオ「〝おかえり〟……）」

なんだろう、すごく……くすぐったい。

リオ「……あ、あの。急に来ちゃって、すみません」
リオ「ちょっとみなさんに会いたくなって」
カネキ「うん、ちょうど良かった」
リオ「えっ」
カネキ「……あのさ、リオくん」
カネキ「さっき、みんなにもちょっと話したんだけど……」

リオ「……はい」
カネキ「すぐではないんだけど、僕……」
カネキ「『あんていく』に戻ろうかなって、思ってる」
リオ「……えっ!?」

カネキ「……だから、君も一緒にどうかな……？」
リオ「……」

人は変わる。
強い人も、弱い人も。
苦い経験や、辛い思いを経て――さらに強く、あるいは弱く。

カネキさんはどうだろう。
初めて出会ったときに見た、あの哀しい笑顔。
今のカネキさんの笑顔にはもう、あのときの冷たさはない。

//間を開けて

《条件分岐》
◆1：キジマ生存
◆2：キジマ死亡

◆1：キジマ生存

↓■合流へ

◆2：キジマ死亡

……――決して、この胸の悲しみ、苦しみが、掻《か》き消されたわけじゃない。
兄さんも、憎むべき相手も、僕は僕の生きる理由を全て失ってしまった。
だけど……また、ここから始めるんだ。
あんていくの人たち、カネキさんたち、出会ってきた沢山の人々……。
僕は、この歪んだ世界で、大切な人達と生きていきたい。
僕の選んだ未来が、優しい光に照らされていると信じて。

……兄さんの分まで。

↓■合流へ

■合流

僕も変われただろうか。
強くなれただろうか。

ここで、この手をとってしまうことは、弱さなのだろうか。
カネキさんたちと、『あんていく』に戻る。
そんな幸せな選択が、あっていいのだろうか。

わからない。
わからないけど。

リオ「…………」
リオ「少しだけ、考えさせてください」
カネキ「…………」
カネキ「うん。待ってるね」

//BG：夕方

これまで僕に与えられてたのは、辛い選択ばかりだった気がする。
僕はこの余韻に浸りたかった。
幸福な選択があるという、喜びを味わっていたかった。

//SE：雑踏
//SE：靴音

//フェードアウト

僕の答えは決まっていたと思う。

帰ることが出来る場所がある。
その幸せは、誰よりも理解しているから——。

//トロフィー解放「変革」

——その夜、僕の選択はあっけなく奪われた。

//雑踏にたたずむ・緊急速報
//SE：緊急速報的な効果音(ピコーンピコーン等)
女性アナウンサー「緊急速報です！」
女性アナウンサー「これより20区には大規模な警戒網が張られ、立ち入り禁止区域に指定されます！」
女性アナウンサー「対象は、20区にある『喫茶店』で、『喰種』の巣窟である可能性が……」
//捜査官達やビルの上にいるカネキの小さな姿などが映る。
//BG：街中　夜
女性アナウンサー「繰り返します、これより20区には大規模な警戒網が張られ、立ち入り禁止区域に指定されます！」
リオ「…………」

//SE：ざわめき(不安)
男性の声「お、おい……20区立ち入り禁止ってマジかよ」
女性の声「ねぇ、これって大丈夫なの？　ここも危ないんじゃないの？」

画面に映る映像は、現実のものと思えなかった。

あんていく。
僕の、みんなの居場所。
それが、壊れようとしている。
なぜ、どこで奴らに正体がわかってしまったのか。
それは僕の計り知れないところだったのかもしれない。
今ある現実は、あんていくがCCGの手で襲撃を受けようとしていること。
中には、あんていくの人たちがとり残されているという事。

リオ「…………」

《選択肢》
◆カネキを止めにいく→「C MAIN 09-1」へ
◆あんていくを救いにいく→「C MAIN 09-2」へ

C MAIN 09－1

／／タイトル：説得

／／BG：夜空

あのニュースを見たカネキさんがどういう行動をとるか、
僕にはなんとなく分かっていた。

大切な居場所。
彼の戦う理由。

それが奪われてしまうのなら、彼は――。

／／BG：街中　夜
／／SE：駆けていく足音

リオ「（たぶん、カネキさんがいるなら、あそこしかない）」

／／SE：駆けていく足音
／／SE：飛び上がる音

／／暗転
／／BG：ビルの屋上　夜

そこは、以前カネキさんに連れてきてもらった場所……20区が一望出来る、秘密の場所だった。
カネキさんは、そこに一人立っていた。

リオ「……カネキさんッ！」
カネキ「…………」

彼は、呼びかけには応えず、街を静かに見下ろしている。
あんていくはすっかり囲まれているようだ。
あちらこちらで、火と煙が立ち上る。
戦いはすでに始まっていた。
遠くから、声が聞こえる。

だれかが、戦う声。
だれかが、死ぬ声。
だれかが、泣き叫ぶ声。

その中に、僕の大事な人たちがいるかもしれない。
それは、カネキさんの大事な人たちでもある。

――彼が振り向く。

リオ「(ああ……)」
止められない、と思った。

……こういう顔だったのだろうか。
あんていくを抜けるとトーカさんに告げたときの、カネキさんの顔。
なにものにも揺るがせられない、決意の表情。
強い、意志。

この人、死ぬ気だ。

カネキ「……リオくん……」

リオ「……」

リオ「行くんですか……」

カネキ「……」

リオ「……」

《選択肢》
◆1：行かないでください
◆2：あなたは馬鹿だ

◆1：行かないでください

リオ「行かないでくださいッ……！」

リオ「みんなで頑張るって……決めたんじゃないんですか……？」

リオ「ヒナミちゃんや万丈さんたちを置いていくんですか……！」

リオ「あんていくの人たちだって……」

カネキ「……」

↓■合流1へ

◆2：あなたは馬鹿だ

リオ「あなたは……馬鹿です」

リオ「行ってどうするんですか……！」

リオ「こんなの……もう、どうにも……」

カネキ「……」

↓■合流1へ

■合流1

《選択肢》
◆3：みんなのことを考えてください
◆4：自分のことを考えてください

◆3：みんなのことを考えてください

リオ「みんな……カネキさんのことを考えてました」

リオ「どうして……一人で行ってしまうんですか」
リオ「喰種レストランのときも、ラボのときも……」
リオ「あなたは……いつも一人で行ってしまう……」
カネキ「……」
↓■合流2へ

◆4：自分のことを考えてください
リオ「死ぬのが……怖くないんですか？」
リオ「これだけの部隊……一人でどうにかなるわけがない……」
リオ「居場所がなくなる怖さはわかります……だけど……」
リオ「生きてさえいれば……きっと……！」
カネキ「……」
↓■合流2へ

■合流2

何を言っても、彼の心には届かない。
運命という大きな河が、僕達の間に横たわっている。
避けられない、彼の死を感じる。
このまま……彼一人を行かせていいのか……？
リオ「（……僕は）」
リオ「（僕の選ぶ道は……）」

《選択肢》
◆5：カネキと共に行く
◆6：力尽くでも止める

◆5：カネキと共に行く
リオ「僕も……」
リオ「僕も一緒に行きます……」
リオ「僕だって……あんていくの一員です……」
カネキ「…………」

◆ジェイルONの場合
カネキ「命の保証はできないよ」
リオ「……分かってます」

カネキ「………わかった」
カネキ「行こう」
↓◆「C MAIN ⑩-❶」へ

◆ジェイルOFFの場合

カネキ「……ダメだ」
リオ「でもっ……!」
カネキ「君にはお兄さんを助ける役目がある」
リオ「……!」
カネキ「ジェイルを追うんだ……」
カネキ「一緒に来させることはできない」

——その瞬間。

//SE:ドゴォッ

リオ「がっ……は……!?」
正面にいたはずのカネキさんの姿は消え、同時に背後から強烈な衝撃を受けた。
倒れる瞬間、カネキさんの顔が見えた。

カネキ「……ごめんね、リオくん……」
カネキ「でも……」

//フェードアウト

「もう、なにも出来ないのは嫌なんだ——」

↓◆「C MAIN ⑪-❷」エンディングB「カネキ原作END」へ

◆6:力尽くでも止める

リオ「……行かせない」
カネキ「……」
リオ「行かせません」
カネキさんがゆっくりこちらへ歩いてくる。

《分岐1》

◆ジェイルOFFの場合

——と、その瞬間。

//SE:ドゴォッ

リオ「がっ……は……!?」

正面にいたはずのカネキさんの姿は消え、同時に背後から強烈な衝撃を受けた。
倒れる瞬間、カネキさんの顔が見えた。

カネキ「……ごめんね、リオくん……」
カネキ「でも……」

//フェードアウト

「もう、なにも出来ないのは嫌なんだ——」

↓◆「C MAIN ⓫-❷」エンディングB「カネキ原作END」へ

◆ジェイルONの場合

リオ「…………」

僕は、はじめてそこで、自分に与えられた運命を悟ったような気がする。
僕の力。
僕の呪い。
兄さんを失った元凶。
ジェイル。格子状のアザ。

……これは、檻だ。
彼をここで捕えるための、檻。
リオ「アアアアアアアアッッッ——!!!」

//SE:ビキビキビキ

カネキ「……!!」

両目が燃えるように熱い。
力が溢れてくる。

リオ「…………あなたを、見捨てはしない」
リオ「僕のために、泣いてくれた……」
リオ「僕はもう……なにも失いたくない」
カネキ「…………」
カネキ「……僕だって、そうだ……」

カネキ「リオ」

//SE:指パキ

カネキ「邪魔するなら……容赦しない」

//バトル(カネキ)

◆敗北
//SE：ドシャア

リオ「ぐっ……!!」
カネキ「…………」

なんて……強さだ……。

全力を以っても、彼には及ばなかった。
それが彼の、孤独を恐れる力、哀しみの深さのように思えた。

リオ「……カ、ネキ……さん……」
リオ「…………」

//SE：ドサッ……

カネキ「…………ありがとう、リオくん」
カネキ「――もう、行くよ」

//フェードアウト

↓◆「C MAIN ⓫-❷」エンディングB「カネキ原作END」へ

◆勝利

カネキ「クッ……!!」

//SE：ザザッ（足ひきずる音）

リオ「ハァ……ハァ……」
カネキ「…………ッ……」

僕もカネキさんも、ボロボロだった。
これ以上戦えないぐらい。

リオ「……もう、無意味です……そんな状態で行っても……」
リオ「誰も助けられるワケがない……！」
リオ「それこそ犬死にするだけだ……」
リオ「お願いです……カネキさん……思いとどまって下さい
……!!」
カネキ「…………ハァ……ハァ……」
カネキ「…………」

カネキさんが目を閉じる。

二人の間に広がる静寂。
しかし、遠くでは戦いの音が聞こえる。

リオ「（お願いだ……カネキさん……これ以上は……）」
カネキ「…………」
リオ「……！」

——笑顔。

カネキ「……ごめん、リオくん」

//SE：タンッ

リオ「……!!」

《分岐2》

//鉄橋OFF　あるいは喰種捜査官を一人でも殺している場合
（不殺で進めないと真ENDに行けない）

しまっ——!!

僕の一瞬の隙をついて、カネキさんはビルから飛び降りた。
赫子を使いながら、器用に壁をつたっていく。

リオ「…………ッ」
リオ「カネキさんッッ!!」

彼を捕まえようと赫子を伸ばす。
しかし
僕にはもう、彼を追う体力は無かった。

リオ「…………」
リオ「とめられ……なかった——」

僕はただ、燃えていく街を眺めることしか出来なかった。

↓◆「C MAIN ⓫-❷」エンディングB「カネキ原作END」へ

//鉄橋ONの場合

しまっ——!!

僕の一瞬の隙をついて、カネキさんはビルから飛び降りた。

リオ「……ッッ」
リオ「自分の——」
リオ「自分の事も守れない人に……何が守れるんだッッ!!」

カネキ「……!!」

／SE：赫子でカネキを食い止める

カネキ「ッッ!!」
リオ「……はぁ……はぁ……」
カネキ「は……なして……くれ……ッッ……」
カネキ「僕が……行かないと……」
カネキ「僕が守らないと……!!」
カネキ「頼む……あんていくを……みんなを守りたいんだ……」
カネキ「リオッ……!!」
カネキ「頼む……お願いだ……」

リオ「……」

リオ「……カネキさん」
リオ「……あなたが居なくなることで、きっと、たくさんの人が哀しみます」
リオ「あなたを行かせてしまったことで、きっと、たくさんの人が後悔します」
カネキ「……」
リオ「あなたは、居場所を求めていたけど……」
リオ「きっと、あなた自身も〝居場所〟なんです」

カネキ「……！」

リオ「人と喰種……その狭間……」
リオ「うつろう人々……」
リオ「あんていくの人たち、万丈さん、ヒナミちゃん、月山さん……」
リオ「トーカさん……」
リオ「みんな、あなたが大好きなんですよ」

カネキ「……」

リオ「……僕にとっても……」
リオ「……あなたは、大切な居場所でした」
リオ「だから……」
リオ「…………だれかのために死ぬなんて、許しません」

／SE：ドガッ……

カネキ「……ッぁ……」
カネキ「……リ……オ……」
「…………」

リオ「………」

リオ「……カネキさん」

／／ＢＧ：様々な戦局をバックに（スクリーンセーバーのようなイメージ）

あなたが起きたら、全て終わっています。

この戦いも、たくさんの死も。

きっと、たくさん後悔するでしょう。

自分を責めるかもしれません。


それでも。

それでも。


どうか、生きてください。

あなたがいれば、みんなまた立ち上がれると思います。


だから、生きてください。

一人で戦うのはやめて、今度こそみんなと。

リオ「………」

……カネキさん。


あなたの気持ち。

僕は、わかる気がします。

僕は兄さんを守れなかった。

僕がもっと強ければ、兄さんを救えたのかもしれない。

それがどうしても、自分自身で許せないんです。

だから……もう失いたくない。

あんていくを守りたいのは、僕も同じなんです。

リオ「………」

――まっすぐと、眼下の街を見据える。

少しでも、あんていくのみんなを助けられる可能性があるのなら、この死地へ飛び込む価値もあるのかもしれない。

カネキさんも、その可能性を信じていたのだろう。

……僕もそれに賭ける。


僕は地を蹴り、あんていくへと走った。

僕の居場所。いつか帰ると約束した場所。

／／フェードアウト

……大丈夫、カネキさん。

僕が〝あなたの代わり〟になります。

リオ「――なにも出来ないのは……」
リオ「もう嫌なんです」

↓◆「C MAIN ⑫」喫茶店真END（エピローグ）へ

C MAIN 09－2

／／タイトル：四方蓮示

／／暗転
／／SE：駆けていく足音

――夜の街を走りながら、僕は考えていた。
カネキさんがいる、あんていくの光景を。
トーカさんの怒鳴り声と、困った顔で笑うカネキさん。
呆れたように溜息を吐くニシキさんに、それを見守る古間さんと入見さん。
そして、カウンターの向こうでは店長が微笑みながら、コーヒーを淹れている。
きっと万丈さん達もあんていくに顔を出すはずだ。

何も特別じゃなくていい。ごく当たり前の日々を、みんなと大切な人と過ごしたい。
『喰種』であっても『人間』であっても、誰もが切に願う夢。
そんな日々が、今壊れようとしている……。

／／BG：街並み　夜
／／SE：靴音
／／SE：車の渋滞の音

ニュースで報道されていた通り、20区には避難勧告が発令されていた。
僕はビルの陰に身を隠しながら、夜闇の中を飛ぶように駆け抜ける。

リオ「（……人の気配がしない……）」

街は異様な静けさに包まれている。
すべての住人達が逃げるまで、CCGは行動を開始しないはずだ。
それまでが、僕に与えられた時間だった。

／／SE：ザッ（たちはだかる）

四方「…………どこへ行く、リオ」
リオ「…………」
四方『CCG』が、『あんていく』を狙っているのは知っているだろう」
リオ「…………ええ」
リオ「オーロラビジョンの、緊急速報で……」
四方「……」
リオ「店長たちは……」
四方「芳村さんは……」
四方「…………もう行った」
四方さんは何故か、自分の吐いた言葉に、とまどっている様子だった。
リオ「…………」
リオ「四方さんが〝嘘をつく〟なんて……よっぽどなんですね」
四方「…………」
リオ「残っているのは、店長と……古間さんと入見さん……ですか?」
リオ「ニシキさんやトーカさんは……?」
四方「……西尾《にしお》には伝えてある」
四方「……トーカは、これからだ」
四方「アイツのことだ。お前みたいに、戦局に飛び込まれたら困るからな」
リオ「…………」
リオ「……お店は……あんていくはどうなるんですか?」
四方「…………」
四方「……店はまたやり直せる。……やり直せばいい」
リオ「……僕は、僕はイヤです」
リオ「どうして、戦わなくちゃいけないんですか⁉　店長も古間さんも、入見さんも……みんなと一緒に逃げればいいじゃないですか！」
リオ「……それで、どこか遠い場所で、また『あんていく』を……！」
四方「……リオ」
リオ「……」
四方「お前は何も分かっていない。……芳村さんが、ここに残る本当の意味を」
リオ「……そんな……そんなの……わかりません……ッ‼」
リオ「（これ以上、大切な人達を失いたくない……）」
リオ「（僕は、どうすればいい……⁉）」

《選択肢》
◆1：納得出来ないと食い下がる（四方とバトルへ）
◆2：四方に従う

◆1：納得出来ないと食い下がる（四方とバトルへ）

リオ「……僕は、やっぱり納得出来ません」
四方「……」
リオ「なにか他に方法があるはずです！　みんなで考えれば、きっと……」
四方「…………」
四方「わかった……」
リオ「……ぐッ!!」

――次の瞬間。
僕は四方さんに胸ぐらを掴みあげられていた。
大きな手がギリッと喉元を締め上げ、上手く呼吸が出来ない。
四方「……言って分からないのなら、無理やりにでもわからせる」
リオ「――ッ!!」

//暗転

//バトル（四方）

◆勝利
リオ「……くっ」
四方「…………」
リオ「……！」

//SE：走る音

四方「……！　リオッ！」

戦いの一瞬の隙をついて、僕は駆け出した。
四方さんが呼ぶ声が聴こえたが、僕はもう振り返らなかった。

→◆「C　MAIN　⑩-❷」一人であんていく戦へ

◆敗北

//SE：蹴り音
//暗転
//SE：ドサッと地面に落ちる音

//BG：あんていく休憩室

リオ「……グッ！」
四方「これで分かっただろう。お前は弱い」
四方「……大人しく、家に帰れ」
リオ「僕は……みんなを……」

四方「…………」
四方「……わかるぞ。お前の気持ち」
リオ「……！」
四方「…………」
四方「……だが、俺たちは失いながら生きるしかないんだ」
四方「……行くぞ」
リオ「…………」

失いながら、生きる。
なんて怖いんだろう。なんて哀しいんだろう。
生きることは、失うこと。
四方さんの眼の奥の深い闇が、喰種の世界の悲しみを語るようだった。
僕はもう、それ以上動けなかった。

↓◆「C MAIN ⑪-❶」エンディングAへ

C MAIN ⑩-❶

//タイトル：戦場は20区（その1）

//BG：街
//SE：駆ける足音
//カネキと共に行く、の選択肢から、少し時間経過。
カネキ「おそらくこの先は、特等級の捜査官たちがいる……」
カネキ「でも死んで帰るつもりもない。……芳村さんたちを助けよう」
リオ「はい……」

//SE：二人が駆ける音　ザザザザッ
喰種捜査官「新手の喰種が2体出現！」
喰種捜査官「1体は……『ムカデ』！　ムカデです！」

//SE：攻撃音
喰種捜査官「ぐ……っ」
リオ「（当て身……！）」

カネキ「……」
リオ「（……殺す気はないということなんだ……）」
カネキ「行こう」

//時間経過

《条件分岐》
◆亜門《あもん》生存時　亜門が現れる
◆亜門死亡時　什造《じゅうぞう》が現れる
◆什造死亡時　篠原《しのはら》が現れる
※亜門＞什造＞篠原の優先順位　篠原が死んでいても、亜門か什造が生きていればそちらが出現。
右記３つは左記の流れへ。
◆全員死亡時　有馬ルート「C　MAIN　⓫-❷」エンディングB「有馬END」へ

大通りに出ると、
ライトに照らされて目が眩んだ。
正面には盾を構えた、多くの捜査官達が立ちはだかっている。

◆亜門出現

その中でも、一際《ひときわ》長身の男が歩み寄る。

亜門「……」
リオ「（……あいつは……！）」
カネキ「……こんばんは」
亜門「……眼帯」
カネキ「通っても、いいですか」
亜門「ああ――」

//SE：ブオン（クインケ構える）

亜門「――ダメだ」
リオ「（戦う気だ……！）」
カネキ「………リオくん」
リオ「……！」
カネキ「……任せて、いいかい」
リオ「………」
リオ「……はい、ここは僕が食い止めます」
リオ「……行ってください！」
カネキ「ありがとう……あとで、地下で落ち合おう」

//SE：タンッ

亜門「!!　待てッ、眼帯ッッ!!」

//SE：ガイン！

亜門が投げたクインケは、しかしカネキさんの姿をとらえなかった。
忌々しげに、空ぶったクインケを見つめる。

亜門「……再帰《さいき》」

壁に突き刺さったクインケが形を崩しながら、
亜門の手元に戻る。
そして、こちらへ向き直る。

◆ラボで戦っていれば

亜門「どこかで……会ったな」
リオ「……」

僕がここで、彼を食い止める。

リオ「――彼の邪魔は……させない！」
亜門「ほざけッッ!!」

//バトル（亜門）

◆勝利

//SE：ドサッ

亜門「グッ……」
リオ「ハァ……ハァ……！」
捜査官「亜門上等が……！」
捜査官「アイツ……一体……!!」
リオ「……」

//SE：タァン

捜査官「！」
捜査官「お、追えッッ!!」

リオ「（カネキさんを追おう……）」
リオ「（地下へ――）」

↓
◆「C MAIN ⓫-❷」エンディングB「全滅ENDカネキver.」へ

◆敗北

//SE：ドサッ

リオ「ぐあ……ッ……!!」
亜門「ハァ……ハァ……」
亜門「眼帯を追う……後は頼んだ……」
捜査官「ハッ」

//SE：ジャッジャッジャッジャッ（雨のふる足音）

リオ「ハァ……ハァ……」

捜査官が僕を取り囲んでいる。
銃口がこちらを覗きこんでいる。
リオ「（ああ……ここで終わりか）」
僕はせめて、カネキさんが目的を遂げられるよう、この雨空に祈った。

//ゲームオーバー

◆什造出現

その中でも、一際小柄の捜査官が歩み寄る。
什造「おやあ……どこかでお会いしましたかねえ？」
リオ「（……あいつは……！）」
カネキ「……」
什造「とっても強そうですねえ……」

//SE：ブオン（クインケ構える）

什造「──クインケにさせてくださ～い」
リオ「（戦う気だ……！）」
カネキ「………リオくん」
リオ「……！」
カネキ「……任せて、いいかい」
リオ「………」
リオ「……はい、ここは僕が食い止めます」
リオ「……行ってください！」
カネキ「ありがとう……あとで、地下で落ち合おう」

//SE：タンッ

什造「おやおや、逃がしませんよ～」

//SE：カンカンカンカンカン！

彼が投げたナイフのようなクインケは、しかしカネキさんの姿をとらえなかった。
残念そうに、空ぶったクインケを見つめる。

什造「チェ、残念です～」

そして、こちらへ向き直る。

什造「まあ、こちらでガマンしましょうか」
リオ「……」

僕がここで、彼を食い止める。

リオ「――彼の邪魔は……させない！」
什造「フフフ……楽しませて下さいねえ……」

//バトル什造

◆勝利

//SE：ドサッ
什造「ハハ……ア……強いですねえ……」
リオ「ハァ……ハァ……！」
捜査官「鈴屋が……！」
捜査官「アイツ……一体……!!」
リオ「……」

//SE：タアン

捜査官「！」
捜査官「お、追えッッ!!」

リオ「（カネキさんを追おう……）」
リオ「（地下へ――）」

↓◆「C MAIN ⓫-❷」エンディングB「全滅ENDカネキver.」へ

◆敗北

//SE：ドサッ

リオ「ぐあ……ッ……!!」
什造「はーい死んでください♪」
リオ「――！」

//SE：スパァン
//SE：ゴロゴロ……

一瞬だった。
僕の首は、胴体と別れを告げ、地面に転がる。
少年の捜査官は、こちらには一瞥《いちべつ》もくれずに、僕の胴体の赫子を品定めしている。

リオ「(僕は……クインケになるのか……)」

僕はせめて、かつて僕だったものが、他の誰かを傷付けないよう、この雨空に祈った。

//ゲームオーバー

◆篠原出現

その中でも、一際屈強な捜査官が歩み寄る。

篠原「ふむ……ムカデ、か」
リオ「(……篠原！)」
カネキ「……」
篠原「梟《フクロウ》を助けに行く気かい……？ムカデ……いや――」
篠原「カネキケンくん？」

カネキ「……!!」

//SE：ブオン(クインケ構える)

篠原「――ここは通さないよ」
リオ「(なぜカネキさんの名前を……それより……)」
リオ「(戦う気だ……！)」
カネキ「………リオくん」
リオ「……！」
カネキ「……任せて、いいかい」
リオ「………」
リオ「……はい、ここは僕が食い止めます」
リオ「……行ってください！」
カネキ「ありがとう……あとで、地下で落ち合おう」

//SE：タンッ

篠原「掃射!!」

//SE：ダダダダダダ！（銃撃）

喰種捜査官達が一斉に放った銃弾は、しかしカネキさんの姿をとらえなかった。
篠原は、やめやめ、と捜査官達を制した。

//SE：ザザッ（通信音）
篠原「……スマン、マル。ムカデが向かっている、対応頼む」
篠原「……さて、ムカデくんは後方に任せておいて」
篠原がこちらへ向き直る。
篠原「こっちの相手をしましょうかね……」
篠原「脱走喰種のリオくん」
リオ「……」
僕がここで、彼を食い止める。
リオ「――彼の邪魔は……させない！」
篠原「来な……!!」

//バトル（篠原）

◆勝利

//SE：ドサッ
篠原「ハハ……やるねえ……」
リオ「ハァ……ハァ……！」
捜査官「篠原特等が……！」
捜査官「アイツ……一体……!!」
リオ「……」

//SE：タァン
捜査官「！」
捜査官「お、追えッ!!」
リオ「（カネキさんを追おう……）」
リオ「（地下へ――）」
↓◆「C MAIN ⓫-❷」エンディングB「全滅ENDカネキver.」へ

◆敗北

//SE：ドサッ
リオ「ぐあ……ッ……!!」
篠原「……ふぅ……」

//SE：ザザッ（通信音）
篠原「――こちら篠原。コクリアより脱走していた喰種を捕獲した。人員をよこしてくれ」

リオ「（ああ……ここで終わりか）」
僕はコクリアへ送り返される。
今度こそもう逃げられないだろう。
僕はせめて、カネキさんが目的を遂げられるよう、この雨空に祈った。

//ゲームオーバー

C MAIN 10—2

//タイトル：戦場は20区（その2）

CCG指揮官「ここか、喰種どもの巣窟……見た目は、普通の喫茶店ですが……」
CCG指揮官「見た目に惑わされるな……」
準備はいいか？」
CCG指揮官「……この喫茶店にはあの隻眼《せきがん》の梟が潜んでいるはずだ……行くぞ！」
古間「おやおや……外が騒がしくなってきたね。
こちらも、そろそろ出ようか？　入見……今は、黒狗《ブラックドーベル》と呼んだ方がいいかな？」
黒狗「ええ……では、そろそろ出ましょうか。お客様をお迎えしなくては。ねえ……魔猿《まえん》」
魔猿「……応！　では、久しぶりに暴れるとするか！」

//BG：あんていく前

喰種捜査官「……！　見てください！　店の中から喰種が……！」
魔猿＆黒狗「いらっしゃいませ」
喰種捜査官「あのマスク……魔猿と、黒狗!?　この店には、そんな大物が……!?」
CCG指揮官「うろたえるな！　たった二体だ！」
黒狗「あら、たった二体ですって」
魔猿「感覚ニブいねえ……人間様は」

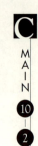

《条件分岐》
◆1：ルチのサブルートクリア
◆2：ルチのサブルートクリアせず

◆1：ルチのサブルートクリア

黒狗「よろしい」
ルチ「姐《ねえ》さん！　『黒狗』一党、全員集合しました！」
黒狗「……ルチ。あなたの命、使うわよ」
ルチ「……！　はいっいつでも死ねます!!」
黒狗「……いくわよ、貴方たち」

↓■合流へ

◆2：ルチのサブルートクリアせず

↓■合流へ

■合流

魔猿「……お前ら！　腕、なまってねえだろうな!?」
魔猿の一団「オオ!!」
CCG指揮官「……!?　この声は!?」
喰種捜査官「……見てください、周囲のビルにも、魔猿や黒狗と同じマスクを被った連中が……！」
黒狗「いい？　あなたたち。私のために死になさい」
黒狗の一団「はいボス」
魔猿「よし。それじゃ、お前ら……暴れろ!!」
CCG指揮官「……来るぞ!!」

//時間経過
//BG：すこし離れたところで
//SE：リオ　走る音

リオ「ハァ……ハァ……」

古間さん……入見さん……。

リオ「……」

店長……。

//SE：ザッ（立ち止まる音）

リオ「……！」
捜査官「!?……喰種か!?」
リオ「クッ……邪魔するなッ……!!」

//ＳＥ：ドサッ！

リオ「ハァ……ハァ……こんなところまで捜査官が……」
リオ「急ごう……」

//時間経過

《条件分岐》
◆亜門生存時　亜門が現れる
◆亜門死亡時　什造が現れる
◆什造死亡時　篠原が現れる
※亜門＞什造＞篠原の優先順位　篠原が死んでいても、亜門か什造が生きていればそちらが出現。
右記３つは下記の流れへ。
◆全員死亡時　→「Ｃ　ＭＡＩＮ⓫－❶」エンディングＡへ（こちらからは有馬ＥＮＤへ行かない）

大通りに出ると、

ライトに照らされて目が眩《くら》んだ。
正面には盾を構えた、多くの捜査官達が立ちはだかっている。

◆亜門出現

その中でも、一際長身の男が歩み寄る。

亜門「……」
リオ「（……あいつは……！）」

◆ラボで戦っていれば

亜門「どこかで……会ったな」

//ＳＥ：ブオン　クインケふりまわす

亜門「……ここは、誰も通さない」
リオ「……」

あんていくに行くには、この道しかない。

リオ「──邪魔を……するなッ！」
亜門「ほざけッッ!!!」

//バトル(亜門)

◆勝利

//SE:ドサッ

亜門「グッ……」
リオ「ハァ……ハァ……!」
捜査官「亜門上等が……!」
捜査官「アイツ……一体……!!」
リオ「……」

//SE:タァン

捜査官「!」
捜査官「お、追えッッ!!」
リオ「(あんていくへ向かおう……)」
リオ「(早く——)」

→◆「C MAIN ⓫-❸」エンディングCへ

◆敗北

//SE:ドサッ

リオ「ぐあ……ッ……!!」
亜門「ハァ……ハァ……」
亜門「眼帯が現れたらしい……ここは頼んだ……」
捜査官「ハッ」

//SE:ジャッジャッジャッ(雨のふる足音)

リオ「ハァ……ハァ……」

捜査官が僕を取り囲んでいる。
銃口がこちらを覗きこんでいる。

リオ「(ああ……ここで終わりか)」

僕はただ、あんていくのみんなの無事を、この雨空に祈った。

//ゲームオーバー

◆什造出現

その中でも、一際小柄の捜査官が歩み寄る。
什造「おやあ……どこかでお会いしましたかねえ?」
リオ「(……あいつは……!)」

カネキ「……」
什造「とっても強そうですねえ……」
//SE：ブオン(クインケ構える)
什造「――クインケにさせてくださ～い」
リオ「(戦う気だ……！)」
リオ「……」

あんていくに行くには、この道しかない。

リオ「――邪魔を……するなッ！」
什造「フフフ……楽しませて下さいねえ……」
//バトル(什造)
◆勝利
//SE：ドサッ
什造「ハハ……ア……強いですねえ……」
リオ「ハァ……ハァ……！」
捜査官「鈴屋が……！」
捜査官「アイツ……一体……!!」

リオ「……」
//SE：タァン
捜査官「！」
捜査官「お、追えッ!!」
リオ「(あんていくへ向かおう……)」
リオ「(早く――)」
→◆「C MAIN ⓫-❸」「エンディングC」へ
◆敗北
//SE：ドサッ
リオ「ぐあ……ッ……!!」
鈴屋「はーい死んでください♪」
リオ「――！」
//SE：スパァン
//SE：ゴロゴロ……
一瞬だった。
僕の首は、胴体と別れを告げ、地面に転がる。
少年の捜査官は、こちらには一瞥もくれずに、僕の胴体の赫子を品定めしている。
リオ「（僕は……クインケになるのか……）」
僕はただ、あんていくのみんなの無事を、この雨空に祈った。

//ゲームオーバー

◆篠原出現

その中でも、一際屈強な捜査官が歩み寄る。

篠原「ふむ……ムカデ、か」
リオ「（……篠原！）」
篠原「おや……誰かと思えば、君はたしか……」
篠原「脱走喰種のリオくんだね」
リオ「……」
篠原「悪いがね、ここは通せない」
篠原「君のいるべき場所は――」

//SE：ブオン（クインケかまえる）

篠原「……コクリアじゃないのかな」
リオ「…………」

あんていくに行くには、この道しかない。
リオ「――邪魔を……するなッ！」
篠原「来な……!!」

//バトル（篠原）

◆勝利

//SE：ドサッ

篠原「ハハ……やるねえ……」
リオ「ハァ……ハァ……！」
捜査官「篠原特等が……！」
捜査官「アイツ……一体……!!」
リオ「……」

//SE：タァン

捜査官「！」
捜査官「お、追えッッ!!」
リオ「（あんていくへ向かおう……）」
リオ「（早く――）」

↓◆「C MAIN 11-3」「エンディングC」へ

◆敗北

//SE：ドサッ

リオ「ぐあ……ッ……!!」
篠原「……ふぅ……」

//SE：ザザッ（通信音）

篠原「——こちら篠原。コクリアより脱走していた喰種を捕獲した。人員をよこしてくれ」

リオ「（ああ……ここで終わりか）」

僕はコクリアへ送り返される。

今度こそもう逃げられないだろう。

僕はただ、あんていくのみんなの無事を、この雨空に祈った。

//ゲームオーバー

C MAIN 11-1 エンディングA

//大分岐①
//分岐Ⓐ 鉄橋ON
（喫茶店END2種）

//青空

トーカ「リオ、看板OPENにしてきてー」
リオ「はーい」

あれからしばらくの月日が経った。

あんていくはCCGの襲撃により、壊滅し、僕達の居場所は一瞬で崩れ去った。

僕は、トーカさんとニシキさん、四方さんと一緒にまた喫茶店を始めた。

あの戦いで行方のわからなくなった人たち。

芳村さん、入見さん、古間さん……カネキさん。

……いつか、みんなが帰ってこられるように。

僕達は、少しだけ変わった。

トーカさんは前より、大人っぽくなった気がする。

ニシキさんは逞しく、四方さんは……接客をするようになった。

僕は……どうだろう。
変われたのだろうか。

トーカ「リオ、おつかい行ってもらっていい？」
リオ「うん、わかった」

メモを渡され、僕は外へ出る。
ああ、そうだ。
買い物は上手に出来るようになった。
コーヒーを淹れられるようになった。
接客も、大分マシになったと思う。

少しずつ、だけど確実に、月日が僕達を変えてゆく。
時間は、待ってはくれない。
それを思うと、嬉しいような、悲しいような気持ちになる。

／／分岐㋐ジェイルON

そして、僕は兄さんのことを想う。
僕を守ってくれた兄さん。
僕が救えなかった唯一の肉親。
前よりは寂しくなくなった。
きっと、トーカさんたち、新しい「あんていく」の皆のおかげだ。
『寂しくなくなった』――そのこと自体が、どこか寂しい気もする。

でも、そうやってついた傷を、少しずつ、癒して、生きていくしかないのだろう。
いつまでも、傷にすがっていれば、やがて化膿《かのう》して、自らを滅ぼす。

リオ「（強く生きていこう――）」

それこそが僕から兄さんへの、せめてもの餞《はなむけ》になるはずだから。

／／時間経過
／／夕方

つかいを終わらせ、店に戻る。

リオ「ただいまー」
リオ「……？」

店は開いているのに、人の気配がない。
どうしたんだろう。

……と、思いきや、
店の奥からトーカさんが駆けてきた。

リオ「ただいま、買ってきたよ」
トーカ「…………」
リオ「……？　どうしたの？」

トーカ「…………リオ……今日ね、すごいお客さんが来たの」
リオ「え……？」
トーカ「ね、誰だと思う――？」

トーカさんが無邪気に笑う。
綺麗な笑顔だった。
泣いていたのか、彼女の瞳のフチは、
すこし赤みを帯びていた。

それだけで、僕は、
店に誰が来たのか、わかってしまった――。

◆喫茶店原作END『to :re』

／分岐(い) ジェイルOFF

……ただ一つ気になることがある。

あれ以来、キジマは僕の前に姿を現さなくなった。
連絡もとれなくなり、兄さんを救う手立てはなくなってしまった。
あれから、ジェイルのことも探していたが、結局、奴の正体はわからず仕舞いだった。

今も、兄さんはコクリアにいるのだろうか。
それともう……。

それを想うと、胸が締め付けられる。
それにあんていくの人たちのこともある。

様々な後悔、重圧が、
鎖のようにぎしぎしと僕に絡みついて、身動きがとれなくなりそうになる。

……でも、そうやって生きていくしかないのかもしれない。
あの日、四方さんが言った言葉……。

『僕達は失いながら生きるしかない』。

哀しい、あきらめの言葉のようだが、
それでも前を向いて歩いていけ、という
四方さんの優しさが含まれているような気がした。

僕は、今自分が出来ることを精一杯やろうと思う。
そうやって日々を紡いでいくしかないのだ。

／／時間経過
／／夕方

つかいを終わらせ、店に戻る。

リオ「ただいまー」
リオ「……？」

店は開いているのに、人の気配がない。
どうしたんだろう。

リオ「トーカさん？　四方さん？」
リオ「……おかしいな」

妙な胸騒ぎがして、僕は店の奥に走る。

リオ「トー――」

その瞬間、僕は凍りついた。
床に腕が見えた。
誰かが倒れている。

それだけじゃない。この匂いは……。

／／SE：カツーン　カツーン

リオ「……!!」

この音。
何度も悪夢にうなされた。

リオ「……そん、な……」

／／SE：カツーン　カツーン

奴は……僕をずっと追っていたんだ。
そして……辿り着いた。

リオ「嘘だ……そんなの……」

「リイイイイオオオオオオく――――ん」

／／SE：カツーン…　立ち止まる

／／暗転

「みぃ〜〜つけた」

◆喫茶店キジマEND『no :re』

//大分岐②
//分岐Ⓑ 鉄橋OFF
（放浪END3種）
//分岐ⓘ ジェイルOFF

◆放浪キジマEND

//BG：夜

あれからしばらくの月日が経った。
あんていくはCCGの襲撃により、壊滅し、僕達の居場所は一瞬で崩れ去った。
僕は、また一人での生活を始めていた。
兄さんを助けるために、ジェイルを追う日々。
それらしい喰種の噂を聞きつけては、その地へ赴《おもむ》き戦い、ジェイルかどうか確かめる。
一体何度繰り返しただろう。

それでもジェイルの正体はいまだ掴めずにいた。

こうして夜、一人でいると、昔のことを思い出す。
兄さんと二人で、様々な廃墟に寝泊りしていたこと。
寝物語に色々と話を聞かせてくれた。
楽しくて、でもだんだん睡魔にのまれて、眠りに落ちる。
あの夜が、僕は好きだった。

食糧の調達はずっと、兄さんだったけど、今は一人で、すべてこなす。
寝床の確保も、必要な雑貨を集めるのも、昔みたいに、ただ待っているだけの弟ではなくなった。

//SE：カチャカチャ

たまの楽しみは、コーヒーを淹れること。
揃えたコーヒー道具は僕の生活必需品だ。

//トポポポポ…

湯を沸かし、
挽いておいたコーヒー豆へ、『の』の字に注ぐ。
あたたかな泡がぶくぶくと膨らむ。
独特の香ばしい匂いが沸き立つ。

芳村さんの味には遠いけど、僕の腕も悪くない。

リオ「——ふう……」

コーヒーを飲むと、今度はあの日々のことを思い出す。
リオ「（みんなどうしているだろう……）」

トーカさん、ニシキさん、四方さん。
万丈さんたち、ヒナミちゃん、月山さん……。
あんていくに残った人たち……カネキさん。
あのとき出会った人たちに想いを馳せる。
思い出は、僕の胸を優しく締め付ける。

……大丈夫。
一人でも寂しくない。

リオ「（この寝床もそろそろ移動しよう……）」

誰に付け狙われているかわからない。
長居が禁物なのは、今も昔も変わらない。
リオ「（次は……どこへゆこうか……）」

行き先を考えているうちに、眠りに落ちる。

夢、だろうか。

//SE：カツーンカツーン（最初は小さく、だんだん近付く）

あの足音が聞こえる。

//SE：カツーンカツーン

なんども聞いた音。

//SE：カツーンカツーン

なんども苦しめられた音。

//SE：カツーンカツーン

……いや……。

//SE：カツーンカツーン

夢じゃ……——。

//SE：カツーン……とまる

「おはようリオくうううううう〜〜〜ん」

リオ「!!!」

//SE：ざしゅっ

//SE：コロコロ(なにか転がる音)

キジマ「……そしておやすみ」

◆放浪キジマEND『bad night』

//分岐㋐ジェイルON

//BG：夜

あれからしばらくの月日が経った。

あんていくはCCGの襲撃により、壊滅し、僕達の居場所は一瞬で崩れ去った。

僕は、また一人での生活を始めていた。

僕はあの日から、ジェイルとして生きることを決めた。

授かったこの力で、カネキさんのように凶悪な喰種を狩る。

これまで犯した罪や、兄さんに対する懺悔《ざんげ》の想いも込めて。

それが正しいのか、間違っているのかはわからないけど、カネキさんの想いを継ぐことが、僕にとってはとても意味のあることに思えた。

僕のために、カネキさんは泣いてくれた。

僕をいつも助けてくれた。

こうして夜、一人でいると、昔のことを思い出す。

兄さんと二人で、様々な廃墟に寝泊りしていたこと。

寝物語に色々と話を聞かせてくれた。

楽しくて、でもだんだん睡魔にのまれて、眠りに落ちる。

あの夜が、僕は好きだった。

食糧の調達はずっと、兄さんだったけど、今は一人で、すべてこなす。

寝床の確保も、必要な雑貨を集めるのも、昔みたいに、ただ待っているだけの弟ではなくなった。

//SE：カチャカチャ

たまの楽しみは、コーヒーを淹れること。

揃えたコーヒー道具は僕の生活必需品だ。

／／トポポポポ…

湯を沸かし、挽いておいたコーヒー豆へ、『の』の字に注ぐ。
あたたかな泡がぷくぷくと膨らむ。
独特の香ばしい匂いが沸き立つ。
芳村さんの味には遠いけど、僕の腕も悪くない。

リオ「――ふう……」

コーヒーを飲むと、今度はあの日々のことを思い出す。

リオ（みんなどうしているだろう……）

トーカさん、ニシキさん、四方さん。
万丈さんたち、ヒナミちゃん、月山さん……。
あんていくに残った人たち……カネキさん。
あのとき出会った人たちに想いを馳せる。

思い出は、僕の胸を優しく締め付ける。

……大丈夫。

一人でも寂しくない。


川の水でカップを洗い、丁寧に包んで、バッグへしまう。

あんていくを辞めるときに、こっそり持ってきてしまった僕が愛用していたカップ。

芳村さんに、いつか返すつもりだった。

その願いは叶わなくなってしまったのかもしれないけど、今は、このカップが僕の居場所になってくれている。

あの日々が、今日につながっている。

その証明。


明日はどこへ行こうか。

僕は喰種を追い続ける。

今日も、明日も。

カネキさんの想いを継いで。


なぜだろう。

そうすれば、またいつか会える気がするんだ。

あの、すこし寂しそうに笑う青年に——。

◆放浪END『追い続ける者』

//分岐⑤ジェイルON　殺人経験アリ

//殺戮のジェイルEND

//BG：夜

あれからしばらくの月日が経った。

あんていくはCCGの襲撃により、壊滅し、僕達の居場所は一瞬で崩れ去った。


僕は、また一人での生活を始めていた。

僕はあの日から、ジェイルとして生きることを決めた。

授かったこの力を使うことにしたんだ。

この力が『僕の願い』を叶えてくれる。

そう信じて——。

こうして夜、一人でいると、昔のことを思い出す。

兄さんと二人で、様々な廃墟に寝泊りしていたこと。

寝物語に色々と話を聞かせてくれた。

楽しくて、でもだんだん睡魔にのまれて、眠りに落ちる。

あの夜が、僕は好きだった。

食糧の調達はずっと、兄さんだったけど、今は一人で、すべてこなす。
寝床の確保も、必要な雑貨を集めるのも、昔みたいに、ただ待っているだけの弟ではなくなった。
もう何も出来ない僕は死んだ。

//時間経過
//BG：血のように赤い空
「ぐあああああッッ!!!」
「クッ……防げ……!! クインケを……ぐがあああッッ!!」

//SE：ザシュザシュザシュ
捜査官1「アイツ……たった一体で……この数の捜査官を……!?」
捜査官2「一体あの喰種は……ッッ!!」
捜査官3「〝檻の喰種〟……」
捜査官1「!?」
捜査官3「コクリアを抜け出し、あのキジマ捜査官を殺した喰種だ……」
捜査官3「ヤツは赫子を解放したときに眼の下に〝檻のようなアザ〟が現れることからこう呼ばれている……」
捜査官3「〝ジェイル〟……と」
捜査官2「ヤツが……あのジェイル……!?」
捜査官3「レートは〈※ゲーム内最終レート+1〉……」
捜査官3「覚悟して……かかれ……!」
捜査官たち「ウオオオオオッッ!!!」

//時間経過
ジェイル「……………はぁ」
ジェイル「…………足りないな」
ジェイル「どれだけ殺しても、全然足りない」
ジェイル「僕が兄さんを失った哀しみは、埋められない」
ジェイル「もっと、もっと」
ジェイル「もっともっともっともっともっともっともっともっと……!!!」
ジェイル「全員殺さないと……」
ジェイル「ああ、それでも足りなかったらどうしよう……」
ジェイル「大丈夫……人間はたくさんいるから……」
ジェイル「僕が……殺して……兄さんを喜ばせてあげるんだ……」
ジェイル「あは、アハハハ、ハハハハ、アハハハハハッッッ!!!」

//暗転
――〇〇レート喰種、ジェイル。

この個体は、有馬貴将《きしょう》特等捜査官率いる、S3班に駆逐されるまで、数百を超える喰種捜査官を殺害し、千を超える一般民を捕食した。

また掃討作戦の最終局面では、身体の一部が半赫者《はんかくじゃ》化していたため、同時に喰種の捕食も行っていたと見られている。

有馬貴将特等によるクインケにより、四肢を分断、最後に頭部を破壊し、駆逐を完了とした。

ジェイルはクインケ化され、故・キジマ式《しき》准特等へ寄贈された。

ジェイルの個体における被害者数は、CCGの歴史の中でも、記録的であり、ヤツの類稀《たぐいまれ》な凶悪性を表すものであった。

この個体が、それほどの憎悪を孕《はら》んだ要因は、我々には全く以って、不可解である。


――捜査報告書「ジェイル」より。

◆殺戮のジェイルEND『JAIL』

〃トロフィー解放「SSSレート」

◆カネキ原作END

――目が醒めると、すべて終わっていた。

とてもとても、静かな目覚めだった。

〃あの人〃は、行ってしまった。

〃〃A〃(エンディングCから来た場合)

薄闇に紛れ、僕達は20区を後にした。

ここで手に入れた物はすべて置いていく。

居場所は『場所』が作るんじゃない。『ヒト』が作るものだから。

〃彼〃が、そう教えてくれた。

……20区を去る道中、ニシキさんが言っていた。

これだけ派手に『喰種』と『CCG』がぶつかり合い、死体が転がっていたら――

『実は喰種だった、喫茶店スタッフ』が、いるかどうかなんて分からない……と。

僕達がこのまま行方をくらましてしまえば、捜査の手は及ばない。

……なんの手がかりもないのだから。

「ったく、ムカつくジーサンだよな」と、いつもと同じニシキさんの憎まれ口。

……あれから、店長や古間さん、入見さん達がどうなったのか分からない。みんな、無事に逃げられたのか、それとも……。

ただ、願わずにはいられなかった。
いつかまた、店長の入れたコーヒーを、みんなで飲める日が来ればいいと……。

//フェードアウト

//〝B〟(エンディングCから来た場合)

『これを以って、梟討伐作戦を終了する……繰り返す――』

//BG：病室

「篠原特等は、大量の出血により、脳に深刻なダメージを追っています……」
「彼は今、いわゆる植物状態……」
「意識が戻ることはもう――」
什造「…………」
什造「篠原……サン……」
//フェードアウト
//BG：CCG

アキラ「…………」
アキラ「滝澤《たきざわ》……」
アキラ「…………」
アキラ「亜門……上等…………――」

//SE：ドサリ(倒れこむアキラ)
//フェードアウト

//時間経過
//SE：雑踏

トーカ「…………」

「ねー古間さん」

//回想

トーカ「『あんていく』、ってどういう意味なの？」
古間「ん？」
古間「フフ、そうか。トーカちゃんは知らないんだね」
トーカ「もったいぶらずに教えてくださいよ」
入見「……いつか直接聞いてみなさいな」
入見「素敵な意味よ――」

//ここまで

「あの喫茶店、喰種がやってたらしいぜ……」
「マジかよ……うっかり入ったら喰い殺されてたなっ」
「怖エー」

トーカ「……」

//SE：ザッ

四方「……行くぞ。トーカ」
トーカ「……」
トーカ「……アイツは……」
トーカ『あんていく』に戻るか迷ってた」
トーカ「だから……アイツの居場所がなくちゃ……」
四方「…………」
トーカ「私は……」

トーカ「私は信じる」

//BG：青空

アイツは「あんていく（私たちのところへ）」帰ってくるって――。

◆原作END『#143』

◆全滅エンディングカネキver.

//時間経過

//BG：地下道
//SE：地下を走る音

僕は、カネキさんと落ち合った場所に向かっていた。

リオ「〝V14〟……か」

カネキさんの残した目印はここで途切れている。
――狭い道を抜け、ひらけた場所に出る。
とても広い空間だ。
太い石柱が、いくつも上へ上へ伸びている。
すこし、鼻をつくような匂いがした。

黒い海が広がっている。
なにも映さない、漆黒《しっこく》の海。
その海は僕の足元まで広がって、あたり一面を飲み込んでいる。

……海の先に誰か立っていた。
白い、白い、男。
彼ではない。
その男が纏《まと》う空気は、
彼よりもずっと冷たく、鋭い。
男がこちらを振り向く。
美しく、整った陶器のように白い顔には、紅い血が、

花のように散っていた。
リオ「……あなた……は――」
リオ「……！」
そこで僕は初めて気付いた。
眼下に広がる、海の正体。
これは、血だ。
夥《おびただ》しい数の死が産んだ、海。
そして男の足元には……。

リオ「カネキ……さん……？」
さきほどまで一緒だった彼が、海に浮かんでいた。
頭部には、鋭く長い槍のようなものが突き刺さっている。
リオ「カネキさ……」

瞬間、いつかの記憶が甦る。
僕はわかった。
あのとき、ウタさんに聞いた男の名。
今、僕の目の前に立つ男、槍の主こそが、
ＣＣＧの死神・有馬貴将、その人なのだと――。

//暗転
数秒後、僕は彼に貫かれて、死んだ。
死神の刃は鋭く、僕が太刀打ち出きる筈もない程に、完全であった。

◆全滅ＥＮＤカネキｖｅｒ．『死神の刃』

◆有馬ＥＮＤ

//時間経過
//ＢＧ：地下道
カネキ「……こっちから行こう……あんていくの地下に出るはずだ」
リオ「はい……」

//ＳＥ：ふたりの走る音
//多くの時間経過
リオ「〝Ｖ14〟……」
カネキ「……」
リオ「カネキさん？」
カネキ「……いや、ちょっと……いやな胸騒ぎがして……」
カネキ「大丈夫、先を急ごう……」

//多くの時間経過
リオ「ハァ……ハァ……」
カネキ「………」
――狭い道を抜け、ひらけた場所に出る。
とても広い空間だ。
太い石柱が、いくつも上へ上へ伸びている。

すこし、鼻をつくような匂いがした。
黒い海が広がっている。
なにも映さない、漆黒の海。
その海は僕の足元まで広がって、あたり一面を飲み込んでいる。
……海の先に誰か立っていた。
白い、白い、男。

その男が纏う空気は、冷たく、鋭い。
男がこちらを振り向く。
美しく、整った陶器のように白い顔には、紅い血が、花のように散っていた。

リオ「……あいつ……は――?」

そこで僕は初めて気付いた。
眼下に広がる、海の正体。
これは、血だ。
夥《おびた》しい数の死が産んだ、海。

カネキ「有馬……」
リオ「え?」
カネキ「有馬貴将……」

瞬間、いつかの記憶が甦る。
あのとき、ウタさんに聞いた男の名。
今、僕の目の前に立つ男こそが、CCGの死神・有馬貴将、その人なのだと――。

リオ「…………」
カネキ「……」
有馬「…………」

いやな汗が止まらない。
手も脚も、つららのように固まって、動こうとしない。
むしろ動き出したら、そのまま壊れてしまいそうだ。
それほどの威圧感を、僕は感じていた。
それは、横に居るカネキさんも同様のようだった。

有馬「…………」

//SE:ザッ……ザッ……(一歩ずつ近寄る)

カネキ「リ……オくん……」
リオ「は……い……」

喉がかすれて、うまく声が出せない。

カネキ「僕が……」
カネキ「……僕が……先制攻撃を仕掛ける……」
リオ「……！」
カネキ「君は……——」
カネキ「——援護を頼む……!!」

//SE：ザッ!!

リオ「……！」

カネキさんが、有馬に向かって走ってゆく。
その瞬間——。

//SE：ドスッ（刺さる音）

カネキ「るえ……？」

//SE：ドサリ……

リオ「え……？」

何が起きたか、僕の脳では処理できなかった。

気付けば、カネキさんの背後に回った有馬のクインケが、
カネキさんの頭部を貫いていた。

リオ「あ……あああ……!!」

これが死神。これが有馬貴将。
彼がゆっくりと、今度は僕を見据える。

リオ「…………ッ」
有馬「……」

《選択肢》
◆1：逃げる
◆2：戦う

◆1：逃げる

僕は、走り出していた。
抑えきれない恐怖が、そうさせたのだ。

//SE：ダッ
//SE：ザシュ

//暗転

数秒後、僕は彼に貫かれて、死んだ。
死神の刃は鋭く、僕が太刀打ち出きる筈もない程に、完全であった。

◆全滅ENDカネキver.『死神の刃』

◆2：戦う

リオ「…………ッ」

僕は勇気を振り絞って、構えた。
カネキさんを助ける。
そのためには彼を倒さねばならない。
死という運命を、乗り越えなければならない。

リオ「来いッ……!!」
有馬「…………」

死神が、来る。

//バトル(有馬)

◆勝利

リオ「ゼエ……ゼエ……!!」

有馬の攻撃をなんとか凌《しの》ぐ。
彼の一撃は、速く、重く、見えない。
これが人間の成せる業なのだろうか。
全ての傷が深く、致命的だった。

//SE：ザシュ

有馬「……」

油断したのか、運命の気まぐれか。
僕の繰り出した攻撃が、有馬の頬を掠めた。
彼の血が、初めて流れる。

リオ「はあ……はあ……」

これだけ戦って……一撃。
僕はもう、立っているだけでも必死だと言うのに。
彼に赤い血が流れていることが、僕には不自然にさえ思えた。
死神が頬の血を視線で追う。

そして——。

有馬「……やるな」

リオ「……!」

——微笑《わら》った。

//BG:まっしろに

……そこからは一瞬だった。

僕の中心を、彼が貫く。

四肢の感覚が0秒でなくなり、すべての意志が吹き飛んだ。

地に伏しているのか、宙に浮かんでいるのかもわからない。

僕の意識は、どこにあるのだろう。

なにかが聴こえたような気がした。

誰かが近付いてくる足音のようにも聴こえたし、母親の中で感じる胎動のようにも聴こえた。

「新しいクインケが要る」

誰かが、たしかに呟いた。

次の瞬間、僕は頭部を貫かれ、絶命した。

//有馬スキル入手

◆有馬END『Haise &...』

◆敗北

死神は、強かった。

敵うはずもないほどに。

ここで二人、倒れるのが、僕らの運命だった。

そんな気さえしてしまう。

絶体絶命の崖の突先。

真下には無限に続く、暗闇。

無謀にも僕らは、二人揃ってそこへ飛び込んでしまったのかもしれない。

羽でもあれば、そこを越えられただろうか。

それとも、死神の手で、それすらももがれていただろうか。

今となっては、わからない。

どうすれば、僕らが先へ進めたのか。

考える意識もやがて途絶える。

そして、闇よりも暗い地の底へと、ただ引きずり込まれてゆく——。

//ゲームオーバー

C MAIN 11―3 エンディングC

◆あんていくサブイベント達成時
全滅ENDあんていくver.

古間「ハア……ハア……」
入見「あら……ハア、どうしたのお猿さん……充電切れかしら？」
古間「ふふ……、どうもそうみてえだよ、ワン公。一発ケリ入れてくんねえか？」

//SE：バシイイ!!（蹴り）

古間「って　オイ!!　本気でやるヤツがいるか!!　こちとら死にかけだぜ、オイ!?」
入見「あら、死に掛けてたのね。今ので死ねば良かったのに」
古間「ったく……口の悪さまで黒狗時代に戻りやがった」
入見「あなたも、口調戻ってるわよ。お山の大将の頃に」
古間「へへ……懐かしいな。よぉ～くやり合ったよな、俺たち」
入見「……そうね。毎晩殺しあってた」
古間「……お前の男を半殺しにしたこともあったな」
入見「……言うな」
古間「……悪かった」
入見「……過ぎたことよ」
古間「芳村さんが現れなかったら、どっちかが死ぬまで、続けたんだろうな」
入見「…………そうね」
古間「……なあ」
入見「……ん？」
古間「俺にホレてたか？」
入見「……馬鹿じゃないの」
古間「ハハハッ。――……俺は、いい女だと思ってたぜ。初めて会ったとき、俺の顔面に蹴りを入れたときからな」
入見「…………。――そう」
古間「…………ああ」
入見「…………。――ヒトを、たくさん、殺したわ」
古間「ああ」
入見「罪のない人もいた」
古間「……ああ」
入見「芳村さんに罪に気付かされて、人がいとしくなった」
入見「その想いが強くなればなるほど、罪の色は濃い影を落としていったわ……」
古間「……」

入見「いくら悔いても、赦《ゆる》されることはないのね」
古間「…………」
入見「…………なんて、私らしくないわね」
古間「……俺も同じだ」
入見「…………」
古間「ずっと、悔やんでるさ。——もっと早く、芳村さんと出会っていれば良かった、って……」
入見「…………」
古間「……楽しかったよな、あんていく」
入見「ええ」
古間「……最高だったよな、俺たち」
入見「……そうかもね」
古間「はは……」
入見「…………」
古間「ずっと……あの日々が続けば、良かったのに……」
入見「…………そうね……」
古間「……なあ入見……」
入見「……？」
古間「……手……握っててくれないか……」
入見「…………」
古間「……怖いんだ……」
入見「…………」

入見「…………嫌よ」
古間「……そこをなんとか……」
入見「…………」
入見「…………しょうがないわね、ホラ」
古間「…………へへ、この魔猿、最後は女の胸で死なないとカッコつかねえからな」
入見「胸を貸すとは言ってないわよ」
古間「そこをなんとか……！」
入見「死ね」
古間「ったく……最後までキッツイな……ブラックドーベルのボスさんは……」
古間「……はぁ」
古間「コーヒー……」
入見「…………ん」
入見「……もう一杯、飲んでおけばよかったわね」
古間「…………」
古間「……」
「……」
入見「……」
入見「……」

入見「……古間?」
入見「…………」
入見「……」

//フェードアウト

「……」
「………大丈夫」
「………すぐ、いくわ……」

//時間経過

//SE：かけつける音

リオ「……ハァ……ハァ……」
リオ「…………!」

//SE：かけつける音

リオ「古間さん……入見さんッ……!!」
リオ「……クソ……僕は……僕は……」
狗と、猿の面を携え、
寄り添うように眠る、二人。
その姿は、とても睦《むつ》まじく見えた。

//SE：ドシャ

リオ「……ッ」

道中、傷ついた身体に耐えかね、膝をつく。
どくどく、と血が溢れている。

リオ「悔しいな……」
リオ「…………急いだんだけどな……」

空を見上げる。
無慈悲な雨が僕の顔を激しく叩きつける。
僕の涙も、血も、存在した証すら流し去ってしまうような、激しい雨。
雨音が遠くなり、意識が薄れてゆく。
最後に二人に会えたことが、せめてもの救いだろうか。

//SE：ドシャ……

雨は降る。
降り続ける。

いつまでも、いつまでも——。

//スキル入手

◆全滅ENDあんていくver.『犬猿』

↓◆「C MAIN ⓫-❷」エンディングB「カネキ原作END」

〝B〟へ

◆あんていくサブイベント未達成
全滅END四方ver.

//SE：ずるっ　ずるっ（ひきずる脚）

リオ「ハァ……ハァ……」

傷と、疲労で、限界が近付いている。
脚を引きずるようにして、それでも前へ進む。
辺りには捜査官と、喰種の骸《むくろ》、骸、骸……。
僕が生きているのが、奇跡とも言えるような、惨状がそこには広がっていた。

//SE：ずるっ　ずるっ（ひきずる脚）

リオ「ここを過ぎれば……あんていくが……」

//SE：ずるっ　ずるっ（ひきずる脚）

リオ「はあ……はあ……」

「……」

リオ「……！」
リオ「あ……あんていくが……」

僕が辿り着いたのは、ごうごうと燃え盛る、かつての居場所。

リオ「そんな……」

力が抜け、膝から崩れ落ちる。
業火は、ばちばちと音を鳴らしながら、店を焼き尽くす。
その音は、まるで『あんていく』が上げる断末魔のようだった。
とても見ていられなくて、顔を伏せた。
涙が、足元に出来ていた水溜りに落ち、弾ける。
この雨が、あの火をすべて消し去ってくれたらいいのに。
しかし、僕の願いも虚しく、あんていくは、積み木のように崩れ落ちていく。

誰かがそう、告げているようだった──。

『もう終わりだよ』。

「リオ」

どれぐらいの時間、火を前にしていただろう。
背後から突然、呼びかけられる。

リオ「……」
リオ「…………四方さん……」
四方「…………」
四方「……ここは危険だ。行くぞ」
リオ「…………」

ぐいっ、と四方さんの腕が僕を引き上げる。
力の抜けた僕の肩を担ぎ、四方さんは歩いていく。

四方「……」
四方「……あっという間だな」
リオ「…………」
四方「…………」
四方「…………昔、俺もお前と同じように、フロアに立っていた」

リオ「え……」
四方「……なかなか、うまく出来なくてな」
四方「客が来ると、なにを喋っていいかわからない」
四方「……だから……」
四方「接客が苦手なお前の気持ち、俺は……わかるぞ」
リオ「…………」

//時間経過
//キャラ表示OFF

歩きながら、ポツリポツリと、四方さんは思い出を話してくれる。

四方「はじめて飲んだコーヒーの味を覚えている」
四方「ヒト以外に、口に出来るものがあるなんて、知らなかった」
リオ「……僕もです」
四方「……ああ」
四方「芳村さんの淹れたコーヒー、美味かった」
四方「……なぜか、すごく懐かしい味だった」

//時間経過
//画面だんだん暗く

四方「コーヒーの淹れ方も教わった」
四方「……あの味を再現したくて、何度も一人で練習したんだ」

リオ「四方さんが……？　なんだか……意外です」
四方「……そうだな」
四方「夜中に厨房にいて、古間に驚かれたな……」

◆四方サブルート非通過

四方「芳村さんには勝てないが……古間や、入見より、俺のコーヒーは美味いぞ」
四方「……本当だ」
リオ「………フフ」
それは、四方さんの精一杯の冗談のようにも思えた。
リオ「……いつか飲ませてください。四方さんのコーヒー」
四方「……ああ」

◆四方サブルート通過

リオ「たしかに……四方さんのコーヒー……美味しかったな」
四方「……ふっ……そうか」
四方「いつか、喫茶店でもやるか……」
四方「接客は……リオ、お前に任せるぞ」
それは、四方さんの精一杯の冗談のようにも思えた。
リオ「ええっ、僕も苦手なんですから……四方さんも一緒に手伝ってくださいよ」
四方「………」
四方「そうだな……」
リオ「そうですよ……」
リオ「はは……」
四方「……」
四方「リオ……」
リオ「……はい？」
四方「……」
四方「店がなくなるのは……辛いな」
リオ「………」
四方「……」
四方「………俺は、辛い」
四方「………あの場所を、守りたかった」
四方「………」
リオ「………」
みんな、想いは同じだったんだ。
四方さんだって、本当は駆けつけたかったに違いない。
それなのに……。
リオ「僕は……自分勝手だ……」

四方「…………」
四方「いい」
四方「……嬉しかった」
リオ「え……？」
四方「……お前が、そこまであんていくの奴らのことを考えていたことが」
四方「……嬉しかった」
リオ「…………」

//時間経過

四方さんは、ひとつひとつ、紡ぐようにしながら、僕に話しかけてくれた。
僕を落ち着かせるように。
あるいは四方さん自身の心を。
僕たちは、ただ歩く。
かつての居場所に、背を向けて――。

//スキル入手

◆全滅END四方ver.『無垢な血』

→◆「C MAIN ⑪-❷」エンディングB「カネキ原作END」

〝A〟へ

◆あんていくサブイベント未達成
◆四方サブイベント未達成
全滅END

//SE：ずるっ　ずるっ（ひきずる脚）

リオ「ハァ……ハァ……」

傷と、疲労で、限界が近付いている。
脚を引きずるようにして、それでも前へ進む。
辺りには捜査官と、喰種の骸、骸、骸……。
僕が生きているのが、奇跡とも言えるような、惨状がそこには広がっていた。

//SE：ずるっ　ずるっ（ひきずる脚）

リオ「ここを過ぎれば……あんていくが……」

//SE：ずるっ　ずるっ（ひきずる脚）

リオ「はあ……はあ……」

「……」

リオ「……！」

リオ「あ……あんていくが……」

僕が辿り着いたのは、ごうごうと燃え盛る、かつての居場所。

リオ「そんな……」

力が抜け、膝から崩れ落ちる。
業火は、ばちばちと音を鳴らしながら、店を焼き尽くす。
その音は、まるで『あんていく』が上げる断末魔のようだった。
とても見ていられなくて、顔を伏せた。
涙が、足元に出来ていた水溜りに落ち、弾ける。
この雨が、あの火をすべて消し去ってくれたらいいのに。
しかし、僕の願いも虚しく、
あんていくは、積み木のように崩れ落ちていく。
『もう終わりだよ』。
誰かがそう、告げているようだった――。

//SE：ドシャ

リオ「……ッ」

道中、傷ついた身体に耐えかね、膝をつく。
どくどく、と血が溢れている。
リオ「悔しいな……」
リオ「………急いだんだけどな……」

空を見上げる。
無慈悲な雨が僕の顔を激しく叩きつける。
僕の涙も、血も、存在した証すら流し去ってしまうような、激しい雨。
雨音が遠くなり、意識が薄れてゆく。
あんていくの前で死ぬことが、せめてもの救いだろうか。

//SE：ドシャ……

雨は降る。
降り続ける。
いつまでも、いつまでも――。

◆全滅END『積み木の家』

C MAIN 12 エピローグ

——目が醒《さ》めると、すべて終わっていた。

とてもとても、静かな目覚めだった。

〝あの人〟は、行ってしまった。

薄闇に紛れ、僕達は20区を後にした。

ここで手に入れた物はすべて置いていく。

居場所は『場所』が作るんじゃない。『ヒト』が作るものだから。

〝彼〟が、そう教えてくれた。


……20区を去る道中、ニシキさんが言っていた。

これだけ派手に『喰種』と『CCG』がぶつかり合い、死体が転がっていたら——

『実は喰種だった、喫茶店スタッフ』が、いるかどうかなんて分からない……と。

僕達がこのまま行方をくらましてしまえば、捜査の手は及ばない。

……なんの手がかりもないのだから。

「ったく、ムカつくジーサンだよな」と、いつもと同じニシキさんの憎まれ口。

……あれから、店長や古間さん、入見さん達がどうなったのか分からない。みんな、無事に逃げられたのか、それとも……。

ただ、願わずにはいられなかった。

いつかまた、店長の入れたコーヒーを、みんなで飲める日が来ればいいと……。

//時間経過
//BG：青空
//SE：鳥の鳴き声
//BG：CCG本部　昼
//亜門視点

アキラ「……ッ、クシュン！」

//画面振動

亜門「……アキラ、大丈夫か？　あの日は、一晩中雨に打たれていたからな……」
アキラ「ふむ……いや、誰かが私の噂でもしているのだろう」
アキラ「そのぐらいで体調を崩すような鍛え方はしていない」
アキラ「……亜門上等こそ、疲れが残っているのではないか？　顔に死相が出ているぞ」
亜門「死相……」
アキラ「ああ、声と顔にいつもの覇気がない」
アキラ「……まぁ、あれほどの戦いだったからな」

亜門「ああ……」
亜門「……今回の作戦」
亜門「……勝者は一体どっちだったんだろうな……」
アキラ「……」

//SE：駆けてくる足音

什造「あっ、亜門さーん、真戸《まど》ちゃーん!」
アキラ「鈴屋《すずや》二等……どうしたんだ、菊の花束なんて持って」
什造「これから、篠原サンのお見舞いにいくですよー」
アキラ「…………」
亜門「…………」
什造「どうしたです? 頭痛ですか?」
アキラ「……鈴屋二等。見舞いに菊は……どうかな」
什造「? でもとってもキレイですよー」
亜門「まあまあ、アキラ。せっかく什造が気を遣ったんだ。篠原さんも喜ばれるに違いない」
アキラ「まあ……それもそうか」
亜門「什造、篠原さんによろしくお伝えしてくれ」
什造「オーゲサですねえ、ちょっと負傷しただけですよ。またすぐ快復するですよ」
什造「いわっちょさんが言ってたです。篠原さんは『フトンの篠原』だって」
亜門「……」
アキラ「……不屈、な」
亜門「にしても、大量すぎないか。その花束。飾る場所がなさそうだが……」
什造「おや? たしかにそうかもですねえ……」
什造「うーん、どうしましょうか……あ!」

//SE：駆けていく足音
//立ち絵なし・セリフのみで

什造「政道《せいどう》! これ、あげますー!」
滝沢「は、ハァ!? なんだよいきなりッ」
什造「この間の梟戦、ゼンゼン功績あげられなかった政道に、なぐさめの一輪です」
滝沢「ハァァァァ!? お前、喧嘩売ってンのかッ!」

//亜門とアキラの立絵表示

アキラ「……フッ、賑《にぎ》やかな奴らだな」
亜門「ああ、そうだな」
亜門「……良かったな」
アキラ「……ん?」
亜門「いや……あれほどの戦いだったからな。もちろん死傷者は出たが……」
亜門「少なくとも我々の班は、こうして皆無事に終わった」

亜門「なぜだろうな……まるでこの日常が嘘みたいな気さえしてくる」
アキラ「…………………」
アキラ「まったく、なにをのん気なことを。まだ何も終わってはいない」
アキラ「仕事は山ほどあるぞ、亜門上等」
亜門「……そうだな」
アキラ「それにしても、あの鈴屋二等が花とはな。気が遣えるようになったのは驚きだ」
亜門「……何故、そこで俺の顔を見るんだ」
アキラ「さぁ、何故だろうな?」
アキラ「一言申し上げるとすれば、君は女に恥をかかせる奴だ、ということとぐらいかな」
亜門「……ッ！　そ……その話は……！」
アキラ「……冗談だ。ほら、急がないとランチタイムが終わるぞ」
//SE：去って行く靴音
//キャラ：アキラのみ去る
亜門「……まったく。冗談なら、もう少し分かりやすく言ってくれ……」
亜門「………………」
亜門「……本当に、良かった」

//SE：駆けて行く靴音
//暗転
(時間経過のため、わざと間をとって下さい)
……。
…………。
………………。
//SE：インターホン
ヒナミ「はーいっ」
//SE：ガチャリとドアノブが回る
//SE：ドアが開く
//BG：マンションの一室　昼
//20区を出たカネキたちの新たなアジト
//カネキ視点　一人称なし
ヒナミ「お兄ちゃん！　お帰りなさいっ」
「ただいま」

イチミ「おかえりーっす」
万丈「おー、お帰り。道わかったか?」
ジロ「万丈さんじゃないんスから」
サンテ「そーそー」
万丈「ど、どういうイミだよッ」
万丈「悪ぃ、一人で運ぶのにはちょっと重かっただろ?」

//SE：買い物袋をテーブルに置く

トーカ「なんだ、思ったより早かったね。ちゃんと頼んでたもの買ってきた?」
トーカ「どれどれ……」

//SE：袋をガサゴソ

トーカ「……ちょっと! これ、私が頼んでたヤツと違うじゃん!」
「えっ? メモの通り買ってきたと思うけど……」
トーカ「よく見ろ! メーカーが違う!」

//SE：蹴られる

「ッ!!」

トーカ「買い直しね」
「……自分で行けばいいのに」
トーカ「……なんか言った?」
「……いいえ!」

万丈「おーい、トーカ……さん! 説明書の漢字読んでくれ! イスが組み立てらんねえ!!」
トーカ「ああ!? ったく本当図体がデカイ以外取り得ないわね……」
万丈「何気にすげえヒドイこと言ってねえか……?」

//SE：去って行く足音

ヒナミ「…………」
「ヒナミちゃん、どうかした?」
ヒナミ「……うん。……お家って、こうやって出来ていくんだなぁって思って」
ヒナミ「初めてみんなでここに来た時は、何にもないただの広いお部屋だったのに……」

ヒナミ「カーテンをつけて、テーブルを置いて、ソファを置いて……少しづつみんなでお家にしていくの」
「……そうだね」
ヒナミ「ここが、ヒナミ達の新しいお家なんだよね！　みんなで一緒に住めるんだよね！」
「うん、そうだよ」
万丈「ええっ!?　これじゃ、ダメなのか!?」
トーカ「なんでこんなにネジが余ってんのよ!!　アンタの頭のネジじゃないの!?　……あー、作り直しかよ……」
万丈「す、すまねえって……」

//SE：ガチャ

月山「――ムッシュエンッ、マダ――――ムエンッ、マドモアゼル！」
トーカ「……」
万丈「……」
ヒナミ「……」
月山「……フゥン……？」
月山「ほら、花を持ってきたよ」
ヒナミ「わあ……キレイ！」
月山「お気に召したかな？　――新居にふさわしい百日草（ジニア）さ」
トーカ「気ィ利くじゃん。じゃあ花置いたら帰って」
月山「ハハッ、面白いジョークだね、霧嶋さん！　10ポインツ！」
トーカ「なんのポイントだよ……」
月山「ふむ……いい家じゃないか。それで、僕の部屋はどこだい？」
トーカ「なんでテメエの部屋があるんだよ」
万丈「帰れ変質者」
月山「ハハハハ、君たちまとめて20ポインツ！」

//SE：インターホン

ヒナミ「あ、帰ってきた……はーい！」

//SE：ドアが開く
//SE：近づいてくる足音×2

ニシキ「……っはー、疲れたぁ。ったく、なんで俺が買い出しに行かなきゃなんねーんだよ」
ニシキ「しかも……」
四方「…………」
ニシキ「相方これじゃ、全然会話弾まねェーし……」
ヒナミ「わぁ……おっきな袋だね？　ニシキさん、何を買ってきたの？」
ニシキ「……ああ、これは……ほれ」
//SE：ガサゴソと袋を開ける
//SE：カップの擦れる音
トーカ「……コーヒーカップ」
「これ、どうしたんですか？」
ニシキ「通りかかった店で見つけたんだよ。……要るだろ？」
四方「……豆と、サーバーと、ポットと……器具も一式揃えてきた」
ヒナミ「わぁ……『あんていく』みたいだねっ……」
トーカ「…………」
ニシキ「…………」
ヒナミ「あ……」
「……」
「……そうだね。また、『あんていく』を始められるかもしれない」
ヒナミ「……本当に!?」
「うん」
トーカ「……」
トーカ「そうだね」
トーカ「……私達の知ってる『あんていく』と同じじゃないかもしれないけど……」
トーカ「……店長の想いを、私達が引き継ぐことは出来る」
ヒナミ「……引き継ぐ……」
ニシキ「……『喰種』の集まる、喫茶店か。……ま、悪くねぇかもな」
ニシキ「俺も大学なくなって、ヒマだし」
万丈「……『アイツ』も、きっと一緒にやりたがるよな……」
月山「バンジョイくん……そうだね」
ニシキ「……」
トーカ「……」
互いに顔を見合わせて、黙り込む。
この生活に、ひとりだけ欠けている『彼』のことを思って。
ニシキ「……戻ってくんだろ。そう言って出たんだからよ」
トーカ「……まぁね。約束したから」
「……」
「（……そういえば……）」
「……『あんていく』って、どういう意味なの？」
ニシキ「あ？　そーいや知らねえな。トーカは知ってんのか？」
トーカ「いや、私も前に古間さんと入見さんに聞いた事があるんだけど……」
トーカ「結局教えてくれなかったな」
トーカ「四方さんは知らないんですか？」

四方「…………」

ヒナミ「えーっ、知りたい！」
トーカ「四方さん、知ってるなら教えてよ！」
四方「……さあな」
四方「いつか、皆が帰ってきたら、聞けばいい。……そのための『あんていく』だろ」

四方さんは口角を少し上げて微笑んだ。
そのための『あんていく』。
……そうだ、僕達には居場所が必要だ。

「――僕達の『あんていく』を作ろう」

トーカ「……！」
ニシキ「……！」
ヒナミ「……！」

「名前は変えなきゃいけないけど……」
「みんなが、帰ってこられる場所」
「みんなが、笑える場所」
「芳村さん、入見さん、古間さん……」
「それに……」

カネキ「リオくんが、
帰ってこられる場所を――」

そうすれば、いつかまた、ここで。
会える気がするから。

窓から入った風が、ジニアの花を優しく揺らしていた――。

◆真END『悲劇を終わらせる者』

//トロフィー解放「受け継がれる想い」

C MAIN 13 ≡ エンディングD

//「B MAIN ㉜」で早期勝利条件を達成し、キジマを倒した場合のみ発生キジマ「ぐ……私が……負けるだと……!?　ッフフ、貴様……やはり……」
キジマ「さあ、どうする……トドメを刺すか……!?」
キジマ「だが、忘れてはいないだろうな？　兄の命の手綱《たづな》を握っているのは私だ！　――私を殺せば永遠に兄とは会えなくなるぞ……」
リオ「………」

《選択肢》
◆1：キジマを殺す
◆2：キジマを見逃す

◆1：キジマを殺す

リオ「…………」

本当に、このままジェイルを探せば、兄さんを救えるのだろうか？
まるで霧のように実体の掴めない、ジェイルの影。
彼を追っている間に、兄さんはこの男に殺されてしまうのではないか。

リオ「(……そうだ)」

ジェイルを追うよりも、この目の前にいる男と直接交渉した方がずっと良いに決まっている。

リオ「…………兄さんを解放しろ」
キジマ「……ッフ、なにを……」
キジマ「私の一存ではどうしようもできないのだよ……リオくぅん」
リオ「……」

《選択肢》
◆3：脚を切る
◆4：キジマを見逃す↓前選択肢の◆2へ

◆3：脚を切る

//SE：どしゅう!!

キジマ「ひぎっ!?」
リオ「兄さんを解放するんだ!!」
キジマ「クヒィ……ヒヒヒヒヒ、こ、断る……」
キジマ「リオ……貴様……手を出したな……終わりだ。兄は助からない……クハハハハハ!!」
リオ「………ッ」

《選択肢》
◆５：腕を切る
◆６：キジマを見逃す→◆７へ

◆５：腕を切る

//SE：どしゅう!!

キジマ「くひゃっ!!」

キジマの右腕が地面に落ちる。

リオ「兄さんを解放しろォォッツ!!」
キジマ「キイイイッッ……!!」
キジマ「ぐひ、ぐひひひっぃ……」
キジマ「く……クヒヒヒッヒ……ヒッヒ……」
リオ「兄さんを……返してくれ……ッ」
キジマ「…………」
キジマ「……」
キジマ「わかった……わかったよ……――……そのかわり……命だけは見逃してくれないかね……」
リオ「…………」
リオ「……ああ」

キジマ「……っふう……」

キジマ「君のお兄さんは、コクリアにはいない」
リオ「!?」
リオ「貴様……ッッ」
キジマ「おっと!! 話は最後まで聞け……」
キジマ「正直に話そう、私は近々君の兄をクインケにするつもりだった」
キジマ「最後の追い込みをかけるため、個人用の独房に彼の身柄を拘束している」
キジマ「コクリア内には、色々と規則が多い……訪問時間も限られているしな……」
リオ「……コクリアに……いない……」
キジマ「嘘じゃない、確認もとれるはずだ」
キジマ「13区の貸し倉庫だ。〝次萩《つぎはぎ》〟という名で借りている」
リオ「…………」
キジマ「……私の電話をとってくれ。鞄に入っている」
リオ「……」
僕は言われたとおりに、鞄から携帯電話を取り出し、キジマの左手にそれを差し出した。
キジマ「……もしもし、次萩です。借りていた倉庫ですが……ええ、解約したいのですが」

キジマ「今から代理の者を向かわせるので、中の荷物は彼に……」

//SE：電話を切る

キジマ「……鞄からキーリングをとってくれ。鍵を渡す」
リオ「…………わかった」

鍵の束を渡すと、キジマは残りの手を使って、不器用に、ひとつのカギをリングから取り外した。
それを僕に投げ渡す。

キジマ「倉庫のカギだ。かわりに返却しておいてくれ」
リオ「…………」

本当に……兄さんがそこにいる……？

リオ「…………」
キジマ「……どうした、行かないのか？　あまり遅くなると、管理のものが中を廃棄するぞ」
キジマ「それでよいのなら構わないが……」
リオ「……」

行くしかない。
やっと、兄さんを助ける道が開いたんだ。

僕は走り出そうとした。

キジマ「リオ！」
リオ「!?」
キジマ「……鞄を、近くに置いてくれないか」
リオ「…………」

兄さんを救うためとは言え、キジマの状況は悲惨だった。
右腕は切られ、脚は義足一本しか残っていない。
もう、どうこう出来る状態ではない。
僕は鞄を拾い、彼の傍《かたわら》に持っていった。

//SE：スイッチ音

キジマが笑った。
歯の奥で、何かを噛みこむ音がした。

キジマ「遠隔起動」
リオ「え？」

//SE：ブオン　クインケが起動し、リオを襲う

リオ「!?」

／／SE：かわし、よける　ザッ
キジマの鞄から、突然なにかが飛び出し、僕に襲い掛かった。
それは鞭のようにしなり、先には鋭い槍がついている。
クインケだ。
万が一のために、鞄の中に仕込んでいたのだ。
そのクインケはキジマが操作しているわけでもないのに、ひとりでに動き、僕の方へ鋭く向かってくる。
リオ「くっ……!!」
キジマ「死ね!!　死ぬんだ!!　死ねえええええっ!!」
／／SE：ブオン　ブオン
もはや戦う力のないキジマが、声にすべての怨念を乗せて叫んだ。
／／SE：クインケが向かってくる
リオ「!!」
／／SE：かわす
クインケは僕の頬を一瞬かすめ、後方へ飛んでいく。
キジマ「ギアアアアアアアアアアアアアアアアアアッッ!!」

リオ「!?」
絶叫に驚き、キジマのいた背後に顔を向ける。
僕が避けたクインケは、まっすぐにキジマの脳天を貫いていた。
キジマは、叫んだ口を開けたそのままに、絶命していた。
リオ「あ……」
皮肉な話だった。
ジェイルを追う彼の執念が、彼自身を殺した。
僕は、執拗に僕を追い続けた喰種捜査官の最期を前に、しばらく立ちすくんでいた。
／／時間経過
／／BG：夕方
リオ「……ここか」
僕は、キジマが言っていた貸倉庫へと足を運んだ。
手には、奴から受け取ったカギを握りしめて。
リオ「………」
キジマが借りていた倉庫の前まで来た。

この中に兄さんがいる。
震える手で、カギを差し込んだ。
リオ「(どうか……無事でいてくれ……!)」
祈るように、扉を開ける。
//BG:暗闇
——中は暗く、結構な奥行きがあるようだった。
//SE:足音
リオ「……兄さん?」
呼び掛けてみるが、返事はない。
もっと奥へ足を進める。
//SE:足音
リオ「兄さん?」
もう一度呼び掛けるが、やはり返事はない。

//SE:足音
リオ「兄さ——」
//SE:たちどまる足音
さらに呼び掛けようとして、僕は傍にある影に気が付いた。
黒い人影が、そこにあった。
//SE:足音
リオ「に……」
リオ「…………」
リオ「…………」
リオ「…………」
//たくさん時間経過
//BG:青空
——あれから月日が経った。
どこかのニュースで、20区で大きな戦いがあったと聞いた。
CCGと喰種との戦い。
そこでは多くものが命を失ったという。
胸が痛む。

かつて僕がいた場所。

あんていくは、無事なのだろうか。

……いや、芳村さんたちのことだ。

きっとどこかへ上手く逃げたはず。

……そう信じたい。

僕は、ねぐらにしている廃墟の一画へ戻ってゆく。

手には調達してきた食糧がある。

一人で、身の回りのことをこなすのに、ずいぶん慣れた。

食糧の調達はずっと、兄さんだったけど、今は一人で、すべてこなす。

寝床の確保も、必要な雑貨を集めるのも、昔みたいに、ただ待っているだけの弟ではなくなった。

//SE：カチャカチャ

たまの楽しみは、コーヒーを淹れること。

揃えたコーヒー道具は僕の生活必需品だ。


//トポポポポ…


湯を沸かし、挽いておいたコーヒー豆へ、『の』の字に注ぐ。

あたたかな泡がぶくぶくと膨らむ。

独特の香ばしい匂いが沸き立つ。

芳村さんの味には遠いけど、僕の腕も悪くない。

リオ「よしっ、上出来」

僕は、淹れたてのコーヒーを持って、テーブルへ運んでいく。

並ぶ、二つのカップ。

リオ「――お待たせ、兄さん」

……空はどこまでも高く、僕らはいつまでも自由だった。

◆裏真エンディング『二人でコーヒーを』

◆2：キジマを見逃す

リオ「……くっ」

//SE：走ってくる音

捜査官「キジマ准特等、こちらですか!?」
リオ「(マズい、仲間が……)」

//SE：走り出す音

キジマ「ふう……危ない危ない……」

《マップ画面へ》

◆7：キジマを見逃す

リオ「……」
これ以上は……無意味だ。
どうせこの脚じゃ、キジマももう僕を追えないだろう。
僕は振り返り、その場をあとにしようとした。

//SE：ドスッ（クインケで切る音）

リオ「…………えっ」
キジマ「馬鹿だねえ……リオくん。息のある敵に背中を見せるとは……」
リオ「あ……ぐ……」

脚を失ってなお、キジマは僕に攻撃を仕掛けてきた。
キジマ「よくもやってくれたねえ、私の残り一本の足を……」
リオ「う……ぐ……」

キジマ「お礼をしなくてはねえ!!」
//SE：ザシュッ（クインケで切る音）
リオ「ぐ、あ……!」
//SE：ザシュッ（クインケで切る音）
//SE：ザシュッ（クインケで切る音）
キジマ「ありがとう！ ありがとう！」
//SE：ザシュッ（クインケで切る音）
//SE：ザシュッ（クインケで切る音）
//SE：ザシュッ（クインケで切る音）
//SE：ザシュッ（クインケで切る音）
リオ「うわあああああああああああ!!」
キジマ「ありがとう!! ありがとう!! ありがとう!! ありがとう!! ありがとう!!」
//SE：ザシュッ（クインケで切る音）
//SE：ザシュッ（クインケで切る音）
//SE：ザシュッ（クインケで切る音）
//SE：ザシュッ（クインケで切る音）

//SE：ザシュッ（クインケで切る音）
//SE：ザシュッ（クインケで切る音）

リオ「に……ぃ、さん……」
キジマ「ツヒヒヒハァ！　ありがとうォォォオオオオオッッッッッ！！！！！」
リオ「（助け、られな、くて、ごめ……）」

//画面、真っ赤に染まり……
//ゲームオーバー

石田補足④

■各エンディング集

●「C MAIN 8の選択が→あんていくを救いにいく」の場合

・喫茶店END「to:re」

「:re」の世界で、リオが喫茶店で働いているというエンディングです。
「鉄橋のイベント（C MAIN 6）」を原作通りクリアしていればこのエンディング。
（以下、こちらを「鉄橋フラグ」と呼ばせていただきます）

トーカ、四方さん、リオの三人でやっている感じでしょうか。

（補足としまして、鉄橋イベントを原作通り進めるには、「トーカがカネキのクセを知っている」必要があります。

ただジェイルでは、トーカがヒデからその情報を聞かないため、リオが、ヒデからクセの話を聞き出し、さらにトーカにその情報を伝える必要があります。
リオがトーカに伝えるには、トーカとある程度親密な必要があり……。

要約しますと、トーカとヒデ、両方のサブイベントをクリアしなければ、この鉄橋のイベントはクリアになりません。

なぜこんなことになってしまっているのかと言うと、かなり自分の脳内設定にはなりますが――、「リオが原作のストーリーに介入してしまったため、物語に歪みが生じ、原作とは異なるストーリーになってしまっている」から、ということになっています。

なので、リオがその歪みを修復しないといけないというイメージです。）

・喫茶店キジマEND「no.re」

「ジェイルフラグ」がオフだと右のエンディングから、こちらの不穏な流れに入ります。

「ジェイルフラグ」のオン状態は、「リオが、自身がジェイルだと気付くこと」を意味しています。

このフラグをオンにするには、
「①ジェイル容疑がある者の疑惑を払拭し」
「②キジマにより、真実を聞く」必要があります。

①の達成には、ロウとキンコとメインイベントもクリアしなければなりません。

「ジェイルフラグ」がオンだと、自動的にキジマは死んでいるので（CMAIN 3～辺り参照）、右記のエンディングに介入してこないのですが、そうでない場合キジマは、執拗にジェイルであるリオを追跡してきます。

この不気味で救われない感じは、嫌いじゃないです。

・放浪キジマEND「bad night」

鉄橋フラグもジェイルフラグもオフのときに、見せられるエンディング。
ワーストエンド。

鉄橋フラグは、「トーカからの信頼」とも言い換えられるものなので、この場合リオは、トーカから喫茶店に誘われなかったということなんですかね……（冷たいな）。

ジェイルフラグもオフなので、やっぱりキジマがやってきちゃいます。

・放浪END「追い続ける者」

キジマを倒していると、こちらのノーマルエンドに。
リオが一人でコーヒーを淹れているシーンは結構好きだったりします。
物語のはじめと終わりで成長があって、それが、「コーヒーを淹れられるようになった事」だというのが、なんかいいなあ、と。

・殺戮のジェイルEND「JAIL」

キジマを倒したあと、さらに他の捜査官の殺害経験があるとこのエンディングになります。
ダークエンド、といった感じでしょうか。

人を殺すことで、自分の望む展開を実現してきたリオ。
その便利さや、殺害後の快楽に歯止めが効かなくなった結果です。

●「C MAIN 8の選択が→カネキを止めにいく」の場合

・原作END「#143」

各種フラグが成立していない場合は、こちらになります。
なにも変わらず、カネキが一人あんていくを救いに戻るエンディング。

・全滅ENDカネキ「死神の刃」

V14で、カネキと共に有馬貴将を前にしたとき、頭部を貫かれたカネキを置いて逃走すると、即殺されて、こちらに。

・有馬END「Haise &…」

V14で有馬と戦い、勝っても負けてもこちらのエンディングになります。
上記の有馬が出現するエンディングに辿り着くには、C MAIN 10-1にて、捜査官達(亜門、什造、篠原)が立ちはだかるシーンで、誰にも邪魔をされない必要があります。(310P参照)
つまり、「全員を物語中のどこかで殺しておけば」、V14に進むことが出来、有馬と会うことができるという流れになっています。

＜「Haise &…」の「…」→は〝私〟なので省く。残りはカタカナ3つと、ひらがな1つ。＞

●「C MAIN 9-2」で四方さんの制止を振り払って、あんていく戦にかけつけた場合

・全滅ENDあんていく「犬猿」

古間さんと入見さんが対話しながら絶命するエンディング。
普段見れない会話が見れて、なかなか貴重なシーンかもしれません。

・全滅END四方「無垢な血」

こちらも貴重な四方さんの長台詞が見れるエンディング。

・全滅END「積み木の家」

リオが一人で死ぬエンディング。
あんていく、四方さんどちらのサブイベントも見ていないとこちらになります。

●エピローグ

・「カネキを止めに行く」
・「ジェイルフラグ・オン」
・「カネキと戦い、勝利する」

・「鉄橋フラグ・オン」

以上を達成していると、こちらのエンディングになります。
こちらが一応のトゥルーエンドになります。

「原作の終わりを書き換えるには、
かわりの主人公が同じ終わりを遂げる必要がある」と、プロットの段階で考えました。

ジェイルにおけるリオは、「カネキの代わりにV14で死ぬ」ために生まれました。

●裏エンド

・裏真エンディング「二人でコーヒーを」

ルチを倒すまでにキジマを倒した場合(B MAIN 32参照)に、こちらのエンディングになります。

キジマがリオの兄を殺し、クインケ(ロッテンフォロウ)にしたのは、「リオがルチと出会う直前まで」ということになっていて、それ以前にキジマを倒せば、実は兄を救うことが出来ます。

リオは、カネキのかわりに死ぬ事もなく、兄と二人で幸せに暮らしたというエンディングです。

リオが知る限りでは、物語中に(キジマ以外の)死者が出ないお話。

ちなみにキジマが『自分のクインケで死ぬ』というのは、『:re』本編中と同様。因果応報。

第四章

サブシナリオ

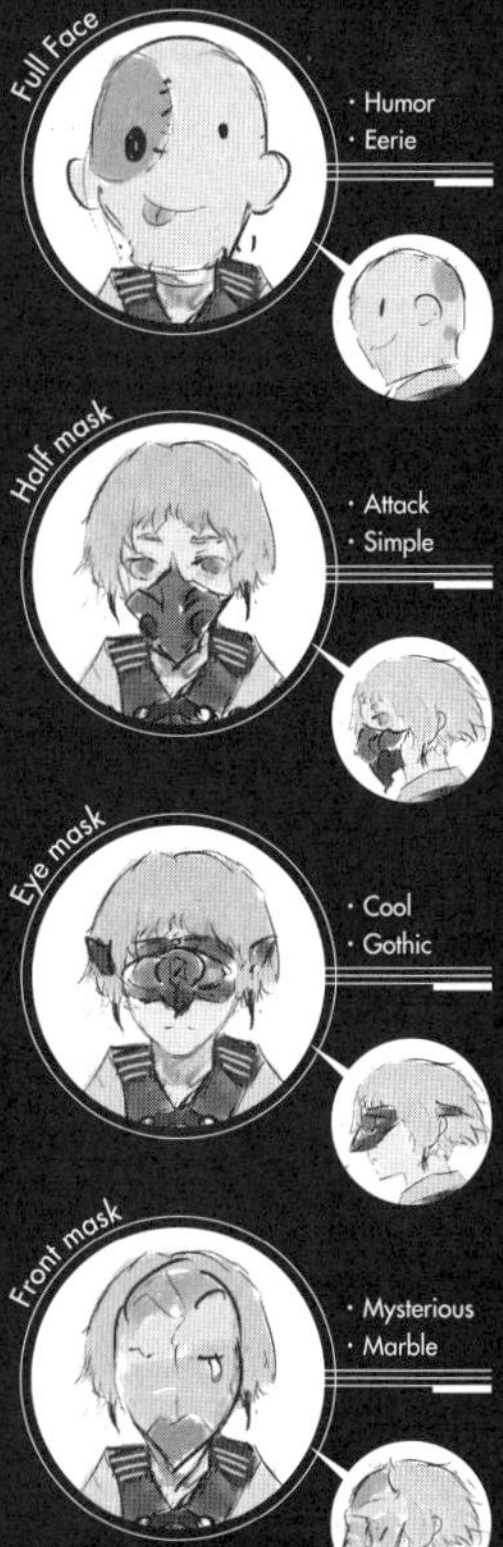
Full Face
・Humor
・Eerie
Half mask
・Attack
・Simple
Eye mask
・Cool
・Gothic
Front mask
・Mysterious
・Marble

S HINA 01

//タイトル：選んだものは

//BG：繁華街　昼or夕
//SE：靴音

リオ「ん……？」
リオ「(……あの子、何をしてるんだろう？)」
リオ「(地べたにべったり這いつくばって……落とし物？)」
？？？(ヒナミ)「んしょ……ダメ、よく見えない……」
リオ「ねえ、なにしてるの？」
？？？(ヒナミ)「あ……」
リオ「もしかして、小銭を下に落とした、とか？」
？？？(ヒナミ)「は、はい……自動販売機の下に、落としちゃって……」
リオ「そっか、ちょっと待ってね」

僕はかがんで下を覗きこんだ。
奥の方に、光る硬貨が見えた。
腕を何度か伸ばしてみるが、届きそうにない。

リオ「……ごめん。ちょっと僕にも取れないや」
？？？(ヒナミ)「あの、気にしないでください。ヒナミが……いえ、私が悪いから……」
リオ「(ヒナミちゃんって言うのか……)」
リオ「(飲み物が欲しかったのかな……)」

《選択肢》
◆1：買ってあげようか？
◆2：次からは気をつけるようにね

◆1：買ってあげようか？

リオ「よかったら……飲み物、買ってあげようか？」
ヒナミ「えっ、でも……」

//SE：自販機に小銭を投入する音

リオ「いいよ、気にしないで。ほら、好きなの選びな。ジュースがいい？　それともお茶？」
ヒナミ「…………」
ヒナミ「ありがとう。それじゃ……これ」
リオ「え……？　これでいい？」
ヒナミ「あ……は、はい……」

↓■合流へ

◆2：次からは気をつけるようにね

リオ「次からは気をつけるようにね」
ヒナミ「うん……」

//SE：自販機に小銭を投入する音

リオ「ここ、100円じゃなくて、120円みたいだよ」
リオ「なにがいい？」
ヒナミ「……えっ」

//SE：自販機に小銭を投入する音

リオ「遠慮しないでいいよ。拾えなかったお詫び。どうぞ」
ヒナミ「……ありがとう、ございます……」
ヒナミ「じゃあ……」

↓■合流へ

■合流

リオ「（……ブラックコーヒー……？）」
ヒナミ「う、うん、これが好きなんだ……変……だよね」
リオ「いや……変では、ないけど……」
リオ「（いや、変なのかな……）」

人間の子供は、もっとジュースとかそういうのを好むと思っていた。

ヒナミ「お兄さん、本当にありがとね！」
リオ「あ、ああ……うん」
リオ「（ヒナミちゃん、か。……大人っぽい味覚なんだな、多分）」

S HINA 02

／／タイトル：この前のお礼
／／BG：繁華街　昼or夕
／／SE：靴音

ヒナミ「あっ、この前のお兄さん！」

リオ「あ……ヒナミちゃん、だよね」
ヒナミ「うんっ。お兄さん、ちょっと来て！」
リオ「（……？　なんだろう？）」
ヒナミ「お兄ちゃん、ここでいい？」
リオ「（ここ……？　いいって、何が？）」
ヒナミ「この間のお礼をしたいの！　ここの自販機で大丈夫？他のにする？」
リオ「（お礼……？　あぁ、そういうことか）」
リオ「お礼なんて……」
ヒナミ「今日はお小遣いちゃんとたくさんあるから心配しないでね！　どれにする？」
リオ「（断るのも悪いな……）」
リオ「じゃあ……」

／／SE：自販機に小銭を投入する音

リオ「（選択肢、これしかないんだよね）」
ヒナミ「あ……お兄ちゃんもコーヒー好きなの？」
リオ「え？　あぁ、うん。そうなんだ。喫茶店でアルバイトもしてるんだよ」
ヒナミ「へぇ～、すごい！　じゃあプロだね！」
リオ「あはは、プロってほどじゃないけど……」
ヒナミ「ヒナミもね、知ってる喫茶店があるよ。あんていくって言って、店長さんとか、店員さんともお友達なの」

リオ「え……っ⁉」

あんていく……。

リオ「……」
リオ「ヒナミちゃん、僕が働いてるお店、そこだよ」
ヒナミ「えっ……」
ヒナミ「お兄さんも、なの？」
リオ「え？」
ヒナミ「あ、えっと……」
ヒナミ「お兄さんも、そう、なの……？？」
リオ「あ……ああ」
リオ「僕も、コーヒーしか飲めないし、お肉ばっかり食べてるよ」
ヒナミ「……！」
ヒナミ「ヒナミも……！」

この子……喰種《グール》だったんだ。

リオ「（だからブラックコーヒー……）」
ヒナミ「それじゃ、トーカお姉ちゃんともお友達なんだねっ」
リオ「友達っていうか……先輩、かな……」
ヒナミ「へーっ、私ね、お姉ちゃんと一緒の家に住んでたんだよ！」
リオ「トーカさんと？　大丈夫だった？」
ヒナミ「？　大丈夫だよ？」
ヒナミ「お姉ちゃん、すっごく優しいから！」
リオ「（トーカさんがすっごく優しい……？）」

あまり想像がつかない。

リオ「あれ……前はってことは、ヒナミちゃんは今はどこに住んでるの？」
ヒナミ「えっ⁉　あ、あのね、秘密……。でも、いつもはカ……、お、お兄ちゃんやみんながいるから大丈夫」
リオ「へー、お兄ちゃんがいるんだね。そっか、一人で帰れる？」
ヒナミ「う、うん、大丈夫！　ありがとう、ばいばい」
リオ「うん、じゃあね」

あんていくの人たちとの知り合いの子と、街中で出会うなんて、そんな偶然もあるんだな……。

リオ「（ヒナミちゃんか、素直そうないい子だったな……）」

SHINA 03

//タイトル：慈愛
//イベント発生タイミング2章以降(キンコのイベントに関連します)
//BG：あんていく
//SE：靴音

ヒナミ「お兄ちゃん、こんにちは！」
リオ「うん、こんにちは」
リオ「(元気にしてるみたいだ……)」
リオ「今日は一人でお留守番？」
ヒナミ「うん。カネキお兄ちゃん、忙しいみたいで……ずーっと、家で一人なんだ。退屈だよ―……」
リオ「(カネキさんたちも、ヒナミちゃんたち相手ばかりはしていられない、か……)」
リオ「(でも遊びたい盛りの女の子が、家で一人はちょっと可哀想だな……)」
リオ「(なんとかしてあげられないかな……？)」

《選択肢》
◆1：どこかに遊びに行こうか？
◆2：なにか買ってあげようか？

◆1：どこかに遊びに行こうか？

リオ「どこかに遊びに行こうか？」
ヒナミ「えっ、本当？　一緒に遊んでくれるの？」
リオ「うん。どこか行きたいところはある？」
ヒナミ「えっ……いいのかな、どうしよう……どこがいいかな……」
ヒナミ「あのね。ヒナミ、本が好きなの！　だから、大きな本屋さんに行きたい！」
リオ「本屋？」

↓■合流へ

◆2：なにか買ってあげようか？

リオ「何か欲しいものでもある？　よかったら、なにか買ってあげようか？」
ヒナミ「ううん。そんなことしてもらったら悪いよ」
リオ「うーん、そっか……」

ヒナミ「あ、どこかお出かけしたいな……」
リオ「お出かけ？」
ヒナミ「うーんと……本屋さん、とか……」

↓■合流へ

■合流

リオ「本屋？」

僕には頭痛が起きそうな場所だけど……。

リオ「……いいよ。じゃあ、行こうか。念のため、カネキさんには連絡しておくね」
ヒナミ「本当!? うんっ！ お出かけお出かけ……♪」
リオ「(良かった、嬉しそうだ……)」

//暗転
//BG：書店前

ヒナミ「わあ～……おっきいね！ おっきいね！」
リオ「そうだね」

人がたくさんいると思うと、眩暈《めまい》がしてきたが、ヒナミちゃんが喜んでくれるなら我慢できる気がした。

ヒナミ「あの……入ってもいい？」
リオ「うん、行こうか」

ヒナミ「前もね、ここじゃないけどおっきい本屋さんに行ったことあるんだよ」
リオ「そうなんだ。なにか欲しい本があったの？」
ヒナミ「うんと、そのときはいろんな本眺めてたかな。お金、あんまりなかったから」
リオ「……そっか」
ヒナミ「あ、でも買ってくれるときもあったよ。たまに……」
リオ「今日は欲しい本があったら言ってね。バイト代もあるし……！」
ヒナミ「うんっ。ありがとう……！」

//時間経過
//BG：路地裏
//SE：とぼとぼ歩く

ヒナミ「……」
リオ「(なんだか元気なくなっちゃったな……疲れちゃったのかな)」

リオ「ヒナミちゃん、どこかで休む？」
ヒナミ「あ……ううん、大丈夫」
リオ「(どうしたんだろう。始めの方は楽しそうにしていたけど、だんだんと言葉数が減ってきて……)」

//SE：誰かがつけてくる足音

ヒナミ「！」
リオ「……！」
リオ「ヒナミちゃん……走ろう」
ヒナミ「うん……」

//SE：時間経過

リオ「(しまった……袋小路だ……)」
？？「観念しろ」
リオ「！」
捜査官1「喰種だな。おとなしく、背中を向けろ」
捜査官2「抵抗すれば駆逐する……」
リオ「(〝白鳩《ハト》〟……！　ヒナミちゃんが一緒なのに……)」

どこで気付いたのだろう。
いや、僕はコクリアから脱走した喰種だ。
追手がかかっても不思議ではない……。

リオ「ごめんヒナミちゃん……僕のせいだ……」
ヒナミ「え……」
リオ「僕の後ろに隠れてて……」
ヒナミ「……」

//SE：タッ（走る）
//ヒナミキャラ絵OFF
捜査官1「どういうつもりだ？」
捜査官2「そういうことだろう……あとで後悔するなよ……!!」

//バトル　捜査官

◆勝利

捜査官1「くそっ……!!」
捜査官2「……一日退くぞ!!」

//SE：ザザザ……

リオ「大丈夫……？　ヒナミちゃん……」
ヒナミ「………」

リオ「(すっかり怯えてる……無理もないな……)」
リオ「ごめんね……あいつら、きっと僕を追っていたんだ、──僕がコクリアから抜け出した喰種だから……」
リオ「僕のせいで、ヒナミちゃんを危ない目に遭わせてしまった……本当にごめん。せっかくのお出かけだったのに……」
ヒナミ「違うの！」
ヒナミ「たぶん……ヒナミのせい」
リオ「え……？」
ヒナミ「ヒナミも……あの人たちに追われるから……」
ヒナミ「……」
リオ「そう、なんだ……」

ヒナミちゃんも以前、〝白鳩〟に姿を見られてしまったのだろうか。たしかに立場は僕と同じかもしれないけど……。

リオ「でも、ヒナミちゃんのせいじゃないよ。僕がもっと上手くやってれば……」
リオ「……また、別の機会に、もっと大きな本屋さんに行こう！今回のリベンジで……」
ヒナミ「本屋は嫌！！」

大声を出してしまったことに、自分自身が驚いてしまったのか、ヒナミちゃんは大きく瞳を見開いている。その目から今にも涙が零《こぼ》れ落ちそうだ。

リオ「ヒナミちゃん……」
ヒナミ「…………ごめん、ごめんなさい……」
ヒナミ「本屋……本当に行きたかったの。たくさん本があるから、楽しかった思い出があるから……」
ヒナミ「でも……つらかった」
ヒナミ「お母さんと一緒に本屋に行ったこと思い出して……。──楽しかったことが、全部つらくなってた……」
リオ「…………」
ヒナミ「私が選んだ本……読み仮名つけて、ヒナミが読めるようにしてくれたの……全部……」
ヒナミ「たくさん本を読んで、大人になったらしっかり生きていけるようにって……」

最後の方は、もう言葉にならない嗚咽《おえつ》になっていた。
僕より小さいヒナミちゃんが、その身体では抱えきれないほどの寂しさを抱えていることに気づいた。
肉親がいない孤独は、僕にはよくわかる。
なぜただ誰かと一緒に出かけられるというだけで、あんなにはしゃいで喜んだのか分かった気がした。

リオ「(寂しいに決まってるじゃないか……)」
リオ「…………」
リオ「ヒナミちゃん」

《選択肢》
◆1：つらいのは仕方ないよ
◆2：思い出をつらいと思うのは、お母さんに悪いよ

◆1：つらいのは仕方ないよ

リオ「お母さんのこと、思い出してつらくなっちゃうの、わかるよ」
リオ「……それって、きっと仕方ないことだと思う。思い出さないことなんて、誰にも出来ないと思うんだ」
ヒナミ「……」
リオ「でも、いつか……楽しい思い出が、つらくなくなるぐらい…」
リオ「たくさんの楽しいことが、ヒナミちゃんに起きると良いな、って思ってるよ」
ヒナミ「……」
リオ「時間はかかるかもしれないけど……」
リオ「ヒナミちゃんの周りには、楽しい人がいっぱいいるから……」
ヒナミ「……そんな風に……なれるのかな」
リオ「……大丈夫、なれるよ」
リオ「月山《つきやま》さんが、万丈《ばんじょう》さんに踊りを教えてたとき、すごい楽しかったよね……」
リオ「万丈さんが女の人の役でさ……」
ヒナミ「………クスッ。——万丈さん、すごく恥ずかしそうだった……」
リオ「うん……」
リオ「つらいときは、みんなとの楽しい思い出を想ってみて」
リオ「それでもつらかったら、我慢しないで、思いっきり泣いていいんだよ」
ヒナミ「………」
ヒナミ「……うん」
ヒナミ「……ありがとう、リオお兄ちゃん」
リオ「ううん。——遅くならないうちに帰ろうか、みんな心配してるかも」
ヒナミ「……うん！」
ヒナミ「………あの……」
リオ「ん、なに？」
ヒナミ「……また本屋行こうね」
リオ「うん」
ヒナミ「……うん。——……優しいね」
リオ「はは……」
僕はヒナミちゃんの手を引いて帰った。
帰り道、ヒナミちゃんは楽しそうにカネキさんたちとの思い出を話してくれた。
どうか彼女の思い出が哀しみで溢れないように。
穏やかな日々が続いてゆけばいいと、僕はそう思った。

//スキル「慈愛」入手

◆2：思い出をつらいと思うのは、お母さんに悪いよ

リオ「お母さんとの思い出……せっかくの楽しい記憶なのに……思い出すたびに悲しんでいたら、お母さんも哀しむんじゃないかな……」

ヒナミ「え……？」

リオ「ヒナミちゃんが自分のこと考えるたびに、辛そうにしてるなんて、きっと嫌だと思うよ」

リオ「お母さんもヒナミちゃんに笑っていて欲しいんじゃないかな……」

ヒナミ「…………」

ヒナミ「うん…………泣いてちゃ、ダメだよね……」

ヒナミ「…………帰ろ、リオさん」

リオ「う、うん……」

泣き場所もないなんて、なんだか、追い詰めてしまったかもしれないな……。

僕はヒナミちゃんと一緒に帰路についた。

◆敗北

//SE：キン　キン(カネキ現れ、クインケを破損させる)

捜査官1「!?」

捜査官2「クインケが……！」

//SE：ザザッ

//カネキ表示ON

リオ「(カネキさん……!!)」

ヒナミ「おにいちゃ……」

カネキ「……帰りが遅かったから」

カネキ「……さて」

カネキ「どちらから喰い殺されたいですか？」

捜査官1「!!」

捜査官2「クッ……退くぞ!!」

//SE：ザザザ……

カネキ「ふぅ……」

カネキ「大丈夫、二人とも……」

ヒナミ「お兄ちゃん……」

リオ「カネキさん、すみません……僕が連れまわしたせいで、ヒ

ナミちゃんを危険な目に……」
カネキ「ううん。元は僕がヒナミちゃんに寂しい思いをさせたせいだ……僕こそごめん」
カネキ「……ヒナミちゃん、今日は楽しかった？」
ヒナミ「……うん」
カネキ「そっか、良かった」
カネキ「ありがとう、リオくん」
リオ「いえ……」
リオ「（カネキさんが現れなかったら、どうなっていただろう……）」
リオ「（もっと強くならないと……）」

万丈数壱《ばんじょう かずいち》

TOKYO GHOUL

S BANJO 01

//タイトル：カネキの盾

//BG：路地
//SE：足音
リオ「（ジェイルの手がかり、なにかないだろうか……）」

//SE：ぶつかる音

リオ「っ……」
大男（万丈）「……っと」
リオ「（うわ、大きい人だな……）」

リオ「……すみません、ぼんやりしてて」

上を見上げるとそこには、特徴的な顎鬚《あごひげ》を蓄《たくわ》えた強面《こわもて》の男が立っていた。

リオ「（……マズイな、厄介そうな人だ）」

僕は体も小さいし、外見からしてひ弱そうだから、もしかしたら、難癖をつけられるかもしれない……。

大男（万丈）「……いや、わりぃ。俺も急いでいたもんだから」
リオ「（あ……意外と礼儀正しい人だ）」
リオ「（まあ、こんな強そうな人が僕なんかにイチイチ構わないよな……）」
リオ「どうも……」

僕はふたたび歩き出し、自分の思考の中に戻る。
最近、ジェイルの事以外に、もう一つ気になっていることがある。
あんていくの元店員。
今は行方不明、「不在の彼」のことが、妙に引っかかっていた。
彼がなにかジェイルのことに関わっていたりはしないだろうか。
こちらも、なにか情報があれば探ってみたいと思った。

リオ「……カネキ、か」

／／少しの間

大男「……おい」
リオ「（え……？）」
大男「今、なんつった……？」
リオ「……えっと……あの……？」
男「なんだ？　話しにくいのか……」
男「カネキに何の用だ？」
リオ「！」
リオ「（この人……カネキさんの知り合い……？）」
男「……顔色が変わったな」
男「怪しい野郎だ……話せねえなら……」
男「力ずくでも聞かせてもらうぜッ!!」
リオ「（来る……!!）」

／／バトル（万丈）

◆勝利

万丈「ぐあああああッッ！」
リオ「（弱い!?）」

筋骨隆々の巨体が、僕の目の前に転がっている。

リオ「……あ、あの……？」
万丈「チッ……覚えてやがれッ!!」

巨体は、なんとも情けない捨てセリフを吐きながら、走り去って行った。

リオ「（なんだったんだ）」

／スキル入手

◆敗北

リオ「くっ……」
男「ぜえ……ぜえ……お、俺の……勝ちだ……ッ」
男「さあ……お前の……目的を……」
リオ「（バテバテだ……）」

／SE：走り去る

男「あっ……待てえ……!!」

今なら逃げられると踏んで、僕は全力で走った。
一度後ろを振り返ったが、彼は地面に伏せたまま動かなくなっていた。

《マップ画面へ》

◆負けた場合の再戦時

男「……また会ったな」
リオ「あ……この間の……」

あのときの大きな人だ。

男「今日こそ聞き出すぜ……お前がなぜカネキを探っているのかをな……!!」
リオ「別に探ってるわけじゃ……」
男「行くぜェッ!!」

／バトル（万丈）

◆勝利 ↓ 前の「◆勝利」に移動

◆敗北

大男「っしゃオラア……!!　さあ……吐いてもらおうか……おぷっ」

戦いの疲労のせいで、彼の方が吐きそうになっている。

//SE：ダッ

男「あっ!!」

嘔吐《えず》く彼を尻目に、僕はその場を走り去った。

男「ま、待て……!」

男「なんでそんなに逃げ足が速いんだァァッッ!!」

《マップ画面へ》

//再戦の場合、以上を繰り返し

S BANJO 02

//タイトル：万丈の稽古

//BG：6区アジト

//SE：足音

リオ「こんにちは」

万丈「おう、リオか……」

リオ「あれ、カネキさんは?」

万丈「カネキなら出かけてるぜ、アイツに用事か?」

リオ「いえ、そういうわけではないんですけど……」

万丈「そっか……」

万丈「なあ、お前ヒマか?」

リオ「え?」

万丈「ちょっと付き合ってもらいてえんだけど……ダメか?」

《選択肢》
◆1：いい
◆2：ダメ

◆1：いい

リオ「いいですよ」

よくわからないけど。

万丈「マジか！　助かるぜ、じゃあ俺についてきてくれ！」

//BG：アジト地下or公園

万丈「実は頼みがあってよ……」
リオ「頼み、ですか？」
万丈「お前……俺と戦ってくれねえか!?」
リオ「戦う……？」
万丈「ああ。ほら、俺カネキや月山と比べて、ちょっと戦力的に頼りねえっつうか……」
万丈「もっと強くなって、カネキの役に立ちてえんだ！」
リオ「良いですけど……なんで僕なんですか？」
万丈「やっぱ、稽古は実力が拮抗《きっこう》してる方が実りがあるだろ？」
リオ（うーん……？）

僕と万丈さんは、実力が拮抗しているらしい。

リオ「とにかく、始めましょうか」
万丈「おう、手加減なしで頼むぜ……!!」

／バトル（万丈）

◆勝利

万丈「ぐああ!!」
リオ「……」
万丈さんが、大の字になって倒れこんだ。
傍からみれば、不思議な光景だろう。
万丈「……マジで、手加減ナシなんだな……いや、良いんだけどよ……」
万丈「しかし、明らかに実力が拮抗してねえな……これじゃ……どうしたもんか」
リオ「……（うーん）」
万丈さんは弱いけど、彼なりにカネキさんの役に立ちたくて必死なんだろうな……。
リオ（なんとかしてあげられないかな）

／スキル入手

◆敗北

リオ「くっ……」
万丈「よし……俺の勝ちだな！　これでひとつ強くなったぜ……！」
リオ（負けちゃった……）
万丈「ありがとな、リオ！　また付き合ってくれよ！」

《マップ画面へ》

◆2：ダメ
リオ「ちょっと今は……すみません」
万丈「そうか……？　わかった、悪ィな」
僕はカネキさんたちの家をあとにした。

◆再戦時
万丈「お、稽古付き合ってくれんのか？」

《選択肢》
◆3：付き合う
◆4：付き合わない

◆3：付き合う
万丈「そうこなくっちゃな！　さっそく行くぜ！」
//バトル(万丈)
◆勝利→前の「◆勝利」に移動

◆敗北
リオ「くっ……」
万丈「よし……また俺の勝ちだな！　だんだんコツつかめてきたかもしんねえ！」
万丈「また頼むな！」

◆4：付き合わない→「◆2：ダメ」に移動

S BANJO 03

//タイトル：万丈の悩み
//BG：夜の公園
//SE：足音
リオ「(あれ……？)」
リオ「……万丈さん？」
万丈「……ああ、リオか」
ベンチに座っている大きなシルエットは、暗い夜の公園でも、よく目についた。

リオ「どうしたんですか？　こんなところで」
万丈「いや……まあ、考え事だな……」
万丈「なあ、リオ。また稽古に付き合ってくんねーか？」
リオ「え、今ですか？」

《選択肢》
◆1：いいですよ
◆2：またの機会に

◆1：いいですよ

万丈「ホントか！　それじゃあ頼むぜ」
万丈「あ、手加減だけはやめてくれよ……」
リオ「はい、もちろん。いきますよ」
万丈「ああ……！」

//バトル（万丈）

◆勝利

//SE：ザザッ

万丈「ぐっ……」
リオ「……」

約束通り、僕は手を抜かずに万丈さんを打ち負かした。
万丈さんは、僕がつけた傷でボロボロだった。

//SE：ドンッ（地面をたたく）

万丈「クソオッ……!!」
リオ「……万丈さん？」
万丈「なんで俺は弱ェ……なんで俺は強くなれねェんだ……!!」
万丈「どんだけ鍛えても……どんだけ戦っても……!!」
万丈「俺は……いつも足引っ張ってばっかで……なんの役にも立てねえ……」
リオ「……万丈……さん」

彼の目には悔し涙が、溢れていた。
巨体は嗚咽《おえつ》で震えている。
僕は、彼にどんな言葉をかけてあげられるだろう……。

リオ「……」

《選択肢》
◆3：強くなるしかない
◆4：強くなくていい

◆3：強くなるしかない

リオ「泣いていても……強くはなれませんよ」
万丈「…………」
リオ「少しでもたくさん訓練を積んで、また何度でも立ち上がればいいじゃないですか」
万丈「…………」
リオ「きっと、いつか強くなれる日が来ますよ……」
万丈「そう……なのかもな……」
万丈「もう少し、頑張ってみるよ……」
リオ「(僕の言葉……あまり響かなかったかな……)」

＝イベント消滅

◆4：強くなくていい

リオ「強くなくても、いいと思います……」
万丈「え……？」
リオ「万丈さんは、他の部分でたくさんカネキさんのことを助けてるじゃないですか」
リオ「彼の話に耳を傾けて、どんなときでもついていく……」
リオ「それに、彼のために強くなろうと、こんなに必死で頑張ってる」
リオ「きっとその気持ちは、カネキさんにも伝わってるはずです」
リオ「万丈さんのその想いに、カネキさんは沢山助けられてると思うんです」

万丈「……」
リオ「強くなろうと思う気持ちは、すごく大切だと思います」
リオ「でも、だからって万丈さんは万丈さん自身の良い部分を忘れないで欲しいんです」
リオ「だから……そんなに、自分を追い詰めないでください……」
万丈「…………」

万丈「…………へっ……。──やっぱ、お前は強エな……」
万丈「そうやって、人の痛みに寄り添えちまうんだから……」
万丈「……リオ」
万丈「やっぱり俺は強くなりたい」
リオ「……」
万丈「でもそれには、ものすげえ時間がかかる……」
万丈「だからそれまでは、俺なりの方法でカネキを助けてみる……」
リオ「はい……!」

万丈「リオ、ありがとな……」
万丈「へへっ、情けないとこ見せちまったな……帰ろうぜ！」

自分自身でなく、誰かのために強くあろうとする心。
万丈さんのひたむきさに、僕は心を打たれていた。
その気持ちさえ持ち続ければ彼は、いつだってカネキさんの事を救ってあげられると思った。
救い続けられる、と思った。

//スキル入手「慈愛」
//スキル入手「万丈の3」

◆敗北

リオ「く……」
万丈「…………」
万丈「リオ、手ェ抜かないでくれよ……」
リオ「え……?」
万丈「…………。──ワリィ、なんでもねえ……」

そう言って万丈さんはトボトボ歩いて行ってしまった。

リオ「（どうしたんだろう……万丈さん）」

◆再戦時

万丈「ああ、リオ。稽古付き合ってくれるのか？」

《選択肢》
◆1：付き合う
◆2：またの機会に

◆1：付き合う

万丈「そっか……じゃあ、本気で頼むぜ！」

//バトル(万丈)

→◆「勝利」へ
→◆「敗北」へ

◆2：またの機会に

万丈「そっか、ワリィ」
リオ「すみません……」
なにか考え込んでいるみたいだけど、大丈夫かな……。

《マップ画面へ》

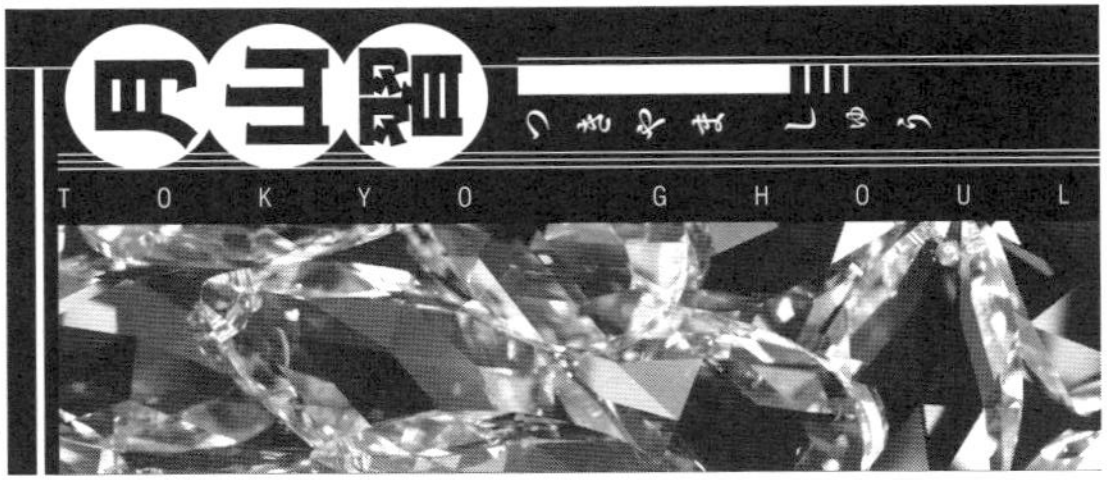

S TSUKI 01

//タイトル：噂の美食家

//二章の間発生
①～⑤の順番で

① 公園で

//BG：公園

月山「やあ、リオくん」
リオ「あ……月山さん」
リオ「なにされてるんですか？」
月山「フッ、見ればわかるだろう……？」

見てみる。

リオ「…………」
リオ「ベンチに座ってます」

non、non、non、というふうに、月山さんは人差し指を左右に揺らす。

月山「ただ座っているんじゃないよ……」
月山「太陽を浴び、深緑の匂いを嗅ぎ、そして深い瞑想……」
月山「Nirvana（ニルヴァーナ）……!!」
月山「……まさに思考の極限を凝らしているところさ」
リオ「そ、そうだったんですね……」
僕には、格好いい人がただ座っているようにしか見えない。

月山「君も一緒にどうだい」
リオ「そ……それじゃあ」

彼の横に座ってみる。

//時間経過

月山「…………」

月山さんは空を仰いで、微動だにしない。
今まさに、ニルヴァーナなのだろうか。

リオ「……」
月山「……」
リオ「……」
月山「……」
リオ「あの……僕そろそろ行きますね」
月山「おや、そうかい。ではね」
リオ「はい、また」

変わった人だ。

② 大学で

//BG：大学

月山「やあ、リオくん」
リオ「あ……月山さん」
リオ「なにされてるんですか？」
月山「今日は観察さ」
リオ「観察……ですか？」
月山「ああ、大学というのは人の往来が多い……」
月山「こうやって、人々の様子を伺うのが僕の趣味なのだよ」
リオ「そ、そうなんですね」

月山「たまに食指がたまらなく動いてしまうがね」
リオ「えっ……」
月山「見てみたまえ、あそこに立っている青年。絞り込まれた身体をしているだろう」
月山「あのフォルムからして、おそらくアメリカンフットボールで作られた肉体さ」
リオ「へ、へえ……」
月山「アメリカンフットボールは素晴らしいスポーツだよ」
月山「素早く走る瞬発的な脚力、タックルに耐えうる頑丈な肉体……あらゆる筋力を総動員して行われる、まさにスポーツの王様さ」
月山「上質な肉の味わいが想像できるよ……」
リオ「……」
月山「そこにいる女性はどうだろう。一見素朴だが、化粧や香水など余計な添加物のない、優れた素材だ」

月山「いささか脂身が多そうな部分は気にはなるが……まずまず合格ラインといったところだろうね……」
リオ「そうやって得物を吟味《ぎんみ》しているんですか……？」
月山「ん？　ハハハッ。――リオくん言っただろう？　これは観察だと」
月山「僕は今、あのレヴェルの食事に満足するつもりは更々ないのだよ」
リオ「……？」
月山「僕が狙うのは……もっと別の高みだからね」
月山「彼は……次元が違う」
リオ「（……〝彼〟？）」
月山「……おっと、すこしおしゃべりが過ぎたようだ。ではね」

③　喫茶店で

//BG：喫茶店

リオ「あ……」
月山「やあ、リオくん」
リオ「こんにちは、月山さん。おひとりですか？」
月山「なにを言っているんだい、リオくん」
月山「これで二人じゃないか」

リオ「あ……僕、ですか？」
月山「oui（ウィ）」
リオ「（友……）」
月山「まあ、かけたまえ友よ」
リオ「じゃあ少しだけ……」
月山「ウェイターの君！　彼にコーヒーを……ノンシュガーで頼むよ」

//時間経過

リオ「喫茶店にはよく来られるんですか？」
月山「ああ、思索に耽《ふけ》りたいとき、本を読むときなどは、そうだね……」
月山「ときに君は、本は嗜《たしな》むのかい？」
リオ「いえ……僕はちょっと……。——漢字が苦手で……」
月山「おや、残念だね」
月山「本はいわば船だよ、僕らを知識の海の、ずっと遠くまで連れて行ってくれる」
月山「人生をより深く、何倍も味わいあるものに変えてくれるんだ！」
リオ「へえ……」
リオ「僕ももっと勉強ができればな……」
月山「ふ……ミスター・リオ。思い立ったがハッピー・デイ。——物事とは、行動が早ければ早いほど得をするというものさ」
月山「老人になってから後悔するのではもったいないだろう？」
リオ「……」
リオ「確かに……」
月山「そうともさ。君はまだ若いんだ。どうかあきらめず、インテリジェンスの大海へ飛び込みたまえ」
月山「そのときはこの僕が、船旅の先覚者として君にアドヴァイスしてあげるよ」
月山「……おっと、話は尽きないが、良い時間だね」
月山「ではね。コーヒーは奢《おご》らせていただくよ」
リオ「あ、ありがとうございます……」

//SE：カランカラン
//時間経過

リオ「…………」
リオ「（思い立ったがハッピー・デイが気になって、途中から話が入って来なかった……）」

④　街中で

//BG：街中

リオ「……？」
「見て、格好いいねあの人……」
「脚もすごく長くて……」
なにやら女性の話し声が耳に入ってきた。
リオ「（……なんだろう）」
リオ「あっ」
月山「おや……」
リオ「こんにちは、月山さん」
月山「やあ、リオくん。奇遇だね」
リオ「なにしてらっしゃるんですか？」
月山「いやね……あのスーツのデザイン……素晴らしいなと」
月山さんが顎でショップのウィンドウを指す。
マネキンがスタイリッシュなスーツに袖を通している。
月山「ふむ……」
リオ「月山さんに似合いそうですね」
月山「いや、僕ではないんだ……」
リオ「え？」
月山「カネキくんにどうかと思ってね」
リオ「あ、プレゼントですか？　誕生日かなにかでしょうか」
月山「そういうわけではないよ。でもスーツの十着や二十着、持っていて損はないからね」
月山「クールなデザインと、可動性、いざとなれば戦闘もこなせるものがいい」
月山「ただ僕とカネキくんでは、体格差が大きくてね……」
月山「む……？　そうだ！」
リオ「えっ……」
／／時間経過
月山「ふむ、中々似合っているよ」
リオ「そ、そうですか……？」
リオ「（これがスーツか……）」
体型が似ているということで、
僕はマネキン役としてスーツを
着せられている。
リオ「（こんなに肩がゴワゴワするんだな……動きにくい）」
リオ「ちょっと……戦闘には使えないかもしれないです」
月山「そうか……素晴らしいデザインなのだが……生地の質感もいいし」
月山「ＯＫ、ありがとうリオくん。参考になった」
リオ「あれ……買わないんですか？」

月山「知り合いの仕立て屋に依頼して、オーダーメイドしてもらうことにするよ」
リオ「え……」
月山「やはり身体にフィットしたものを使って欲しいからね」
リオ「(よくわからないけど、その情熱はすごいな)」

⑤　**路地裏**

月山「やあ、リオくん」
リオ「あ……月山さん」
月山「偶然だね、こんなところで会うなんて」
リオ「そうですね……」

こんな人気のないところで、月山さんと出会うなんて……。

月山「……」
リオ「……」
月山「……フゥン」
リオ「……えっと」

見られている。
月山「ときにリオくん」
リオ「は、はい!?」

月山「純粋な興味があってのことなのだが……」
リオ「な、なんでしょう……」
月山「君、どのぐらい、やれるのだい？」
リオ「え……やれる……？」
月山「戦いの腕前の方さ。いざとなれば、頭数に入れてよいものかと思ってね」
リオ「ど、どうでしょう……」
月山「ふむ……まあ、言葉での説明は難しいか」
月山「いいだろう！　この僕自身が、君の力の波形を計るオシロスコープとなろう」
リオ「え……」
月山「さあ、来たまえ！」

//バトル（月山）

◆勝利

月山「ふむ……やるね」
リオ「つ……月山さんも……」
月山「オーケイ、君はバトルメンバーに入れてよさそうだね！　覚えておくよ」

//SE：去っていく

リオ「（いきなり襲い掛かってくるなんて無茶苦茶な人だ……）」

//スキル入手
//「S TSUKI ⑫」発生

◆敗北

月山「ふむ……まだまだだね。リオくん！」
リオ「す、すみません……」
月山「それでは主であるカネキくんは守れないよ」
リオ「（別に主ではないけど……）」

◆再戦時

月山「おや、リオくん。もしかして腕を上げたのかな？」

《選択肢》
◆1：再挑戦する
◆2：上がってない

◆1：再挑戦する

月山「いいだろう、来たまえ！」

↓◆前の「◆バトル」へ

◆2：上がってない

月山「ふむ……日々の鍛錬を怠らないようにね。主を守るために」

《マップ画面へ》

S TSUKI 02

//タイトル：美食家の標的

//発生
//「S TSUKI 01」クリア済
//「C MAIN 12」までの間（あんていくをやめるまで）

//BG：あんていく

リオ「いらっしゃいま……」
トーカ「あっ……」
ニシキ「げっ……」
月山「やあ、あんていく諸君。お久しぶりだねえ」

リオ「月山さん、どうしてあんていくに？」
月山「ふ……決まっているだろう」
月山「君に用事があってね……」
リオ「僕に……？」
月山「ああとも」
トーカ「……まだ営業中だよ。邪魔だから消えな」
月山「おやおや……これでも一応客なんだけどね……コーヒーを」
トーカ「チッ……」
リオ「（僕に用事ってなんだろう……）」

//時間経過

リオ「お待たせしました」
月山「やあ、悪いね。急かしてしまったようで」
トーカ「……気をつけなよ」
リオ「はい、大丈夫ですよ」

とって食われるわけでもない。

//時間経過
//BG：路地

リオ「あの……用事って？」
月山「まあ、ゆっくり話そうではないか」
月山「カネキくんは、君に対してずいぶんと信頼を置いているようだね」
リオ「そう……なんですかね？」
月山「ああ！　ああいう彼だから、なかなか心を開いてくれないものさ」
月山「まず、自由にあのホームへ行き来できていること、これが何よりの信頼の証」
月山「……僕は訪問時間を限られているからね……」
リオ「（……そういえば、あの家では、あまり月山さんの姿を見たことってないな）」
リオ「（それでいつもいろんな所をうろついていたのだろうか）」
月山「君と僕の、カネキくんからの信頼を、天秤《てんびん》にかけるつもりはないよ」
月山「僕は僕なりに、彼の剣としての役目を果たしているつもりだからね」

月山「ときにリオくん。君は〝共喰《ともぐ》い〟についてどう思う？」
リオ「え……？」
リオ「喰種が喰種を食べる、ってことですよね？」
リオ「…………」
リオ「僕は同族同士が喰い合うのはちょっと……」
月山「そうかい」

月山「僕は、これでも〝美食家《グルメ》〟としての自分に自負を持っている」
リオ「……はい」
月山「だから、共喰いも喰種の一つの食文化として捉《とら》えているんだ」
リオ「……」

月山「もちろん、相手は吟味するがね」
月山「良質な喰種の肉は、ときに深い味わいを産むことがある」
月山「その味ですら、一般的に美味とはされていないがね」
月山「過去には霧嶋《きりしま》姉弟を付けねらったこともあったね」
月山「結局思いは遂げられなかったが……」
リオ「……あの、月山さん……」
月山「……僕はこの半年、控えめな食事を心がけてきたんだ」
月山「……来るメインディッシュのためにね」
月山「だが空腹感とは、元来耐え難いもの……」
リオ「……すみません、僕……そろそろ……」

／SE：ドォン（壁に脚をつく）

リオ「！」

月山さんの脚が僕の逃げ道を遮《さえぎ》る。
月山「――それでね、リオくん」
月山「君のフォルム、抱えるバックグラウンド、そして能力……」

月山「君は喰種でありながら、美食家である僕の合格ラインに到達した！」
リオ「……!?」
月山「心よりおめでとうと言いたい」
リオ「あ、ありがとうございます……」

月山さんの瞳が赤に染まる。

月山「Congratulations」
月山「さあ、宴を始めようか……。
――二人きりでね――!!」
リオ「！」

／バトル(月山)

◆勝利

／SE：ザッ

月山「フ……！」
リオ「……ッ……」

強い――！

月山「…………」
月山「フッ……」
リオ「……!?」
月山「見事だよ、リオくん。この僕とここまで渡り合うとは……」
リオ「え……？」
月山「……」

／SE：赫子《かぐね》しまう

月山さんが、赫子をしまって、髪形を整える。

月山「合格だよ」
リオ「合格……？」
月山「ああ、僕と共にカネキくんの剣となろう」
リオ「え……？」
月山「まあ、実を言えば、半分は本気で喰べるつもりだったんだけどね」
月山「しかし、ここは共に手を取り合った方が良さそうだ！」
リオ「……」

鬼気迫る先ほどの戦い。
どこまで本気で言っているのだろうか。

月山「さあ、仲直りのシェイクハンドといこうか！」

リオ「……」
月山「シェイク、シェイク」
リオ「しぇ、シェイクシェイク……」
月山「オーケイ」
リオ「は、はい……」
月山「では、またね。剣の片割れよ」
リオ「アデュー！」
リオ「………」

結局、どこからどこまでが真実かわからなかった。本気で殺されると思ったし、彼の攻撃も致命傷を狙うものばかりだった。
リオ「（……とにかく）」
リオ「（つかみどころのない人だというのは分かった気がする……）」
僕は疲れ切って棒のようになった脚を引きずりながら帰った。

\\\\スキル入手

◆敗北

リオ「ぐあっ……!!」
月山「ふむ……」
リオ「つ、月山さん……や、やめてくださいッッ……!!」
月山「ハハッ、僕はやめてと言われてやめたことが、あまりないんだ」
リオ「そ、そんな……」
月山「では、楽しいテイスティングタイムといこうか――!!」

／／暗転

リオ「く……う……ぐああああああああッッ――!!」

／／ゲームオーバー

S　NISHI 01

／／タイトル：人間の彼女

／／BG：大学

リオ「(……ん？　あそこにいるのは……)」
リオ「ニシキさん？」

キャンパスの向こうに、ニシキさんと、もう一人女性が並んで立っている。
驚いたのは、女性と会話を交わすニシキさんの顔だ。
今まで見たことのない、とても柔らかな笑顔。
あんていくで見せる、雑苦葉乱《ざっくばらん》な態度とは、まるで違う。

しばらくして、ニシキさんは女性と別れ、こちらへ歩いてくる。
ニシキ「……ん？」
リオ「こんにちは、ニシキさん」

こちらに歩いてくるニシキさんは、いつもの気だるげな彼だった。

ニシキ「なんだ、シマシマ。こんなとこでなにやってんだお前？」
リオ「いえ……ちょっと散策というか……」
ニシキ「へっ、いいなお前は暇で……。——ちょっとは、学生キブンでも味わえたか？」
リオ「いや……まあ……」
リオ「……」
ニシキ「ん？　なにニヤついてんだよ？」
リオ「いえ……さっきの女性は、恋人さんですか？」
ニシキ「あ？」

ニシキ「チッ……なに見てんだよ気持ち悪ィヤツだな……」
リオ「すみません、ちょっとたまたま……」
ニシキ「ま……そーゆーことだ」
リオ「へえ……意外です」
ニシキ「なにが？」
リオ「いえ、なんか、ニシキさんはてっきり色んな女性を確保されているのかと……」

ニシキ「ああ……？　お前俺にどんなイメージ持ってやがんだよ。チッ……」
リオ「……はは……」
ニシキ「なんかムカつくわ……ちょっとお前、この後、付き合え」
リオ「え……？」

//BG：あんていく地下

リオ「……あの」
リオ「ニシキさん、ここで何を……」
ニシキ「端的に言うと、シバく」
リオ「えええええ……」
ニシキ「テメエが人の日常生活覗き見してっから悪ィんだよ。少しは俺のイラつき解消に貢献しろ」
ニシキ「いくぜ……」

//バトル（ニシキ）

リオ「ハァハァ…」

◆勝利

ニシキ「チッ……結構やるじゃねーか……」
ニシキ「つーか素直にやられとけ！　余計ムカつくだろうが！」

リオ「そ、そんな……」
ニシキ「……余計なこと言うなよ」
リオ「え……？」
ニシキ「大学で女とイチャついてたとか、わざわざ他の連中に言わなくていいって意味だよ。わかれバカ」
リオ「あ……はい、気をつけます」
ニシキ「ふん……」
リオ「(……照れくさいのかな)」

≡スキル入手

◆敗北

ニシキ「ふん……なんだよ全然イラつき解消されねーじゃねーか……」
リオ「ええ、そんなこと言われても……」
ニシキ「またボコってやるから、そうして欲しいときはいつでも来いよ」
リオ「い、行かないですよ……」

◆再戦時

ニシキ「お……なんだよ。またボコられに来たか？」

《選択肢》
◆1：来ました
◆2：違います

◆1：来ました

ニシキ「っし……行くぜ！」

↓◆前の「◆バトル」へ

◆2：違います

ニシキ「っそ、じゃあ帰れよ」

《マップ画面へ》

S NISHI 02

//タイトル：彼女の機嫌

//BG：大学

リオ「(……ん？　あそこにいるのは……)」
リオ「ニシキさんだ」

キャンパスの向こうに、ニシキさんと、例の女性が並んで立っている。
今日はどこか緊張感のある雰囲気だ。
なにか口論でもしている様子だ。

ニシキ「待てよッ、貴未《きみ》!!　オイッ」

ニシキさんの静止を無視して、女性は行ってしまった。
しばらく彼女の背中を見つめたのち、トボトボとこちらへ歩いてくる。

ニシキ「……あ……？」
リオ「こんにちは、ニシキさん」
ニシキ「……お前、俺のストーカーかなんかか？」
リオ「いや、そういうわけじゃないんですけど……」
リオ「ケンカですか？」
ニシキ「うるせェ。首突っ込むな」

ニシキ「ったく……メンドくせえな……女って」
リオ「……？」
ニシキ「……俺のこと良いって言う女がいたらしくて、それで妬《や》いてんだよ」
ニシキ「そんな女のことなんかどーでもいーっつってんのに……」
ニシキ「チッ」
リオ「モテるんですね、ニシキさん」
ニシキ「へッまぁな。ま……表面しか見えてねー奴らばっかだよ、んな連中」
リオ「貴未さんは特別、なんですね」
ニシキ「…………」
ニシキ「お前、来い」
リオ「ええ……」

//BG：あんていく地下

ニシキ「…………」
リオ「…………」
ニシキ「…………」
ニシキ「……わかってるな？」

リオ「……シバかれるんですね」
ニシキ「そういうことだ。……いくぜ」

◇バトル(ニシキ)

リオ「ハァハァ…」

◆勝利

ニシキ「チッ……テメエ……痛ェだろが……ッ」
リオ「す、すみません……」
ニシキ「ハァ……」
ニシキ「……」
ニシキ「おい、シマシマ」
リオ「はい？」
ニシキ「お前は女と付き合うなら、喰種にしとけよ」
ニシキ「人間は……色々メンドくせぇことだらけだからな」
リオ「そうなんですか？」
ニシキ「記念日がどーの、あそこのデートスポットがどーの」
ニシキ「知識からっぽの喰種だったら、そんなモン言ってこねーよ」
リオ「学校に通ってるトーカさんは……」
ニシキ「あー……あれは半分人間の女みてーなモンだな。メンド

くせェからやめとけよ」
リオ「な、なるほど……。ニシキさんは、そういう要求にちゃんとお応えになってるんですか？」
ニシキ「うるせえっつの」
ニシキ「行くときゃ行くし、行けねえときは行かねー」
ニシキ「テキトーだって……」
リオ「そうなんですね……」
ニシキ「ったく……めんどくせ……」

悪態《あくたい》をつきながら、地面に座り込むニシキさん。
視線を落とすと、ニシキさんの手首のブレスレットが目についた。
たしか相手の女性……貴未さんの手首にも、同じものがあった気がする。

リオ「（……ぜんぜん、面倒くさがってないと思うけどな。ニシキさん）」
リオ「……仲直りできると良いですね」
ニシキ「ああ……？　マジでお前黙らすぞいっぺん」
リオ「い、いてて……」

ブレスレットについては、特に触れることはしなかった。
照れ隠しにどんな暴力を振るわれるかわからない。
人間の女性のことで、真剣に腹を立て、面倒くさがって、そして笑顔を見せるニシキさん。
彼もまた、変わった喰種の一人なのだと、僕は思った。

／スキル入手

◆敗北

ニシキ「ああ、スッキリしねー……もっと腕あげてこいよ。張り合いねえな」
リオ「す、すみません……」
ニシキ「俺が気持ちよく勝てるぐらいのレベルで良いからな」
リオ「（なんて我侭《わがまま》な注文なんだ……）」

◆再戦時

ニシキ「あ……、なんか ムカつく。シバいていい？」

《選択肢》
◆1：どうぞ
◆2：やめてください

◆1：どうぞ

ニシキ「っし……行くぜ！」

↓◆前の「◆バトル」へ

◆2：やめてください

ニシキ「へっ……つまんねえな」

《マップ画面へ》

S YOMO 01

//タイトル：四方の稽古

//BG：あんていく　夜

リオ「（店の営業時間も終わったし、戸締りするか……）」

「いてて……」

リオ「……？」

リオ「！　ニシキさん、どうしたんですかその傷……！」

ニシキ「あ……？　テメエまだ店にいたのかよ……チッ」

店の奥……地下から上がってきたニシキさんは、ボロボロで身体中傷だらけだった。
リオ「手当てしないと……」
ニシキ「いいっての……ちょっと稽古つけてもらってただけだ……」
リオ「稽古……？」

／／四方表示

四方「……」
リオ「四方《よも》さん……」
ニシキ「ったくオッサン全然手加減しやがらねえ……」
ニシキ「マジで殺されるかと思ったぜ……」
リオ「ニシキさん……」
ニシキ「つーわけで、俺は行くからな……んじゃ」
リオ「……」
四方「……」
リオ「……じゃあ、僕も……」
四方「リオ」
リオ「は……はい」
四方「……」
リオ「……」
四方「久々にお前も訓練をつけてやる。……来い」
リオ「……は、はい……」
先ほどのニシキさんのように、ボロボロにされるのでは、と不安がよぎったが、とりあえず、僕は四方さんについていくことにした。
リオ「（……というか断りにくいよ……）」

／／BG：地下

リオ「（……久しぶりだな、四方さんとの訓練）」
四方「……」
四方「どうした？　かかってこい」
リオ「は、はい……！」
リオ「（……よしっ、この前とは違うところを見せてやる……！）」

／／バトル（四方）

◆勝利

■合流1

リオ「はぁ、はぁ……」
四方「…………」
リオ「(四方さんの動きについていくので必死だ……)」
リオ「(四方さんは息一つ上がってないのに……)」
四方「……」

僕が体力を使い果たしたのを見た四方さんは、防御の構えを解き、服を着始めた。
僕の腕前が上がっていないことに、失望してしまったのだろうか……。

リオ「ハァ……ハァ……」
リオ「…………」
四方「…………」
四方「……よく訓練している」
リオ「……!」
四方「……」

リオ「………」
リオ「よし……っ」

僕の拳は、まだ四方さんには届かないけど、
着実に強くなっているみたいだ。
四方さんの一言が、僕に自信をくれた。

//勝利後、スキル入手

→◆「**S** YOMO ⑫」へ

◆敗北

■合流2

//SE:ザッ

リオ「くっ……」
四方「………」
リオ「(駄目だ……歯が立たない。これじゃ前と一緒じゃないか……)」
四方「………」
四方「……また腕を試したくなったら、来い……」

//以後、再戦可能

◆再戦時
//ふたたび会った場合は再戦できる

四方「…………」
リオ「もう一度お願いします……！」
四方「…………」
四方「……いいだろう」
四方「……来い」

◆再戦に勝った場合

↓■合流1へ

◆再戦に負けた場合

↓■合流2へ

S YOMO 02

//タイトル：四方のコーヒー

//BG：あんていく

リオ「（ふう……今日も疲れたな……）」

//SE：カランカラン

リオ「……？　すみませんもう閉店……」
四方「……」
リオ「あっ、なんだ……四方さん。こんばんは」
四方「ああ……」
四方「…………」

一言交した後、四方さんは店の奥へ消えていく。

リオ「（大きい荷物……食糧調達かな）」

すこし経って、荷物を置いた四方さんが戻ってくる。

四方「…………」

リオ「お疲れ様です」
四方「……お前もな」
四方「…………」
四方「久々に稽古をつけてやろうか」
リオ「いいんですか？　是非……！」

／／BG：地下

リオ「…………」
四方「…………」

僕も経験を積んで、前よりは戦えるようになった。
四方さん相手にも戦えるかもしれない。

リオ「いきますよ……！」
四方「……来い」

◆勝利

■合流1

／／SE：バキィッ

リオ「あっ……」
四方「…………」

僕の本気で放った拳は、四方さんの顔面を捕えた。
本気の一撃に四方さんの身体がグラつく。

リオ「す、すみません僕……！」
四方「…………」
四方「…………」
四方「……よくやった」
リオ「え……？」
四方「……一発、入れられたじゃないか」
リオ「……あ……」

（回想）四方「……一発入れてみろ」

リオ「……」

僕は自分の拳を見つめる。
ようやく、あのときの挑戦を果たせたんだ。

四方「…………」
四方「ついて来い」
リオ「え……」

//BG：あんていく

リオ「あの……」
四方「……」
四方「座ってろ」
四方「……疲れただろう」

そう言って、四方さんは手際よく、
コーヒーの機材を用意しだす。

リオ「(なにを……?)」

//時間経過
//SE：カチャ

僕の目の前に、四方さんが淹れたコーヒーが置かれる。

四方「…………」
リオ「……」
リオ「こ、これ……」
四方「…………飲め」
リオ「あ、ありがとうございます……」
リオ「(四方さん、コーヒー淹れられたんだ……)」
リオ「(なんだか不器用そうなイメージだったけど……)」

カップを口に運び、淹れたてのコーヒーを流し込む。

リオ「……!」
リオ「美味しい……」

本当に美味しいコーヒーだった。
その味は、店長が淹れてくれたものと同じと言っていいほどだ。

リオ「すごく美味しいです……四方さん」
四方「……」

四方さんは、自分の分のコーヒーを口に運びながら、かすかに笑った。

リオ「でも……一体なんで……」
四方「……俺も昔、店に立っていたからな」
リオ「えっ」
四方「……接客が出来なくて、すぐ降りたが」
リオ「(ああ……)」
リオ「……でも、もったいないです。こんなに美味しいコーヒーが淹れられるのに」
四方「……」
リオ「……」

リオ「僕……四方さんにお礼を言いたいんです」
四方「……？」
リオ「あの日、コクリアから逃げ出した僕を助けてくれた人……」
四方「……」
リオ「あれは、四方さんだったんですよね……？」
四方「……」
リオ「本当に、四方さんは命の恩人です。四方さんがいなかったら……」
四方「……」
四方「……礼なら芳村《よしむら》さんに言え」
四方「……仲間同士助け合う。その心を俺に教えてくれたのは、芳村さんだ」
リオ「……」
四方「俺も昔、死にかけのところをあの人に救われた」
四方「……そして、あんていくへやってきたんだ」
リオ「そうだったんですね……」
四方「……」
四方「……今度はお前が、誰かを救ってやれ」
四方「……その想いは、きっとつながっていく」
リオ「……はい」

お互いを助け合う心。

芳村さんから、四方さん。
四方さんから、僕へ。
想いは受け継がれていく。
このコーヒーの味のように。

その螺旋《らせん》が広がっていけば、
この世界はもっと優しくなれるのかもしれない。
そんな事を考えながら僕は、
四方さんが淹れてくれたコーヒーを、
最後の一滴まで飲み乾した。

//スキル入手(エンディングに少し変化)
//トロフィー解放「四方のコーヒー」

◆敗北

■合流2

リオ「くっ……」
四方「…………惜しいな」
リオ「(……まだ……四方さんには敵わないのか……)」
リオ「あ、ありがとう、ございました……」
四方「……」
リオ「(悔しい……もっと、強くなりたい……)」

//以後、再戦が可能。

//再戦時

四方「……リオか」
リオ「あの……もう一度、挑戦させてもらえませんか」
四方「……」
四方「ああ……構わない」
四方「来い」
リオ「はいっ!」

↓◆再戦に勝った場合
■合流1へ

↓◆再戦に負けた場合
■合流2へ

S ANTE 01

／タイトル：古間円児

リオ「（少し、あんていくに寄ってみようかな……）」

／SE：入店

古間「おや、リオくん。どうしたんだい？　今日は、君のシフトは入ってなかったようだけど……」

店に入ると、古間《こま》さんがにこやかに迎えてくれた。

古間「なるほどねェ。僕のコーヒーが飲みたくて、わざわざこの日を狙ってきたんだね」

リオ「……あ、えっと」

そして、何やら勝手にうんうんとうなずき始める。

古間「まあ、たしかに僕のコーヒーには熱狂的なファンも多数いるから……君が求めてしまうのも分かるよ」

リオ「……」

僕が黙っている間に、どんどん話を進めていく古間さん……そして。

古間「まあ、このコーヒーの味は目で盗んでもらうとして……」

古間「……今日は特別に、サンドウィッチの作り方を教えてあげよう！」

リオ「……え？」

唐突な申し出に、思わず呆けた声を返してしまう。

古間「サンドウィッチだよ。君、まだ習ってなかっただろ？——あんていくには人間のお客さん用のメニューもあるからね」

古間「遠慮することはないよ。君も、うちで働く以上、いつかは一人で店番できるようにならないとね」

リオ「は、はぁ……」

リオ「（……たしかに古間さんの言うことももっともだ）」

リオ「（いつまでも半人前のままでみんなの足を引っ張るわけにはいかないし……）」

> 《選択肢》
> ◆1：ぜひお願いします！
> ◆2：またの機会にお願いします

◆1：ぜひお願いします！

リオ「わかりました。ぜひお願いします！」

古間「うん、いい返事だ。さあ魔猿《まえん》のスペシャルレッスンの始まりだよ！」

↓■合流へ

◆2：またの機会にお願いします

リオ「すみませんが……またの機会にお願いします」

申し出を辞退しようとすると、古間さんの表情が途端に曇った。

古間「……本当にいいのかい？」

リオ「え……？」

いつにない真剣な声に驚くと、

古間さんは、目を伏せながらぽつりぽつりと語り始めた。

古間「リオくん……僕たちは喰種。人間に恐れられ、狙われる存在だ……僕たちが、また明日、無事に会えるという保証はどこにもないんだよ？」

リオ「…………」

古間「だから、僕は、大切なことを先延ばしにしたくない。芳村さんや僕たちが磨いてきた技術を、少しでも多く、若い君たちに伝えたいんだ」

リオ「……古間さん……」

古間さんは、僕が喰種としてうまく生きていけるように、貴重な時間を使って知識を伝えようとしてくれていたんだ。

それなのに……。

リオ「……すみません、古間さん。やっぱり、ご指導をお願いいたします」

古間「え、ほんと？　いや〜、わかってくれればいいんだよ。では、君を魔猿スペシャルサンドウィッチの継承者として認めよう！」

すると、古間さんはいきなり上機嫌になり、うきうきと食材の準備を始めた。
リオ「っていうか……一番弟子？　トーカさんやニシキさんは？」
古間「トーカちゃんやニシキくんは、あんまり僕の相手をしてくれなくてね。素直に話を聞いてくれるのは、カネキくんと君くらいのものさ」
古間さんは、先ほどまでの深刻な表情が嘘だったかのように浮かれている。
リオ「（……もしかして暇つぶしに付き合わされているのでは……？）」
リオ「（いや……そんなはずは……！）」
僕は顔をぶんぶんと横に振り、ふと浮かんだ疑惑を消し去る。

↓■合流へ

■合流

古間「じゃあ手始めに、君の思うサンドウィッチを作ってもらおうかな」
古間「まずは腕前を見せてもらわないとね」
リオ「はい……」
サンドウィッチ……たしか……。

《選択肢》
◆3：パンをレタスで挟むんだよな
◆4：トマトをベーコンで巻くんだっけ

リオ「（よし……）」
（◆3、4どちらを選んでいても同じ）

//暗転
//少し時間経過

リオ「……できました」
古間「ふむ、斬新だねえ」
リオ「ありがとうございます！」
古間さんに評価してもらえて、素直に嬉しい。
古間「しかし少し斬新すぎるかな……まあ見ていて」
そう言うと、古間さんは手際《てぎわ》よくサンドイッチを作り始めた。
キレイな三角に切りそろえたパンの間に、レタス、卵をつぶしたもの、それから何かの肉を挟み込む。
あっという間に、サンドウィッチが出来上がってしまった。
リオ「あ……こんな形でしたね……」
古間「なんでも、イギリスの貴族が、トランプをしながらこれを食べることにちなんで、このサンドウィッチという名が付けられたようだよ」
リオ「サンドウィッチさんですか？」
古間「ああ。手軽に出来て、簡単に食べられるのがこの料理の醍醐味さ」
古間「それにしても、改めてヒトの〝食〟への追究は果てしないね」
古間「さ、食べてごらん！」
リオ「えっ！　食べるんですか……？」
古間「当たり前じゃないか、こんなに上手に出来たの僕のサンドウィッチ」
リオ「…………」
恐る恐るサンドウィッチを手に取る。
意を決し、それを口に放り込む——。
リオ「——うっ⁉」
古間「どうだい？　マズイだろう？」
リオ「おえっ、えっ‼」
古間「ハハハ、いいねえ！　リオくん、このマズさを覚えておくんだよ」
リオ「……どういう……？？」
この人……僕が吐いてるところを見て面白がってるだけじゃ……。
古間「では、いただきます……はむっ。ふむふむ、なるほど……」
リオ「⁉」
躊躇《ためら》うことなくサンドウィッチを口にした古間さんを見て、心の中で小さく悲鳴をあげる。
古間「う～ん。少し塩気が強すぎたかな？　もう少し、薄味にした方が良かったかも」
リオ「え……古間さん、料理の味がわかるんですか？」
古間「わかる、というほどではないよ。でも、レシピ通りの味ではないな、ということくらいはわかるようになったんだ」
リオ「へえ……」
古間「お客様に料理をお出しするからには、味見くらいできないとね」
古間さんはなんでもないことのように言っているが、人間の食べ物をわざわざ味わって食べるには、相当の努力が必要だったはずだ。

リオ「（古間さんは、片手間じゃなく、本気で喫茶店の仕事と向き合っているんだな……）」

リオ「（喰種とか、人間とか関係ない。一人の仕事人として、古間さんはすごい。この人の技術を学べば、僕も少しはマシな店員になれるかな……？）」

古間「さて！　どんどん作って食べて、どんどん吐き出そう！」

リオ「（うう……でもこれは地獄だ……）」

S ANTE 02

／／タイトル：入《いり》見《み》カヤ

／／BG：あんていく店内

カヤ「あら、リオくん。いらっしゃい。お客さんとして来てくれたの？」

あんていくを訪れてみると、今日はカヤさんが店番をしていた。

リオ「（そういえば、カヤさんとはあまり話したことがなかったな）」

リオ「（僕の教育係はトーカさんだし、他のことは、たいてい芳村さんや古間さんに聞いていたし……）」

リオ「あ、いえ、ちょっと立ち寄っただけなんですけど」

カヤ「あら、そうなの」

リオ「はい。……」

僕がしばらく黙っていると、そこに数人連れのグループが来店した。

カヤ「あら、お客様だわ。それじゃ、リオくん。ゆっくりしていってね」
リオ「はい、どうも」
カヤ「いらっしゃいませ」
カヤ「ご注文は……サンドウィッチセット一つ、日替わりランチセット二つ、コーヒー二つ、アイスコーヒー一つでよろしいでしょうか」
カヤ「……少々お待ち下さい」

カヤさんは来店したグループに注文を聞きに行った。
店内からは店長も古間さんも現れない。今、店にはカヤさんしかいないようだ。
全員が食事のセットを注文し、カヤさんは一人で忙しく調理を始めた。

リオ「(店長も古間さんもいないのか。カヤさん、一人で忙しそうだな……)」
リオ「(今は仕事の時間じゃないけど……何か、手伝ってあげた方がいいかな?)」

《選択肢》
◆1：何か手伝いましょうか?
◆2：お邪魔でしょうから、僕は出て行きますね

◆1：何か手伝いましょうか?

リオ「カヤさん、何か手伝いましょうか?」
一人で忙しそうにしているカヤさんを見かねて、僕はそう声をかけた。
カヤ「……ありがとう、リオくん。でも、お仕事の時間でもないのに、わざわざ着替えてもらうのも悪いわ」
リオ「でも、ただ見てるのも悪いですし……」
カヤ「そうね……じゃ、お客さんは私一人でも大丈夫だから、コーヒーを淹れてもらえる? 私の分をね」
僕が食い下がると、カヤさんは微笑しながらドリッパーを指し示した。

↓■合流へ

◆2：お邪魔でしょうから、僕は出て行きますね

リオ「お邪魔でしょうから、僕は出て行きますね」
仕事の邪魔をしたくないので、僕はそっと店から出て行こうとしたが――。

カヤ「あら、意外に薄情なのね」

カヤさんの一言に、その足を止めた。

リオ「あ、いや……」
カヤ「ああ、この忙しいのが終わって、休憩時間に淹れたてのコーヒーなんて飲めたら素敵でしょうね……」
リオ「……カヤさん。僕、コーヒーを淹れたくなってきました……」
カヤ「あら、急にどうしたの？　無理はしなくていいのよ」
リオ「いえ……えっと……」
カヤ「フフ……そうね、せっかくだからお願いしようかしら」
リオ「（ふう……）」

なにか物凄い〝圧〟を感じて、僕は店内に戻ることに決めた。

↓■合流へ

■合流

リオ「（さて。コーヒーを淹れるのはいいけど……ちょっと緊張するな）」

もちろんコーヒーを淹れるのは初めてではない。
だけど、店長やカヤさん、古間さんたちにコーヒーを振る舞うのはなかなかのプレッシャーである。

リオ「（お湯の温度、蒸らし……えっと……それから……）」
リオ「（……駄目だ、色々考えすぎないようにしよう……余計上手くいかない気がする）」

空いている器具を使い、店長たちに教わった手順でコーヒーを淹れていく。
その間、カヤさんは手早く料理を用意し、そつなく接客をこなしていた。

//暗転

リオ「……ど、どうぞ」

完成したコーヒーをスタッフ用のカップに注ぎ、カウンターの上に置く。

カヤ「ありがとう。それじゃ、冷めないうちにいただくわ」

仕事が一段落したカヤさんが、カウンターの席に着く。

カヤ「……あら」
カヤ「コーヒー淹れるの上達したわね、リオくん」
そして、カップに手を触れもしないうちに、カヤさんは僕の腕前を褒めてくれた。
リオ「え……？」
リオ「（飲むどころか、香りを確認した素振りもないのに、どうしてそんなことが言えるんだろう）」
リオ「（カヤさんが安易なお世辞を言うとも思えないけど……）」
僕のそんな考えが表情に出ていたのか、カヤさんはクスッと笑いながら肩をすくめた。
カヤ「私、耳と鼻には自信があるの。あなたがお湯を注ぐタイミングを聴いていただけでも、十分に成長が感じられたわ」
リオ「（へえ……そういうものなのか）」
僕たち喰種は、戦闘能力だけではなく、感覚的な部分でも人間を凌駕《りょうが》する者が多い。おそらく、カヤさんはその中でも特に感覚が鋭いのかもしれない。
リオ「（それにしても、けっこう忙しそうに働いていたのに、僕がコーヒーを淹れる音まで聞き分けていたなんて……）」

……もしかすると、カヤさんは物凄い人なのだろうか……？
考えてみれば、あんていくは20区の喰種たちを仕切る総本部のような場所だ。只者《ただもの》じゃないメンバーが集まっていても不思議じゃない。
リオ「（古間さんはともかく……カヤさんは何か〝もってる〟気がする……）」
カヤ「あら。どうしたの、リオくん。急に黙り込んじゃって」
リオ「い、いえ……」
今までとは違う目でカヤさんを見てみると、妙な迫力というか、オーラのような物が伝わってくる。
リオ「（……カヤさんは怒らせないようにしよう……）」
カヤさんにお代わりのコーヒーを差し出しながら、僕はそんなことを考えた。

S ANTE 03

//タイトル：みんなの助け

／BG：あんていく店内

僕があんていくに立ち寄ると、カウンターの中から、何かが壊れる音が響いてきた。

トーカ「あー……すみません……」

どうやらトーカさんが手を滑らせて皿を割ったらしい。

トーカ「ごめんなさい、店長……お皿の分はバイト代から……」
芳村「気にしなくていいよ、トーカちゃん。それより……」
トーカ「は、はい……すぐに片付けますね」
割れた皿を片付けるため、掃除用具入れからちり取りと箒《ほうき》を取り出すトーカ。
と、そこで、初めて僕の来店に気がついたようだ。
トーカ「……チッ……何見てんだよ、帰れ」
そして、この一言である。
リオ「帰ってきたんだけど……」

失敗を見られたのが恥ずかしいのかもしれないが、八つ当たりもいいところだ。

《選択肢》
◆1：店長に視線でメッセージ
◆2：トーカに視線でメッセージ

◆1：店長に視線でメッセージ

リオ「……」
芳村「おや、リオくんおかえり。中へお入り」
リオ「ホッ……（帰れた）」
トーカ「チッ……」
芳村「どうしたんだい、トーカちゃん」
トーカ「あ、いえ、なんでもないです……」
トーカさんは口の形でなにかを伝えようとしてくる。
〝おまえ　あとで　ころす〟。
たぶん、そう言っている。

↓■合流へ

◆2：トーカに視線でメッセージ

リオ「……」

トーカ「なによ……その目は」

僕を睨むトーカさん。目は怒りの色で染められている。

トーカ「皿割った上に、後輩に八つ当たりしやがってって目じゃない……」

リオ「……（正解……）」

トーカ「だ、だいたい、あんただって、しょっちゅうお皿を割ってるでしょ！」

リオ「……う」

痛いところを突かれた。実を言うと、僕もまたお皿割りの常習犯なのだった。

→■合流へ

■合流

トーカ「……いいからさ、あんたも手伝ってよ。片付け」

リオ「あ、うん……」

いつまでもここで突っ立っているわけにもいかない。お客さんの邪魔にもなるし。

//暗転

トーカ「……よし、っと。もう破片は落ちてないね」

トーカ「私が奢るから、コーヒーくらい飲んできな」

リオ「あ、うん。ありがとう」

ひととおり掃除を終えた僕は、トーカさんの言葉に従ってカウンター席に着いた。

リオ「（それにしても……僕とトーカさんの分を合わせると、今まで何枚の皿を割ったことになるんだろう？）」

店内で働く店長たちを見ながら、ふと、そんなことを考える。

僕は人間社会の商売のことはわからないけど、あんていくは、どのくらい儲かっているんだろうか。

リオ「（こんなに皿を割っちゃって、お店の経営は大丈夫なのかな……）」

なんだか急に心配になって、僕はトーカさんに聞いてみた。

トーカ「う～ん。私も聞いたことがあるんだけど……ねー、店長」
トーカさんが話を振ると、僕たちの会話が聞こえていたらしい店長が、にこやかな笑みを見せた。
トーカ「あんていくって……黒字？」
芳村「………フフ」
芳村「……まあ、みんなが助けてくれるおかげで、なんとかなっているよ」
トーカ「……？ うーん……？」
リオ「（みんなの助け……）」
店長の答えはぼんやりとしていて、僕の疑問を解決してはくれなかった。
トーカさんも腑に落ちない様子で小首をかしげている。
トーカ「……でもまあ、こうしてお店が続いてるんだから大丈夫よね」
トーカ「アンタは、お皿を割らないように気をつけてれば良いんじゃない？」
リオ「えっ……」
芳村「トーカちゃんもね」
トーカ「う……。はあい……」

リオ「（……そういうものなのかな）」
子供扱いで誤魔化されたような気もするけど……。
古間「ま、難しいことは大人に任せて、君たちは精一杯働きなさい」
僕が納得していない様子なのを感じ取ったのか、古間さんが、ポンと僕の肩に手を置いた。
古間「そうすれば、あんていくはずっと順調さ」
リオ「（順調か……）」
喰種が人間社会で、喫茶店を経営して、それが順調にいっている。
なんだか、想像もつかないような奇跡のように思える。
リオ「（芳村さんって、いったい何者なんだろう……）」
横目で、芳村さんの顔を覗いてみるが、いつも通り、目を細めて笑顔を浮かべているだけだった。
リオ「コーヒー、ご馳走様でした」
芳村「いいえ」
トーカ「それ、私の奢りだから」
リオ「ご馳走様でした、トーカさん」
トーカ「おう」

しっかり釘を刺してくるトーカさんと店長に手を振りながら、僕はあんていくを後にした。

S ANTE 04

//タイトル：あんていく
//BG：あんていく店内

ニシキ「よう、シマシマ」

僕が店内に入ると、ニシキさんが迎えてくれた。
カウンターの中にはトーカさんもいる。

ニシキ「お前、シフトじゃねえだろ？　何の用だよ？」
トーカ「ホームシックなんでしょ。こいつ、時々こうやってフラッと店に帰ってくるのよ」
リオ「はは……」

たびたび店に顔を出しているのは事実なので、否定はできない……と、そんなことを思っていると。

ニシキ「ま、なんでもいいや。せっかく来たんなら手伝っていけよ」

ニシキさんは突然、僕に手伝いを命じてきた。

ニシキ「どうせヒマだろ？　今、ちょうど掃除を始めようとしてたんだけどよ、お前やっといてくれよ」
リオ「あ……えっと」
トーカ「……ちょっと、ニシキ。勝手なこと言うなよ。コイツだって休みたいだろうし。——だいたい、何でアンタが偉そうに命令してんのよ」
ニシキ「あぁ？　偉そうも何も、今日、ジイさんはいねえし、古間さんたちも買出しだ。つまり、俺がここのトップだろーが」

そう言ってふんぞり返るニシキさん。
だが、トーカさんはカウンターを叩きながらニシキさんに食ってかかった。

トーカ「はぁ!?　何言ってんのよ。私が何年ここで働いてると思ってんのよ!?　あんていくでは私が上でしょ！　クソ新人!!」
ニシキ「知らねー知らねー。つーか、お前と違って俺もの覚え良いんで、仕事だってセ・ン・パ・イ……と変わらねーぐらいこなしてるし、年齢で言ったら俺が上だしなァ、クソガキ？」
トーカ「んだとテメエ弱いくせに！　もっぺん切り刻んでやろう

か!?」
ニシキ「ああ!?　なんで暴力の話になるんスかねえ～センパイ!?　やっぱ脳味噌足んねえから腕力勝負ってことスかねえ～?　つかテメエになんか負けねえよクソ女ッ!!」
ニシキさんとトーカさんは、僕のことなど放ったまま口論を始めてしまった。
リオ「あ……あの～えっと……。」
リオ「(どうしよう……)」
ため息をつきながら外を見ると、道行く人たちが、チラチラと店内に視線を送ってきていた。
人々は、笑ったり、顔をしかめたりしながら店前を通り過ぎてゆく。
リオ「(……このままじゃ、お店にも迷惑が)」

《選択肢》
◆1：力ずくで二人を止める
◆2：ニシキに従って掃除をする

◆1：力ずくで二人を止める
リオ「ふ……二人とも、ケンカはやめてください！　人が見てますよ……！」
ニシキ「あぁ!?　なんだぁ、リオ！　見せとけ、んなモン!!　その方が面白がって余計客が来るだろうが!!」
リオ「(ええ～……?)」
トーカ「アンタ!!　二人とも、ってどういう意味!?　悪いのはクソニシキだけでしょ！」
僕の制止が気に入らなかったのか、トーカさんまでも鋭い目でこちらを睨んでいる。
↓■合流へ

◆2：ニシキに従って掃除をする
リオ「僕が掃除します。だから……二人ともケンカしないでくださいッ……!!」
ニシキ「ああ!?　掃除!?　なんだそりゃ!?」
リオ「(ええ～……?)」
トーカ「邪魔しないでよ!!」
頭に血が上ったのか、ニシキさんは先ほど僕に言ったことなど全て飛んで行ってしまったようだった。

トーカさんに至っては、邪魔とまで言われてしまう始末だ。

リオ「……と、とにかく！　喧嘩は駄目ですッ！」

→■合流へ

そう叫んで僕は、両手を広げて二人の前に立った。
まさか手は出してこないだろうと思っていたが……。

//SE：ドカッ

ニシキ「っせェ！　どけッ!!」
リオ「!?」
トーカ「テメエ、ニシキッ!!」
リオ「〜〜……」

僕のことなど眼中にないようで、ついに二人は取っ組み合いを始めてしまった。
僕は、打ち所が悪かったのか、そんな二人を薄目で感じながら、一人暗闇の世界へと旅立っていった……。

//暗転
//時間経過

■合流

//暗転
//BG：スタッフルーム

ニシキ「……大丈夫かよ？　シマシマ」
リオ「——ん……？　うう……ん……」
トーカ「アンタが突き飛ばすからでしょ……」
ニシキ「ああ!?」

入見「トーカ。ニシキくん」
古間「駄目だよ、仲良くしないと」
ニシキ「……スンマセン」
入見「大丈夫？　リオくん」
リオ「えっと……」
古間「ごめんね、先輩達がちょっとヤンチャで……」
ニシキ・トーカ「……」

二人はバツが悪そうに、天井や壁を見つめてる。

ニシキ「その……悪かったな。大丈夫か」
トーカ「一応あの後すぐ、気付いたんだけど……」
リオ「いや……大丈夫です、喰種だし、このぐらい……」

しかし、痛いものは痛い。
傷こそないものの、頭の奥でガンガンと響く感じがある。

入見「二人ともすごい心配してたわよ」
リオ「え……？」
トーカ「あ……」
古間「そうそう、僕達が戻ってきたらずいぶん慌てちゃっててね」
ニシキ「古間さんッ……」
トーカ「あ、焦るでしょ……そりゃ……」
リオ「………」
トーカ「死んだかと思ったし……」

心配、してくれていたのだろうか。

リオ「あの、お店は……」
ニシキ「一瞬閉めた」
古間「一時的にね、君を運ばなきゃいけなかったし」
入見「本当に大丈夫？ そこで休んでなさいな。なにかあったら、私も下にいるから」
リオ「古間さん、カヤさん、ありがとうございます……」
リオ「ニシキさん、トーカさん、迷惑かけちゃってすみません……」
ニシキ「あ……いや……まあ……。——……俺らこそ悪かった」
トーカ「……ゴメン」
ニシキ「ま……お前が死んだら、シフトが増えるからな……おう」
トーカ「そ、そうね……それは困る、うん」
リオ「……あはは……」

素直じゃない二人。
でも、その素直じゃない優しさが、僕には真っ直ぐ染みる。
みんなが僕一人のために、店を閉めてまで一緒にいてくれる。
なんだか、あんていくの仲間になれたような気がして、嬉しかった。

リオ「あの……」
トーカ「ん？」
リオ「………ケンカ……しないでくださいね？」
トーカ「……」

眉尻を下げながら、でも優しく、トーカさんが笑った。
ニシキさんは、いつもの意地悪そうな笑顔。

ニシキ「へいへい、トーカが突っかかってこなきゃなー」
トーカ「ハァ……!? てめ……」
古間「はいはい」
入見「おしまい。……あなたたち、いい加減、怒るわよ？」

ニシキ・トーカ「すみません……」

リオ「はは……」

さきほどとは打って変わって、穏やかな時間が流れる。

ずっと兄さんと二人の世界だった。

喰種ですら信じられないこの世界で、こんな風に誰かとつながれるなんて、思ってもみなかった。

この人たちと、少しでも長く一緒にいれたら。

……僕はそう思ってしまった。

//トロフィー解放「あんていく」

//全滅ENDあんていくver．ON

真戸暁

まど あきら

TOKYO GHOUL

S AKIRA 01

／／タイトル：手向けの花
※発生時期　ラボ手前まで
※アキラは勘が鋭いので、イベントすこし消滅しやすくしてます
／／BG：繁華街　昼or夕
／／SE：靴音

？？？（アキラ）「……そこの少年。少し、尋ねたいのだが」
リオ「……？」
リオ「……！」

後ろを振り向くと女性が立っていた。

ただの女性じゃない。

猫の目のように、鋭く大きな瞳。

冷たいが、美貌の持ち主だ。

だが、問題はそこじゃない。

胸に光る、〝白鳩〟のバッヂ。

リオ「（喰種……捜査官!!）」
リオ「（一体何の用で……まさか……）」
リオ「（いや、駄目だ……余計な事は考えるな……。——とにかく自然な表情で……）」

？？？（アキラ）「すまないが、道を教えてもらえないかな？」

リオ「えっ……道、ですか？」

？？？（アキラ）「ああ、妙なことを口走ったつもりはないが？」

？？？（アキラ）「安心してくれ、怪しい者ではない」

？？？（アキラ）「実は、花屋を探しているのだが、この辺りには不案内でな。心当たりがあったら教えてほしい」

リオ「（な……なんだ。……そんなことか）」


……それにしても変わった口調の人だ。

リオ「ええと……」
リオ「あまり僕も自信がないんですけど、たしかあっちの方にあったような……」
アキラ「たしかか？」
リオ「いや……えっと……」
リオ「……」

《選択肢》
◆1：たしかです
◆2：一緒に行く

◆1：たしかです

リオ「たしかです」
？？？（アキラ）「…………そうか。ありがとう、感謝する」

//キャラ絵OFF

リオ「…………無事につくといいけど」
彼女は喰種捜査官だ。
あまり深く関わらない方がいいだろう……。

◆2：一緒に行く

リオ「……それじゃあ、一緒に行きましょうか？」
？？？（アキラ）「そうか。それは助かる。」
？？？（アキラ）「……では行こうか」
リオ「（大丈夫かな……捜査官と一緒で）」

//時間経過
//BG：花屋

リオ「あ……」
？？？（アキラ）「ほう……見事だ、少年」
なんとか僕たちは花屋の前まで辿り着いた。
？？？（アキラ）「ふむ……さて、どうしたものか……」
リオ「……」

《選択肢》
◆3：どんな花をお探しですか？
◆4：お花、何に使われるんですか？

◆3：どんな花をお探しですか？

？？？（アキラ）「花の種類か。そうだな…。シロツメクサがいい」

リオ「シロツメクサ……ですか？」

？？？（アキラ）「ああ。控えめで愛らしい花だ。クローバーとも呼ばれている」

？？？（アキラ）「花の冠をつくるのに使えるのだよ」

リオ「ああ、クローバーなら、わかります。——四葉のクローバーは幸せの象徴だって、兄さんが」

？？？（アキラ）「ああ。私の父も言っていた。四葉は『四枚の葉を合わせる』から『四合わせ』、つまり『幸せ』をあらわすのだと」

リオ「へえ……そうなんですね！」

？？？（アキラ）「嘘だったがな」

リオ「え」

？？？（アキラ）「ふ……私も後で知ったときは驚いた」

？？？（アキラ）「クローバーは葉の枚数によって意味が異なるらしい」

？？？（アキラ）「2枚は『出会い』を、三枚は『信仰』や『愛』を」

？？？（アキラ）「そして4枚葉のクローバーは『幸せ』をあらわす、と」

？？？（アキラ）「理由など、特にない。あれは父のこじつけだった」

リオ「……変わったお父さんなんですね」

？？？（アキラ）「……ふっ、そうかもな……」

→■合流へ

◆4：お花、何に使われるんですか？

リオ「お花、何に使われるんですか？」
？？？（アキラ）「ああ……」
？？？（アキラ）「頭に飾るのだ。花の冠をつくってな」
リオ「へえー……」

花屋さんってそういうサービスもあるんだ。知らなかった。

？？？（アキラ）「冗談だ、少年」
リオ「あ……えっ」
？？？（アキラ）「本当は食べるのだ。天ぷらにすると美味いんだ」
リオ「あっ、なるほど……」

テンプラがなにかは、よくわからないけど、人間って、花も食べるんだな。

これだけ色んな食物を摂取する種族だ。

花だって日常的に食べるのだろう。

？？？（アキラ）「……君の親は、どういう教育をしてきたんだ？」
リオ「え……」

まずい……なにか変な反応だったのかも……。

???（アキラ）「まあ、食用の菊などであれば、たしかに食べることも可能だろうが……好んで食わんぞ」

???（アキラ）「……」

リオ「あ……あのっ」

リオ「僕……そろそろ行きますね……！」

これ以上ここにいるとボロだらけになりそうだ……。

//SE：ダダッ

???（アキラ）「…………ふむ？」

//アキラルート消滅

■合流

//小時間経過

「ありがとうございましたー」

???（アキラ）「……おや、待っていたのか」

リオ「あ、いえ……すみません」

僕は帰るタイミングを失っていて、その場で花を眺めていた。

???（アキラ）「今日は君のおかげで無事に花が買えた。感謝するぞ、少年」
リオ「いえいえ……」
リオ「あの、お花はなにに使われるんですか？」
???（アキラ）「ああ」
???（アキラ）「今日は、墓参りに行くつもりでな。父の墓だ」
リオ「えっ……」
リオ「（この人、まだ若く見えるのに、お父さんを亡くしてるのか……）」
リオ「す、すみません、余計なことを聞いてしまって」
リオ「あの……」
???（アキラ）「殉職だ。父も私も、喰種捜査官でな」
リオ「そう……なんですね」
???（アキラ）「……ああ、そう言えば名乗りすらしていなかったな」
???（アキラ）「私は、真戸《まど》暁《あきら》。これでも喰種捜査官だ。——なにか喰種関係で困りごとがあれば私に言うといい」
そういってその女性……アキラさんは僕に名刺を渡した。
名刺には、真戸暁二等捜査官とある。
リオ「そ、捜査官、さん、ですか……」
アキラ「ああ。捜査官さんだ」

アキラ「君の名は？」
リオ「あっ……えっと……リ……。——リンタロー……です」
アキラ「リンタローか。恩に着るぞ」
リオ「いえ……では僕はこれで……」
アキラ「ああ、ではな」

//SE：タタッ

アキラ「…………。——……ふむ」

//キャラ絵アキラOFF
//小時間経過
リオ「（喰種捜査官にも、家族はいる）」
リオ「（当たり前のことなのに、考えたこともなかった）」

……墓参り……か。

リオ「（僕の両親には墓なんてないけど……）」
リオ「（花……、父さんや母さんも喜ぶかな……？　……今度、僕も花屋さんに行ってみようかな……）」

S AKIRA 02

//タイトル：捜査官との食事
//「S ANTE ⑪」古間とのサンドイッチ作りを経験していないとクリア不可
//三章に入ると消滅
//BG：繁華街　昼or夕

？？？（アキラ）「……おや。君は、先日の……」
リオ「……あ」
リオ「（アキラさん……）」

CCG《シーシージー》の女性喰種捜査官……。

アキラ「やはり君だ、先日の少年……リンタローだな。その節は世話になった」
リオ「あ、いえ……どうも」
アキラ「君のおかげで、良い花屋が見つかった。贔屓《ひいき》にさせてもらっているよ」
リオ「それは良かったです……」

リオ「(感謝している……か。喰種である僕に、捜査官であるアキラさんが……)」
アキラ「ときにリンタロー。今日は時間はあるか?」
リオ「え……?」
アキラ「礼もかねて、軽食でも一緒にどうだ? 幸い、私も次の会議まで時間が空いている」
リオ「(しょ……食事……)」

喰種捜査官の前で食事なんて、自殺行為としか言いようがない。どうしよう……。

《選択肢》
◆1:行かない
◆2:行く

◆1:行かない

リオ「すみません……今日は、あまり時間がなくて……」
アキラ「……そうか。ではいつなら都合がいい?」
リオ「いえ……! 本当に大丈夫ですから……」
アキラ「……」

一瞬アキラさんの眼光が鋭くなった気がした。
僕はいたたまれなくなって、顔を逸らす。

リオ「すみません、もう行かないと……」
アキラ「そうか。……引き留めて悪かったな。——では……またな」

//SE:タタタ

背中に張り付く嫌な視線を振りほどくように、僕はその場を走り去った。

//アキラルート消滅

◆2:行く

リオ「(変に抵抗したら、逆に怪しまれるかもしれない……)」
リオ「よろしいんですか? 是非お願いします」
アキラ「ああ。もちろんだ。——なにが食べたい?」
リオ「そ、そうですね……」

//時間経過

アキラ「……喫茶店か。若いのに洒落ているな」
リオ「い……いえ……」
リオ「(レストランなんかに行ったら、いよいよ逃げ場ないからな……」

リオ「（せめて馴染みのある喫茶店じゃないと……）」

しかし、ここからが問題だ。

《選択肢》
◆3：思い切ってサンドウィッチを頼む
◆4：おなかがいっぱいなのでコーヒー

◆3：思い切ってサンドウィッチを頼む

／／分岐①「S ANTE 01」クリア済　②未クリア

①

リオ「じゃあ……僕はサンドウィッチを」

サンドウィッチは僕の得意分野だ。
古間さんと一緒に、何度もつくり、何度も試食した。
食べ方も熟知している。
古間さんからのお墨付きまでもらった。
いくら喰種捜査官でも、食べ方だけで僕が喰種だと見抜けるはずがない……と思う。

／／時間経過

「お待たせしました―」

／／SE：コト

目の前にサンドウィッチが置かれる。
緊張の一瞬だ。

アキラさんは軽いデザートとエスプレッソ。
リオ「うわっ、美味しそうだな……いただきますっ」

僕はわざと行儀《ぎょうぎ》悪く、かつ素早くサンドウィッチにかぶりついた。
成長期の人間の食欲を演出するのだ。

アキラ「……」

咀嚼《そしゃく》。
ひとつひとつの素材をじっくりと味わう。
舌にまとわりついて汚染していく、出したての尿を連想する味わい。これは塩味。
そのあとからやってくる、まろやかな吐き気……これが甘味だ。
レタスの腹が立つほどのシャキシャキ感、汚濁のような水気が決壊したダムのように口内を満たす。

続けて、独特のソースが芳醇な吐しゃ物のように広がってゆく……。

ああああああああッッ――――!!!!

リオ「美味しいっ……!」
アキラ「!」
リオ「野菜のシャキシャキ感や、肉の旨みはもちろんだけど……」
リオ「特筆すべきはこのソースだ……! なんだろう、あまり体験したことない味だぞ……ベースはサウザンソースっぽいけど……」

リオ「そうか、わかった……! 鶏ガラのブイヨンを使っているんだ!」
リオ「このソースのおかげで、全体の具材がグッと調和している……!」

シェフ「おや……君、素晴らしい舌を持っているね……」
アキラ「……!?」
リオ「あ……すみません、ベラベラと知ったような口を……。
――あまりに美味しくて、つい……」
シェフ「君の言うように、これは丸二日かけて作った特製ブイヨンを隠し味につかっているんだよ」
シェフ「それにしても本当にすごい味覚だよ。君、将来はコックになるのをお勧めするよ」
リオ「えっ……あ、ありがとうございます……」
アキラ「……」
アキラ「ずいぶんと、サンドウィッチにこだわりがあるんだな……君は」

アキラ「急にたくさん喋るから、驚いたぞ」
リオ「あ……アハハ、すみません。——実は僕……サンドウィッチには目がなくて……家で色々オリジナルサンドを作ったりするぐらいなんです」
リオ「(やりすぎたかもしれない……予想以上に目立ってしまった)」
アキラ「……ふむ」
アキラ「……まあ、そこまで喜んでいただけたなら、こちらも嬉しい限りだ」
リオ「はい、とっても美味しかったです……!」

//時間経過

アキラ「……では、私はこれから会議だ。またなリンタロー」
リオ「はい、アキラさん。ごちそうさまでした」
リオ「(……なんとかうまくやり過ごせた)」
リオ「(古間さん……ありがとうございます……)」

僕は、あの地獄のようなサンドウィッチづくりの日々に、心から感謝した。

②

リオ「じゃあ……僕はサンドウィッチを」

サンドウィッチなら、なんとか食べられるかもしれない……。

//時間経過

「お待たせしましたー」

//SE：コト

目の前にサンドウィッチが置かれる。
緊張の一瞬だ。
アキラさんは軽いデザートとエスプレッソ。

アキラ「うまそうだな、いただくとしよう」
リオ「……」
アキラ「……どうした？　食べないのか？」
リオ「……い、いえっ。……いただきます」

咀嚼。
素材の味を、出来るだけ味わわないように、口をモゴモゴと上下させる。
具材を口の中でバラバラにして、ひとつひとつ飲み込んでいく。
苦しい。吐きそうだ。
それを必死に抑えながらサンドウィッチを、飲み込んだ。

リオ「(よし……なんとか食べられた)」
アキラ「リンタロー」
リオ「けほっ……は、はい」
アキラ「質問があるのだが……」
アキラ「君は一体なぜ、〝サンドウィッチを飲む〟んだ？」
リオ「え」

//SE：ドタバタ

「よしっ！　捕えろ!!」
「この脱走喰種め……！」
リオ「!?　!?」
アキラ「CCGだ！　店内の一般人は床に伏せろ！」

あっけにとられているうちに僕は、店内に潜んでいた〝白鳩〟に捕えられた、

アキラ「悪いな、〝リオ〟」
アキラ「君の素性は途中から気付いていた」
リオ「え……？　え……？」
アキラ「言い逃れしても良いが……。――その場合、その下手糞なサンドウィッチの食べ方を、なんべんでも披露して頂くことになるから、覚悟したまえ」
アキラ「来い」

リオ「え……あ……アキラさん……？」

↓◆コクリア送還へ

◆4：おなかがいっぱいなのでコーヒー

リオ「じゃ、じゃあ僕はコーヒーを……」
アキラ「おや、食べないのか？」
リオ「はい、ちょっとお腹いっぱいで……」
アキラ「それはよくないな。君は成長期だ。すこし食べ過ぎなくらいが丁度いい」
リオ「え……？」

//時間経過
//時間経過

「お待たせしましたー」

//SE：ドン

リオ「……」

アキラさんが頼んだ重量感のあるスペシャルサンドウィッチ。肉、野菜、肉、野菜、それらが特大のパンで挟み込まれている。

中は、オレンジ色や白濁色の得体の知れない様々なソースで味付けされていて、皿の上にまで滴り落ちている。
なんておぞましい。

アキラ「うまそうじゃないか」
リオ「（どこが!!）」

優雅にエスプレッソを飲みながら、アキラさんがこちらを見ている。僕が食べるのを待っている。
鋭い眼光は、得物を狙うネコ科の肉食獣のように、こちらを捉えて離さない。
どうやら僕は、この悪魔の産物を食べるしかないようだ。

リオ「（くそっ……南無三!!）」

//暗転

その後、僕は店内で盛大に嘔吐した。
辺りに潜んでいたアキラさんの仲間の捜査官たちが一斉に立ち上がり、僕を捕えた。
どうやら僕がコクリアから脱走した喰種だということは、アキラさんにバレていたようだった。

↓◆コクリア送還へ

◆コクリア送還

//真っ暗
//時間経過
//ＢＧ：コクリア

——その後、僕はふたたびコクリアに収監された。
もうここから出られることはないだろう……。

リオ「（あのとき……大人しく逃げていれば……）」

せめてもの救いは、最後の最後は、兄さんの傍にいられるということだろうか。
……と言っても、兄さんがどの部屋に囚われているかもわからないけど。

リオ「（……兄さん……ごめん）」

カツン、カツン。
あの足音が聞こえる——。

//ゲームオーバー

S AKIRA 03

//タイトル：四葉のクローバー
//BG：繁華街　昼or夕
//「S AKIRA ⑫」をクリア済
//三章以降（ラボが終わってから）発生

//BG：繁華街夜

リオ「（この辺は、酔っ払いも多いな）」
リオ「（あれ……？）」
見覚えのある女性が、千鳥足で歩いていた。
あれは……。
アキラ「れああっ、あにが、あもんじょうとうらっ……」
リオ「ア、アキラさん……？」
アキラ「らっ!?　おまえら……リンラロー！」
いつもの冷静な彼女からは、想像もつかないような乱れぶりだった。
顔は紅潮し、視線は定まらない。
亡くなられた捜査官の父上が、彼女のこんな姿を見たらどう思うだろう。
そんな心配までしてしまうほどだった。
リオ「しっかりしてください……！」
アキラ「してるううう!!」
リオ「してないですよっ……どうしちゃったんですか……一体!?」
アキラ「ろーしたもこーしらも、ないら！　のみたい日だってあるらよ!!」
もう何を言っているかわからない。
『飲みたい日もある』…。
リオ「なにかあったんですか？」
アキラ「……！」
アキラ「おまへに……おまえになにがわかる……」
アキラ「あたしは……あーしは……」

//暗転
//BG：繁華街（時間帯同じ）

リオ「ほら……お水です。飲んでください」
アキラ「るう……」

アキラ「…………」
リオ「大丈夫ですか……？」

先ほどよりは落ち着いたようだが、相変わらずアキラさんの目は据《す》わっている。
酔っぱらうと、大変な人のようだ。

アキラ「リンラロー」
リオ「はい」
アキラ「おまへは……キッスをしたことがあるか……」
リオ「へっ……!?」
アキラ「チッスだ！　チウのことだ……なんどもゆわすな」
リオ「いや……えっと……ないです……」

アキラ「ふむ……」
アキラ「あーしは、……あれか、女として……あれか？」
リオ「え……？」
アキラ「みろくが、ないか……あーしの、くちびるは……」
リオ「(『女として、魅力がない』……と言っているのだろうか……)」
アキラ「アイツ……おんなにはじをかかすなろ……あの……どーてえやろ……」
リオ「……」

リオ「アキラさんは、キレイですよ」

今は、あれですけど。

アキラ「……ほんろーか……？」
リオ「はい。ちょっと冷たい印象だけど」
リオ「とっても知的で、美人な方だと思います」
アキラ「ふ…………」
アキラ「この……すけこまし……」
リオ「…………」

アキラ「…………」
アキラ「やつにも……」
リオ「……？」
アキラ「あいつにも、そのぐらい優しさがあっても、よかったのにら……」
リオ「……」

誰か、好きな人に振られてしまったのだろうか。
喰種捜査官が……いや、それ以上にアキラさんという女性が、こんなにも落ち込むのが、僕には意外だった。
今だけは普通に生きて傷つく、一人の女性のように見えた。
彼女は、どれだけの壁をつくって、本音を隠しているんだろう。

リオ「(……強く、ありたいんだな)」
アキラ「かー……かー……」
リオ「アキラさん、寝ないでください」
アキラ「は……」
リオ「……帰りましょう」
アキラ「あー……うー……かえる……いえ……かえる……」
リオ「はい、帰りましょう。アキラさんの家」
アキラ「かえる……いえ……あきらさん……」

／／BG：夜空

ふらつきながら、歩くアキラさんを横で支えながら進む。
喰種が、喰種捜査官を介抱してるなんて、なんだか笑えてくる。

アキラ「……なあ……」
リオ「……はい」
アキラ「あーしは、きれいか」
リオ「なんべん聞くんですか……」
リオ「綺麗ですよ」
アキラ「ふふ……」
アキラ「惚れるなよ」
リオ「はい……」
アキラ「わたしは……背の高い男がすきだ……」
リオ「さりげなく僕を傷つけないでください……」
アキラ「ふふ……」

／／時間経過

アキラ「ここでいい……」
リオ「はい。ちゃんと寝てくださいね」
アキラ「寝る……」
さっきよりは確かな足取りで、アキラさんはマンションの中へ入っていく。

アキラ「………」
アキラ「……ありがとな……リオ」
アキラ「…………」
リオ「…………」
リオ「いいえ……」

そうして、僕らは別れを告げた。

／／BG：朝方(夕方でも)
リオ「すっかり朝になってきたな……」
リオ「ありがとう……か」
リオ「……！」

……アキラさん。
去り際に僕のこと――〝リオ〟と呼んでいた。

リオ「……気づいていたんだ」

いつからかわからないけど、彼女は、僕がコクリアから脱走した喰種だということがわかっていたんだ。
喫茶店のときも、僕を喰種かどうか確定させるための罠だったのかもしれない。

最後にうっかり、僕の名前を口にしてしまったのは、お酒のせいか。
それとも……。

リオ「……」
リオ「（……真戸暁……喰種捜査官）」
リオ「（次こそ、僕を追い詰めにやってくるかもしれない）」
リオ「（これからは彼女との接触を避けないと……）」
リオ「（……あれ？）」
リオ「（なんでだろう……）」

寂しいな。

リオ「……」

追う側と追われる側。
一緒のときを過ごすことは許されない。
たとえ、どちらかが相手に親しみを感じていたとしても。
僕は花屋で冗談を飛ばしていた、アキラさんの悪戯っぽい顔を思い出す。
喫茶店で優雅に飲むエスプレッソを。
僕のサンドウィッチの講釈に、目を丸くしたあの顔。

リオ「……ははっ……」
ああ、僕は……楽しかったんだ。
彼女と、人間と一緒にいることが。
いつか、どこかでまた会えればいいのに。
そんな、けして叶わない願いを僕は、そっと胸にしまった。

リオ「（……さようなら、アキラさん）」

僕は……喰種だから。

リオ「…………」
リオ「あ……」

足元に咲く草花に、ふと視線を奪われる。

リオ「…………」
リオ「……四葉のクローバー」

//トロフィー解放「四葉のクローバー」

S AMON 01

//タイトル：亜門のノート

//BG：CCGカフェ
//SE：ドアを開ける音

リオ「……!」

見覚えのある長身の男が喫茶店へ入っていく。
あれは……。

亜門「……」

リオ「（亜門《あもん》さん……）」

一体こんなところで何をしているんだろう……。
もしかしたらなにか捜査に関わることだろうか。

「いらっしゃいませ、ご注文お伺い致します」
亜門「これと……これ、それと……こちらを……」
リオ「（なにか注文した……）」

亜門さんは注文した商品を受け取ると、奥のテーブルへつく。
僕は、なにか情報が得られるかもしれないと思い、店内へ入り、コーヒーを注文した。
すこし離れた席に座り、様子を伺う。

亜門「……」

亜門さんは、注文した商品……焼き菓子だろうか。
それに手をつけながら、机に広げたノートになにかを書き込んでいる。
時折、中空を見つめ、物思いにふけりながら、またノートに向かう。
とても真剣な眼差しだ。

リオ「（捜査に関わるなにかだろうか）」

そんなことを繰り返したのち、十数分後、彼は席を立った。
荷物は席にそのままであることから、どうやらトイレに向かったようだ。
僕は素早く彼の席へ近づく。

リオ「（なにが書かれているんだろう……）」

閉じられた黒革の表紙のノート。
彼の捜査官としての行動、目的、そういったものが記されているのだろうか……。

《選択肢》
◆1：そのままにしておく
◆2：ノートを持っていく

◆1：そのままにしておく

リオ「（リスクが高い……何度もそう上手くいくもんじゃないしな）」

僕は、亜門さんが戻ってくる前にその場を立ち去ることにした。

《マップ画面へ》

◆2：ノートを持っていく

リオ「(なにかに使えるかもしれない)」

僕は、ノートを懐《ふところ》へとしまい、足早に喫茶店を立ち去った。

//時間経過
//BG：路地
//SE：ザッザッ（リオ歩く）

リオ「(……それにしても)」

亜門さんが食べていた、あの丸い輪っかの焼き菓子。
あれは……たしかドーナッツというものだろうか。
菓子であるので、味覚としては、〝甘いもの〟に分類される。
個人的な偏見だが、見聞きした情報のかぎりでは、女性子供が好みそうな味覚な気がする。

//SE：だだだだだだだ……
//SE：ざざっ!!

リオ「!!」

//マスク装着

亜門「ハァ……ハァ……」
亜門「……ゼエ……ゼエ……」
亜門「ッ……はぁ……」
亜門「お前か……店内の者に見られていたようだぞ……」
亜門「さあ盗んだものを……返してもらおうか……」
リオ「…………」

《選択肢》
◆3：返す
◆4：返さない

◆3：返す

リオ「(……貴重な情報かもしれないけど……)」

//SE：ザッ

この人とやり合うのは得策ではない。
僕はノートをその場に置いて立ち去った。

◆4：返さない

リオ「………断る」

亜門「だったら……力ずくで返してもらう!!」

//SE：ブオン(クインケかまえる)

リオ「(来る……!!)」

//バトル

◆勝利

亜門「……ぐああ……!!」

リオ「はぁ……はぁ……」

亜門「くそっ……それがないと……俺は……」

亜門「……」

//SE：走り去る

リオ「はあ……なんとか……勝てた……」

しかし彼がそれほど必死に取り返そうとしていたこのノート。

一体どんな情報が秘められているのだろうか。

リオ「……」

僕はゆっくりと、革の表紙を開いた。

――ノートには、

几帳面な字で、こう記されていた。

・エンゼルハニーワッフル

以前から目をつけていたワッフルシリーズに初挑戦。
サクサクッ、それでいてズッシリシットリとしたワッフル生地の中に、タップリの蜂蜜《はちみつ》。
この蜂蜜は、生地に合わせ、甘さはやや抑えめ。
トレーマットに記載された情報によると、ヨツバ養蜂の蜂蜜が使われているらしい。
(朝食のパンにも合いそうだ、スーパーなど要チェック)
この蜂蜜が実にいい仕事をしている。
量は多すぎず、少なすぎず、ちょうどいい。
ワッフル生地に程よく染み込み、食感に変化をもたらしている。
最後の方、少しベタついて食べにくくなるのが難点か。

・トリプルチョコパウンド

チョコパウンドの生地を用いたドーナッツ。

異色の組み合わせで、テレビＣＭでも大々的に押し出されていたため、期待感◎。

しかし、自分の中でハードルが上がりすぎてしまっていたのかもしれない。

実態は、パウンド生地のあのモッファリ感と、ドーナッツの製法を用いた、サクサク感の融合がうまくいかず、総合的にどちらつかずと言った印象。

なにより穴が空いていないのが許せない。

（一部を除き）ドーナッツとして押し出すのであれば、穴を空けるのは最低限の礼儀と言える。

三種類のチョコレートが使われていたのは良かった。

・クリスピー＆クリスピーチュロス

もう一品を迷っていたところに、ふと目に入ったので注文。

ただのおつまみスナック的なものかとナメてかかったが、意外や意外、これが大当たり！

チュロスのあの独特の構造と、クリスピー感満載の食感が見事にマッチ！

これは……もはや革命と言えるのでは？

フレーバーは、シュガー・シナモン・ビターチョコと、まだまだ開拓中のようだが、個人的見解を申し上げれば、パウンドよりも、ぜひこちらの開発に注力して頂きたい。

相性の良い、抹茶、ストロベリーあたりは当然抑えてくるとして、ホイップ、まぶし系のチョコレートなども、面白いかもしれない……。

リオ「…………」
ゆっくりノートを閉じ、僕は申し訳ないことをしてまったと思った。

//スキル入手

◆敗北

リオ「ぐあッ……!!」
亜門「ハァハァ……」
亜門「それは返してもらう……!!」
亜門「貴様は……!!――コクリアの中で己が犯した罪を悔いるがいい……ッ」
リオ「……くそ……」

//ゲームオーバー

鈴屋什造 すずや じゅうぞう

TOKYO GHOUL

S JUZO 01

//タイトル：ボディスティッチの捜査官
//「B MAIN ㉖-㉘」でのフラグONのときのみ発生
//リオを捜査官と思い込んでいる(リンタロー)

//BG：公園

リオ「(……あれ、珍しい。この時間に人がいる……)」
???（什造《じゅうぞう》）「んーんんー♪」
リオ「(鼻歌混じりに、何をしてるんだろう……)」
リオ「……!?」

地べたにあぐらをかいた少年は、手に持った針で、自らの腕の皮膚に、糸を縫い込んでいた。
少年は恍惚《こうこつ》とした表情で、縫い付けた糸を眺めている。
赤い糸が這い回る腕、少年はまるで糸で動くあやつり人形のようだった。
少年の整った顔立ちが、さらにその印象を強めていた。

リオ「（うわ……なにやって……）」
リオ「……って、あれ」
什造「よし、出来ましたー。ふんふんふーん。いい感じですねえ……」
リオ「什造さん……」
什造「……おや」
什造「リンタローです！」

僕の姿を確認した什造さんは、満面の笑みでこちらへ駆け寄る。

什造「この間はどうもありがとうでした」
リオ「いえ……篠原《しのはら》さんはごまかせましたか？」
什造「ええ、それはもう」
リオ「あの……それはなにを？」
什造「ああ、これです？　ボディスティッチですよー」
什造「こうやって、糸を縫いこんで、いろんな模様をつくるです」
什造「リンタローにもして差し上げましょうか？」

リオ「い……いえ……僕はけっこうです……」
什造「そーいえばリンタローは、戦えないでしたよね」
リオ「え……ええまあ……」
リオ「（11区のアジト跡でそう答えたんだっけ……）」
什造「それはいけないですねえ、僕が特訓してさしあげますよ」
リオ「え……」

《選択肢》
◆1：お願いします
◆2：遠慮します

◆1：お願いします

リオ「それじゃあ……是非」
什造「はいです」
什造「手加減はしますので、思いっきりかかってきてくださいー」

／バトル（什造）

リオ「ハァハァ……」
リオ「（すごい身のこなしだ……）」

◆勝利

什造「おやおや、意外と動けますねえ……」
什造「ふふ、楽しいですねえ。次の機会があれば、全力でやりあいましょう～」
リオ「は……はい」
リオ「（全力で……）」

／スキル入手

そのまま首でも刎《は》ねられやしないだろうか。
僕の不安をよそに、什造さんはご機嫌で帰っていった。

◆敗北

什造「んん……まだまだですねえ」
什造「もっと右の身体と左の身体がバラバラに動くカンジでいくと良いですよ～」
リオ「全然わからない……」
まだまだ僕は未熟なようだ……。

◆2：遠慮します

リオ「いえ……またの機会にお願いします」
什造「おや、そうですか。残念です」
リオ「（今什造さんと戦ったら、怪我しそうだ……）」
再び、腕のボディスティッチに耽《ふけ》る什造さんを残して、僕はその場をあとにした。

《マップ画面へ》

◆再戦時

什造「おや、リンタロー。またやりますか？」

《選択肢》
◆3：やる「◆1：お願いします」へ
◆4：やらない「◆2：遠慮します」へ

S JUZO 02

／／タイトル：鈴屋什造

／／BG：市街地

リオ「（あ……あれは――）」
リオ「什造さん」
什造「おや、リンタローですねえ。ごきげんよー」
リオ「なにしてらっしゃるんですか？」
什造「ええ、待機、です」
リオ「はあ……待機……ですか」
什造「せっかくなので、お話相手になってください～」
リオ「ええ、いいですよ」
リオ「えーっと……」

《選択肢》
◆1：仕事の話
◆2：趣味の話

◆1：仕事の話

リオ「今はどんなお仕事をされてるんですか?」
什造「喰種を追う仕事ですよー」
リオ「(それはそうだろうけど……)」
リオ「悪い喰種ですか?」
什造「? 喰種に良いも悪いもないですよ」
什造「捜査官は喰種を殺す職業なので」
リオ「あ、そ、そうですよね……」
リオ「(……たしかに、〝白鳩〟が喰種に対して、善悪の物差しで測るわけがないか……)」

↓ ■合流へ

◆2:趣味の話

リオ「什造さんの趣味って、なにかありますか?」
什造「趣味ですか? そうですねえ……」
什造「お菓子を食べることですかねえ」
リオ「それって趣味ですかね……」
什造「おや、違いましたか。難しい質問ですねえ」
什造「〝お店屋さんごっこ〟などは好きですね」
リオ「お店屋さんごっこ……?」
什造「ええ、お肉屋さんや、散髪屋さんごっこなどです」
リオ「……それ、誰とするんですか?」
什造「喰種とですよー」
リオ「(……なんだかこれ以上追及するのは怖そうだ……)」

↓ ■合流へ

■合流

リオ「うーん」

《選択肢》
◆3:友達の話
◆4:恋人の話

◆3:友達の話

リオ「お友達と遊んだりはされますか?」
什造「ともだち……?」
什造「……」
リオ「(……なんか、聞いたらマズかったかな……)」
什造「やすみの日に会ったりはしませんが……。——捜査官のチームの人たちは、仲良しさんですかねえ」
リオ「あ、そうなんですね」
什造「ええ。中には突っかかってきて面倒なヤツもいますが」

リオ「へえ……」
什造「リンタローはどうです?」
リオ「僕は……」
リオ「(……あんていくの人たち、って友達……なのかな)」
リオ「よく行く喫茶店があるので、そこの人たちは仲が良いですかね」
什造「ほうほう。僕も行きたいですー」
リオ「あ……それは……」
什造「?」
リオ「あ、いえ……是非……!」

↓■合流へ

◆4：恋人の話

リオ「什造さんは……恋人などはいらっしゃるんですか?」
什造「恋人ですか?　いませんよー」
リオ「あ、そうなんですね」
リオ「(たしかにこれだけ奇抜だったら、横に歩くのも大変だろうな……)」
什造「恋人って、なにするですかねえ?」
リオ「うーん……僕もよくわからないけど、デートとかですかね……」
什造「デートはなにするです?」
リオ「お茶したり……」
什造「そうですか。僕、上司の篠原さんとよくお茶しますが」
什造「あれもデートですかね?　篠原さん、完全にオッサンですけど」
リオ「う、うーん?」
什造「……遊べる相手がいたら、楽しいのでしょうねえ……」

↓■合流へ

■合流

篠原「おーい、什造!」
リオ「!」
什造「あ、篠原さんです~」
篠原「よっ、待たせたね……って、」
篠原「そちらは?」
什造「リンタローくんです。同じ捜査官ですよ~」
リオ「こ、こんにちは……」
篠原「捜査官……」
篠原「篠原特等だ」
篠原「君、この辺の担当かい?」
リオ「あ……はい……」

篠原「……？　小言を言うつもりはないが、名前と階級は……」
篠原「……」

そのとき、まるでスイッチを切るかのように、篠原さんの顔から一切の表情が消えた。

――バレた。

リオ「……あ、すみません……僕は……」
篠原「待ちなさい」
リオ「これで失礼しますッ!!」

//SE：ダッ

什造「？」
篠原「追うよ什造!!」

//SE：時間経過
//BG：路地

リオ「はぁ……はぁ……」
もっと警戒すべきだった。
什造さんが喰種捜査官だという認識が、僕の中で、どこか薄れていた気がする。

たとえ彼が気付かなくても、彼の身の回りにいる仲間が気付くのは、自然な流れだ。

什造「リンタロ～～」
リオ「！」
リオ「（追いつかれた……！）」
什造「大丈夫です。僕一人ですよー。篠原さん、足遅いです」
リオ「…………」
什造「安心してください。僕は逃がしてあげましょう。――こっち来てください」

《選択肢》
◆5：行く
◆6：行かない

◆5：行く

そうだ……。
11区でのアジトでも、この前の訓練だって、什造さんは優しかった……。
信用してみよう。いや、信用したいんだ。

リオ「……」

//SE：ザ……ザ……

什造「リンタロー……」

什造「よかったです」

//SE：ザンッ

//暗転

//SE：ゴロゴロ

什造「おかげで仕事が早く片付きました」

//ゲームオーバー

◆6：行かない

リオ「……僕の正体、知っているんでしょう……」

什造「ええ、喰種だったんですね。——コクリアの脱走者だとか。ビックリです」

リオ「……」

リオ「見逃してもらうわけには……いかないですよね」

什造「そうですねえ……残念ですが」

什造「楽しかったですよー君との捜査は」

什造「前回の約束を果たしましょう」

什造「全力でやりあいましょう」

//SE：什造構える

リオ「（戦うしか……ないのか）」

什造「さ、いきますよ——」

//バトル（什造）

◆勝利

//SE：カィン（クインケはじく音）

什造「おや……骨が折れてしまいました」

リオ「はぁ……はぁ……」

什造「ふふ、強いですねえ……」

リオ「（痛みを……感じないのか……？）」

（遠くで）「什造っ」

リオ「（篠原特等……！）」

リオ「（逃げないと……！）」

什造「残念です、あなたを倒せないみたいですねえ」

什造「でも、次の楽しみにとっておくとしましょうか」

リオ「た、楽しみ……？」

什造「ふふ……」
什造「リンタロー。この仕事は……僕にとっては遊びですよ」
什造「そうでもしないと、なにかを感じることなんて出来ないんですよ、僕は」
什造「また遊びましょう、僕の友達」
リオ「(……友達)」

この世界は、彼にとっての遊技場。
クインケは玩具の剣。

駆逐すべき相手、喰種。
それが彼にとって、唯一の友なのだろうか。

リオ「(なんて……さびしい人なんだろう。什造さん……)」

赤い糸で彩られた、折れた腕。
痛みすら感じ取れずに、無邪気な笑顔を向ける彼。
僕には什造さんが、壊れた人形のように見えた。

//スキル入手

◆敗北

//SE：ザンッ

//暗転
//SE：ゴロゴロ
什造「仕事ですからねえ……さよなら、リンタロー」
什造「これからもぜひ一緒に捜査しましょう」

//ゲームオーバー

S SATSU 01

タイトル//復讐の螺旋
//BG：路地
//「B MAIN 38-6」ラボで篠原を殺した場合
什造「……こんばんわあ……」
リオ「……!」
突然声をかけられて、僕は振り返る。
什造「やっと見つけたですよお……」
什造「ふふ」

什造「篠原さん、殺しましたねえ、あなた」
什造「……」
リオ「……」
什造「どうやって殺したんです？　……教えてください」
什造「あなたも……」
什造「そうしてあげますからああ――」

//SE：不気味に近づく音

//バトル（什造最終）

◆勝利

//SE：ズギュ（貫通音）

什造「ア……ァ……!!」
華奢《きゃしゃ》な身体がビクンと痙攣《けいれん》し、シャツが真っ赤に咲く。
身体を貫かれたというのに、彼はすこしも痛がる様子はない。
什造「篠原さん………ぼく………」
什造「………」
//SE：ドサッ

リオ「………」
リオ「（……死んだ）」
リオ「……」
篠原の仇討ち、ということだろうか。
赫子を少年の身体から抜き、傍に近寄って顔を覗く。
地に臥《ふ》せた少年の顔は、悔しそうに歪んでいた。
醜く、美しい顔をしていた。
復讐の螺旋。
リオ「（……僕が生み出した、螺旋……）」
リオ「（……）」
鳥肌が立った。
僕が創ったんだ。この憎しみを――。
//什造スキル入手
//什造死亡ON

◆敗北

リオ「ぐ……あっ……」

什造「こんな奴に、篠原さんは負けたですか……」

／／SE：ザシュ

リオ「が!!」
什造「もっと楽しませてください」

／／SE：ザシュ

リオ「ゲヒッ」
什造「もっと叫んでください」

／／SE：ザシュ

什造「もっと……」

／／SE：ザシュザシュザシュザシュ……

／／時間経過

什造「…………」
什造「ミンチになっちゃった」
什造「……篠原さん、僕がんばりましたよ」
什造「…………」

少年は去ってゆく。
挽き肉になった僕はなにを考えるでもなく、この世から消えた。

／／ゲームオーバー

／／「B MAIN 38-3」ラボで什造を殺した場合

篠原「やあ……」
リオ「……!」

突然声をかけられ、振り返る。

篠原「やっと見つけたよ」
篠原「……什造を、殺ったね」
リオ「…………」
篠原「……」
篠原「罪の意味も知らないまま、罪を犯す……」
篠原「とても可哀想なことだ」
篠原「什造も、君も……」
リオ「……」
篠原「復讐、と取られてもいいだろう。だが……」
篠原「あくまで一捜査官として……君を駆逐する」

◆戦う

／／バトル（篠原）

◆勝利

／／SE：ズギュ（貫通音）

篠原「ぐぼ……っ……!!」
篠原「すまん……什造……私は……」

／／SE：ドサッ

リオ「…………」
リオ「（……死んでしまった）」

特等捜査官……。
捜査官の中で、もっとも上の階級。
それを。
僕が凌駕《りょうが》した。

リオ「（……なんだろうこの感覚。僕は……）」
リオ「（僕は〝喜んでいる〟……？）」

／／篠原スキル入手
／／篠原死亡ON

◆敗北

リオ「ぐ……」
篠原「本来はコクリア送りだろうが……」
篠原「今回は、特別に許可を得てから戦いに臨んでいる……」

リオ「きょ……か……」

篠原「ああ」

／／暗転
／／SE：ざんっ
／／SE：ゴロゴロ……

篠原「……対象喰種の、〝完全駆逐〟」
篠原「〝即時処分〟の許可を……」
篠原「クインケ、欲しがってたな。什造」
篠原「餞別だ。もってきな……」

／／ゲームオーバー

S CCG 01

//タイトル　戦う者たちの日常

//BG：カフェ

リオ「ふう……」

喫茶店でコーヒーを飲んでいると、店内の様々な会話が聞こえてくる。

会話パターンは、発生するたび、①から順番に変わる

①平子《ひらこ》&倉元《くらもと》

「タケさん」

「……なんだ」

「ついてますよ」

「……？」

「右、右」

「……」

「……とれたか？」

「いや、まだついてます」

「…………」

「あ、もうちょい上です」

「あ、下」

「もう少し下」

「……」

「いやあ、とれないっすねー」

リオ「（……なにと戦ってるんだろう）」

↓■合流へ

②宇井《うい》

「いや……違いますよ……」

「それは特等方が……」

リオ「（電話で話してるみたいだ）」

「だから、私は准特等なんですから……」

「その件は……ええ、ええ」

「……」

「なんで有馬《ありま》さんのシワ寄せが私に来るんですかァ……」

「いや、たしかにそうですけど……」

「…………」

「……」

「わかりましたよ……」

//SE：ピッ

「あのヒゲ……」

リオ「（……仕事の話だろうか、何か押し付けられたのかな……）」

↓■合流へ

③平子＆宇井

「……丸手《まるで》さん、私のこと使い勝手のいいコマだと思ってるんじゃないでしょうか……ハァ」

「……」

「っていうか、有馬さん、やることしかやらないから私の仕事がどんどん増えるんですよね」

「……」

「先輩……聞いてます？」

「有馬さんは、お前を頼ってるってことじゃないのか？」

「…………」

「……ま、まぁ他に仕切りできる捜査官もいませんしね……」

「……」

「先輩はウチの班には戻らないんですか？」

「……どうだろうな」

「戻ってくださいよー二人で残業しましょう！」

リオ「（先輩と後輩、かな……）」

↓■合流へ

④宇井＆望元《もうがん》

「ンン、ボォ〜イ、いいお店だねえ……」

「ボーイはやめてください……恥ずかしいでしょ……」

「……あの、モーガンさん、特等って忙しいんでしょうか……」

「ボーイ？」

「いえ……ボチボチ昇進の話が来てるようなんで、どうなのかなと」

「ボーイ……」

「有馬さんやほかの方々見てると、自分に回せるかどうか」

「ボーイ……！」

「だから……」

「ボー――」

「ちゃんと聞いてください!!」

「ボイッ！」

リオ「(なんだろう)」

→■合流へ

■合流

コーヒーを飲み干すと、僕は店を出た。

S AYATO 01

//タイトル：どこかで見た眼

//BG：裏路地　昼or夕
//SE：靴音

リオ「……あれ」

歩いていたら、ずいぶんと裏通りの方まで来てしまった。

人気はなく、薄暗い。

リオ「喰種が喰場《くいば》にでもしそうな場所だな……」

早く立ち去ろう。

／／「B MAIN ㉘-❷」アヤトフラグONで発生

「……見ない喰種だな」

リオ「え……?」

／／SE：ザッ（集団が下りてくる）

突然、僕の目の前にローブを羽織った集団が舞い降りた。
みなドクロを模したかのような揃いのマスクを装着している。

アオギリ「……貴様、なぜここを通った?」
リオ「え……何故……って……」

そんなこと言われても……。

アオギリ1「……どうする?」
アオギリ2「彼が戻る前に消す。どこの差し金かもわからんしな。
――我々アオギリの樹《き》は敵も多い」
リオ「(アオギリの樹……!?)」

コクリアを襲った組織の喰種……。
コイツらが……。

リオ「あ、えっと……!　僕、たまたま……!」
アオギリ「悪いが……死ね」
リオ「!」

／／バトル(アオギリ構成員)

◆敗北

リオ「くっ……!」

／／逃走音

アオギリ「!　追え!」

／／時間経過

リオ「ハァ……ハァ……助かった……」

僕はなんとかその場を逃げ出した。

リオ「(あれがアオギリの樹か……関わらないようにしよう……)」

《マップ画面へ》

◆勝利

アオギリ1「グッ……」
アオギリ2「貴様ァ……」
リオ「ハァハァ……」

一戦を交えただけだが、アオギリの樹の喰種が、普通の喰種と違うのはわかる。
彼らは戦う訓練を積んだ喰種だ。
動きが違う。
でも……。

リオ「(どうにか戦えそうだ……！)」
アオギリ1「一体お前は……」

「……なにチンタラ遊んでんだ？」

//SE：タッ
//キャラ絵表示

アオギリ1「！」
リオ「!?」
アオギリ2「アヤト様……」
アヤト「フン……」

アヤト、と呼ばれた彼は、厳しい顔つきでアオギリの面々を見渡している。
アオギリの構成員たちは、さっきまでとはすっかり様子が変わって、萎縮《いしゅく》し切っている。
振る舞いからすると、彼はアオギリの樹の中でも高い位置にいるのだろうか。
しかし……。

リオ「(こんな若い喰種が……？)」

彼の年齢は、自分とそう変わらないように見える。
背だって、僕より低い。
ただ彼の瞳だけが、その年恰好にそぐわず、冷たく鋭く光っていた。

アヤト「こんなガキに手こずるなんて……テメエら、マジでゴミだな。いっそ死ぬか？」
アオギリ1「も……申し訳ございません！」
アオギリ2「しかし、奴はああ見えて中々の手練《てだ》れで……」
アヤト「チッ……時間もねえっつうのに……」

面倒そうに頭をバサバサと掻きながら、アヤトは、その冷たい眼光をこちらに向けた。

アヤト「1分で終わらせる。見てろ」
リオ「……！」

//バトル(アヤト)

◆勝利→スキル入手

◆敗北

//SE：赫子の攻撃音

リオ「ハァッ……ハァッ……」
アヤト「フン……チビのくせに、やるじゃねえか……」

//SE：ザッ（飛び去る）

アヤト「もっと遊んでやりてェが、時間がねえ。――……ここまでにしといてやる」
アヤト「……行くぞ」
アオギリ「ハッ」

//SE：走り去る

リオ「ハァ……ハァ……アイツ一体……」

リオ「それにしても……」
あの目……どこかで見たことがあるような……。

//SE：ザッと去って行く

リオ「………」
リオ「……な、なんだったんだ、いったい……」

S AYATO 02

//タイトル：因縁

//BG：裏路地　昼or夕
//SE：靴音
//SE：赫子の攻撃音

リオ「……――ッ!?」

//SE：ざっと避ける

アヤト「よお……久しぶりだな」

リオ「……ッ！」
彼はアオギリの――！
アヤト「この間の続きだ。――前は仕留められなかったからな……」
リオ「ちょっと待って……僕は……」
戦う理由なんて――。
アヤト「悪いが……」
アヤト「待つのは嫌いなんだよッッ!!」

//バトル(アヤト)

◆勝利 ↓ アヤトフラグON
//SE：『赫子』のぶつかる音
//SE：ザザッ（足をする音）

リオ「……ハァ……ハァ……」
やっぱり……強い……！

アヤト「……」
アヤト「フン……」
アヤト「やるじゃねえか……大したモンだぜ」
アヤト「お前、どこかの組織に属してるのか？」
リオ「え……組織……？」
あんていく、は組織と言えるのだろうか。
アヤト「……」
アヤト「お前、アオギリに入れよ」
リオ「!?」
アヤト「俺は、部下にもっと使えるヤツが欲しい。……お前はウチの馬鹿どもと違って、筋は悪くねえ」
アヤト「どうせロクな生活してねぇんだろ？――どうだ？　悪いようにはしねえぞ」
リオ「……」
僕が……〝アオギリの樹〟に？
リオ「……」
アヤト「……」
アヤト「……チッ」
アヤト「少し時間をやるから考えておけ」

アヤト「わかってるだろうが……。――……俺は、待つのは嫌いだ」

//SE：去っていく

リオ「(あ……)」
リオ「……」
リオ「(強引な……)」

思い出した。あの瞳。

リオ「彼……」
リオ「トーカさんに似てるんだ……」

↓◆「S AYATO ⓭」へ

◆敗北

アヤト「……フン、そんなもんか？　つまんねェな……」
リオ「クッ……」
アヤト「……悔しいか？　だったら、もっと強くなれよ。そしたら、また遊んでやる」

◆再戦時

アヤト「……フン、お前か」
リオ「……」
アヤト「いいツラしてんじゃねえか……俺をブッ倒してえか？
――だったら……」

//SE：足音(アスファルトの上)
//BG：裏路地

アヤト「来やがれよッ！」

//バトル(アヤト)

◆勝利

//前の「◆勝利」に移動

◆敗北

アヤト「チッ……雑魚が。その程度かよ」
リオ「(クッ、まだ駄目か……)」

S AYATO 03

//タイトル：既視感の正体

//BG：あんていく

トーカ「いらっしゃいませー」
リオ「いらっしゃいませ」

//SE：カチャカチャ（食器などの音）

リオ「……」
トーカ「……」
トーカ「……？　なに見てんのよ」
リオ「あ、ご……ごめん」

やっぱり……似てる。

リオ「あのさ……」
トーカ「？」
リオ「トーカさんって、兄弟いるの？」
トーカ「え……」
リオ「あ、やっぱり何でも……」
トーカ「誰に聞いたの？」
リオ「えっ」
トーカ「…………」
トーカ「……いるよ、馬鹿な弟が一人……」
リオ「……」
トーカ「はぁ……今頃どこでなにしてんだか」
トーカ「ま……どっかで野垂《のた》れ死んでなきゃ、いいけどさ。あのクソガキ」

悪態をつくトーカさんの横顔は、どこか寂しげだった。

リオ「……」
リオ「（彼女のために、なんとか……出来ないかな……）」

//BG：裏路地　昼or夕
//SE：靴音

アヤト「……。——……！」

//SE：ザッ

リオ「……」
アヤト「よう、来たな。——……それで、心は決まったか？」
リオ「僕は……」

《選択肢》
◆1：君を止める
◆2：アオギリの樹に入る

◆1：君を止める

リオ「君を止める……！」
アヤト「ハァ……？　なに言って……」
リオ「……姉弟は、一緒にいるべきだ」
アヤト「……。――ケッ、そうか……テメエあんていくの……」
アヤト「……そうかよ、わかった。――……じゃあ、ここで死ねよ」

／バトル(アヤト)

◆勝利↓スキル入手

◆敗北

アヤト「…………」
アヤト「馬鹿姉貴に会ったら伝えておけ」
／SE：ザッ（去る）
アヤト「……俺は、戻らない」

／アヤトサブイベント消滅

◆2：アオギリの樹に入る

リオ「僕は……アオギリの樹に入ります」
アヤト「……そうか」

僕の言葉を聞いた彼は、満足そうに笑った。

アヤト「お前、名前は？」
リオ「リオです」
アヤト「リオ。俺はアヤトだ」
リオ「あの……僕はなんと呼べばいいですか？」

僕もアヤト様、と呼ぶべきなのだろうか。

アヤト「〝さん付け〟でいい」
アヤト「年は近そうだが、お前は俺の部下だからな。……他の奴らに示し、ってモンもある」
／SE：ザッ（去る）

《選択肢》
◆1：はい、アヤトさん
◆2：わかった、アヤト

◆1：はい、アヤトさん

リオ「はい、アヤトさん」
アヤト「ああ」

◆2：わかった、アヤト

リオ「わかった、アヤト」
アヤト「……ア？」
リオ「……さん」
アヤト「……敬語も忘れんなよ」
アヤト「……だが、すぐにアオギリの樹の一員ってわけにはいかねェ」
アヤト「しばらくは試験的にお前を使う。——使えそうだとわかったら、組織にも面を通す、いいな？」
リオ「はい」
アヤト「仕事がありゃ、連絡する。——じゃあ俺は行く。またな」

//SE：ジャンプ(去っていく)

リオ「(トーカさんの弟……アヤトくん)」
せっかく姉弟同士会えるのに、こうして離れ離れだなんて……。
リオ「(なにか僕に出来ることがないか考えてみよう……彼のそばで)」

↓◆「S AYATO 04」へ

S AYATO 04

//タイトル：アオギリの試験

//路地裏

アヤト「……来たな」
リオ「はい」
僕はアヤトくんに呼び出されて、この路地にやってきていた。
他にも数名、アオギリの樹の構成員がいる。
リオ「それで……今日は何を？」

アヤト「黙れ」

リオ「え？」

アヤト「……」

アヤトくんが顎で、視線を誘導する。
振り向くと、遠くから二人の捜査官がこちらへ歩いてくる。
手にはアタッシュケースを持っている。

リオ「捜査官……」

アヤト「アオギリを嗅ぎまわっている〝白鳩〟だ。——奴ら、最近ここをよく通る」

アヤト「邪魔だからな……消してやろうと思ったわけだ」

アヤト「リオ、お前が行け」

リオ「えっ」

アヤト「言っただろ。テストだ。——これが終われば、アジトへ連れて行ってやる」

リオ「……」

やるしかないのか……。

／／すこし時間経過

／／ＳＥ：ザッ

捜査官1「！」

捜査官2「お前は……」

リオ「………」

／／バトル（捜査官）

◆勝利

捜査官1「く……ぐあ……」

捜査官2「強い……」

リオ「……」

／／ＳＥ：ザッ

アヤト「よし、殺せ」

リオ「えっ……」

アヤト「……何を躊躇ってる？　殺すんだよ」

リオ「……」

捜査官1「う……ぐう……」

アヤト「……へっ、殺し慣れてねえみたいだな」

アヤト「教えておいてやる。アオギリの喰種にとって、もっとも必要なもの……」

アヤト「それは、〝冷酷さ〟だ」

アヤト「組織へ入る以上、甘いことは許さねえ。やれ」

リオ「……」

捜査官1「や、やめろ……」
捜査官2「たす……け……」

《選択肢》
◆1：殺す
◆2：殺さない

◆1：殺す

//SE：ざしゅ…ざしゅ（二人分の殺傷音）

リオ「…………」

//SE：ドサ（膝からくずれおちる）

アヤト「…………フン。——時間はかかったが、まぁいい」
アヤト「立て、行くぞ」

人を……殺した。
助けを求めていたのに。
殺した。

//殺人経験ON

↓■合格へ

◆2：殺さない

リオ「で、できません……」
アヤト「殺せ」
リオ「出来ませんッ！」
アヤト「……殺せよ」
リオ「……僕には……無理だ……」
アヤト「……」

↓■不合格へ

◆敗北

//SE：アヤト『赫子』の音　その後二人分トドメ、ザシュザシュ

リオ「……あ……」

僕が劣勢になっているのを見かねたのか、アヤトくんが現れ、一瞬のうちに捜査官二人を肉塊に変えた。

↓■不合格へ

■不合格

リオ「……」

アヤトくんの視線がこちらへ注がれる。
その目から僕に対する興味が、すっかり失せているのを感じた。

//SE：ザッ……ザッ

言葉はなく、振り返りもせず、彼は行ってしまった。
もう再び会うこともないのだろう……。

//アヤトサブイベント消滅

■合格

//BG：アオギリ組織（廃墟など）

タタラ「…………新しい部下か」

アヤト「ああ」
リオ「……」

赤いマスクを装着したタタラという男に睨まれ、僕は思わず萎縮する。
その佇まいから、明らかに只者ではないことがわかる。
アヤトくんを見たときに感じた、あの冷たさ。
それを何倍にも、何十倍にもすればこの領域にたどり着くのだろうか。
彼の眼光からは、なんの人間味も見いだせなかった。
小虫でも見るような目で、僕の顔を見据える。

タタラ「フン。末端の部下の面通しなど要らない……。——…………好きにしろ」
アヤト「コイツは筋がいい。いずれ使える」
リオ「……」
タタラ「……」

//時間経過

アヤト「……タタラには逆らうなよ。命なんてゴミみたいに思ってる。——ヘマすりゃ、部下だろうが平気で殺す」
リオ「わ、わかった……」

これが……アオギリの樹か……。

→◆「S AYATO 05」へ

／／「S AOGIRI 01」発生ON

S AYATO 05

／／アヤトと捜査官狩り

／／BG：路地

①

アヤト「行くぞ、〝白鳩〟を狩る」

リオ「うん……」

／／時間経過

／／SE：ザッ

捜査官1「!?」

アヤト「……」

捜査官1「喰種……アオギリか……」

捜査官2「やってやる……!!」

バトル（捜査官）

◆勝利

捜査官1「ぐあ……」

捜査官2「く……そ……」

アヤト「……終わりだ。行くぞ」

リオ「……はい」

◆敗北

捜査官1「もらった!!」

リオ「!!」

／／SE：アヤトの『赫子』が捜査官を突き刺しまくる音

アヤト「……なにやってる……」

リオ「あ……ありがとう……ごめん」

アヤト「……ふん」

②

アヤト「準備は良いか、リオ」

リオ「いつでも大丈夫です」

//時間経過
//SE：ザッ
捜査官1「……」
捜査官2「ここら辺に出没する捜査官狩りか……」
捜査官2「いい気になるなよ……!!」

バトル（捜査官）

◆勝利
捜査官1「つ、つよい……」
捜査官2「こいつらは……」
リオ「……終わりました」
アヤト「上出来だ、こっちも終わった」

◆敗北
捜査官1「死ね……!!」
リオ「!!」
//SE：アヤトの『赫子』が捜査官を突き刺しまくる音

アヤト「……気を抜くな……」
リオ「……ごめんなさい」
アヤト「……行くぞ」

③
//ラボ以降、三章で発生。
//基本はAの亜門＋アキラ。死亡の場合は、Bの篠原＋什造。篠原or什造死亡の場合は、C。
アヤト「いいか。今日の連中は……いつもと違う。――かなり出来るヤツらだ、気を引き締めて行けよ」
リオ「……はい」

A　亜門「ここか……ラビットの目撃情報が出ている地点は」
アキラ「ああ。ヤツが喰場としているのかもしれん。あるいは住処が近いか」

B　篠原「……ここらへんだってね。ラビットが出るってのは」
什造「ウサギさんです？　強いなら早く戦いたいですねえ……」

C　准特等「この付近か。ラビットが現れるという場所は……」
上等「奴は非常に好戦的で、積極的に戦闘を仕掛けてくるようです。――こちら側はかなりの被害が出ています。早々に駆逐しないと……」

ラビット……？

アヤトくんのことだろうか。

アヤト「……お前は右をやれ。俺は左をやる」

リオ「わかりました……！」

／／SE：ザッ

A　亜門「現れたか……！　――来るぞ！　構えろッ‼」

アキラ「ああ……」

B　篠原「出たね！　行くよ、什造！」

什造「はあーい」

C　准特等「‼　構えろ！　ラビットだ！」

上等「はっ」

バトル（亜門or什造or捜査官）

◆勝利

A　亜門「ぐっ」

アキラ「上等……！　……一旦退こう」

亜門「すまない……仇《かたき》だと言うのに……！」

アキラ「……何度でも探し出すさ……」

B　什造「おやおや……なかなか」

篠原「什造ッ……大丈夫か！　……退くよ！」

什造「まだやれるですけど……はぁーい……」

C　准特等「ぐっ……退却‼」

／／SE：ザッ

アヤト「チッ……逃がしたな」

リオ「はい……」

アヤト「まあ、いい。ここで戦うのは、もう十分だ」

リオ「……」

リオ「アヤトさん、ラビットって……」

アヤト「………あ？」

アヤト「……なんか言ったか？」

リオ「……いえ……」

／／時間経過

／／BG：夜あんていく

リオ「……」
トーカ「？　どうしたの難しい顔して」
リオ「トーカさん、いつかウタさんの店で、マスクのこと話してましたよね」
リオ「ウサギのお面を作ってもらったって」
トーカ「ん……？　ああ言ったっけ……随分前のことよく覚えてるね」
トーカ「それがなに？」
リオ「そのマスクで、捜査官と戦ったことある……？」
トーカ「なに、その怖い質問……」
トーカ「……。――……あるけど」
リオ「……」
トーカ「でも、もう結構前の話だよ。最近は用心してやり合ったりもないし……」
トーカ「まあ、追われてることは間違いないだろうけど……」
リオ「そっか……ありがとう」
トーカ「……？」
リオ「（アヤトくん……）」

↓◆「S AYATO 06」へ

◆敗北

//SE：二人が倒れる音

リオ「う……」
アヤト「ぐ……クソッ……」

A
//SE：ザッ

アキラ「……」
亜門「……アキラ」
アキラ「……ああ」
アキラ「仇をとるぞ、父よ」

B　什造「よおし、死んでくださーい」
リオ「あっ」
アヤト「!!　リオッ!!」

C　准特等「ラビットがこんな子供たちとは思わなかったが……。
――悪く思うなよ」

//SE：ザシュッ

//ゲームオーバー

S AYATO 06

//タイトル：黒い兎

//BG：夜　廃墟

アヤト「…………」

アヤトくんが、一人佇んでいる。
月明かりに照らされながら、ゆっくりと流れる雲を見ているのか、その間に零れ落ちた星たちを見ているのか。
いつもと違う、穏やかでいて、寂しげな表情。
その横顔はトーカさんとよく似ていた。

アヤト「……!?」
アヤト「なんだ……リオ。いるなら話しかけろよ」

僕の存在に気づくと、彼はすぐに、いつもの険しい顔つきに戻った。

リオ「あの、最近の仕事のことで一つ聞きたいんですけど……」
アヤト「なんだ?」
リオ「……いえ、あなたのわざと痕跡を残すような戦い方が気になって……」
アヤト「……そうか?——ま、辺りのもん壊そうがどうしようが、関係ねえしな」
リオ「そうですか……」
リオ「……アヤトさんは、なんでウサギのマスクをつけるんですか?」
アヤト「……。——……るせえな。——テメエになんの関係がある」
リオ「…………」
リオ「君は……本当は……」

//SE：勢いよく立ち上がる

アヤト「…………」
アヤト「……ウゼェ」
アヤト「ウゼェウゼェウゼェウゼェウゼェウゼェウゼ……!!」
アヤト「あれこれ聞くんじゃねえよ……鬱陶《うっとう》しいからよ……」
リオ「君は……本当はトーカさんを——!」
アヤト「!!」
アヤト「…………そうか。テメエ、あんていくの……」
アヤト「……殺す」
リオ「……!　ちょっと待って、話を……」
アヤト「聞かねえ」
リオ「(駄目だ……目が本気だ……!!)」
リオ「(やるしかないのか……!!)」

／バトル(アヤト)

◆勝利

アヤト「ハァッ……ハァッ」
リオ「ハァ……ハァ……」
リオ「アヤトさん……いや、アヤトくん……」
アヤト「……」
リオ「僕には……兄さんがいる。——……ずっと一緒だった。何をするのも、どこへ行くのも。……とても大事な存在だ」
リオ「でも今は……会いたくても会えない」
リオ「トーカさんは……君のことを想ってるよ」
リオ「……寂しそうだった。さっきの君みたいに」
アヤト「……」
リオ「君も……本当はお姉さんと一緒にいたいんじゃないの……？」
リオ「だったら……」
アヤト「俺にッ……!!」
リオ「！」
アヤト「俺に……戻る場所なんてねえ」
アヤト「…………進むしかない」

／SE：タンッ

リオ「！　アヤトくんッ！」
アヤト「リオ!!」
アヤト「お前こそ、戻れ」
アヤト「……オマエ、向いてねえよ。……こんなクソ組織」
リオ「……！」

笑った。
たしかに、彼は笑った。
その表情は、自分を嘲笑《あざわら》うようで、弱弱しい。
彼のこんな顔、見たことなかった。
でも、もしかしたら、これこそが等身大の彼なのかもしれなかった。
いつものあの、すべてを憎むかのような顔。
きっとあれは、マスクだったんだ。
アオギリの樹の幹部というマスク。
僕とそう変わらない年齢の少年が背負うには、大きすぎる荷物。
その重圧を覆い隠すための、大きなマスク。
隙を見せることはできない。
誰かに頼ることも、甘えることも。
肉親である、姉にすら会わない。会えない。
なんて、寂しい少年なんだろう。
なんて、不器用な少年なんだろう。

リオ「アヤトくん……」

僕は彼の名前を呼ぶ。
でも次に、どんな言葉を紡げばいいか分からなかった。
少しの間、僕らはお互いの顔を見つめ合った。
そして、何の合図もなく、アヤトくんはその場を去って行った。

リオ「……」

彼にかける言葉は見つからなかった。
けど、願いはあった。
〝どうかそこから抜け出して〟。
いつか、彼があのマスクを捨てられる日が来れば。
そうすればきっと、姉弟がもう一度、笑顔で会える日が来るのかもしれない。
僕は、それを願わずにはいられなかった。
寂しい顔をする、二人のウサギの幸福を。

//トロフィー「黒い兎」
//スキル入手

◆敗北

リオ「う……うう……」
アヤト「…………」

//SE：ざッ　ざッ　ざッ…

僕にはトドメを刺さず、アヤトくんは去っていった。
その背中は、なにか言いたげにも見えた。
どんな言葉を？
わからない。
わからないけど、きっともう彼は戻らない。
僕と彼が会うことは、もうない。
それだけは、わかった。

//アヤトイベント消滅

アオギリの樹《あおぎりのき》

TOKYO GHOUL

S AOGIRI 01

//タイトル：アオギリの会話

//場所はアオギリアジト（廃墟など）

//タタラ
①
タタラ「……」
リオ「……」

相変わらず凄い威圧感だ……。

《選択肢》
◆1：話しかけてみる
◆2：素通りする

◆1：話しかけてみる

リオ「あの……」
タタラ「………」
リオ「えっと……」
タタラ「目障りだ。消えろ」
リオ「あ、すみません……」

◆2：素通りする

リオ「（目を合わせないようにしよう……）」
タタラ「……おい」
リオ「はっ、はい!?」
タタラ「……邪魔だ。俺に近づくな」
リオ「す……すみません……」

こ、怖い……。

②

タタラ「………」
リオ「………」

あの衣装に、マスク……。

リオ「（暑くないのかな……）」
タタラ「……なに見てる」
リオ「あ、いえ……」

③

タタラ「……」
リオ「……」

他の構成員に聞いたところ、アオギリの樹は、「隻眼《せきがん》の王《おう》」という人物が率いているらしい。
彼がこの組織のリーダーなのだろうか。
そうであってもおかしくない。

／エト（ラボ以降のみ出現）

①

リオ「あ……」
あのときの包帯の子だ。
たしか名前はエト……だっけ。
エト「あ、リオくん。こんにちは」

リオ「こ、こんにちは……」
エト「いい天気だね」
リオ「そうですね。……」

なんだろう、この緊張感のない会話。

②
エト「〜♪」
リオ「なに書いてるの？」
エト「日記」
リオ「へえ……すごいな」
エト「すごい？」
リオ「僕は、そんなにスラスラ文字を書けないから」
エト「ふぅん」
エト「……♪」
リオ「（どんな日記書いてるのかな……）」

③
リオ「……」
エト「……♪」
エトさんの包帯の下って、どうなってるんだろう。
リオ「（傷とか……火傷とかしてるのかな）」

エト「……？　なあに？」
リオ「あ、ううん。何でもないよ」

④
リオ「エトさんはなんでアオギリの樹に？」
エト「……。——それが必要だから」
リオ「へえ……そっか」
エト「リオくんは？」
リオ「僕も……同じかな」
エト「そっかァ、うまくいくといいね」
リオ「……？　うん」

／ノロ
①
「ゲッゲッゲッ」
リオ「（うわっ……なんだ……？）」

／キャラ絵表示
リオ「……」
たしかノロさん、だっけ……。
リオ「……!?」
リオ「（なんだこの匂い……）」
屍体《したい》。腐った匂いだ。

悪臭に吐き気を催《もよお》す。

ノロ「…………」

//キャラ絵非表示

そんな僕の様子を気にも留めずに、ノロさんはどこかへ行ってしまった。

リオ「(なんなんだろう……あの人は)」

②

アオギリ構成員「あれ……」
アオギリ2「どうした?」
アオギリ1「俺の貯蔵してた食糧がなくって……」
アオギリ2「あ? 知らねえぞ俺」
アオギリ1「おかしいな……」

//キャラ表示　ノロ

ノロ「……」
アオギリ1「あ……」
アオギリ2「……」

//キャラ非表示

リオ「…………」
リオ「(よくある風景、なのかな)」

//ナキ(「B　MAIN　㉗」でナキサブイベントが発生しているときのみ)

①

リオ「あ……」
ナキ「ん……?　あっお前……リオか!!」
リオ「ナキさん……!」

そうだ……ナキさんもアオギリの樹の一員だったんだ。

ナキ「なんだ!?　ひっさしぶりだなあオイ!　元気かよ」
リオ「はい……一応」
ナキ「ま、仲良くやろうぜ!　雨降って痔《ち》になる、ってヤツだな!」
リオ「え?」
ナキ「思わぬところで思わぬ出会いがある、って意味だぜ!」
リオ「そうなんです……か?」
言葉の意味はともかく、僕は知っている人に会えたことで少しホッとした。

リオ「あ、そういえば……」

//SE：ごそごそ

ナキ「?」
リオ「これ……ずっとお返ししたくて」
ナキ「あっ!」

僕はナキさんにヤモリさんのペンチを手渡した。

ナキ「アニキのペンチ……!!　――……でもお前、これが必要なんじゃなかったのか?」
リオ「もう大丈夫なんです。ナキさんのおかげで、なんとかなりましたから」
ナキ「そうか……そっか……」

ナキさんは、手に持ったペンチを大事そうに握りしめる。

ナキ「………アニキ」
ナキ「アニキ……うっ……うっ……――ヤモリの兄貴ィ……!!うああああああッッ」
リオ「な、ナキさん……!?」
ナキ「ああああああっ!!　ああああああっ!!　ああああああ――」

//時間経過

ナキ「……悪かったな。トミリだして」
リオ「いえ……。――(ビックリした。急に泣き出すなんて……相変わらずだな)」
ナキ「ありがとな、リオ……ありがとな……」
リオ「いいえ……!」

思わぬところで、ペンチを返せて良かった。
ナキさんの泣き腫らした目を見ると、心からそう思う。

②
ガギ「ガギ、ガゲゴッゲ」
ナキ「あ?　お前がやれよ」

グゲ「ガギゴゴウガギガイ」
ナキ「わーったよ、しょーがねえなー」
リオ「…………」
ナキ「ん？　リオじゃねえか。どうした？」
リオ「いや、よく分かるなと……」
ナキ「？　なにがだ？」
リオ「いえ……べつに」

③

ガギ「グゲ、ゴギッゴギギッガ」
ナキ「違うってガギ、あれは13区のときじゃなくって……」
グゲ「ガギ、ガゲガゴグゴゴギガガイ？」
ナキ「グゲも間違ってるって、あれは4区だろ？」
リオ「……」
ナキ「お？　なんだよジロジロ見て」
リオ「いや、よく区別つくなーと……」
ナキ「？？　どういう意味だ？」
リオ「あ、ほら……ガギさんとグゲさんって、よく似てるから……」
ナキ「そうか？　全然違うと思うけど」
リオ「（ナキさんってすごい）」

④

ナキ「身体もなまっちまいそうだなあ……」
ナキ「おい、リオ。ちょっと相手してくれよ」
リオ「え？」

《選択肢》
◆1：いいですよ
◆2：遠慮します

◆1：いいですよ

ナキ「そうこなくっちゃな！　――それじゃあ行くぜ……!!」

／／バトル（ナキ）

◆勝利

ナキ「ぎえっ……。――強えなあ……リオ」
リオ「いえいえ……」

／／スキル入手

◆敗北

ナキ「へへっ！　俺の勝ちだな！」

リオ「うう……」

◆2：遠慮します

ナキ「つれねえ奴だなあ……。――おーいガキ、グゲ。ちょっと付き合ってくれ！」
リオ「（ナキさん、手加減しないからなあ……）」

⑤（④で勝利後）

ナキ「暇だなあ」
リオ「仕事ないんですか？」
ナキ「俺は〝白鳩〟とやり合うデッカイ仕事がねえと呼ばれねえんだ。なぜか」
ナキ「アヤトの野郎とかは、頭つかう仕事とか、作戦会議とかあるみてえだけど」
リオ「……（なるほど）」

S　SHACHI　01

//タイトル：益荒男《ますらお》な男

//BG：廃墟など　暗く人気のない場所

リオ「……なんだ、この気配……」

？？？（鯱《シャチ》）「……童《わっぱ》」

リオ「！」

振り向くと、電灯の上、全身を鋼で磨き上げたような、屈強な男が立っていた。鼻下には立派なヒゲを蓄えている。

？？？（鯱）「我が名は……鯱!!」

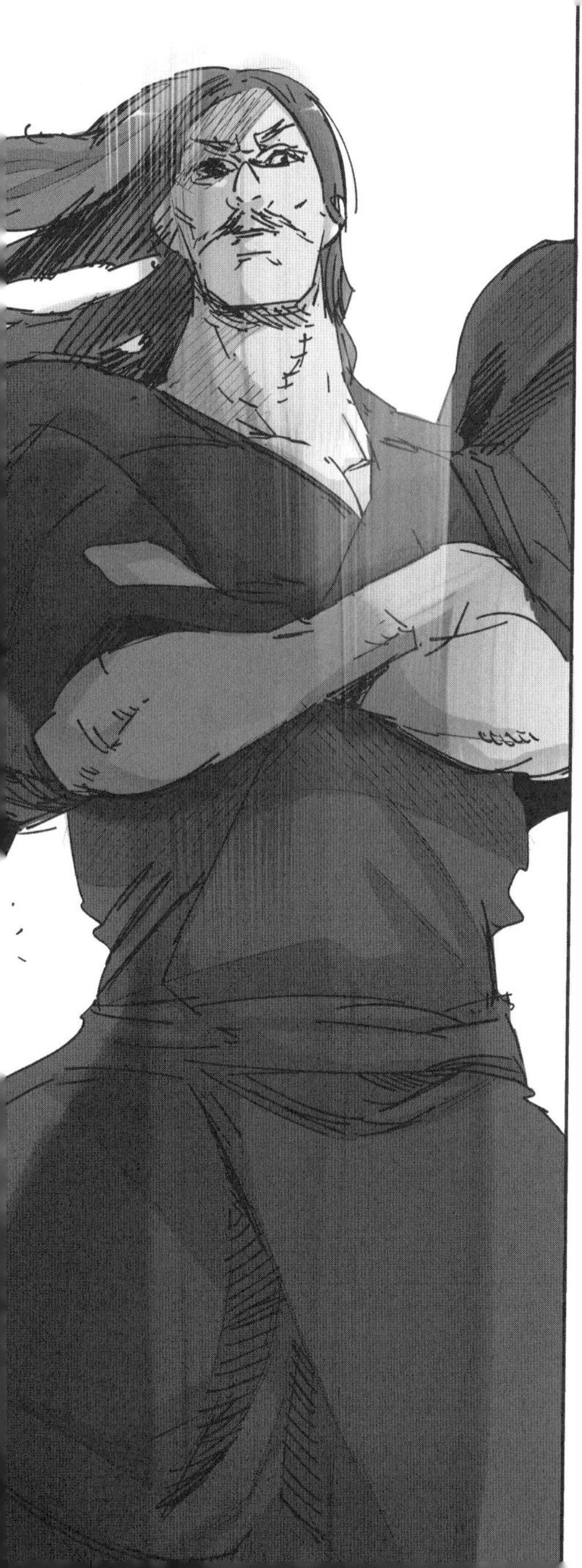

？？？（鯱）「貴様……何者だ？」
リオ「えっと……？」
／／ＳＥ：ザッ（降りてくる）
鯱「その練武……内に秘めし、豪……！」
鯱「只者ではないな……」
鯱「童、儂《わし》と勝負せい……!!」

リオ「（しょ、勝負……!?　っていうか、この人誰!?）」
鯱「武人たるもの、言語不要……」
鯱「応じよッッ!!」
鯱「……闘《トウ》ッ!!!」
リオ「（来る――!!）」
／／バトル（シャチ）

◆勝利

■合流1

リオ「ハァ……ハァ……」
鯱「貴様の練武……見事也《なり》！　童でありながら、よくぞそこまで極地に至った!!」

／／スキル入手

鯱「貴様になら、儂の豪を授けても良いやもしれぬな……」
リオ「（……〝ごう〟、とか〝ぶ〟、とか何を言ってるんだろう、この人……）」
鯱「来いッ、儂の武をしかと見届けよ!!」
リオ「え……なんなんですか……？」

／／時間経過

鯱「見立てどおり、よい筋を持っている……」
鯱「……共に、武の道を極めようぞ！　覇《ハ》ッ!!!」
鯱は僕に技を教えると、光のようなスピードで走り去った。
リオ「（ホント、何だったんだろう……でも、すごい強さだった……）」

◆トロフィー解放「強者は強者を求めて」

◆敗北

■合流2

鯱「……超！　未熟!!」

／／SE：ザッ

そう言い残し、鯱は跳ね去っていった。
リオ「（……くっ、なんなんだ、あの人……痛……）」

／／以後、再戦が可能

◆再戦時

鯱「帝《ティ》ッ!!」
リオ「……う、うわっ!!」

鯱「久しいな、童！　言葉は不要、来《ライッ》!!!」
リオ「くっ……！」

◆再戦に勝った場合→■合流１へ
◆再戦に負けた場合→■合流２へ

S　RUCHI　01

／／タイトル：姐さんって誰？

／／ＢＧ：繁華街
？？？（ルチ）「俺だ。その後そっちはどうだ？」

リオ「（あの声は……ルチ？）」

ルチ「……いや……俺はちょっと面倒くさい奴らに絡まれてな。身動きとれなかった」
ルチ「猿《えん》の連中は全然ダメだな。下っ端までしつけられてやがる。完全に腑抜けだ」
リオ「（……え？　魔猿？　古間さんのこと？）」
リオ「（……面倒くさい奴ら……僕や、カネキさんたちのことだろうか）」
ルチ「で、メンツは集まってんのか。――……犬共のしつけも、肉の供給も完璧にしとけよ」
ルチ「……あとは姐《ねえ》さんを迎えるだけ、って状態にしとくんだ」
ルチ「それこそが俺たちの……」
リオ「（話してる相手は彼の仲間、なのかな……）」

／／ＳＥ：ガタン（物音）

ルチ「……ん？　誰だ？」
リオ「（……しまった……！）」
ルチ「……！　テメェ……あのときの……」
ルチ「なんでこんなところで立ち聞きしてやがる！」
リオ「いえ、あの……立ち聞きするおつもりは、その……」
ルチ「しらばっくれんな！　このクソガキ!!!」

ルチ「あのときの鬱憤《うっぷん》晴らしてやらァ!!」

//バトル(ルチ)

◆勝利

ルチ「……チッ、邪魔しやがって……!!」
ルチ「お前に構ってるヒマはねえんだよッッ!!」

//SE：走り去る

リオ「ハァ……ハァ……」
リオ「(ルチが言っていた〝姐さん〟、って誰だろう……)」

→◆「S RUCHI 02」へ

◆敗北

リオ「う……」
ルチ「ひゃっはっは！　ざまーみろクソガキ！　殺されたくなかったらとっとと消えやがれ！」
リオ「(クソッ……やっぱり……強い……)」

《マップ画面へ》

S RUCHI 02

//タイトル：黒狗のリーダー

//BG：繁華街

//「S RUCHI 01」と「S ANTE 02」が発生条件

ルチ「なんで……なんですかッ、姐さん……！」

「ルチ……もう、あの時代は終わったのよ。10年も前にね……」

リオ「(……ルチ！　それにもう一人……)」
リオ「(……相手は……〝姐さん〟？)」
ルチ「姐さんが行っちまってから、俺たちはどう生きていいかわかんなくて……」
ルチ「みんな荒れに荒れたんス。コクリアにぶち込まれたヤツもいる」
ルチ「姐さんの訓《おし》えどおり、大人しくしてる連中も多くいるみてェだけど……」
ルチ「そうじゃない奴らも沢山いるんスよ！」
ルチ「忘れたんスか!?　猿どもをぶっ殺しまわったあの時代……」
ルチ「姐さんは……最強だった！」

「…………」

「忘れるわけがないわ。あれは私の……罪よ」

ルチ「罪……!?」

ルチ「あの時代を……否定するんスか……!?」

「あなたがなにを言おうと……戻らない。狗《いぬ》は……解散したのよ」

「あなたはあなたの人生を生きなさい」

ルチ「…………」

「それがあたしからの最後の命令だった筈《はず》よ」

ルチ「クソッ……」

//ルチ行く

「ごめんなさい。ルチ。でも……もう決めたのよ、とっくの昔に」
リオ「……」

//カヤON

リオ「……!!」
カヤ「……誰っ?」
リオ「あっ……」
カヤ「……リオくん」

//時間経過

カヤ「あなたが、ルチと知り合いだったとはね……。――……驚かせてしまったかしら」
リオ「い……いえ」
リオ「……カヤさんは……彼とどういう……」
カヤ「…………」
カヤ「私ね、昔すごく悪い喰種だったの」
リオ「……」
カヤ「あの人が作った組織を継いで……たくさんの喰種を率いた」
カヤ「ヒトをたくさん殺したわ。――同族である喰種も、数え切れないほどこの手で……」
カヤ「20区はずいぶん荒れていたわね。私達のせいで……」
リオ「……」
カヤ「…………そんな日々が続いて、捜査官や敵対組織との三つ巴になって、たくさんの仲間が死んだ」
カヤ「なんのために戦ってるのか。憎悪の矛先もわからないまま、殺し続ける日々。――戦いが無意味だと感じ始めたときに……芳村さんと出会ったの」
カヤ「私は考えを変えて、生き方を変えた。そして組織は解散させたの」
カヤ「でも……そんな私の意志に反発する子たちもいる」
カヤ「ルチは……その一人よ」
リオ「そう……だったんですね」
カヤ「……フフ、引いた?」

リオ「い、いえ……でもなんだか腑に落ちたというか……」
リオ「カヤさんは……只者じゃない、って思ってましたから……」
カヤ「あら、どういう意味かしら？　リオくん」
リオ「あはは……」
リオ「……」
リオ「昔どんなに怖くても、悪くても……。——今のカヤさんのこと、僕は好きです」
カヤ「…………」
カヤ「ありがとう、リオくん」
カヤ「はぁ……あの馬鹿にも、そういう気持ちが少しでも生まれてくれればいいんだけど……」
リオ「（ルチ……）」

彼はずっと前に進めないでいるんだ。10年も前から……。

↓◆「S RUCHI 03」へ

S RUCHI 03

//タイトル：借りと貸し

リオ「……ルチ」

//このルートを見ると、最後のあんていく戦の一枚絵において、差分でルチが現れる。
//トロフィー解放「群れを束ねる意志」

//BG：繁華街

ルチ「おいガキ！　そこをどけ!!」
リオ「……っ！」

ルチ……！
ルチ「……今は、てめえの相手はしてられねえ！　あばよ!!!」
リオ「（えっ？　……どうしたんだろう？）」
ふつうの捜査官「はぁ……はぁ……そこの君！　男が走ってこなかったか？　長髪で痩せ形の……」

喰種捜査官……！
リオ「ああ、その人でしたら……」

《選択肢》
◆1：嘘の方角を教える
◆2：正直に話す

◆1：嘘の方角を教える

リオ「ああ！　その人でしたら、あっちの方に逃げていきました」
「ありがとう、協力感謝する！」

//SE：走り去る足音

リオ「……」

↓■合流へ

◆2：正直に話す

リオ「さっきの男なら、このまままっすぐ走って行きましたけど」
「そうか、ありがとう。――よし、相手は一人だ。かならず仕留めるぞ！」
リオ「（仕留める……？）」
リオ「……あの。誰を追いかけているんですか？」
「ん？　……ああ、名乗らなくてすまない。我々はCCGだよ。」
「現在、凶悪な喰種を追っている。この後、そこと向こうの通路は封鎖になるかもしれないから、君は早くこの場を立ち去りなさい」
リオ「そうなんですか、怖いですね……えっと」
リオ「こっちから行けば良いですか？」
「ああ！　違うそっちは駄目だ。言っただろう封鎖すると……こっちから頼む……！」
リオ「あっ……すみません」
リオ「（ほんの十秒か、十五秒ほどってところだろうか……時間を稼げたのは）」

↓■合流へ

■合流

//暗転
//BG：路地裏

リオ「……行ったみたいですよ」
ルチ「……チッ」

ルチ「……助けてもらったなんて思っちゃいねえ……」
リオ「……別に、恩に着せるつもりなんてないですよ」
ルチ「じゃあな……」
リオ「あっ」
ルチ「？　なんだ？」

《選択肢》
◆3：頑張ってください
◆4：いつまでも続けるんですか？

◆3：頑張ってください

リオ「……いえ、頑張ってくださいね」
ルチ「チッ……うるせえ……ガキが……」

//SE：ダダダッ

リオ「（頑張れ……？）」
リオ「一体、なにを……」
彼はああして、待ち続けるのだろうか。10年前の輝かしいと思い込んでいる日々を取り戻すために。けして戻りはしない、あの人を……。

//イベント消滅

◆4：いつまでも続けるんですか？

リオ「……いつまで、そんな事を続けるんですか？」
ルチ「……んだと？」
リオ「カヤさんは……戻りませんよ」
ルチ「……！」
ルチ「テメエ……カヤさんの知り合いなのか……？」
リオ「……僕はあんていくで働いてますから……」
ルチ「チッ……通りでムカつく野郎なワケだ……」
ルチ「あの店のせいで……カヤさんは変わっちまった!!」
ルチ「平和ボケして……闘争心をなくして……。——まるで牙をとられちまったみてェに……！」
ルチ「俺は……戻ってきて欲しい……『黒狗《ブラックドーベル》』……入見カヤに……」
ルチ「ブラックドーベルの首領は、あの人以外に務まらねえ……務まるはずがねえ……！」
ルチ「あんていくさえ……あのジジイさえ現れなければ……!!」
リオ「……違いますよ」
ルチ「……んだと？」
リオ「……あんていくがなくても、芳村さんと出会っていなくても……」
リオ「カヤさんは、いずれその組織を辞めていました」
ルチ「……」
リオ「彼女は……ずっと考えていたそうですよ。——戦う意味、殺す理由、罪の行方……」
リオ「あの人は……残虐な組織のボスなんかじゃない」

リオ「罪に苦しむ、一人の喰種だ……」
ルチ「テ、テメエになにがッ……!!」
ルチ「そんなわけがねえ!!　お前はなにも知らねえんだ!!」
リオ「ルチさん……」
リオ「……」
リオ「……ついてきてください」
ルチ「……!?」

//BG：あんていく

カヤ「いらっしゃいませ」
カヤ「……ご注文は？」
カヤ「ニシキくん、お湯の準備お願いね」
カヤ「トーカ、カップを用意しておいて」
ルチ「………」
リオ「ルチさんは……彼女の、あんな顔を知っていましたか？」
リオ「僕は……」
リオ「カヤさんに、その組織の時代に戻ってほしいとは思いませ
ん……」
リオ「ルチさんは……どうですか」
ルチ「………」
ルチ「………ッ」

//SE：バタン（去って行く）

リオ「……」

//時間経過
//BG：路地

ルチ「………」
リオ「……ルチさんっ」
ルチ「……終わってたんだな」
リオ「……？」
ルチ「あの時代は……とっくに終わってたんだな……」
ルチ「………俺は……何のために……」
リオ「……」
リオ「……時代は……変わってしまったかもしれないけど……」
リオ「カヤさんのために出来ること、たくさんあると思います」
ルチ「……!」
リオ「会えない人、会えなくなった人は、どうしようも出来ない
……悔しいけど……」
リオ「でも、少なくともカヤさんは生きてるし、会おうと思えば
いつだって会える……」
リオ「だから……」

ルチ「………」
ルチ「……10年なんて、あっという間だな」
ルチ「………」

ルチ「うめえんだろうな」
ルチ「カヤさんが淹れたコーヒー」
ルチ「あの人、器用で何でも出来たから……」
ルチ「…………」
ルチ「坊主……」
ルチ「……ありがとよ」

//SE：去って行く

リオ「…………」

彼がこれから先どう生きて行くのか、僕にはわからない。
ただ……10年間、ただ待ち続けた背中は、さびしそうだけど、とても逞《たくま》しく感じた。

S ROU 01

//タイトル：諦めない女

//BG：繁華街　夜

？？？（ロウ）「うふふ……うふふふ……探したわよぉ〜？」
リオ「（ロウ……！）」
ロウ「お久しぶりね。相変わらず、おいしそうな肌をしてるわぁ。うふふ……うふふふ……」
リオ「（とりあえず……逃げよう！）」

//SE：ダッ

リオ「！」
あっという間にロウに、正面に回られる。
ロウ「あっはぁん！　無視しないでよ～！　シャイなのねえ」
リオ「い……急いでるので……」
ロウ「あららん？　用事があるの？　だったら全部キャンセルキャンセルぅ？——……だってあなたは、ここでアタクシに食べられてしまうのだから……」
ロウ「うふふ……アタクシねえ～食べ損ねたご馳走《ちそう》のことは、いつまでも気にしちゃうタイプなのよねぇ」
ロウ「そういう意味ではある意味恋と一緒……☆　ふふ……わかる？——坊やにはちょっとよくわかんないかしらねえ、うふふ……うふふふふ……」
リオ「(クソ……面倒な人に目をつけられてしまった……)」
ロウ「うふふ……あなたって……どんな味なのかしら？　ビター？　スウィート？」
ロウ「歯ごたえは？　プリプリ？　ゴリゴリ？」
ロウ「そしてェ、カ・ホ・リ！　あなたのスメルはどんなかしらァ!?」
ロウ「あなたはいい匂いしそうねえ……あ、でもでも臭かったりしてもギャップに興奮しちゃうカモ！」
ロウ「……大丈夫よ、アタクシちょっと青春っぽいクサクサなのもイケちゃうんだから……」
ロウ「今から確かめてあげるわね！」
ロウ「さぁ！　お食事の時間よ！　はじめましょ？　お洋服脱ぎ脱ぎして？」
リオ「……いやあ……えっと……」
ロウ「照れてるのかしら？　……か・わ・い・い！　さぁ！　アタクシの美容の糧《かて》となるのォ！」

//バトル(ロウ)

◆勝利

ロウ「アヒィ!!」
ロウ「……くっ……もうっなによ！　アタクシ……余計燃えてきちゃうじゃない!!」
ロウ「もっとタップリ栄養とって、会いにくるから……！」

//SE：だだだだ

リオ「(ふぅ……なんとかなった。……もう会いたくないな、あの人とは……)」

↓◆「S　ROU ⑫」へ

◆敗北

リオ「ぐあ……！」
ロウ「うふふ？　さーてお楽しみの始まりねエ……」
ロウ「大丈夫、アタクシ、テクニックには自信があるの……上手に喰べてア・ゲ・ル……☆」
リオ「（いや……だ……兄さん、たすけ、て……）」

//ゲームオーバー

S ROU 02

//タイトル：つけ回す女
//BG：路地裏　夜

リオ「（……なんか、イヤな予感がする）」
ロウ「うふふ……うふふふのふッ！　……みぃつけたぁ～っ！」
リオ「うわっ……!!」
ロウ「よかったわぁ～！　やっと会えた～!!　アタクシのリオ……！」
リオ「……!?　なぜ名前を……」
ロウ「どうして？　好きな人のこと、知りたいって思うのは当然でしょお？」
ロウ「あの手この手で調べちゃうわよお～カンタンに！」
リオ「す、好き……？」
ロウ「当たり前じゃない！　食べたい＝好き！　好き＝食べたい！　当然のことでしょ？」
リオ「そ、そんなことないと思いますけど……」
ロウ「アタクシのルールブックではそうなってるのよぉ……恋と食、同一にした方がいろんな欲求まとめて解消しちゃえるでしょ？」
リオ「（無茶苦茶だ……）」
ロウ「それよりどう……アタクシのこの肌の艶《つや》めき……」
ロウ「あのね。アタクシ、あれから沢山食事を摂《と》ったのよォ？　だからもう、赫子がパンパン……ッ」
リオ「（なんて執念だ……）」
ロウ「ねぇ？　アタクシのリオ～？　アタクシ、こんなに頑張ったのだから……ちょっとは、ご褒美《ほうび》をくれてもいいんじゃない？」
リオ「……ご？　ご褒美って……」
ロウ「わかってるクセにィ！　あなた以上のご褒美がどこにあるって言うのよォ!!」
ロウ「プリプリお肉ッ、食べさせてぇ～！」
リオ「い、嫌です！」
ロウ「うふふ……恋は戦争、食は奪い合い！　殺してでも食べちゃう！」

／バトル(ロウ)

◆勝利

ロウ「そ、そんな馬鹿な……アタクシが……負けるなんて……あなたを……食べられないなんて……!?」
ロウ「………アタクシの……ご馳走………!!」
ロウ「アタクシのリオ……!!」

／SE：だだだだ

リオ「……一体いつまで付きまとわれるんだ……」

僕は戦い以上に、ロウのハイテンションに疲弊《ひへい》していた。

→◆「S ROU 03」へ

◆敗北

ロウ「ああ——きたあああああ！　やっと食べられるわ！
リオ！　アタクシの中に来て!!」
ロウ「うふふ……あぶっ……だ液……唾液が……アタクシ自身のヨダレで溺《おぼ》れ死んじゃいそうよ……うふふ……うふふふ……」

ロウ「消化準備、メチャオッケイ!!!」
リオ「(いや……だ、うっ、く、くわ……れる……)」
リオ「(にいさ——！！！！)」

／ゲームオーバー

S ROU 03

／タイトル：欲を貫く女

／BG：繁華街　夜

リオ「(ゾクッ)」
リオ「(……なんだ、今の悪寒……)」
リオ「うっ……！」
ロウ「うふふ……うふふふふ……うふふのふ～ッ!!　そんなに怯えないでよ～！　リ・オ☆」
リオ「(で、出た！)」
ロウ「大丈夫よぉ～。今日は、そういう用事じゃないから」
リオ「(……何を言ってる？)」
ロウ「あのね。アタクシ、あなたを襲うのはやめることにしたの」

リオ「……えっ？」
リオ「（……どういうこと？　何かの作戦か？）」
リオ「……本当に？」
ロウ「ええ。だってあなたってば、メチャンコ強いし、このアタクシの全力でも敵わないんだから」
ロウ「実力じゃ勝てないのだし、もう襲わないわ！」
リオ「そっか……（良かった）」

ロウ「だからちゃんとお願いすることにしたの」
リオ「へ？」
ロウ「あのね。もう、力ずくにとは言わないから……一口だけ、食べさせてくださらない？」
リオ「えーっと……」
ロウ「あっ、誤解しちゃイヤン！　よ？」
ロウ「全部食べたいって言ってるわけじゃないの！　ほんの腕一本でいいの！　そのくらいなら、切ってもまた再生するでしょ？」
リオ「し、しませんよ！　……いや、するのか……？」
リオ「……どっちにしろ、再生するから大丈夫って話でもないです！」
ロウ「それなら、指はどう？　二本……いや三本!!」
リオ「いやですッ」
ロウ「じゃあ、足ならいかが？　じゃあ尻!!　あっ、鼻？　耳!!」
リオ「……（駄目だ。この人……）」
ロウ「あら、まだ不満？　アタクシが、ここまで譲歩しているのに……」
リオ「（譲歩じゃなくて要求じゃ……）」

ロウ「ねえーんお願いっ、アタクシのこと、嫌いじゃなくなってるクセに……!!」
リオ「（そんなことはないです）」
ロウ「ね？　ちゃんと本人の同意を得ようとするなんて、アタクシ、ずいぶん変わったでしょう？」
リオ「ま、まあ、いきなり襲いかかってくるよりはマシかもしれませんが……」
ロウ「だーからー？　ちょうだいちょうだいちょうだいッ！　あなたの全部をちょうだい!!」
ロウ「アタクシ、あなたが『いい』って言うまで、永遠につきまとうわよ？」
リオ「……勘弁してください」
ロウ「はぁ……しかたないわね。アナタを食べるのは諦めるわ」
リオ「（よ……よかった……）」

ロウ「――と見せかけて、レロォォォ！！！」
リオ「うっ！　うわぁぁぁ～!!!」
ロウ「ああ……アン……」
ロウ「やっぱダメッもうガマン出来ないわあああ全部ちょうだいいいいいいッ」

リオ「やめろオオォォォォ～～！！！！」

一体いつになったら、僕はこの女から解放されるのだろう。

＝トロフィー解放「欲を貫く女」

＝エンディングAに追加

S KINKO 01

//タイトル：治らない怪我

//BG：公園　昼

リオ「(……あれ……キンコだ……)」
キンコ「ハナ……キレイ。アッチモ、ハナ……キレイ」
リオ「(……暴れ出すと手が付けられないけど、普段は穏やかなんだな……)」
リオ「こんにちは。……いつも、ここにいるの?」
キンコ「……うん。そう! ハナ……キレイ」
キンコ「おまえ……だれ? あやしいヤツ、たたかう……でもおで、たたかうの……キライ」
リオ「(あれ……僕のこと、忘れてる?)」
キンコ「あ。まえに、あった……?」
リオ「うん、戦ったんだよ。——僕はリオ、覚えてる?」
キンコ「……リオ?? ……あんとき、なに、してたっけ?」
リオ「(なにって、追いかけられて戦闘になって……)」
リオ「覚えてないの?」
キンコ「おで、おぼえるの、ダメ。……でもおまえ、こわくない」
リオ「(……こんなに大きい身体で、力も強いのに、周りが怖いんだな……)」

リオ「キンコは、花が好きなの?」
キンコ「そう! おで、ハナが好き! キレイなもの見る……ココロもキレイになる!」
キンコ「キタナイもの見る……ココロもキタナクなる! だからおで、キレイなもの見る。いつも……いつも……」
リオ「……そっか」
キンコ「おでの中に、こわいおでがいる。でも……ハナを見ると、やさしいおでになる」
リオ「(優しい自分になる……か)」

キンコ「あ!!」
リオ「?」
キンコ「……ハ、ハナ……折れてる……」

リオ「あ……本当だ。かわいそうだね……」
キンコ「だれかが……ケガさせた……ゆ、ゆるせない！」
リオ「(!?　……ま、まずい……！)」
リオ「キンコ！　落ち着いて！」
キンコ「ぐーるはケガしても、すぐに治る！　ニンゲンも、ときどき治る！　でもハナは……治らないっ!!」
リオ「(ど、どうしよう……！　そ、そうだ……)」
リオ「み、見て、キンコ！　ほら、こうして添え木をすれば、花の怪我も治るかもしれないよ!?」
キンコ「…………」
キンコ「……ほんとか？」
リオ「う、うん……」
リオ「人間も、こうやって骨折したところを治したりするんだよ。だから、花もきっと大丈夫……」
キンコ「……ニンゲンも、ほねおれたら、それやってた……？」
キンコ「ニンゲンはかしこい……はなもなおる……」
キンコ「……そっか！　リオ！　ありがとう!!　オマエ、いいヤツ！」
リオ「(ホッ……)」
キンコ「ハナ……キレイ……」
リオ「うん。そうだね」
キンコ「ハナ……すごくキレイ……」
リオ「(……あらためて見ると、ほんとに綺麗だな……)」

／BG：公園　夜
リオ「そろそろ帰らなくちゃ。キンコ、君はどこに住んでるの？」
キンコ「キンコ、すんでない」
リオ「ええと、夜はどこで寝てるの？」
キンコ「いろんなとこで寝てる。ハナが咲いてるところ、どこでも」
キンコ「草をマクラにして、ハナを見ながらねむる！」
リオ「(……つまり、野宿して暮らしてるのか……)」
普通の喰種ならともかく、こんなに身体が大きいキンコが野宿なんかしてたら、すぐに〝白鳩〟に見つかりそうだ。
リオ「(どうにかしてあげられないかな……)」

↓◆「S KINKO 02」へ

S KINKO 02

//タイトル：暴力と暴力

//BG：繁華街

キンコ「にげろ……にげろ！」

リオ「（キンコ!?　誰かに追われている……あっ！　あれは……!?）」

？？？（什造）「見ぃつけた～。そこ動かないでくださぁい～」

喰種捜査官「――！」

リオ「（やっぱり野宿で目立ってしまったんだ……！）」

//SE：ザシュッ（攻撃音）

キンコ「あぐっ!!!」

リオ「キンコ！」

攻撃を受けたキンコをかばうように、捜査官の前に立つ。

リオ「……」

什造「おや、一人増えましたか」

//マスクオン

キンコ「いたい……いたい……」

リオ「……！」

什造「？」

キンコ「いてぇ……いてぇよおおおぉ――――――！！！」

//SE：ブオン

什造「おー」

リオ「キンコッ、落ち着いて！」

キンコ「おまえら、おで、いじめる……許さ、ないぃぃぁ！」

什造「おっ、おおっ」

//SE：何度か攻撃音とかわす音

什造「！」

//クインケ破壊音

什造「？？」

//SE：カチ　カチとスイッチを試す音

什造「おや……マズりましたねえ……」
リオ「（クインケを押し返した……！　やっぱり、キンコは強い……）」
キンコ「うーっ、うーっ!!」

//SE：ザザッ

篠原「まったく……なんて馬鹿力だッ……什造大丈夫か!?」
什造「クインケのチョーシがなんかおかしいです」
篠原「ああ……駄目だ、起動装置がイカれてやがる」
キンコ「があああぁッ」

//SE：ザンッ

キンコ「い、いた……」
篠原「ちょっと黙ってな……おデカちゃん」
篠原「什造……一旦退くよ、そのクインケじゃ戦えない」
篠原「コクリアの脱走組が相手じゃ、少し不利だ」
什造「むぅ……わかりましたです」

//SE：走りさっていく

リオ「（あ、危なかった……）」
リオ「キンコ！」
キンコ「いでぇよお！　いでえ……」
リオ「大丈夫……もう行ったよ。手当てしよう」
キンコ「おで……ケガした……ケガさせた……だれ？　……おまえ？」
リオ「え？」
キンコ「ここ、おまえしか、いない……だから、やったの、オマエ……」
リオ「……！」
リオ「キンコ、聞いてくれ！　僕は……」
キンコ「オマエ!!　ダメ!!　おでいじめる!!!」
リオ「くっ……!!」

//バトル（キンコ）

◆勝利

リオ「ハァ……ハァ……」
キンコ「……あれ？　おで……」
リオ「だ、大丈夫？　キンコ……」
キンコ「リオ……」
キンコ「……ごめん。ときどき……おで、わかんなくなって、まわりぜんぶ、こわいのに見える……」

キンコ「……リオ、おこった?」
リオ「(……落ち込んでるみたいだ)」
リオ「怒ってないよ、キンコ」
リオ「それに今回は僕の名前、ちゃんと覚えててくれたしさ」
キンコ「うん、おまえ、リオ、おぼえた」
リオ「ここに居たら〝白鳩〟がまた来るかもしれない……」
リオ「今日は僕が連れて行く場所で寝泊りして」
リオ「花や草木はないかもしれないけど……少しだけ我慢できる?」
キンコ「……ハナ、ない……」
リオ「キンコの安全のためなんだ。怖いやつらが来ないところに行こう」
キンコ「……ワカッタ、おで、リオ一緒にいく」

……良かった、なんとか分かってくれたみたいだ。

リオ「(ねぐら探しは得意分野だ。昔のカンが鈍ってなきゃいいけど……)」

僕はキンコの巨体が寝泊りしていても、噂が立たないような廃墟を探し求めて、歩き出した。
完全に、安全な場所が必要だ。

◆「S KINKO 03」へ

◆敗北
リオ「ぐ……は……」
キンコ「おで、たたかいたくない！　おではたたかいたくない!!」
//SE：ガンガンと何度も叩く音
キンコ「おではいじめられたくない!!」
//SE：ガンガンと何度も叩く音
リオ「が……」
リオ「(………キンコ……気が付いて、くれ……)」

//ゲームオーバー

S KINKO 03

//タイトル：小さな墓標

//BG：廃墟

リオ「（キンコ……どうしてるかな）」

リオ「（あちこち出回ってなきゃいいけど……）」

僕は郊外の廃墟にキンコを案内して、そこに住むように教えてあげた。

ここなら人気《ひとけ》もないし、目立つ行動をしなければひっそりと生きられると思った。

リオ「あ……」

石垣の茂みに、紫色の花が咲いている。

リオ「（綺麗な花だな）」

リオ「（……摘んで持っていったら、またキンコに怒られちゃうな）」

今度連れてきてあげよう。花が見られなくて、さびしい想いをしているだろうから。

//時間経過

リオ「（……あれ？）」

ようやくキンコのいる廃墟に辿り着いたが、そこはもぬけの殻だった。

リオ「キンコ？　おーい」

リオ「（おかしいな……どこに行っちゃったんだろう……）」

しばらく、そこでキンコの帰りを待っていたが、一向に彼は帰ってこない。

だんだん、僕は嫌な胸騒ぎがしてきた。

リオ「（キンコを探しに行こう——）」

《選択肢》

◆1：近くを探す

◆2：路地

◆3：市街地

◆4：公園

//◆4の公園に行けば進行。他の選択肢を選んだ場合はもう一度探し直しになる。

//一度まで失敗できるが、二回行き先を間違えてから公園につくと、展開が変わる。

◆1：近くを探す

リオ「とりあえずもう一度ちゃんと近くを探してみよう……」

//時間経過

……駄目だ。ここじゃないみたいだ。

◆2：路地

リオ「人気のあるところには寄らないはずだ……」

//時間経過

リオ「駄目か……」

……他を探してみよう。

◆3：市街地

リオ「（もしかしたら街に出てしまったのかもしれない……）」

//時間経過
//BG：市街地

リオ「見つからない……」

……駄目だ。ここじゃないみたいだ。

◆4：公園

//時間経過
//BG：公園

リオ「……！」

◆選択ミス一回以下

捜査官たちが人だかりをつくっており、その中心には、見覚えのある巨体が横たわっていた。

リオ「キンコ……？」

僕は、彼らに気付かれないように、出来るだけ近付く。

横たわっているのは、間違いなくキンコだった。
抗戦した後か、周囲はキンコの手で引きちぎられた喰種捜査官達の死体が転がっている。
キンコは、身体の至るところに大きな穴が空いていて、壮絶な戦いがあったことを物語っている。
身体は血の気がなく、すでに息はしていないようだった。

リオ「(どうして……大人しくしててって言ったのに……!!)」

やがて、キンコの上に、青いシートがかぶせられた。
数人がかりでそれが運ばれ、車両に詰められる。

リオ「(どうして……キンコ……)」

僕はどうすることが出来ず、ただ呆然とその場に立ち尽くしていた。

〈時間経過

CCGの車両がすべて行ったあと、僕はキンコが倒れていたあたりに歩み寄る。
まだ古くなっていない血の匂いがした。

リオ「……キンコ……」

リオ「……」
リオ「……？」

そのとき、僕はそこに小さな花が落ちているのに気付いた。

リオ「……キンコ……」

戦いの中でも、花を守ろうとしたんだろうか。

リオ「（キンコは……花と一緒にいたかったんだ）」

あのキンコが、彼の巨体を抱えて、一体どれだけ遠くまで逃げられただろう。
遅かれ早かれ、きっと彼は〝白鳩〟に捕まっていたんだと思う。
それでも、僕は自分自身を責めてしまう。
彼のために、何も出来なかったんじゃないかという後悔の念で一杯になってしまう。

リオ「…………ごめん、キンコ……」

空に向かって、呟く。僕に何が出来たんだろう。

//多めの時間経過

――数日後、僕はあの公園にやってきていた。
そして公園の隅に、花の苗を植えた。キンコが好きな、あの花が咲く。

リオ「（勝手に植えていいのか、わからないけど……）」

ここは、キンコがよく寝ていた場所。ここは、キンコのお墓だ。

リオ「…………」

コクリアを抜け出した、キンコ。逃げることさえ忘れて、公園の花を愛した喰種。
いつか、僕が植えたこの苗が、彼の好きな花を咲かせば、少しは彼への手向《たむ》けになるだろうか。そんなことを思う。

リオ「……早く咲くといいね、キンコ」

キンコのあの拙《つたな》い口調が、今も僕の耳に残っている。

//トロフィー「小さな墓標」
//スキル入手

◆選択ミス二回以上

リオ「キンコ……」

僕はキンコと初めて出会った公園に辿り着いた。そこにもキンコはいなかった。

リオ「……どこ行っちゃったんだよ……」

どれだけ、僕がキンコを探しても、もう彼と会えることはなかった。

永近英良
ながちか ひでよし
TOKYO GHOUL

S HIDE 01

//タイトル：カネキの居場所

//BG：繁華街　昼

//一章の間のみ
//「B MAIN ⑯-❶」以降発生(カネキの名前を聞く必要あり)

「よっ」
リオ「!?」

突然声をかけられて振り返ると、そこには、見覚えのある人懐っこい笑顔があった。

ヒデ「君、あんていくの新人バイトだろ？　トーカちゃん元気？」
リオ「(ええと、この人は……)」
ヒデ「ちょ……忘れたのかよ!?　——永近英良《ながちかひでよし》！　ヒデでいいぜーって二回目なんすけど。——リオくん、だよな？　リオでいい？」
リオ「は、はい」
リオ「(思い出した。ヒデさん、あんていくにたまに来る人だ……)」
人間と話すのは、緊張する。
ヒデ「そんなガチガチになんなくても……とって食いやしねえって」
ヒデ「バイトは慣れた？」

《選択肢》
◆1：慣れました
◆2：まだ……

◆1：慣れました
リオ「は、はい。なんとか」
ヒデ「オッ、頼りになるねえー」

◆2：まだ……
リオ「いえ、まだまだです……」
ヒデ「そーなんだ？　まあ始めはみんなそうだよなぁ」
ヒデ「あの店のコーヒー、うまいよなあ……。隠れた名店っつーか！　——リオはどうやってあの店に辿りついたんだ？」
リオ「え、えっと……」
コクリアから抜け出して拾われました、なんて言えるわけもない。なんと答えれば……。
ヒデ「いや、俺はさーダチが連れてきてくれたのがキッカケなんだよね」
ヒデ「そこでトーカちゃんっていう美少女に出会うワケなんだけど……」
僕の返事を待つこともなく、ヒデさんは話し続ける。
ヒデ「最近はコーヒーのために通ってるのか、トーカちゃんのために通ってるのか、わかんなくなってきたけどな……」
リオ「そ、そうなんですね……」

ヒデ「ここだけの話……リオはさ、どう思うよ？」
リオ「え……？」
ヒデ「トーカちゃんだよ！　どう!?　可愛いよな!?」
リオ「えーっと……」

《選択肢》
◆3：可愛い
◆4：ブス

◆3：可愛い

リオ「可愛い……と思います」
ヒデ「だよなー……って渡さねえぞ!?　狙ってんのか!?」
リオ「いや……ええと……」

◆4：ブス

リオ「ブスだと思います」
ヒデ「でええええ!?　おまっ……マジでここだけの話にしないとヤバイことになるじゃねえか……」
リオ「す、すみません……」

■合流

リオ「……あ、あのヒデさん」
ヒデ「んっ？」
リオ「お友達も、よくあんていくにいらっしゃるんですか？」
彼の友人が紹介したというなら、その友人も客として来ているはずだ。
もしかしたら顔なじみの客の一人かもしれない。
ヒデ「あー前はね。リオは見たことないと思うぜ？」
リオ「……？　そうなんですか？」
ヒデ「ああ。アイツ今失踪中だから」
重たいキーワードを、まるで冗談のように、さらりと言ってのける。
失踪中。
本気で言っているのだろうか。それとも僕をからかっているのだろうか。
リオ「あの……」
ヒデ「ああ、ワリィ！　そんな引くなよっ!?　えーと、いやでも別に嘘言ってるわけじゃねえしなぁ……」

ヒデ「ま、そういうことだ」
リオ「その方……行方がわからないんですか？」
ヒデ「そーそ。急に消えちまってさ。一応失踪届は出したんだけどな。俺が」
リオ「……？」

人間社会のことはよくわからないけど、そういうものって、もっと身近な人が出すものじゃないのだろうか。
たとえば親とか、姉弟のような。

リオ「……」
ヒデ「…………」
ヒデ「……って、いきなりなんでこんなヘビーな話題になってんだ!?」
ヒデ「まーまー、そのうち帰ってくるだろうし、リオが気にすることじゃねーからさ……！　悪い、変な流れにしちまったな」
リオ「い、いえ……。——……あの」
ヒデ「ん？」
リオ「僕、もし何かわかったらヒデさんに連絡します。その方のお名前お聞きしてもいいですか？」
ヒデ「おおっ、マジか……!?　リオ……いや、リオくん！　いやリオ！　ありがとな……!!」
リオ「い、いえ……。それでその人は……」
ヒデ「おう。そいつ、カネキって言うんだ。金木研《かねきけん》」
リオ「え……？」

金木研。あのロッカーの持ち主だ。
リオ「（ヒデさんの友人って、あんていくで働いていた彼……？）」
リオ「（一体どういう経緯で……）」
ヒデ「なんか知ってんの？」
リオ「あっ、いえ……!!」

急に声をかけられて思わず声のボリュームが上がってしまう。
ヒデさんの言葉に、肝を冷やす。
僕の思考のモヤモヤを、ひょいと掴み取るような、抜群のタイミングでの問いかけだった。
たしかに、僕は〝なにか知っている〟。

リオ「えっと……カネキさんって、あんていくで働いていた……？」
ヒデ「ああ、そうそう！　なんだ、トーカちゃんたちにもう聞いてたのかー」
ヒデ「そいつ、俺のダチなんだ」
リオ「そ、そうだったんですね……。——でもすみません、僕も最近名前を知ったぐらいなので……」
ヒデ「だよなー……いや、なんか知ってんのかと思ってシリアス出ちまったぜ……」
リオ「はは……」

あんていくで働いていたカネキさん。ヒデさんという、人間の友人がいるカネキさん。
会ったことはないけど、少しずつ、カネキさんを形作るものが姿を帯びてきていた。

→◆「S HIDE ⓬」へ

S HIDE 02

//タイトル：不思議な人

//BG：あんていく

//二章のみ
//カネキに会ってから

リオ「いらっしゃいませ」
ヒデ「ちわーっす!」
トーカ「こ、こんにちは」
ヒデ「おお、トーカちゃん……今日はラッキーデイだな。——この間行ったら、古間《こま》さんと西尾《にしお》先輩しかいなかったから」

ニシキ「悪かったな、永近。野郎ばっかで。——テメェあの日、俺らの顔見てコーヒーも頼まずに帰ったろ。ブラックリスト入りだから、マジで」
ヒデ「に、西尾先輩ぃ……ご勘弁を……」
トーカ「あ、あはは」

リオ「あ、あの……」
ニシキ「ん?」
リオ「ヒデさんと、ニシキさんって……」
ニシキ「ああ、コイツ、大学の後輩」
ヒデ「どうも、後輩です」
リオ「あ……そうなんですね」

大学の後輩が常連客。ニシキさんは、喰種としてボロが出せないんじゃないだろうか。

リオ「(ニシキさんのことだろうから、器用に誤魔化してるんだろうけど……)」
ヒデ「まあ、やっぱせっかく来たからには、トーカちゃんのコーヒーが飲みたいんスよ……」
ヒデ「……というわけで、エスプレッソひとつ!」
ニシキ「トーカ〜注文、コーヒーひとつ、ドブ味で」
ヒデ「西尾さんッ!?」
トーカ「はーい」

ヒデ「トーカちゃん!?」
リオ「アハハ……」
ヒデさんがいると、場が賑《にぎ》やかになる。これが、〝人間のお客さん〟が持つ力なのかもしれない。
店長たちが、堂々とお店を構えている理由が、少しだけ分かった気がした。
リオ「……」
//回想（カネキと路地裏で会った場面　カネキとリオのキャラ立ち絵）
（回想）ヒデ「まーまー、そのうち帰ってくるだろうし、リオが気にすることじゃねーからさ……」
リオ「……」
ヒデ「……ふー、うまい！　ドブ味じゃないんスね」
ニシキ「そっちが良かったなら今から俺が淹れてやるよ」
ヒデ「あっ、いえ！　ごちそうさまでした！　では……！」
//SE：ドアから出ていく音
リオ「あっ……」
トーカ「？　リオ、あの人になんか用事あった？」
リオ「あ……いえ、大丈夫です……」
//時間経過
//BG：街中　カフェなど
リオ「……あ……」
ヒデ「ん？　おお！　リオじゃん。どした？」
リオ「こんにちは……いえ、たまたま見かけて。なにしてらしたんですか？」
ヒデ「試験勉強ッス……鬼ッス。——……ほら、これ見てみ」
そう言ってヒデさんは、分厚い本を僕に見せてくれた。
これを全部読み解くだけで、僕の一年間は終わってしまいそうだ。
リオ「……今日はあんていくじゃないんですね」
ヒデ「ああ、色んな場所でやった方がさ、集中できんだよ。——いやーしんどいしんどい」
リオ「……」
僕は迷っていた。カネキさんのことを話すべきかどうか。
第一僕は、ヒデさんがカネキさんの状況を、どこまで知っているのかもわからなかった。
ヒデさんはカネキさんが喰種だということを知っているのだろう

か。
ヒデ「どした？」
リオ「あっ、いえ……」
ヒデ「なんか考えてる風だったからさ、どうかしたのかなって。オレで良ければ話聞くけど……」
リオ「……」
ヒデさんが想うように、カネキさんも、ヒデさんのことを大事に想っているはずだ。
そのヒデさんにカネキさんは、自分の安否すら伝えていない。
カネキさんは……殺したんだ。人間の金木研を。
お互いが苦しむことが分かってるから。だから伝えない。だから教えない。
カネキさんがしていること、しようとしていること。
そのために自分を殺して、完全に喰種として生きる。それが彼の覚悟なんだ。でも……。
……そんなの寂しすぎる。
リオ「………」
ヒデ「……だ、大丈夫か？　リオ」
リオ「あの……」
ヒデ「お、やっと喋った……」
リオ「……どんな状態でも……。——……カネキさんに会いたいですか？」
ヒデ「………どんな状態でも……？」
ヒデ「うーん、ちょっと待ってな……」
ヒデ「もしとんでもないワルになってたら……頼りがいがあるな。——もしオカマになったら……まあ面白いか。——もし宇宙人になってたら……って、いつからだ？」
ヒデ「うーん……あらゆる状況を想定してみたが……」
リオ「……」
ヒデ「ま、やっぱ会いたいわな。そりゃ」
リオ「……！」
ヒデ「ワルでもオカマでも、宇宙人でも。——……オレのこと忘れちまっても」
ヒデ「ダチだからさ、うん。そういうもんだろ」
リオ「そう……ですよね」
おろかな質問だった。僕だって、そうじゃないか。兄さんに会えるなら、どんな状態でもいい。
どんなに傷ついていても、僕のことがわからなくなっても、僕は兄さんに会いたい。一緒にいたい。
だれかを大切に想う気持ちは、人も喰種も同じなんだ。
——今はまだ、カネキさんのことを彼に伝えていいのかわからない。
だから黙っておこうと思った。

でも僕は、ヒデさんとカネキさんがいつか会える日を思い浮かべていた。

そのときヒデさんはどんな言葉を投げかけ、カネキさんはどんな顔で笑うのだろう。

そんな日が来てほしいと、僕は切に願っていた。

→◆「S HIDE 03」へ

S HIDE 03

//タイトル：永く、近く

//BG：大学　夜

僕は、夜風に吹かれながら、目的地もなく歩いていた。

夜は人が少なくていい。

色々な物事を、頭の中で整理していく。自分の考えをまとめる。

暗闇のおかげで視覚情報が少なくなることと、少し冷えたこの空気が、夜が頭を冴えさせてくれる理由なのかもしれない。

リオ「(……あ)」

大学……か。

これだけ巨大な施設であっても、夜になれば人気はなくなる。

学生たちの姿は殆《ほとん》ど見当たらない。

リオ「(僕が学生だったら、ずーっと大学に居座って、寝泊りするだろうな……)」

身を隠せる場所もたくさんあるし、〝白鳩〟が立ち寄ることもあまりない気がする。

それに、なにより楽しい。

さまざまな建物、それぞれの部屋。夜な夜な探索することを想像して、ワクワクする。


でも、人間は違う。

大学を便利な宿泊施設なんて考える人は、まずいないだろう。

大学を探索するより楽しいことなんて、いくらでもあるはずだし、みんなちゃんと帰る家がある。

人間にとって当たり前かもしれないけど、ずっと転々と暮らしてきた僕にとっては、それはとても不思議なことに思えた。

以前の僕なら、その感覚を理解できなかっただろう。

リオ「(今の僕には……『あんていく』がある)」

帰れる場所がある。そのことが、どんなに心を支えてくれることか。

一人の時間も、孤独な戦いの中でも、どこか安心して過ごせるのは、居場所があるおかげだ。

それだけ、居場所というのは大事な存在なんだと思う。

リオ「(あれ……?)」

//時間経過

学生掲示板の前。人影があった。なにか作業をしているらしい。

それは、どこか見覚えのあるシルエットをしていた。

ヒデ「……っし」
リオ「……ヒデさん?」
ヒデ「……ん? ああ。リオか、どした?」
リオ「ちょっと散歩……というかヒデさんこそ、どうしたんですか?」
ヒデ「ああ、いや、これさ」
ヒデさんの手には、ポスター。行方不明者を捜索している、という内容だ。
ポスターには大きな文字で、金木研、と書かれている。
リオ「これ、カネキさんの……」
ヒデ「すげえよなあ……これ」
リオ「なんで剥《は》がしちゃうんですか……?」
ヒデ「アイツ、目立つの嫌いだからさ」
リオ「でも……」
こうやって、いろんな人に呼び掛けた方が、カネキさんは見つかるんじゃないだろうか。
もちろんカネキさんとしては、見つかったら困るんだろうけど……。

リオ「…………」

……そこまで考えて、僕は気づいた。ヒデさんの行動の矛盾に。

おかしい。目立つからと言って、ポスターを剥《は》がす行為。

……違うだろう。目立つべきなんだ。捜しているのなら。

知ってもらうべきなんだ。彼の行方がわからなくなったことを。

それを妨害する理由はひとつしかない。

リオ「(〝彼が見つかっては、困る〟から……)」

なぜなら、〝カネキケンは喰種だから〟。

――ヒデさんは、知っている。カネキさんが喰種だということ。

これは、捜査妨害なんだ。

本当は、沢山の人で彼を探した方が、カネキさんに会える確率が上がるかもしれない。

だが、喰種である彼が、行方不明者として発見されたら、どうなってしまうかわからない。

ひょっとしたら、殺されてしまうかもしれない。

だから、〝こういう形〟でカネキさんが見つかってはいけないと、彼なりに行動しているんだ。

無事かどうかもわからない。だけど、たとえ会えなくとも、逃げ続けて欲しいと。

ヒデさんは、そう願っている。

リオ「(ヒデさんがカネキさんに会うには……自分の足で彼を見つけるしかないんだ……)」
ヒデ「っし、ここはこんなとこか。もう一個掲示板あんだよなあ……」
リオ「……あの」
ヒデ「ん?」
リオ「……僕も手伝います」
ヒデ「おおっ、マジか。サンキュー!　――……共犯者だな! へへッ」

//時間経過

リオ「……大体全部終わりましたね」
ヒデ「おう、このオレ手製の学祭ポスターラッシュで、掲示板のフレッシュ感も演出できたしな」
リオ「ハハ…」
ヒデ「手伝ってくれた礼に、飲みもん奢るぜ。なにがいい?」
リオ「あ……じゃあ、コーヒーで……」
ヒデ「オッケー、若いのにシブイな、リオは」

//時間経過
//SE:プシュ(炭酸ジュースのプルを開ける)

ヒデさんが喉を揺らしながら、缶を傾ける。

ゴクゴクと音を鳴らしながら、胃にジュースを送り込んでいく。

それは、本当にとても美味しそうに見えた。

ヒデ「プハァー!　やっぱ一仕事終えたあとは炭酸に限るぜ!」
リオ「美味しそうに飲むんですね」
ヒデ「おう、うめえからな。いるか?」
リオ「ああ、いえ僕は……炭酸苦手なので」

僕はちびちびとコーヒーを舐めながら、そう答える。

ヒデ「そっか。いやぁ、それにしても疲れたな」
リオ「……カネキさん、見つかるといいですね」

僕は、さっきまでの行動とは、あきらかに矛盾した言葉を口にする。
ヒデ「そーだなあー」
ヒデさんも、それに気付かないような素振りで応える。
リオ「……」
リオ「ヒデさん」
ヒデ「んー？」
リオ「……カネキさんは」
リオ「カネキさんは、きっとどこかで生きていますよ」
ヒデ「……」
リオ「あんな人だから、どこかで、無茶なことやってるのかもしれないけど」
リオ「たぶん……だから……」
僕は、なんだかたまらなくなって、言葉を吐き出していた。
……それは、僕にとっての、ヒデさんへのメッセージだった。
僕は、カネキさんと面識があることを、ヒデさんに伝えていない。
わざと、ボロを出した。こう言う事で、暗にカネキさんが無事であることを伝えられる。
……もし真剣に追及されれば、僕が喰種である正体すらバレてしまうかもしれない。
それでも僕は、ヒデさんに知っていて欲しかった。
大事な友人が、ちゃんと生きていることを。
ヒデ「…………そーだなぁ……」
ヒデ「どっかでよくわかんねー本でも読んでんだろうな……」
気付いたのかどうか、わからない。
ヒデさんは、相変わらず人懐っこい笑顔で、笑って、揺れていた。
ヒデ「そーいや、アイツさ」
リオ「……？」
ヒデ「一個クセがあるんだ」
リオ「クセ、ですか？」
ヒデ「そ。――アイツさ、なんか隠すとき、こーやってアゴさわんの」
ヒデさんは、その仕草を僕に真似て見せる。
リオ「へえ……」
ヒデ「……これ、カネキ〟には〟内緒な？」
リオ「は、はい……」
ヒデ「……って、リオは会ったことねえから、内緒もクソもねえか！」
リオ「あ、そうですね……ハハ」

ヒデ「……っし、そろそろ行くか。警備のおっちゃん来るかもしんねーし」
ヒデ「じゃー、またな！　リオ」
リオ「はい、ヒデさん。また」
ヒデ「ありがとな！」

空のペットボトルを、自販機の横のゴミ箱に放り込むと、ヒデさんは自転車に乗って、去って行った。
鼻歌混じりに、軽快に。

リオ「………」
リオ「……僕も帰るか」
リオ「………」
リオ「………あ」

ゴミ箱に空き缶を入れようとして、ようやく気づく。

リオ「（……ヒデさんが買ってきてくれたコーヒー……〝無糖〟だ）」
リオ「………」

どこまで、彼が見通しているのかわからない。
でも彼にとっては、僕が何者であるかなんて、さほど重要な事ではないのだと思う。
去っていく彼の後ろ姿が、あまりにも軽やかで心地よさそうだったから。
――それだけで、僕は彼を信じられる気がした。

／／トロフィー解放「永く、近く」
／／カネキのクセON

霧嶋董香
きりしま　とうか

TOKYO GHOUL

S TOKA 01

//タイトル：トーカの逆鱗

//BG：あんていく　裏路地

リオ「(あれは……トーカさん?)」
トーカ「……うっ……」
リオ「(……どうしたんだろう?)」

//SE：足音　コンクリート　一人　小走りで走り出す
//BG：路地裏　昼
//声のみ

トーカ「うっ……うぐ……うぅっ……」
リオ「(なんか……吐いてる?)」
トーカ「はぁっ、はあぁっ……うぶっ……」
リオ「……トーカさん?」
トーカ「まだ……あと少し……」
トーカ「!!」
リオ「具合……悪いの?」
トーカ「……ほっといて」
トーカ「……う……」
リオ「……?」
リオ「(箱……?)」

彼女が持っている箱。
可愛らしいデザインの小さなそれの中には、色とりどりの食物が、
所狭しと詰め込まれていた。
あれは――。

リオ「(人間の食べ物)」
トーカ「は……っ」
リオ「なっ――」
トーカさんはそれを一気に口の中にかき込んだ。

トーカ「ぐっ……うぅ……!」
トーカ「……っ!」

リオ「なにして……」
トーカ「るせェなッ」
トーカ「お前に……何が分かるッ!!」
リオ「(えっ!?)」

//バトル(トーカ)

//勝利した場合→スキル入手

トーカ「う……」
リオ「に、人間の食べ物たべて動き回るから……大丈夫……?」

//SE:バシッ(振り払う音)

トーカ「くそっ……何も知らないクセに……黙ってろよ……!」
トーカ「この弁当は依子《よりこ》が私のために……」
リオ「(……〝依子〟?)」
トーカ「……っ」
トーカ「とにかく、アンタには関係ないから……!」

//SE:足音　コンクリート　一人　立ち去る

リオ「トーカさん……」

S TOKA 02

//タイトル:トーカの友達

//BG:公園

リオ「(あ……あれは……)」
リオ「(トーカさんと……もう一人は誰だろう……)」
依子「……それでね……」
トーカ「……あはは……」
リオ「(笑ってる……)」
リオ「(トーカさん、あんな風に笑うんだ)」

僕やニシキさんには、まず見せない。
あんていくのお客さんに見せる作り笑顔とも違う。
そんな笑顔がそこにはあった。

リオ「(確かトーカさんって学校に通ってるんだっけ……ということは、学校の友達かな?)」
リオ「(……にしても、楽しそうに話してるな……)」
トーカ「……それでさ、アイツおっかしいの……」
依子「……えーっホントにー?　……」
リオ「(……楽しそうだな)」

学校。

そこは僕にとって、未知の場所だった。

そこでは同世代の人たちがたくさん集まって、勉強をするらしい。

どんな会話をするんだろう。どんなことを学ぶんだろう。

まったく想像がつかない。

リオ「(仮に僕が学校に行っても、読み書きがうまく出来ないからバレちゃうだろうな……)」

そう考えると、彼女がこうして、人間たちと変わらない生活を送っているのは、物凄いことだと思った。

どれだけ人間たちのことを勉強をしたんだろう。

いろんな知識がないと、会話だって合わないはずだ。


あんていくでツンとしたトーカさんしか見ていない僕にとって、それは意外な一面だった。

積み重ねてきた努力。そして、毎日の絶え間ない努力。
彼女は、とても頑張り屋だったんだ。
トーカ「じゃあね。……あ、これ、ありがと。夜食べるから」
依子「うん。またあしたね、トーカちゃん」

リオ「……トーカさん!」

トーカ「……！　あんた……いたの」
リオ「今の、友達？」
トーカ「……そーだけど」
トーカ「…………悪い？」
さっきまでと打って変わって、つまらなそうな表情で言い捨てる。
リオ「いや、悪いって訳じゃ……。——ただ楽しそうだなって……ん？」
リオ「それ……？」
トーカさんの手には、見覚えのある可愛らしいデザインの箱が二つ。
中から匂う、人間の食べ物の香り。
思わず顔をしかめてしまう。
トーカ「……」
トーカ「じゃ、行くから……」
それを隠すようにして、トーカさんは走り去った。
リオ「（この間食べていたあれ……）」
リオ「（あの友達が作ったものだったんだ……）」
リオ「（……ということは、あの人が依子さん、なのかな……）」
リオ「（……）」
〝友達が作ったものだから、捨てずにちゃんと食べた〟。
そこに僕は、トーカさんの友達への優しさと、喰種として生きることの哀しさを見た。
リオ「（体調……崩さないといいけど……）」

S TOKA 03

//タイトル：トーカと弁当箱
//トーカ好感度チェックすべて通過で発生（「B MAIN ㉘-❷」の好感度は無視で。２か所通過していれば発生）
//BG：あんていく　フロア
今日は、夕方から僕とトーカさんの二人であんていくを回していた。
ピークを過ぎて、古間さんたちが用事で出た後に、もう一度大きなラッシュがあった。

近くでなにかイベントでもあったのか、人間のお客さんたちがたくさん出入りして、僕は相当に慌ててしまった。

そのせいでずいぶんトーカさんに迷惑をかけてしまった。
ようやく落ち着いた頃には、すっかり夜も深くなり、閉店間際の時間になっていた。
いつもと違う忙しさもあって、トーカさんには疲れの色が見える。

……でも、疲れている原因は、それだけじゃないかもしれないと、僕は思った。

//SE：カランカラン

トーカ「いらっしゃいま——」
四方「……」
リオ「あ、四方さん。こんばんは」
四方「……ああ」

芳村さんに用事があったのか、肩から大きな荷物を下げている。

リオ「すみません、芳村さんは今日は……」
四方「……知ってる」

//SE：ギシ　ギシ（歩いていく）

リオ「……」

四方さんが荷物をどこかへ置いて、戻ってきた。
僕らに一瞥《いちべつ》して、その場を去る。
……かと思いきや——。

四方「トーカ」
トーカ「……？　はい……？」
四方「すこし、付き合え。——……リオ、お前もだ」
リオ「え……？　わかりました……」
リオ「（なんだろう、突然……）」

//BG：あんていく地下

トーカ「あの……なんで地下に？」
リオ「……」

四方さんは僕たちをあんていくの地下へ連れてくると、そこで振り返って言った。

四方「………脱げ」
トーカ「……へ？」
四方「リオ、お前もだ」

リオ「……!? えっと……どういう……」
四方「……トーカ、リオに訓練をつけてやれ」
トーカ「え……」
トーカ「よ、四方さん……今日は私たち、忙しかったから……」
四方「…………」
トーカ「…………」
トーカ「ハァ……わかりました」
トーカ「リオ、準備して」
リオ「え……はい……?」

//SE：バサッ（服を脱ぐ音）

四方「……キッチリとやれ」
トーカ「はいはい……手加減しませんから」
トーカ「……つーわけで、来な」
リオ「……はい!」

//バトル(トーカ)

//勝利した場合 → スキル入手

トーカ「ハァ……ハァ……」
リオ「(トーカさん……ずいぶん息が切れてる……)」
四方「……もういい」
四方「……トーカ、同じことをなんべんも言わせるな」
四方「……余計なものを、口にするな」
トーカ「…………!」

//SE：ザッ（さっていく）

トーカ「…………」
リオ「トーカさん……」

//時間経過
//BG：あんていくフロア

トーカ「…………」
リオ「あの……」
トーカ「……私、馬鹿かな……」
リオ「え……?」
トーカ「…………ううん。なんでもない。――……っし! いい運動になったし、さっさと帰るか!」
リオ「(……トーカさん)」

S TOKA 04

//タイトル：リオの初恋
//「S HIDE 03」クリア（カネキのクセON）のときのみ発生
//「C MAIN 01-❶」～「C MAIN 01-❷」であんていくを
抜けるまでの間のみ、マップで発生
//BG：あんていく
ニシキ「……あー終わった。とっとと帰るか」
トーカ「ニシキ、今日はアンタが戸締りしてよ」
ニシキ「ああ……？　ったくメンドくせェな……」
リオ「お疲れさま」
トーカ「んじゃね、お疲れ」
//SE：カランカラン
リオ「……」
//SE：カランカラン
//時間経過
//BG：あんていく帰り道　夜

//SE：タタッ
リオ「トーカさん！」
トーカ「……？　どした？」
リオ「えっと、すこし一緒に歩きませんか？」
トーカ「……いいけど……」
//時間経過
//SE：ざ　ざ（二人でゆっくり歩く）
トーカ「……しかし、アンタもちょっとはマシになったよね」
リオ「え？」
トーカ「店の仕事。——最初はコーヒーも淹れられなくて、手も
こーんな震えてさ」
リオ「ハハ……接客もすごく緊張したな」
トーカ「ずっと声、小さくて」
リオ「よく怒られたっけ……」
トーカ「だから……なんつーか……。——ま、ちょっとは成長し
たんじゃないの？　……知らないけどさ」
リオ「……」
リオ「トーカさん……」
トーカ「……ん？」
リオ「……」

《選択肢》
◆1：君は馬鹿なんかじゃない
◆2：君が好きだ

◆1：君は馬鹿なんかじゃない

リオ「トーカさんは……馬鹿なんかじゃないよ」
トーカ「え……」
リオ「この間……言ってたから……」
リオ「誰かをそこまで大切に想える、大事にできることって、素敵なことだと思う」
トーカ「……」
リオ「たしかに、人間の食べ物を食べるのは、僕らの身体には良くないのかもしれないけど……」
リオ「そこまで自分を犠牲にできるトーカさんを、僕は本当にすごいって思ったんだ……」
トーカ「……」
トーカ「ううん、やっぱり馬鹿だよ。私」
トーカ「依子の作った食事を食べれば、人間みたいになれると思った」
トーカ「もしかしたら、いつか味覚が変わって食べられるようになるかもって、少し本気で思ってたの」
トーカ「結局……ちっとも変わらなかったけどさ」
トーカ「……」
トーカ「依子といても、学校の奴らといても、どっか寂しいんだ」
トーカ「私はこいつらとは違う。私は化け物。私は……」
トーカ「……」
トーカ「楽しかったけど、寂しかった」
リオ「………」
トーカ「形だけじゃなくて……。私は……」
トーカ「私は完全な人間になりたかった……」
トーカ「……」
トーカ「そんな生活をさ……！　平気で捨てちゃう奴がいるから、ホントムカつくよ……ったく」
リオ「……」
リオ「……カネキさんのこと？」
トーカ「………」
リオ「カネキさんは……」
リオ「〝平気〟で捨てたのかな……」
トーカ「………。……知らない」
リオ「………」
カネキさんの本当の気持ちを、彼女が知ることが出来ればいいのに。
僕になにかできないだろうか。
リオ「………あ――」

（回想）
ヒデ「そーいや、アイツさ。一個クセがあるんだ」
リオ「クセ、ですか？」

／／時間経過

ヒデ「……これ、カネキ〝には〟内緒な？」
リオ「――トーカさん。知ってますか？」
トーカ「ん？」
リオ「カネキさんのクセ」
トーカ「アイツの……クセ？」
リオ「はい」
リオ「彼は……なにか隠しごとをするとき、こーやってアゴを触るんです」

僕は、ヒデさんに教えてもらった仕草をマネてみせた。

トーカ「……そうなの？」
リオ「はい」
リオ「……これ、カネキさんに内緒ですよ」
トーカ「…………」
トーカ「……」
トーカ「……そっか、わかった」

トーカ「ありがと、リオ」
リオ「……いいえ！」

／／ＢＧ：夜空

トーカ「……帰ろう。また明日、あんていくで」
リオ「……はい」

……ちゃんと伝えましたよ。ヒデさん――。

／／トーカサブイベント達成

◆２：君が好きだ

リオ「僕は……トーカさんが好きです」
トーカ「……え……？」

僕は何を言っているんだろう。
でももう止まらなかった。

リオ「怒りっぽいけど、本当はすごく優しくて、誰よりも努力家で……」
リオ「そんなトーカさんが……僕は……」

なぜ僕は……突然こんなことを……。
でも……。

リオ「（そっか……）」
リオ「（……僕、トーカさんのこと、好きだったのか……）」

いつの間にか僕の中で、彼女の存在が大きくなっていたのかもしれない。
少し怖い先輩だった彼女。
でも本当は弱い部分もあって……。

トーカ「へ……あ……」
トーカ「……えっと……………」
トーカ「…………」
トーカ「ご、ごめん……そんな風に見られてるとか、わか、わかんなかった……」
トーカ「…………」
リオ「…………」
トーカ「…………」
リオ「…………」
トーカ「ご、ごめん……私は……」
トーカ「リオの……気持ちは受け止められない」
リオ「…………」
トーカ「…………本当に、ごめん」

リオ「…………」

まるで意識が無限の後方に引き伸ばされるような感覚。
脚が鉛のように重く、言う事を聞かない。
手……腕全体が小刻みにカタカタと震える。

僕が僕じゃないみたいだ。

気持ち悪いこと言うな、と、怒って殴られなかったことが救いかもしれない。
真面目に取り合ってくれた彼女の優しさに僕は感謝した。

トーカ「か、帰ろ……」
トーカ「…………」
トーカ「……帰らないの？」
リオ「…………」
リオ「…………」
リオ「もう少しここにいます」

なにもない道の真ん中で僕はそう告げた。
なにをこんな場所にいる必要があるというのか。
だがしかし、僕はもうそこから一歩も動けそうになかった。
僕はすでに電信柱と化していた。

トーカさんは、遠慮がちに何度か振り返りながら歩いていくが、やがて前を向き、二度と振り返ることはなかった。
何度か、彼女が戻ってくるんじゃないかと思いもしたが、けしてそんなことはなかった。

リオ「（これが……失恋……か）」

数時間後、僕はようやく電信柱から喰種に戻り、元来た道を帰った。

≫トロフィー解放「リオの初恋」
≫トーカサブイベント未達成&消滅

石田補足⑤

■サブシナリオ集

●ヒナミ
3巻でのカネキがヒナミに対して感じたことを、リオが追体験するような感じ。
サブシナリオはたぶんヒナミから書き出したような覚えがあります。

●万丈
いつも通り弱い自分に悩む万丈。

●月山
街をうろつく月山。ランダムに現れます。

●ニシキ
遠まわしなノロケ。嫌な野郎です。

●四方
四方さんのコーヒーが飲めます。

●あんていく
グループイベントみたいなイメージで、あんていくの面々とそれぞれやりとりをする感じです。

一つ目の古間さんのサンドウィッチのイベントは、アキラのサブシナリオのクリアに関わりますので、見ておく必要があります。

●アキラ
すぐに消滅するアキラシナリオ。
捜査官と喰種のやりとりということで、難易度高めに書いています。
リオのサンドウィッチの味覚講釈は、結構好きです。

●亜門
遊びました。

●什造
通常運転。

●殺害
篠原と什造、どちらかを殺害していた場合、
生存している方の捜査官が復讐に来るというお話です。

●CCG
いろいろな事情で入れられなかったCCG勢、
せめてテキストだけでも……と、一縷の望みをかけました。

●アヤト
リオが軽くアオギリに片足突っ込むルート。
ラボなど以外で、殺害経験を積むチャンスがあるイベント。
また、アオギリの面々のミニイベントなども、こちらのルートを踏んで

おかないと、発生しません。

●アオギリ
ちょっとした会話のみになりますが、少しだけでも登場させてあげたいという想いで。

●鯱
通常運転。

●ルチ
ゲームオリジナルの中で、バックボーンらしいバックボーンがある唯一のキャラ。
他のオリジナルキャラも、ラフを書かせてもらった時点で、自分なりになんとなくの設定や、キャラ付けは出来ていたりするので、それなりに愛着はあったりしますよ。
ルチのサブイベントを達成しておくと、最後のあんていく戦で、ひょっこりルチが混ざっています。(C-MAIN10-2参照)
……ということはお前、死ぬのか?

●ロウ
純粋でも不純でも、まっすぐに愛情を向けるキャラクターって可愛いなと。

オリジナル三人の中ではロウはかなり気に入っています。

ジェイルのヒロインはロウかなーと勝手に思ってる。

ロウのシナリオ中の「エンディングAに追加」は、ロウのサブイベントをクリアしていると、「放浪END」でリオのあとをロウがついてくる、というイメージで書いていました。

●キンコ
脱獄喰種のキンコ。

サブイベントを進めると死んでしまいます。

はじめは、「どうしたら助けられるかな?」という方向で考えていたのですが、リオがずっと面倒を見るわけにもいかないし、あれだけ巨体で、慎重さもなさそうなキンコが、どうやっても生き延びられることはないだろうと考え、「この子は死ぬしかないんだろうな」と気付きました。

●オリジナルキャラの名前由来
ルチ=留置
ロウ=牢
キンコ=禁固
リオ=檻=ジェイル

書き終えたものなので、単純ではありますが、答え合わせとして置いておきます。

●ヒデ
メインストーリーにも関わるサブイベント。

原作におけるトーカの役割を、リオが担っています。

●トーカ
メインストーリーにも関わるサブイベント。
原作におけるヒデの役割を、リオが担っています。

一応補足しておきますと、
制作スケジュールの都合上ゲーム版では、
こちらのトーカと、ヒデのシナリオのみが取り入れられております。

≡ 初期設定資料 ≡

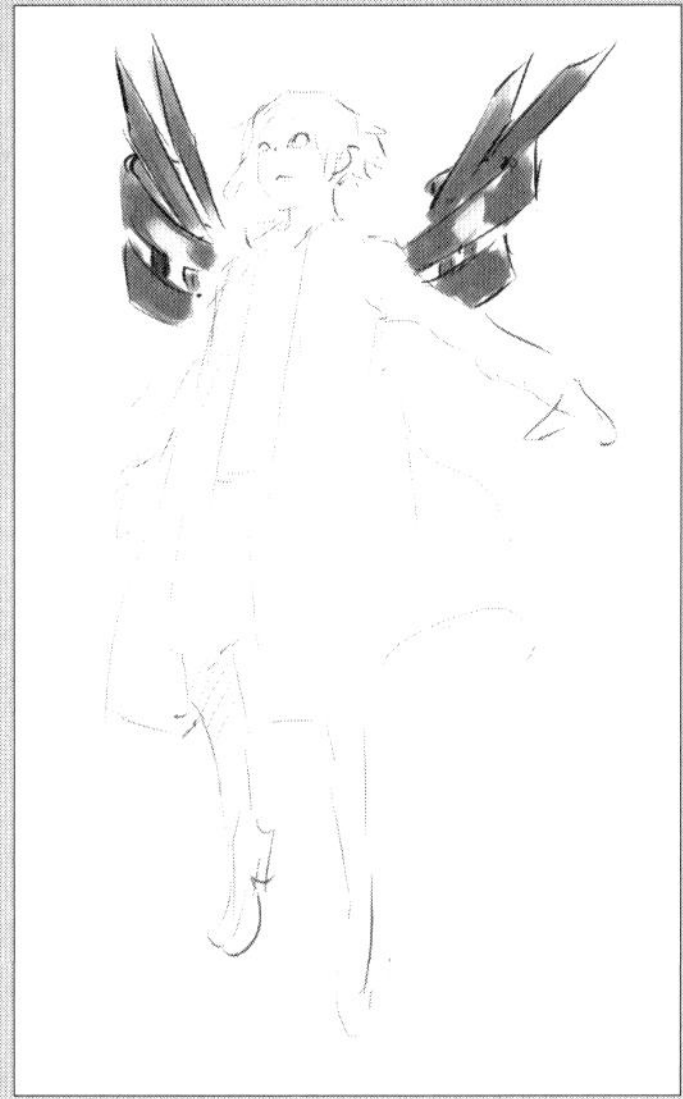

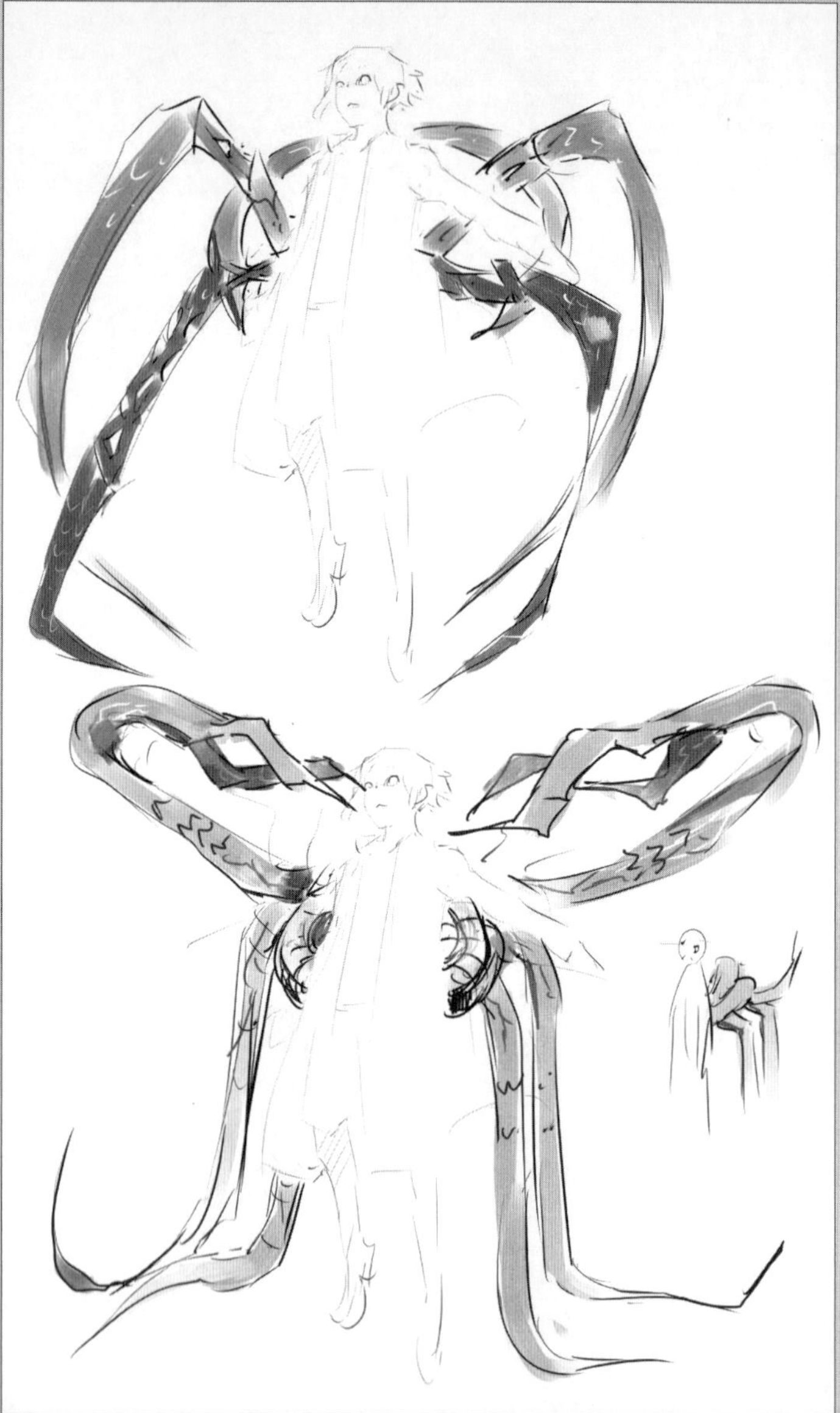

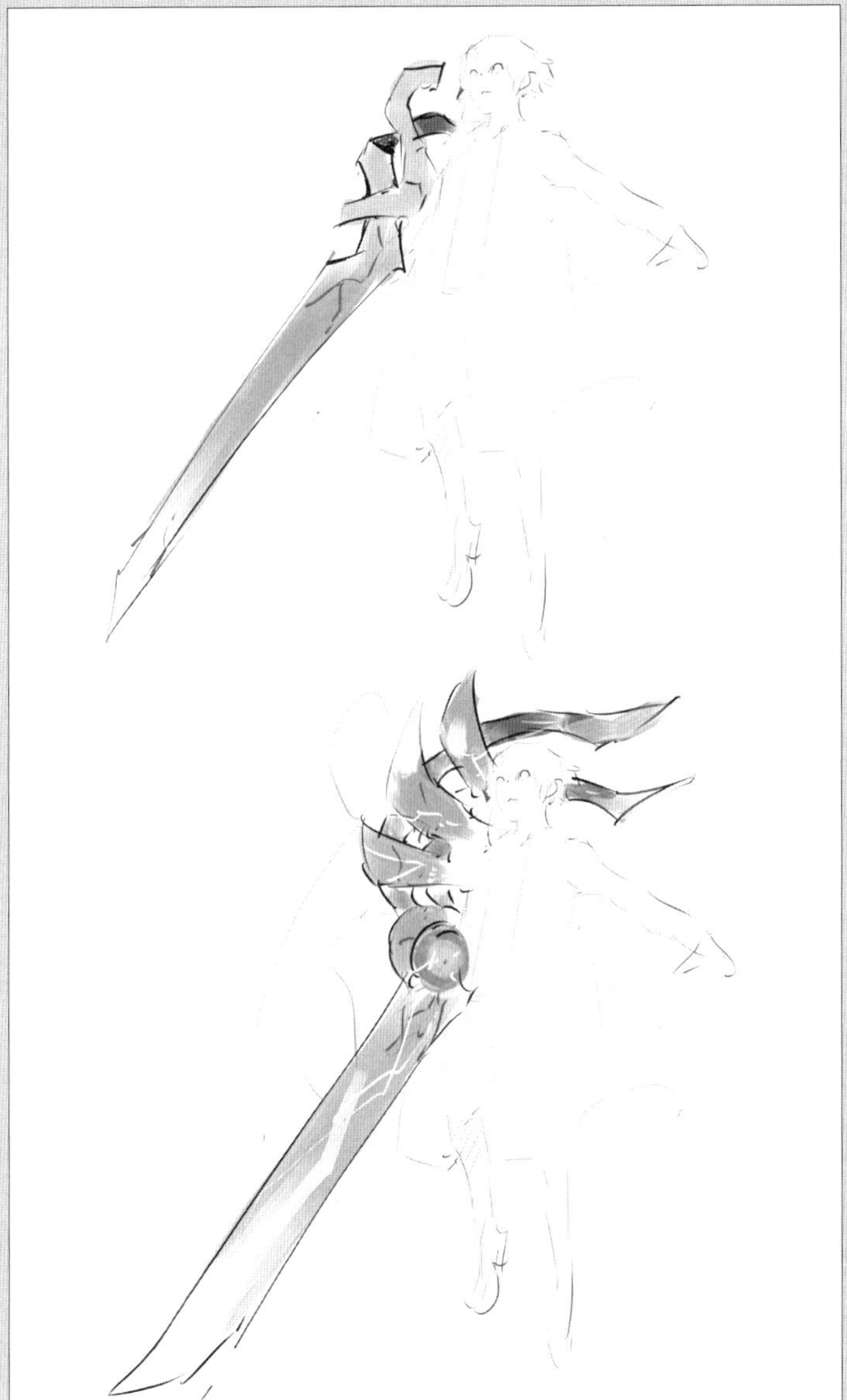

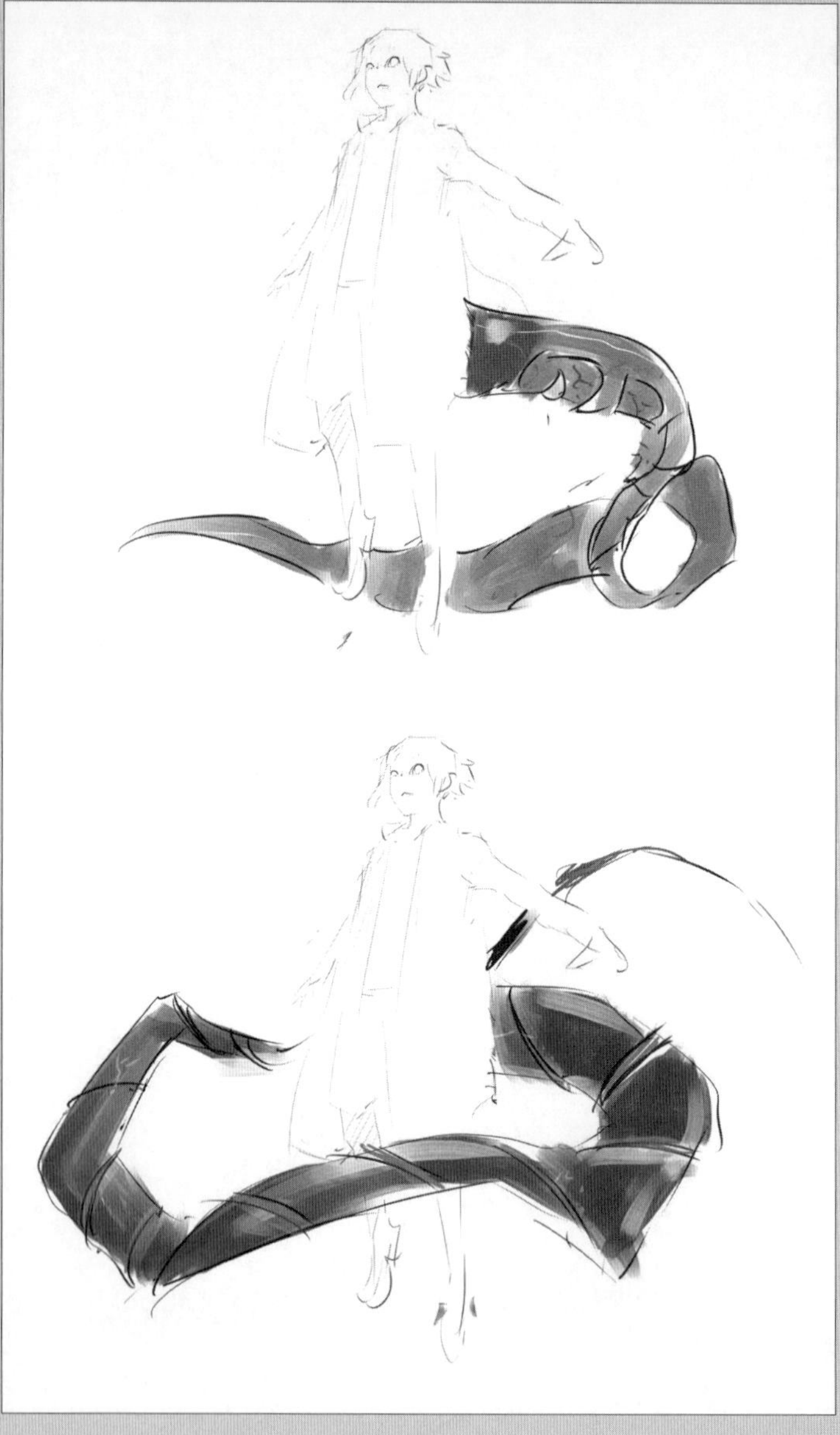

キジマ 式
准特等捜査官

主人公をコクリアに収監した張本人。

ツギハギの身体に、耳はなく、片脚は義足。
すべて数年前、「ある喰種」によって負わされた傷。
(カツン、カツンと近寄る音は、彼が登場する前触れ)

自身に傷をつけ、仲間を皆殺しにした「喰種」を、
いつか同じ目に遭わせるのが彼の野望であり、生きる目的。

その喰種の赫子が、まるで「檻」のような形をしていたので、
彼をJB(ジェイルバード:囚人)と呼んでいる。

(ゲーム開始のすこし前)
空腹状態で、赫眼を発生させた名もない喰種を捕獲する。
彼が主人公。

主人公の潜在能力の高さ(潜在的なRc値)に着目しており、
彼が自身に傷をつけた「JB」ではないかと睨んでいる。

コクリアを脱走した主人公を、
再収監しようと執拗に狙う。(マップ上を高頻度でうろつく)

非常に強力なクインケを持ち、
物語終盤でも苦戦を強いられる、強力なボスキャラ。
ゲームの死神的存在。
(自然とプレイヤーは彼を避けながら行動する。)

・キジマに傷をつけたJBの正体?

＞主人公は、自分に覚えがないのと、
キジマを倒せるほどの実力がないため、
彼が誤解で自分をつけ狙うことに困惑している。

＞その折、共喰いをしているカネキの噂を聞きつけ、
主人公は、カネキこそがキジマの復讐相手の
JBではないかと考える。

・キジマを倒すと…

死の間際にキジマは、「やはりその赫子は、私に傷をつけた赫子だ…」とつぶやく。
キジマに傷をつけ、部下を皆殺しにしたジェイルバード。
自分がそんな残酷なことをできるわけがないと思った主人公であったが、
ハッと当時の記憶が蘇る。

キジマのチームに追われている、主人公と、彼の兄。
兄は自分をかばい、捜査官と対峙する。
物陰に隠れ、様子を窺っていた主人公は、兄が捜査官たちのクインケに貫かれるのを目撃する。
潜在的に、強力な赫子を持っていた主人公は我を忘れ、激昂のままに、捜査官に襲い掛かる。
キジマ以外を皆殺しにする。キジマは片脚で逃走。

キジマの見立て通り、捜査官殺しを行った凶悪な喰種「ジェイルバード」は、主人公だった。
探していた兄は既に死に、キジマのクインケになっていた。

ATOGAKI
あとがき
TOKYO GHOUL [JAIL]

とても辛い仕事でしたが、それに比例して得るものが大きかった仕事でした。

文章を書くのは、あまり得意ではありませんでしたが、
これのおかげで、文章を書く面白さみたいなものに、
少しは触れられたような気がします。
（もちろん書いている最中は吐くほど大変でしたが）

はからずとも奇妙な巡り合わせで、
このような作業をさせていただいて、
今はとても感謝しております。（本当に、です……！）

ゲーム制作の方々、大変お世話になりました。ありがとうございました……！

個人的な私信になってしまいますが、この「東京喰種JAIL」のために、
「贅沢な骨」という素晴らしい曲を作ってくださった
österreich・高橋國光さんに、この場を借りて深い感謝を申し上げたいと思います。
本当にありがとうございました。
何度も挫けそうになりましたが、何度も救われました。
いつもいつもありがとうございます。

この作業に携わり、奔走し続けてくれた
担当の松尾氏にも、深く感謝しております。

こういう新たなチャレンジ、というか、
謎の仕事をしたあとに、強く想うことがありますので、
その言葉で締めさせていただきたいと思います。

もう二度としない。

2015/11/15　石田スイ

D―ANOTHER

コクリア喰種収容所。

冷たいフロアの床に、僕は寝そべっている。

顔面の肌は、硬質のタイルにピッタリと張り付いて、床から起き上がろうとすれば、そのまま皮膚が剥がれてしまいそうだ。

しかし僕にはとうに、そのような気力は残されていない。

――キジマ。

あの頭のおかしいサディストに痛めつけられて、僕は、なにかに抗う意志というものを、まったく失ってしまっていた。

独房内は、無音に次ぐ無音ではあったが、

僕にはここが、うるさくてうるさくて堪らない。
頭蓋で残響し続ける、ヤツの……気味悪いかすれ声。
何度も僕を、こう呼ぶのだ。

……「ジェイル」と。

そんな奴は知らない。
聞き覚えもない。

すべて正直に話したのに、僕と……兄さんはここに囚われている。

僕は……。

……あの『紙袋』の感触が忘れられない。

ぶにっ、とした、ナマな感触。
いきものの付属品。

小ぶりなあれ。

………。

ああ、おぞましくて吐き気がする！

どうにかしないと。
でも僕に出来ることなんて、兄さんを助けることなんて可能なのだろうか。

そもそも、ここから出ることすら――。

*

喰種たちの強襲により、
僕は外に出られることが出来た。

「はぁ、はぁ……ごほっ」

腹部に出来た傷を抑える。
逃走の際に追ってきた捜査官から一撃もらってしまった。
喰種の治癒能力なら、しばらく安静にすれば、
この傷も癒えるだろう。

でも……。

喰種はヒトの肉を喰らわないと、うまく力を発揮できない。
食事の調達をするにも、僕は不慣れだし、
この傷だと……。

「(……いや、そんなことよりも、)」

心残りは、コクリアに兄さんを残してきたことだ。
あの混乱の最中(さなか)、独房を見つけ出し救出することは不可能だった。

それに……。

カツーン、カツーン。

「……！」

あの音。

なんども耳に響いた、ヤツの右脚。

「……アイツが来る……」

僕は、もうそれが実際に聴こえている音なのか。
それとも僕の脳が作り出したまぼろしの音なのか、判断がつかずにいた。

ただ、走り続けた。

どれほど走っただろうか。

もうあの足音は響いてこない。

かわりに聴こえてくるのは、死の音だ。

腹部の負傷の状態が悪く、空腹のせいかそれを癒すことも出来ずにいた。

視界がぶわっ、と暗くなり、意識、思考が薄らいでゆくのを感じた。
死ぬ、と思った。
「にい……さん……」

瞬間、声が聴こえた。

それは鈴のような軽やかな音だった。

「——だいじょうぶ?」

「……」

「……ひどい怪我だね」

「……」

「きみは、」

「生きたいの？」

ぼくは……。

「……生きたい」

「そう。……」
「じゃあ、」

「おいで」

「きっと、おにいさんとも一緒になれるよ」

にいさん、と？

「さ、」
「行こう」

僕は、手をつかんだ。
やわらかく、ほそい腕が伸びる、その先。
煌々と輝く、紅い瞳。

「き……みは……。……――」

この作品はフィクションです。実在の人物・団体・事件などには、いっさい関係ありません。

T O K Y O G H O U L

ヤングジャンプ特別編集

東京喰種《トーキョーグール》[JAIL]

Tokyo Ghoul

J A I L

発行日	2015年12月23日[第1刷発行] 2016年1月19日[第2刷発行]
シナリオ イラスト	石田スイ ©sui ishida 2015
企画・編集	週刊ヤングジャンプ編集部
編集協力	株式会社 樹想社
カバーデザイン	Local Support Department（シマダヒデアキ）
デザイン	バナナグローブスタジオ（松倉真由美、松本由貴、BGS制作部）
監修	株式会社 バンダイナムコエンターテインメント
発行人	鈴木晴彦
発行所	株式会社 集英社 〒101-8050 東京都千代田区一ツ橋2丁目5番10号 電話＝編集部：東京03(3230) 6222 販売部：03(3230) 6393(書店専用) 読者係：03(3230) 6080 Printed in Japan
印刷所	図書印刷株式会社

造本には十分注意しておりますが、乱丁・落丁(本のページ順序の間違いや抜け落ち)の場合はお取り替え致します。

購入された書店名を明記して、集英社読者係宛にお送り下さい。

送料は集英社負担でお取り替え致します。

但し、古書店で購入したものについてはお取り替え出来ません。

本書の一部または全部を無断で複写、複製することは、法律で認められた場合を除き、著作権の侵害となります。

また、業者など、読者本人以外による本書のデジタル化は、いかなる場合でも一切認められませんのでご注意下さい。

ISBN 978-4-08-780775-2 C0076